DONGSUH MYSTERY BOOKS 148

THE UNDERGROUND MAN

지하인간

로스 맥도널드/강영길 옮김

동서문화사

옮긴이 강영길 (文澔)
조선대학교 정치외교학과 졸업. 미육군성 기갑학교 수학, 미육군성 행태과
학연구소 연구관 역임. 옮긴 책 세이초 《점과 선》, 맥도널드 《소름》, 와일
드 《행복한 왕자》, 디킨즈 《크리스마스 캐럴》 등이 있다.

DONGSUH MYSTERY BOOKS 148
지하인간
로스 맥도널드 지음/강영길 옮김
1판 1쇄 발행/1977년 12월 1일
2판 1쇄 발행/2004년 5월 1일
2판 2쇄 발행/2010년 7월 1일
발행인 고정일/발행처 동서문화사
창업 1956. 12. 12. 등록 16-345 (윤)
서울강남구신사동 540-22 ☎ 546-0331~6 (FAX) 545-0331
www.epascal.co.kr
*

편찬·필름·제작 일체 「동판」 자본으로 이루어짐에 따라
출판권 소유권자 「동판」에서 제조출판판매 세무일체를 전담합니다.
사업자등록번호 211-90-02201
ISBN 978-89-497-0244-5 04800
ISBN 978-89-497-0081-6 (세트)

지하인간

차례

등장인물

루 아처　사립탐정

라놀드 브로더스트(로니)　6살 난 사내애, 유괴당함

스탠리 브로더스트　라놀드의 아버지

진 브로더스트　라놀드의 어머니

엘리자베스 브로더스트　라놀드의 할머니, 부유한 여자

리오 브로더스트　스탠리의 아버지

수전(수지) 크란돌　여대생

마어티 크란돌　수전의 어머니

레스터 크란돌　수전의 의붓아버지

제리 킬패트릭　수전의 남자친구

엘린 킬패트릭　제리의 어머니, 화가

브라이언 킬패트릭　제리의 아버지, 부동산 중개업자

라저 아미스테드　'아리아드네'호의 주인

프레더릭 스노(프리스)　브로더스트 집안의 정원사

에드나 스노　프레더릭의 어머니, 브로더스트 집안의 옛 가정부

앨버트(앨) 스위트너　고아, 전과자

지하인간

술렁거리는 나뭇잎 소리에 날이 새기 전에 눈이 떠졌다. 뜨거운 바람이 창문으로 밀려들어오고 있었다. 나는 일어나서 창문을 닫고 침대에 누워 바람 소리에 귀를 기울였다.

잠시 뒤에 바람이 잦아들었다. 나는 일어나서 창문을 다시 열었다. 신선한 바다 냄새와 웨스트 로스앤젤레스의 냄새를 풍기는 시원한 공기가 아파트 안으로 밀려들었다. 나는 다시 침대로 돌아가서 눈을 감고 잠을 청했다. 아침에 나의 조그마한 어치들 등쌀에 또 잠이 깼다.

나는 어치들을 '나의 어치들'이라고 불렀다. 대여섯 마리의 어치가 교대로 창문턱에 멋지게 날아왔다가는 옆집 문 앞에 있는 목련나무로 물러갔기 때문이다.

나는 부엌에 가서 땅콩 통을 따서 한 움큼 창문 밖으로 던졌다. 어치들은 아파트 안마당으로 재빨리 몰려갔다. 나는 옷을 입고 땅콩 통을 들고 바깥쪽 계단으로 내려갔다.

쾌청한 9월의 아침이었다. 하늘 끝은 햇빛에 바랜 싸구려 종잇장처

11

럼 누르스름한 빛깔이었다. 지금은 바람이 전혀 불지 않았지만 나는 내륙의 냄새를 맡을 수 있었고, 사막의 열기를 느낄 수 있었다.

나는 나의 어치들에게 또다시 땅콩을 한 움큼 던져주고 그 새들이 풀밭 위에 흩어지는 것을 지켜보았다. 푸른 무명옷을 입은 사내아이 하나가 아래층 아파트의 문을 열었다. 이 아파트는 '윌러' 부부가 살던 곳이다. 사내아이는 대여섯 살로 보였다. 짧게 깎은 머리털은 검은색이었고 불안해 뵈는 눈동자는 푸른 빛깔이었다.

"나가도 괜찮아요?"

"내가 있으니까 괜찮지."

문을 활짝 열어 놓은 채 아이는 새들을 놀라게 하지 않으려고 지나칠 정도로 조심스럽게 내게로 다가왔다. 어치들은 서로 지지 않으려고 깡창거리는가 하면 나 살리라는 듯이 꽥꽥 소리를 질러댔다. 새들은 사내아이를 거들떠보지도 않았다.

"새들에게 무얼 주고 계세요? 땅콩이에요?"

"맞았어. 너도 땅콩이 먹고 싶니?"

"싫어요. 아빠가 절 데리고 할머니 집에 가요. 할머닌 언제나 제게 먹을 걸 많이 주세요. 할머니는 새도 기르세요." 잠시 말이 없다가 사내애는 덧붙였다. "나도 어치에게 땅콩을 좀 주고 싶어요."

나는 아이에게 뚜껑을 딴 땅콩 통을 내밀었다. 아이는 땅콩 한 주먹을 꺼내어 풀밭에 던졌다. 어치들은 그곳으로 몰려들었다. 그들 중에서도 두 마리가 까르륵 귀에 거슬리는 소리를 지르며 사정없이 싸우기 시작했다. 사내아이의 얼굴은 파리해졌다.

"서로 죽여요?" 아이는 긴장된 조그마한 목소리로 물었다.

"아니야, 그저 싸우고 있을 뿐야."

"어치는 딴 새를 죽여요?"

"때로는 죽이지." 나는 화제를 바꾸려고 했다. "너, 이름이 뭐니?"

"로니 브로더스트, 어치는 어떤 새를 죽여요?"

"딴 새의 새끼를 죽이지."

사내아이는 어깨를 치켜 올리고 팔짱을 마치 덜 자란 새의 날개처럼 가슴에 바짝 갖다 댔다.

"어치들은 애들도 죽여요?"

"아니, 너무 작아서 애들을 죽이진 못한단다."

이 말에 사내아이는 기운이 나는 것 같았다.

"땅콩을 한번 받아 볼까요? 좋아요?"

"좋구말구."

아이는 내 앞에 와 서서 얼굴을 들고 아침 햇살을 쳐다보았다.

"땅콩을 던져 봐요. 난 입으로 받을 테니까요."

내가 던진 땅콩을 아이는 입으로 받았다. 그러고 나서 아이는 한두 개 더 받았다. 그가 못 받은 것은 풀밭 속에 떨어졌다. 어치들이 아이의 주위에 모여들었다.

줄무늬 스포츠셔츠를 입은 한 젊은 사나이가 거리에서 안마당으로 들어왔다. 그는 사내아이와 닮았고 마찬가지로 불안한 인상을 풍겼다. 그는 엷은 갈색의 스페인 궐련을 뻑뻑 빨았다.

이 남자를 기다리고 있기라도 한 듯이, 말총같이 머리털이 검은 여자 한 사람이 월러 부부의 아파트 문에서 나왔다. 그 여자는 굉장한 미인이었다. 나는 갑자기 수염을 깎지 않은 것이 부끄러웠다.

그 남자는 이 여자를 못 본 척했다. 그는 사내아이에게 깍듯이 "라놀드, 안녕" 하고 말했다.

사내아이는 그를 힐끗 쳐다보았으나 돌아서지는 않았다. 그 남자와 이 여자가 각각 딴 방향에서 사내아이에게로 다가왔을 때 그 사내아이의 얼굴에서는 거리낌없는 즐거운 표정이 사라졌다. 아이의 조그마한 몸은 마치 그들 두 어른의 압력에 눌린 것처럼 더욱 작아지는 것 같았다. 아이는 그 남자에게 아주 작은 목소리로 대답했다.

"안녕."

그 남자는 느닷없이 여자에게로 돌아서며 말했다.

"애가 나를 무서워하는군. 도대체 당신은 애에게 무슨 말을 지껄였나?"

"스탠, 우린 당신 얘기는 하지 않았어요. 제발 그러지 마세요."

그 남자는 고개를 불쑥 앞으로 내밀었다. 발은 떼지 않았으나 덤벼들기라도 할 것 같았다.

"제발이라니 그게 무슨 뜻이야? 또 트집인가?"

"아니에요, 그렇지만 좋으시다면 한두 가지 트집을 생각해 볼 수도 있어요."

"나도 생각해 볼 수 있지."

아이는 시선을 내게로 옮겼다.

"로니와 노는 친구는 누구야? 너의 친구 아니냐?"

그는 손에 든 스페인 궐련을 휘둘렀다.

"난 이분 이름조차도 몰라요."

"그래서 어쨌단 말이야?"

아이는 나를 쳐다보지도 않았다. 여자의 얼굴에서는 마치 갑자기 병이라도 든 것처럼 핏기가 사라졌다.

"스탠, 이 말은 그냥 받아넘기기 어려워요. 난 말썽을 부리고 싶지 않아요."

"말썽부리고 싶지 않다면 넌 왜 내게 덤벼들었지?"

"이유는 알잖아요." 그녀는 가는 목소리로 대꾸했다. "그 처녀는 아직 집에 있나요?"

"그 처녀 얘긴 말아." 느닷없이 그는 사내아이에게로 돌아섰다.

"로니, 여기서 나가자. 산타 테레사의 넬 할머니와 약속을 했다."

사내아이는 두 주먹을 꼭 쥐고 그들 사이에 서 있었다. 아이는 자기 발 밑을 내려다보고 있었다.

"산타 테레사엔 가고 싶지 않아요. 꼭 가야하나요?"

"가야 하고말고." 여자는 말했다.

사내아이는 내가 있는 쪽으로 비스듬히 다가섰다.

"하지만 여기 있고 싶어요."

그는 내 허리띠를 붙들고 고개를 숙였다. 아이는 어른들로부터 얼굴을 가렸다.

그의 아버지는 사내아이에게 다가섰다.

"그분에게서 손을 떼어라."

"싫어요."

"그 남자는 너의 엄마 친구냐?"

"아니에요."

"넌 쪼그만 거짓말쟁이로구나."

그 남자는 스페인 궐련을 내던지고 아들을 때리려고 손을 쳐들었다. 나는 사내아이의 겨드랑이를 붙들어 아이를 빼돌려 아버지의 손이 닿지 못하게 하고 아이를 그대로 붙들고 있었다. 사내아이는 부들부들 떨고 있었다.

그 여자는 말했다.

"스탠, 왜 애를 그냥 두지 못해요? 당신은 자기가 무슨 짓을 하고 있는지 알잖아요."

"네가 애에게 하고 있는 짓은 알지. 난 애를 여행에 데리고 가려고 여기 온 거야. 어머니가 고대하시거든. 그런데 어찌된 판이야?" 그는 목소리를 높여 투덜댔다. "내가 뛰어든 건 지긋지긋한 집안싸움인데다가 로니는 대리 아버지와 배짱이 맞나봐."

"당치않은 말씀이오." 나는 말했다. "로니와 나는 이웃이요……이웃이라지만 그 애와 나는 방금 만났을 뿐이오."

"그럼, 그 앨 내려놓으시오. 그 앤 내 아들이오."

나는 사내아이를 내려놓았다.

"그 더러운 손을 애에게 대지 마시오."

나는 그 사나이를 갈겨 주고 싶었다. 그러나 갈겨 본들 사내아이에게도 여자에게도 이로울 것은 없었다. 나는 나직한 말투로 말했다.

"그럼, 가 보시오."

"난 아들을 데리고 갈 권리가 있소."

사내아이는 내게 물었다.

"꼭 아버지와 함께 가야 하나요?"

"너의 아버지가 널 데리고 가시겠다고 하잖니? 너는 너를 데리고 다니는 아버지를 가졌으니 얼마나 행복하냐."

"그 말씀이 옳다." 그의 어머니가 참견했다. "로니, 가 보거라. 넌 내가 끼지 않아도 언제나 아빠하고 더 잘 어울리니까. 그리고 넬 할머니는 네가 안 오면 섭섭해 하실 거야."

그 애는 고개를 숙이고 제 아버지에게로 가서 한 손을 아버지의 손안에 밀어 넣었다. 그들은 거리 쪽을 향하여 걸어갔다.

여자는 말했다.

"남편의 무례함을 대신 사과드립니다."

"그러실 것 없습니다. 아무렇지도 않습니다."

"하지만 저는 괜찮지 않아요. 언제나 말썽이에요. 그이는 심할 정도로 악착같이 덤벼요. 그인 늘 이러지는 않았는데요."

"늘 그럴 수도 없었을 테고, 늘 그랬다가는 진작 죽었을 거요."

난 이 말을 가벼운 뜻으로 말했다. 그러나 결과는 가벼운 것이 아니었다. 대화가 끊겨졌다. 나는 대화를 되살리려고 애썼다.

"월러 씨 부부는 친구이신가요, 브로더스트 부인?"

"그렇습니다. 월러 교수는 대학 때의 지도 교수였어요." 그녀의 말에서는 옛날을 그리워하는 향수와 같은 것이 풍겼다. "사실상 그분은 아직도 저의 상담역입니다. 그분과 로라 두 분 말예요. 전 어젯밤 레이크 타호에서 그분들에게 전화를 걸어서……." 그녀는 말끝을 채 맺지 못했다.

"선생님은 그분들과 친구이신가요?"

"이웃입니다. 그런데 제 이름은 루 아처라고 합니다. 위층에 삽니다."

그녀는 고개를 끄덕였다.

"로라 월러가 간밤에 선생님 말씀을 했어요. 저에게 아파트를 사용하라고 허락했을 때 말예요. 제가 어떠한 도움이 필요하다면 선생님을 찾아 뵈라고 말하더군요." 그녀는 나에게 시원스런 미소를 지어보였다. "어느 점에선 전 벌써 선생님을 찾아뵈었죠? 제 아이에게 친절히 해 주셔서 감사합니다."

"천만에요."

그러나 우리는 서로 거북함을 느꼈다. 그녀의 남편이 아침 공기를 흐려 놓았기 때문이다. 그가 아내하고 벌인 소란이 아직도 음산한 메아리를 치고 있었다. 이 음산한 메아리를 몰아내려는 듯이 그녀가 말했다.

"방금 커피를 끓여 놓았어요. 이건 로라 월러가 특별히 갈아서 만든 커피예요. 한잔 드시겠어요?"

"고맙습니다. 그러나 이건 현명한 일이 아니라고 생각합니다. 당신 남편이 언제 돌아올지 모릅니다."

거리에서 자동차 문이 열리고 닫히는 소리는 들렸으나 엔진은 아직 걸리지 않았다.

"그분은 폭력배이던데요, 브로더스트 부인."

"정말은 그런 사람이 아니에요." 그러나 그녀의 말투에는 자신이 없었다.

"정말로 폭력배입니다. 난 폭력배를 많이 대하지요. 그래서 난 될 수 있는 한 그들을 자극하지 않으려고 합니다."

"로라는 당신이 탐정이라고 했어요. 맞나요?"

도전에 가까운 빛이 그녀의 얼굴에 떠올랐다.

"그렇습니다. 그러나 오늘은 휴업입니다."

나는 희미하게 웃어 보였다. 그러나 나는 하지 말아야 할 말을 했다. 기분 상한 표정이 그녀의 눈을 어둡게 했고 입술은 이지러졌다. 나는 잇달아 실언을 했다.

"커피 초대를 연기할 수 없습니까, 브로더스트 부인?"

그녀는 고개를 저었다. 고개를 저은 것은 나에 대해서라기보다도 그녀 자신에 대해서였다.

"전 몰라요. 여기 머물게 될지 몰라요."

거리에서는 자동차 문이 열렸다. 스탠리 브로더스트는 혼자서 안마당으로 돌아왔다.

"방해하지 않겠어."

"방해할 것도 없어요." 여자는 대꾸했다. "로니는 어디 있어요?"

"차 안에. 로니는 아빠하고 조금만 함께 있으면 괜찮아질 거야." 그는 애 아버지가 자기가 아닌 딴 사람인 듯이 말했다. "당신은 애의 장난감을 내게 주는 걸 잊었소. 애 말로는 당신이 꾸려 놓았다던데."

"물론요." 그녀는 자기 자신에게 화를 낸 듯한 표정을 짓고 아파트 안으로 바쁘게 들어가더니 항공회사 표가 있는 푸른 나일론 백을 들고 나왔다. "어머님께 안부 전해 주세요."

그녀의 목소리에도, "물론, 전하고말고" 하는 그의 대답에도 따뜻

한 감정이라고는 없었다.

그들은 다시는 서로 만나지 않을 부부 같았다. 어떤 공포감이 나의 전신을 섬찟하지만 둔하게 훑고 지나갔다. 왜냐하면 나는 공포감을 억누르는 데 익숙했기 때문이다. 그 공포감은 주로 그 사내에게 대한 것이었으리라. 하여튼 나는 브로더스트를 막고 애를 되찾아오고 싶었다. 그러나 나는 그렇게 하지 못했다.

브로더스트는 거리로 나갔다. 나는 바깥쪽 계단을 한번에 둘씩 뛰어 올라가서 복도를 지나 현관 쪽으로 빨리 걸어갔다. 꽤 새 것인 검정색 포드 컨버터블 차가 길모퉁이에 세워져 있었다. 소매 없는 노란 드레스를 입은 금발처녀, 아니면 금발부인이 앞좌석에 앉아 있었다. 그녀는 왼팔로 로니를 껴안고 있었다. 로니는 긴장 상태 속에 도사리고 있는 것 같았다. 스탠리 브로더스트는 앞좌석에 올라탔다. 그는 엔진을 걸고 부산하게 차를 몰고 떠났다. 나는 그 처녀의 얼굴을 보지 못했다. 높은 데서 내려다보았기 때문에 내가 본 것은 그녀의 맨 어깨와 부풀은 젖가슴과 물결치는 금발뿐이었다.

내가 그 아이에 대해 느꼈던 공포감은 더욱 심해졌다. 나는 욕실에 들어가서 마치 내가 아이의 장래를 볼 수 있기라도 한 듯 나의 얼굴을 바라보았다. 그러나 나의 눈 밑의 꺼진 자국과 24시간 동안 돋아난 수염 속, 운모처럼 번뜩이는 흰 잿빛 속에서 내가 본 것은 나 자신의 과거였다. 나는 수염을 깎고 셔츠를 갈아입고 아래층으로 다시 내려갔다. 도중에 나는 걸음을 잠깐 멈추고 난간 손잡이에 몸을 기대며 혼자 중얼거렸다. 나는 지금 사건 속으로 말려들고 있었다. 어여쁜 젊은 여자가 귀여운 사내애와 방황하고 있는 남편과 벌이는 사건 속으로. 뜨거운 바람이 내 얼굴에 불고 있었다.

2

나는 월러 씨 부부의 아파트 문 앞을 지나 거리로 내려가서 가장 가까운 매점에 들렀다. 나는 여기서 로스앤젤레스의 〈타임스〉지 주말 판을 샀다. 나는 신문을 집으로 가지고 와서 그것을 읽는 데 아침 시간의 대부분을 보냈다. 나는 항목별로 분류된 광고란까지도 모두 읽었는데 때때로 이 광고란은 로스앤젤레스에 관해서 뉴스란보다도 더 많은 것을 가르쳐 준다.

나는 냉수로 샤워를 한 뒤에 거실 책상 앞에 앉아서 나의 수표책의 수지 관계를 점검하고 전화요금과 간단한 청구서를 지불했다. 지불 기일이 지난 것은 하나도 없어서 나는 스스로 잘 억제하고 또 조절하고 있다는 기분을 느낄 수 있었다.

내가 수표장들을 봉투에 넣고 있을 때 여자의 발자국 소리가 문 밖에서 들렸다.

"아처 씨 계세요?"

나는 문을 열었다. 그녀는 머리를 올리고 유행을 따른 여러 가지 색깔로 된 짧은 드레스를 입고 하얀 실로 짠 스타킹을 신고 있었다. 그녀의 눈까풀에는 푸른 아이새도가 칠해져 있었고 입에는 양홍색 입술연지가 발라져 있었다. 이렇게 화장을 했으나 그녀는 긴장되어 있었고 연약해 보였다.

"바쁘시면 방해하고 싶지 않아요."

"바쁘지 않습니다. 들어오십시오."

그녀는 들어와서 방 안의 물건들을 샅샅이 한 번 죽 훑어보았다. 나는 가구가 좀 낡았음을 느꼈다. 나는 방문을 닫고 의자를 앞으로 당겼다.

"앉으시지요."

"고마워요." 그러나 그녀는 그대로 서 있었다. "산타 테레사에서 불이 났대요. 산불이래요. 모르고 계세요?"

"몰랐는데요. 하긴 지금은 화재가 발생하기 쉬운 계절입니다만."

"라디오 뉴스에 의하면 저의 시어머니의 소유지에서——넬 할머니의 소유지 말예요——아주 가까운 곳에서 불길이 솟아났대요. 여태껏 시어머니에게 전화를 걸고 있었어요. 그런데 아무도 받질 않아요. 로니가 그곳에 가 있을 텐데 너무 걱정이 되어서요."

"왜요?"

그녀는 아랫입술을 깨물어 입술연지의 자국을 입술에 남겼다.

"스탠리가 그 애를 탈 없이 보살펴 줄는지 믿을 수가 없어서요. 로니를 데려가지 못하게 했어야 하는 건데요."

"왜 데려가게 했지요?"

"전 스탠리에게서 아들을 빼앗을 권리가 없는 걸요. 그리고 사내애에게는 자기 아버지의 그늘이 필요하거든요."

"스탠리가 지금과 같은 기분에 잠겨 있다면 그의 그늘 같은 건 필요하지 않겠군요."

그녀는 침착하게 나를 바라보고 시험적으로 한 팔을 뻗어 나에게 기댔다.

"아처 씨, 애를 데려 오도록 저를 도와주시지 않겠어요?"

"로니 말입니까?" 나는 물었다. "아니면 스탠리 말입니까?"

"두 사람 다 말예요. 그러나 제가 가장 걱정하는 건 로니예요. 라디오에서 말하기를 몇 가구는 집을 비우고 대피해야 할 거래요. 산타 테레사에서 무슨 일이 일어나고 있는지 알 수 없어요."

그녀는 이마에 손을 올려 눈을 가렸다. 나는 그녀를 긴 의자에 앉게 했다. 그리고 부엌으로 가서 유리잔 하나를 헹군 다음 물을 담아 왔다. 물을 마시는 동안 그녀의 목이 떨렸다. 하얀 스타킹을 신은 무희(舞姬)처럼 긴 다리가 초라한 방 안으로 마치 보다 더 연극적인 차원에서 나온 것처럼 뛰어나왔다.

나는 그녀에게 얼굴을 반쯤 돌리고 의자에 앉았다.

"시어머니의 전화번호가 어떻게 되지요?"

그녀로부터 지역 번호가 붙은 번호를 받은 다음 나는 곧 다이얼을 돌렸다. 저쪽 수화기에서 아홉 내지 열 번 가량 급하게 웅웅거리는 소리가 들리고 곧 수화기를 드는 소리가 부드럽게 전해져 왔다. 한 여자의 목소리가 들려왔다.

"네?"

"브로더스트 씨 부인되십니까?"

"네, 그렇습니다." 굳은 목소리였으나 공손했다.

"스탠리 부인께서 통화하고자 하는데요. 들고 계십시오."

나는 그 젊은 여인에게 수화기를 건네주었고 그녀는 책상 앞 나의 자리에 앉았다. 나는 침실로 들어가서 문을 닫고 침대 옆에 있는 연결 전화기를 들었다.

나이 많은 여인의 목소리가 들려왔다.

"난 아직 스탠리를 보지 못했는데. 그 애가 잘 알고 있겠지만 토요일에는 핑크 레이드 클럽의 칵테일파티가 있단 말이야. 그래서 난 방금 병원에서 돌아오는 길이야."

"스탠리를 기다리고 계시지 않았어요?"

"아마 저녁때 느지막이 오겠지 뭐, 진."

"스탠리는 오늘 아침에 어머님과 만날 약속이 있다고 하던데요. 어머님께 보이려고 로니를 데리고 가기로 약속했다고 했어요."

"그럼 오겠지 뭐." 나이 많은 여인의 목소리는 조심성을 띠고 더욱 가늘어졌다. "왜 그것이 그렇게 중요한지 난 이해 못하겠는데!"

"그들이 여기를 떠난 지 벌써 여러 시간이 됐어요." 진은 말했다. "그리고 그 근방에서 산불이 났다는 뉴스를 들었어요."

"그래, 그래서 나도 병원에서 부리나케 돌아온 거야. 지금 전화 끊어도 괜찮겠지, 진."

그녀는 전화를 끊었다. 그래서 나도 수화기를 놓았다. 내가 다시 거실로 돌아오자 진은 손에 든 수화기가 그녀의 손에서 죽은 생물이라도 되는 것처럼 얼굴을 찌푸리고 있었다.

"스탠리는 거짓말을 했어요." 그녀는 말했다. "그의 어머니는 아침에 병원에 계셨대요. 그는 그 처녀를 빈 집에 데리고 갔어요."

"지금 당신과 스탠리 사이는 금이 가고 있나요?"

"아마 우린 그렇게 되어 가고 있는 것 같아요. 전 그걸 원하지 않아요."

"그 금발의 처녀는 누구지요?"

그녀는 손에 들고 있는 수화기를 들어 올렸다가 좀 거칠게 내려놓았다.

"그런 얘긴 하고 싶지 않아요." 그녀는 말했다.

나는 슬며시 화제를 바꾸었다.

"당신과 스탠리가 별거하고 있는 지는 얼마나 됐나요?"

"바로 어제부터예요. 우리가 정말로 별거하고 있는 건 아녜요. 전 만약 스탠리가 그의 어머니에게 얘기를 하면……." 그녀는 잠깐 말을 멈췄다.

"시어머니가 당신 편을 들어 주리라고 생각하나요? 그건 기대할 수가 없을 것 같은데요."

그녀는 좀 놀란 듯이 나를 쳐다보았다.

"브로더스트 씨 부인을 알고 계신가요?"

"아니요, 하지만 역시 편을 들어주기를 기대할 수는 없을 것 같습니다."

"제가…… 아니 그게 그처럼 뚜렷한 사실인가요?"

"그게 아닙니다. 그러나 모든 일에는 이유가 따르기 마련이니까요. 당신의 남편은 로니를 당신에게서 데려가기 위해서 자기 어머니의 이름을 판 것은 아닌가요?"

그 말이 마치 비난처럼 들렸는지 그녀는 고개를 숙였다.

"누가 당신에게 우리들 얘기를 했군요."

"당신이 얘기했잖아요."

"하지만 전 로니의 할머니에 대해서는 아무 얘기도 하지 않았어요."

"나는 이야기를 들었다고 생각하는데요."

그녀는 깊은 생각에 잠겼다.

"알겠어요. 지난 밤 제가 타호에서 윌러 씨 부부에게 전화를 걸었는데 그 뒤에 그들이 당신에게 전화로 저에 관해 자세한 얘기를 했군요. 로라가 뭐라고 하던가요, 아니면 봅이 얘길 했나요?"

"아무도 얘기하지 않았습니다. 그들은 나에게 전화를 걸지도 않았습니다."

"그러면 그 금발처녀에 대해서는 어떻게 아시죠?"

"금발처녀는 어디에나 있지 않나요?"

"당신은 저에게 유도신문을 하시는군요. 지금과 같은 상황에서는 그건 별로 떳떳한 일이 못 돼요."

"좋습니다. 나는 그녀를 보았습니다." 이렇게 말하면서 나는 내가 증인으로서——그녀의 증인으로서——자진해 나서고 있음을, 그리고 그녀의 생활에 개입하지 않으려는 나의 마지막 희망과 구실을 털어내고 있음을 깨달았다. "그들이 여길 떠날 때 그녀는 차 안에 함께 있더군요."

"왜 그것을 제게 얘기 안 해 주셨지요? 그럼 그들을 못 가게 했을 텐데요."

"어떻게 못 가게 하지요 ?"

"글쎄요, 잘 모르겠어요." 그녀는 자기의 손을 바라보았다. 느닷없이 그녀는 얼굴을 일그러뜨리며 익살을 떨었다. 그 익살은 듣기에 애처로웠다. "아내라는 표지를 달고 나갈 수도 있구요, 그 자동차 앞에 주저앉아 버릴 수도 있구요, 아니면 우주인에게 편지를 낼 수도 있구요."

나는 그녀가 히스테리를 일으키기 전에 그녀의 익살을 중지시켰다. "적어도 그는 지금 공공연하게 나가고 있어요. 그렇지만 어린애가 딸려 있으니 그들이 무슨 짓을 저지를 것 같지는 않은데요……." 나는 말을 끝맺지 않았다.

그녀는 아름다운 고개를 내저었다.

"전 그들이 무슨 일을 하려는지 모르겠어요. 당신 말씀대로 그들이 공공연하게 나가고 있다는 사실이 제가 걱정하고 있는 것 중의 하나예요. 저는 그들이 둘 다 머리가 돌지 않았나 생각해요. 진심으로 하는 말예요. 그는 지난밤에 사무실에서 그 처녀를 집에 데리고 와서 나의 의견은 물어볼 생각도 하지 않고 저녁을 같이 하자고 했어요.

그는 노스리지에 있는 보험회사에 다니고 있어요. 우린 그곳에 살고 있어요. 그녀는 그 사무실에서 일하고 있지 않아요. 그녀는 사무실 일에 하루도 견디지 못할 거예요. 틀림없이 그 금발처녀는 대학생이거나 적어도 고등학교 학생일 거예요. 그녀는 퍽 어려요."

"얼마나 어린데요 ?"

"열아홉 살을 넘지 않았을 거예요. 그것이 저를 당장에 의심나게 하는 점의 한 가지예요. 스탠리 말에 의하면 그녀는 그의 사무실에 연락을 취한 옛 학교 친구래요. 그러나 그이는 적어도 그녀보다 일곱이나 여덟 살은 더 많을걸요."

"그녀는 무엇에 열을 올리고 있었나요?"

"전혀 모르겠어요. 하지만 전 그녀가 로니에게 해 주는 얘기들이 싫었어요. 정말 그 얘기들이 싫었어요. 전 스탠리에게 그녀를 보내라고 부탁했지만 그는 거절했어요. 그래서 저는 로라 윌러에게 전화를 걸고 이곳에 온 거예요."

"그러시지 않았어야 했을지도 모르지요."

"그걸 이제 알겠어요. 저는 집에 남아서 그들과 끝까지 입씨름이라도 했어야 했어요. 문제는 스탠리와 제가 오랫동안 가깝게 지내지 못했으니 말예요. 그는 여태까지 자기 자신의 문제에만 열중했고 저에겐 전혀 관심이 없었어요. 그게 아내가 설 땅을 모두 빼앗아가 버린 거예요."

"이혼을 원했나요?"

그녀는 이 질문에 얼른 대답하지 않았다.

"그런 생각은 절대로 없었죠. 하지만 아마 원하고 있었는지도 모르겠어요. 저는 그 문제에 관해서 생각해야만 할 거예요." 그녀는 일어서서 모델처럼 나의 책상에 기댔다. "하지만 지금은 생각할 수 없어요, 아처 씨. 전 산타 테레사에 가야 해요. 그곳까지 차를 운전해 주시지 않겠어요? 그리고 로니를 데려오는 데 절 도와 주시지 않겠어요?"

"나는 사립 탐정입니다. 나는 이런 일들을 생계를 위해서 하고 있습니다."

"로라 윌러가 얘기해 주었어요. 그래서 당신에게 부탁하게 된 거예요. 그리고 물론 보수를 지불하겠어요."

나는 문을 열고 자물쇠를 채웠다.

"윌러 씨 부인이 내 일에 대해서 무슨 말을 하던가요?"

그녀는 밝고 흐트러진 미소를 띠우면서 대답했다.

"홀로 사시는 분이라고 말하던데요."

3

나는 윌러 씨 부부의 아파트 거실에서 그녀를 기다렸다. 벽에는 책이 즐비했는데 외국어로 된 것이 많아 거실은 마치 가까운 현실과는 동떨어져 있는 것 같았다. 그녀는 커다란 핸드백과 아들의 코트와 자신의 코트를 들고 나왔다.

나는 아파트 뒤에 있는 차고에서 나의 차를 끌어내어 벤투라 무료 고속도로를 향해서 바다와는 반대쪽으로 나갔다. 이른 오후의 태양이 차량의 행렬 위에서 눈부시게 빛나고 있었고 바람막이 유리와 크롬색판 위에서 무수히 반짝거렸다. 나는 에어컨 장치를 틀어 놓았다.

"기분이 좋아요." 그녀는 말했다.

그녀가 옆에 있으니까 나는 또 하나의 차원으로 들어가는 입구가 무료 고속도로에 있다는 착각이 들었다. 이 차원에는 내가 알고 있는 세계보다도 더 많은 미래가 있었다. 교통량은 그다지 붐비지 않았다.

세풀베다를 향해서 차의 방향을 돌린 다음 얘깃거리를 준비하는데 좀 시간이 지체되었다.

"조금 덜 외로워진 것 같군요. 브로더스트 씨 부인이라고 하시니까 저의 시어머니를 부르는 것 같아요."

"그게 나쁩니까?"

"꼭 나쁜 건 아녜요. 그분은 퍽 좋은 여자예요…… 실상은 귀부인이죠. 모양은 좀 내지만요. 그러나 그런 모든 허울 밑에서 시어머니는 슬픔이 무척 많은가 봐요. 에티켓이란 그런 걸 감싸기 위한 것이 아니겠어요?"

"무슨 일 때문에 그분은 그렇게 슬픔이 많은가요?"

"일이 많아요." 그녀는 나의 옆얼굴을 쳐다보았다. "유달리 캐묻기를 좋아하시는군요, 아처 씨?"

"그건 내가 일할 때의 버릇이지요."

"그럼, 지금 일하고 계신 건가요?"

"당신이 내게 일을 맡기지 않았나요? 내가 지금 그 아파트에 살고 있다는 사실과 당신이 아래층으로 새로 이사해 왔다는 사실에 무슨 관계가 있나요?"

"당신이 탐정이라는 사실 말예요?"

"대충은 그렇지요."

"그럼 피차 관계가 있을 거예요."

"난 우연의 일치라는 걸 믿지 않습니다. 그리고 나는 내가 서 있는 처지를 정확히 알고 싶습니다."

"자기 처지를 아신다면 다행한 일이지요."

"그 말씀은 협박인가요?" 나는 물었다.

"그건 협박이 아니라 고백이죠. 저는 저 자신에 대해서, 그리고 제가 서 있는 처지에 대해서 늘 생각하고 있어요."

"고백하고 계신다면…… 오늘 아침에 로니를 내보낸 건 내가 새들에게 먹이를 주는 걸 거들게 하기 위한 것이었나요?"

"아녜요." 그녀의 목소리는 명확했다. "그건 그 애 혼자의 생각이었어요." 그녀는 덧붙였다. "만약에 당신이 우연의 일치를 믿지 않으신다면 당신의 세계에서는 자연발생의 여지가 많지 않겠지요. 당신의 세계에서는 말예요."

"그건 내 세계가 아니오. 그 일에 관해서 얘기해 주시오."

그녀는 더듬거리면서 말했다.

"제게 무슨 얘길 하라는 건지 모르겠어요."

"이렇게 된 여태까지의 모든 경위를 모두 얘기해 주시오."

"당신은 그것을 퍽 중요하게 생각하시는군요?"

나는 그녀의 목소리에서 놀라는 기색을 약간 느낄 수 있었다.

"그럼요."

"저 역시 그것을 중요하게 생각하고 있어요. 결국 그건 저의 생활이지만 지금 산산조각이 나고 있어요. 하지만 그걸 설명하자면, 어디서부터 시작해야 될지 모르겠네요."

"단편적이라도 내게 얘기해 주시면 됩니다. 당신은 이미 브로더스트 씨 부인에 관해서 얘길 하셨지 않습니까? 그분이 그렇게 슬픔이 많은 까닭은 무엇이죠?"

"그분은 늙어가고 있어요."

"나 역시 그렇습니다. 그러나 난 슬픔이 많지는 않은데요."

"그러세요? 어떻든 여자의 경우는 달라요."

"그럼 브로더스트 씨는 늙어가고 있지 않은가요?"

"브로더스트 씨는 없어요. 그분은 여러 해 전에 어떤 여자하고 도망쳐 버렸어요. 스탠리도 똑같은 본보기를 되풀이하고 있는 것 같아요."

"자기 아버지가 뛰쳐나갔을 때 스탠리는 몇 살이었나요?"

"열한 살이나 열두 살이었을 거예요. 스탠리는 그 얘길 누구에게도 하지 않아요. 하지만 그건 그가 어린 시절에 겪은 중요한 사건이었겠지요. 그라는 사람을 판단할 때는 그 사실을 잊어서는 안 돼요. 그의 아버지가 집을 나갔을 때 그는 그의 어머니보다도 더 큰 타격을 받았을 거예요."

"그가 그 얘길 하지 않았다면 어떻게 해서 당신은 그걸 아셨나요?"

"정말 좋은 질문만 하시네요." 그녀는 말했다.

"대답을 잘해 주시오, 진."

그녀는 시간을 끌었다. 나는 그녀의 얼굴을 볼 수 없었다. 그러나 말초신경의 감각으로 그녀가 내 옆에 앉아서 손으로 옷깃을 만지고 있다는 것을 알 수 있었다. 그녀는 고개를 마치 매듭을 풀거나 엉킨 실을 풀고 있는 때처럼 자신의 손 위에 숙이고 있었다.

"저의 남편은 벌써 오래전부터 자기 아버지를 찾고 있었어요." 그녀는 말했다. "그렇지만 점차 단념하고 있는 것 같아요. 그가 아버지를 찾으려고 한 것은 아버지를 찾게 되면 그의 정신적 상처가 아물게 되리라는 희망에서였을 거예요."

"그는 정신적인 허탈증에 걸렸나요?"

"그렇게 결정적인 건 아니에요. 하지만 그의 전 인생은 일종의 정신적 허탈이었어요. 그는 결국 아무런 자신도 갖지 못하는 지나치게 자신감이 강한 사람이 되었지요. 그리고 그러한 점이 그를 우둔한 사람으로 만들었지요. 그는 가까스로 대학을 마쳤어요. 사실, 그것 때문에 제가 그를 만나게 된 거예요. 저와는 불문학과 동기였어요. 그는 저를 가정교사로 고용했어요."

그녀는 비꼬는 듯이 말을 내뱉었다. "개인교수의 관계가 우리들의 결혼에 남아 있지요."

"남자가 자기보다 훨씬 영리한 여자와 결혼하는 건 퍽 고달픈 노릇이지요."

"그건 여자의 경우에도 마찬가지예요. 하지만 전 제가 스탠리보다 더 영리하다고는 말하지 않았어요. 그는 단지 자기 자신을 발견하지 못하고 있는 사람일 뿐이에요. 그는 아버지가 자신을 버렸을 때 인생의 의미도 훔쳐 갔다고 느꼈던 것 같아요. 그건 난센스처럼 들리지만 난센스가 아녜요. 그는 자기 아버지가 자기를 버린 것을 분개하고 있어요. 그와 동시에 그는 아버지를 아쉬워하며 사랑하고 있어요."

그녀의 목소리에 담긴 감정의 깊이가 나를 놀라게 했다. 그녀는 그가 느끼는 것보다도 훨씬 더 남편을 사랑하고 있었던 것이다.

우리는 낮은 산길을 가로질러 계곡으로 내려가기 시작했다. 길 위에는 갈색 먼지가 층을 이루며 공중에 쌓여 저 멀리 떨어져 있는 산들을 흐려 보이게 하고 있었다. 그때 옛날 어느 영화의 한 장면처럼 제2차 세계대전 때의 폭격기 한 대가 불쑥 밴 뉘이즈 비행장에서 떠올라 북으로 기수를 돌리는 것이 보였다. 그것은 틀림없이 산타 테레사의 산불 현장으로 날아가는 것이리라.

나는 이런 것을 나의 곁에 있는 여인에게 얘기하지는 않았다. 딴 생각이 나의 마음을 번거롭게 하고 있었다. 만약에 스탠리가 그의 아버지 발자국을 뒤쫓아 한 처녀와 도망치고 있다면 그가 그의 어머니가 사는 마을로 갈 것 같지는 않았다. 아마 라스베이거스나 멕시코가 그들의 갈 성싶은 목적지가 아닐까.

우리는 '노스리지'라고 쓴 표지 앞을 지났다. 나는 힐끗 그녀를 쳐다보았다. 그녀는 앞으로 몸을 구부리고 아직도 보이지 않는 실마리를 풀고 있었다.

"지금 우리는 무료 고속도에서 얼마나 떨어져 있나요?"

"5분가량 가면 돼요, 왜요?"

"우린 그곳도 확인해 보아야 합니다. 스탠리가 로니를 산타 테레사로 데려갔다고는 볼 수 없으니까요."

"그들이 집에 가 있을 것으로 생각하세요?"

"그럴 것 같지는 않지만 가능은 하지요, 하여튼 한번 돌아봅시다."

그 집은 칼리지 서클이라고 불리는 거리에 있었다. 이 거리는 커다란 나무 기둥이 받치고 있는 2층 홍예문이 달린 새로 신축한 집들이 모여 있는 거리였다. 그 집들은 색색의 빛깔로 구별되었다. 브로더스트 씨 댁은 짙은 푸른 빛깔이었다.

진은 현관문으로 들어갔다. 으리으리한 현관 뒤에도 집이 연달아 있었다. 마치 건축가가 남부의 농장 저택과 노예 숙소를 혼합하여 지으려고 애를 쓴 것 같았다. 포도넝쿨 울타리가 뒷마당과 이웃집 뒷마당을 갈라놓고 있었다.

차고의 문은 잠겨 있었다. 나는 건물 옆에 붙은 창으로 돌아갔다. 두 대를 댈 수 있는 차고에는 초록색 메르세데스 세단 한 대만이 있었는데 스탠리가 몰고 있던 흑색 차와는 전혀 달랐다.

진은 안에서 집의 뒷문을 열었다. 그녀는 나에게 섬뜩한 눈초리를 보내면서 잔디밭을 가로질러 차고의 유리창 문으로 뛰어왔다.

"거기 없어요?"

"없습니다."

"하느님 맙소사. 전 그들이 자살했거나 또는 딴 짓을 하지 않았는가 하는 생각이 순간적으로 들었어요." 그녀는 내 옆 유리창가에 서 있었다. "저건 우리 차가 아녜요."

"누구 차입니까?"

"그 여자의 것임에 틀림이 없어요. 이제 기억나요. 그 계집애와 스탠리는 어젯밤 서로 다른 차로 왔어요. 참 뻔뻔한 여자예요…… 내 차고 안에 자기 차를 두고 갔어요." 진의 얼굴 표정은 굳어졌다. "게다가 그 계집애는 로니의 침대에서 잤어요. 전 그게 싫어요."

"보여 주시오."

나는 뒷문으로 그녀를 따라 들어갔다. 집안은 벌써 폐가의 냄새를 풍기고 있었다. 부엌에는 씻지 않은 접시가 개수대와 수채통에 쌓여 있었다. 스토브 위에는 굳은 기름이 반쯤 차 있는 프라이팬과 완두콩 수프의 냄새가 나는 스튜냄비가 놓여 있었다. 거기에는 파리 떼가 날아다니고 있었다.

2층에 있는 로니의 방은 낯익은 동물 그림이 벽지로 발라져 있었다. 침구는 그 여자 방문객이 고된 밤을 보낸 듯이 헝클어지고 구겨져 있었다. 베개 위에는 그녀의 입술연지의 붉은 자국이 서명처럼 찍혀 있었고, 베개 밑에는 색이 바랜 초록색 천으로 장정된 《녹색 저택들》이라는 장편소설이 한 권 놓여 있었다.

나는 책머리 여백의 페이지를 검사했다. 거기에는 공작 깃펜으로 두루마리에다가 글을 쓰고 있는 천사가 아니면 시신(詩神)의 판화가 박힌 장서표가 붙어 있었다. 장서표 위의 이름은 엘린 스트롬이었다. 그 밑에 또 하나의 다른 이름 제리 킬패트릭이 연필로 적혀 있었다.

나는 그 책을 덮고 나의 웃옷 호주머니 속에 집어넣었다.

4

진 브로더스트는 나의 뒤를 따라 방에 들어왔다.

"적어도 그인 그 애와는 함께 자지 않았군요."

"남편은 어디서 잤나요?"

"서재에서 잤어요."

그녀는 1층의 조그만 방을 내게 보여 주었다. 서재에는 책장, 책상, 소파가 있었다. 철제 서류 캐비닛은 침대머리에 마치 기념비처럼 세워져 있었다. 나는 진에게 물었다.

"스탠리는 보통 이 방에서 자나요?"

"상당히 개인적인 질문인데요."

"그럼, 그는 보통 이 방에서 자는군요."

그녀는 얼굴을 붉혔다.

"그이는 밤에 서류를 들여다보는데 나를 깨우고 싶어하지 않아요."

나는 서류 캐비닛의 맨 윗서랍을 당겨보았다. 잠겨 있었다.

"어떠한 서류들을 이 캐비닛에 넣어 두나요?"

"그이의 아버지 서류예요." 그녀는 말했다.

"그의 아버지 서류라니요?"

"스탠리는 그의 아버지에 관한 서류를 넣어 두어요. 아버지에 관해서 조사할 수 있었던 건 모조리. 그런데 이건 별게 아니죠. 그리고 모든 단서들과…… 그이가 아버지의 거처를 알아내려고 면담하거나 편지한 수십 명되는 사람들과의 자료도. 최근 2, 3년 동안 그이는 아버지를 찾는 게 주요한 일이었어요." 그녀는 짓궂게 덧붙여 말했다. "난 적어도 그이가 밤을 어디서 보내는가를 알아냈어요."

"그의 아버지란 어떠한 사람이었나요?"

"전 실제로는 잘 몰라요. 그리고 우스운 게 이렇게 아버지에 대해서 많이 알면서도," 그녀는 캐비닛의 옆을 때렸다. "스탠리는 정말로 자기의 아버지에 관해서 말하지 않았어요. 그이는 오랫동안 침묵을 지키고 있었어요. 그의 어머니는 그이보다 더 오랫동안 침묵을 지켰어요. 전 그이의 아버지가 태평양 전투에서 해군 대령이었다는 건 알고 있어요. 그가 군복을 입은 사진이 있거든요. 그의 아버진 멋진 미소를 띤 미남자였어요."

나는 합판으로 된 벽을 둘러보았다. 사무용 달력 외에는 아무것도 걸려 있지 않았다. 그 달력은 아직도 6월이었다.

"아버지 사진을 어디에 두나요?"

"프렉시글라스 속에요. 그러면 사진이 퇴색하지 않는대요."

"무엇 때문에 사진이 퇴색하나요?"

"사람들에게 보이니까요. 테니스를 하는 사진도 있고 폴로 경기를 하는 사진도 있어요. 그리고 요트의 키를 잡고 있는 사진도."

"그의 아버진 돈이 많았나보죠?"

"아주 많았었겠죠. 어쨌든 브로더스트 씨 부인은 부자니까요."

"그러면 그분의 남편은 여자 때문에 돈과 그분을 버렸나요?"

"전 그렇게 들었어요."

"그 여잔 누구였나요?"

"전혀 몰라요. 스탠리와 그의 어머니는 그 얘길 하지 않았어요. 브로더스트 씨와 그 여자가 샌프란시스코로 줄행랑을 친 것밖엔 몰라요. 스탠리와 저는 지난 6월에 샌프란시스코에서 두 주일을 보냈어요. 스탠리는 아버지의 사진을 들고 시내를 뒤지고 다녔어요. 그는 번화가는 거의 더듬었어요. 그이를 데리고 돌아오는 데 애를 먹었지요. 그는 직장을 버리고 항만 지역을 계속 뒤지고 싶어했어요."

"아버질 찾았다고 합시다. 그럼 그 다음엔?"

"모르겠어요. 스탠리도 몰라요."

"아버지가 떠났을 때 열 하난가 열두 살이라고 했죠? 몇 년 전 일이었나요?"

"스탠리는 지금 스물일곱이에요. 그러니까 십오 년쯤 전이죠."

"직장을 버릴 만한 경제적 여유가 있나요?"

"없어요. 우린 그의 어머니에게나 딴 사람들에게 빚이 많아요. 그러나 그이는 무책임해지고 있어요. 저는 간신히 그를 직장에 매어두고 있지만……."

그녀는 잠시 민숭한 벽과 여러 달 동안 바뀌지 않은 달력을 말없이 쳐다보았다. 나는 입을 열었다.

"서류 캐비닛의 열쇠를 가지고 계십니까?"

"없어요. 하나밖에 없는데 스탠리가 간직하고 있어요. 그이는 책상도 잘 잠가요. 그이는 제가 그의 편지를 보는 것도 꺼려해요."

"그가 그 여자와 편지 왕래가 있었다고 생각하세요?"

"전혀 모르겠어요. 그이에겐 사방에서 편지가 와요. 전 편지를 뜯어보지 않아요."

"그 여자의 이름을 아세요?"

"수라고 했어요. 적어도 로니에게 그렇게 말했어요."

"저 메르세데스 차의 등록번호를 보고 싶은데요. 차고의 열쇠는?"

"제가 가지고 있어요. 부엌에 두었어요."

나는 그녀를 따라 부엌으로 갔다. 그녀는 찬장을 열고 겉못에서 열쇠를 내렸다. 나는 이것으로 차고의 문을 열었다. 메르세데스 차의 열쇠는 이그니션 속에 있었다. 등록번호는 없었으나 자동차보험 계산서가 계기반 뒤에 구겨져 있었다. 계산서의 수취인은 산타 테레사의 크레센트 드라이브 10번지에 사는 라저 아미스테드였다. 나는 나의 검은 수첩에다가 이름과 주소를 베끼고 차에서 기어 나왔다.

"무엇이 있었나요?" 진은 물었다.

나는 진에게 나의 수첩을 펴 보였다.

"라저 아미스테드 씨를 아시나요?"

"모르겠어요. 하긴 크레센트 드라이브라면 좋은 곳이지만."

"그리고 메르세데스 차는 사자면 돈이 많이 들걸요. 스탠리의 옛 학교 친구가 부자인 것 같았어요. 그렇지 않으면 그 여자가 훔쳤거나."

진은 재빠르게 한 손으로 진정하라는 몸짓을 했다.

"제발 소리를 낮춰 주세요." 그녀는 울타리 너머 이웃사람들을 의식하고 낮은 목소리로 계속했다. "그 얘긴 조리에 맞지 않아요. 그 계집애가 그이의 옛 학교 친구일 리가 없어요. 그 애는 아까 말했듯이 일곱 살이나 어려요. 게다가 그이는 산타 테레사의 사립학교에 다녔어요."

나는 다시 수첩을 폈다.

"그녀의 인상을 말해 주시오."

"그 애는 잘생긴 금발처녀예요. 키는 나만한데 5피트 6인치. 몸매가 늘씬해요. 아마 체중은 115파운드쯤일 거예요. 눈은 푸른빛인데 정말 예뻐요. 굉장히 이상하기도 하구요."

"어떻게 이상한데요?"

"난 그 눈을 이해할 수가 없어요." 그녀는 말했다. "난 그 애가 순결한지 아니면 냉정하고 부도덕한지 알 수가 없어요. 나중에 생각한 것도 아니에요. 그애가 스탠리와 함께 들어왔을 때 저의 첫 느낌이었어요."

"왜 그가 그 애를 집으로 데려왔는가 그 이유의 실마리라도 말하던가요?"

"그 애에겐 음식과 휴식이 필요하다고 말했어요. 그리고 저녁을 차려 줄 것을 요구했어요. 전 저녁을 차려 주었죠. 그러나 그 앤 거의 먹지 않았어요…… 완두콩 수프를 조금."

"애길 많이 했나요?"

"나에겐 안 했어요. 로니에겐 얘기했어요."

"무슨 얘기를?"

"그건 정말로 터무니없는 얘기였어요. 그 애는 로니에게 한 소녀에 관한 터무니없는 얘길 했어요. 이 소녀는 산속 집에 밤새 혼자 있었어요. 그녀의 양친은 괴물에게 피살되고 콘도르와 같은 큰 새에게 납치되었대요. 그 일은 그녀가 로니 만한 나이 때 그녀에게 일어났다고 말했어요. 그녀는 로니에게 그런 일이 일어나면 좋겠느냐고 물었어요. 물론 환상이었지만 추악한 요소가 들어 있었어요. 마치 그녀가 자기의 히스테리를 로니에게 터뜨리려고 하는 것 같았어요."

"로니의 반응은 어땠어요? 겁을 냈나요?"

"그렇지는 않았어요. 로니는 어쩌면 매혹된 것 같았어요. 저는 반대였죠. 저는 얘길 중단시키고 로니를 제 방으로 보냈어요."

"그 애는 로니를 데리고 간다는 얘긴 하지 않았나요?"

"그 애는 직접 그 얘길 하진 않았어요. 그러나 그 얘기가 바로 그 뜻을 전하는 게 아니에요? 그땐 겁이 났어요. 대책을 강구하고 그 애를 쫓아냈어야 했지요."

"무엇에 겁이 났나요?"

그녀는 하늘을 쳐다보았다. 하늘은 바람에 날리는 먼지로 꽉 찼다.

"그 애는 두려웠나봐요. 난 그 애에게서 그 애의 뜻을 이해했으니까요. 물론 난 이미 정신을 잃었어요. 애기 신부라도 되는 듯이 그 애를 집으로 데리고 오는 짓을 스탠리가 하다니. 참 이상한 일이었어요. 이곳에서 제 인생이 바뀌고 있음을 깨달았어요. 그리고 전 속수무책이었어요."

"당신의 인생은 언제부터 바뀌고 있었지요? 6월부터?"

그녀의 시선은 어두워진 하늘에 못박혀 있었다.

"6월은 우리가 샌프란시스코에 갔던 달이에요. 왜 6월이라고 단정적으로 말하시죠?"

"당신의 남편이 마지막으로 뗀 달력이 6월이었소."

그때 요란한 엔진 소리를 내면서 차가 한 대 문전에 들이닿았다. 한 사나이가 집 모퉁이에 나타났다. 그의 몸은 구겨진 검은 옷을 입고 있기 때문인지 불안해 보였다. 길고 파리한 얼굴의 눈두덩 위에는 띠 모양의 상처가 있었다.

그는 차도를 따라 우리 쪽으로 걸어왔다.

"스탠리 브로더스트가 집에 있습니까?"

"안 계신데요." 진은 불안한 듯이 대답했다.

"혹시 브로더스트 씨 부인이신가요?"

그 사나이는 공손히 말했다. 그러나 은연중 비난하는 말투가 그의 목소리 속에서 잉잉거렸다.

"네, 제가 브로더스트의 아내입니다."

"남편께선 언제쯤 돌아오시나요?"

"전 잘 모릅니다."

"대강은 아시겠지요?"

"정말 모르는데요."

"부인이 모르시면 누가 압니까?"

그는 골칫거리 사나이 같았다. 나는 그와 진 사이에 끼어들었다.

"브로더스트 씨는 주말여행을 떠났소. 당신은 누구며 무슨 일로 오셨소?"

그 사나이는 내 말에 곧 대답하진 않았다. 그는 말없이 화를 내며 한 손을 쳐들어 자기 자신의 얼굴을 갈겼다. 그 바람에 네 손가락 자국이 빨갛게 볼에 남았다.

"내가 누군지 당신이 관여할 바 아니요" 하고 그는 말했다. "내 돈을 내놓으시오. 당신은 그를 만나서 얘기해 주는 게 좋을 거요. 난 오늘 밤 이 마을을 떠납니다. 그래서 돈을 가지고 가야 합니다."

"무슨 돈 이야기인가요?"

"그건 그와 나 사이의 일이요. 그에게 말을 전하기만 하면 됩니다. 오늘 밤쯤 받게 되면 1천 정도로 청산하고 싶어요. 그렇지 않으면 끝장은 천당이 될 거요. 전해 주시오."

그의 차가운 눈을 보면 그는 자신이 하는 말을 믿고 있는 것 같지 않았다. 그는 징역을 살았기 때문인지 안색이 파리했다. 그는 대낮이 불안한 것 같았다. 그리고 마치 기댈 것이 필요한 것처럼 벽에 바싹 다가서 있었다.

"저의 남편에게는 그만한 돈이 없어요."

"그의 어머니에게 있지요."

"그의 어머니에 대해서 무얼 아신다고요?" 진은 작은 목소리로 물었다.

"난 그녀가 부자인 줄 우연히 알게 되었죠. 그는 그 돈을 오늘 자기 어머니로부터 타다가 밤에 내 손에 쥐어 준다고 말했소."

나는 대꾸했다.

"당신이 좀 빨리 온 것이 아니오?"

"그가 시내에 없다면 난 놀림거리가 되는거요."

"그는 당신에게서 무엇을 샀습니까?"

"당신에게 말하면 내가 팔 수 없지 않소?"

그의 간사한 표정은 자기 자신의 한계를 모르는 저능아가 짓는 표정이었다. "오늘 밤 다시 온다고 전해 주시오. 내게 돈을 지불하지 않는다면 끝장은 천국이라고요."

"오늘 밤 이곳에는 아무도 없을지도 모릅니다." 나는 말했다. "왜 나에게 당신의 이름과 주소를 대지 않소? 대 주면 당신과 연락이 될 텐데."

그는 나의 제안을 생각해보더니 드디어 말했다.

"스타 모텔에서 나를 찾을 수 있을 거요. 토팡가 캐니언 아래의 해변 대로에 있죠. 거기서 앨을 찾으시오."

나는 주소를 적었다.

"전화는 없나요?"

"전화로 돈을 전할 수야 없지."

그는 우리에게 희미한 미소를 지어 보이고 나갔다. 나는 집 모퉁이까지 그를 따라 나가 그가 낡은 검정 폭스바겐으로 사라지는 것을 지켜보았다. 그 차에는 앞 충격받이가 없었다. 번호판은 하도 더러워서 알아볼 수 없었다.

"그 사람이 진실을 말하고 있다고 생각하세요?" 진은 물었다.

"글쎄요. 거짓말 탐지기로 시험을 해 봐야죠. 그는 십중팔구는 불합격일 거요."

"스탠리는 그 따위 인간과 무슨 짓을 했던 것일까요?"

"당신이 스탠리를 나보다 더 잘 아시지 않습니까?"

"전 이젠 모르겠어요."

우리는 집 안으로 들어갔다. 나는 진에게 서재의 전화를 쓰겠다고 양해를 구했다. 나는 메르세데스 차 주인과 연락을 취하고 싶었다. 산타 테레사 안내소는 아미스테드의 전화번호를 알려주었다. 나는 다이얼을 돌렸다.

여자의 음성이 초조한 듯이 대꾸했다.

"아미스테드 씨와 애기할 수 있겠습니까?"

"안 계십니다."

"어디 계십니까?"

"용건에 달렸죠." 그녀는 대답했다.

"아미스테드 씨 부인이신가요?"

"네, 그렇습니다."

그녀는 전화를 끊을 것 같은 눈치였다.

"나는 한 젊은 여자의 행방을 쫓고 있습니다. 부자연스런 금발의……"

그녀는 훨씬 더 흥미가 생긴 듯한 목소리로 내 말을 가로막았다.

"그 여잔 산타 테레사 요트 정박소의 요트 위에서 목요일 밤을 보냈나요?"

"글쎄요."

"그럼, 그 여자에 관해서 무얼 아시나요?"

"그 여자가 녹색 메르세데스 차를 몰고 있었죠. 보아하니 그 차는 댁의 바깥양반 것 같은데."

"그건 내 차예요. 요트도 내 것이고요. 그 여자가 메르세데스 차를 망가뜨렸나요?"

"그게 아닙니다."

"돌려주세요. 어디 있나요?"

"제가 가서 뵙고 얘기할 수 있다면 가르쳐 드리죠."

"그렇담, 금전 갈취인가요? 라저가 당신에게 쏘삭거렸나요?"

그녀의 목소리는 분한 듯이 떨고 있었다.

"난 라저를 한번도 만난 적이 없습니다."

"운이 좋군요. 누구세요?"

"아처입니다."

"무엇 하는 분이죠? 직업은, 아처 씨?"

"사립탐정입니다."

"그러세요. 용건은 무엇인데요?"

"금발처녀에 관한 겁니다. 난 그녀의 이름을 모릅니다. 혹 아시나 해서요?"

"몰라요. 그 애가 문제를 일으켰나요?"

"그런가 봅니다."

"몇 살인데요?"

"열여덟 아니면 열아홉."

"그래요." 그녀는 더욱 작고 가는 목소리로 말했다. "라저가 그 차를 그 여자에게 주었나요? 아니면 그 애가 차를 훔쳤나요?"

"라저에게 물어 보셔야 할 겁니다. 차를 가지고 갈까요?"

"어디서 전활 거신 건가요?"

"노스리지. 그러나 산타 테레사로 가는 도중입니다. 아마 얘길 할 수 있을 겁니다."

짧은 침묵. 나는 아미스테드 씨 부인에게 기다리고 있겠느냐고 물었다.

"기다리고 있겠어요. 그러나 내가 당신에게 얘기하고 싶을는지는 모르겠어요." 그녀는 더욱 강한 목소리로 덧붙여 말했다. "차는 내 것이에요. 돌려주세요. 난 당신에게 적당한 돈을 치르겠어요."

"만날 때 의논합시다."

나는 차고에서 메르세데스 차를 꺼내고, 그 자리에 내 차를 집어넣었다. 내가 서재로 돌아왔을 때 진은 시어머니와 전화로 얘기하고 있었다.

그녀는 수화기를 내려놓고 스탠리와 로니와 그 여자가 그날 아침 브로더스트 씨 부인의 부재 중에 농장에 왔다고 나에게 말했다.

"정원사가 산장의 열쇠를 주었대요."

"산장이라니요 ?"

"농장 뒤의 산속에 있는 별장 말예요. 그런데 거기가 산불이 난 곳이에요."

5

우리가 산타 테레사에 도착하기 전에 나는 연기 냄새를 맡을 수 있었다. 그때 나는 연기가 마을 뒤의 산 전면에 너울을 씌우는 것을 보았다. 연기 밑으로 그리고 그 사이로, 거리가 너무나 떨어져 소리가 들리지 않는 포화(砲火)와 같은 불을 나는 쳐다보았다.

전쟁의 환상은 산등성이 위로 낮게 날아든 낡은 쌍발 폭격기 때문에 완전한 것이 되었다. 비행기는 잠깐 연기 속에 모습을 감추었다가 파스텔화 같은 붉은 구름을 끌면서 연기 속에서 나왔다.

무료 고속도로에서는 교통량이 급격히 늘어나서 차가 머뭇거렸다. 나는 손을 뻗어 라디오를 틀려다 그만두기로 했다. 내 옆에 있는 여자는 다른 걱정이 많아서 화재 보고를 들을 여유가 없었던 것이다. 순찰대원이 줄 맨 앞에서 측면도로로부터 무료 고속도로로 움직이는 교통을 정리하고 있었다. 산에서 나오는 차는 아주 적었다. 여러 대의 트럭이 가구와 침구들, 어린애들과 개들을 가득 싣고 달리는 것이 보였다.

순찰대원이 차를 통과시키자마자 우리는 산으로 통하는 길로 접어들었다. 차는 진이 설명한 브로더스트 씨 부인의 캐니언 쪽을 향하여 레몬 밭과 구획 지구 사이로 서서히 올라갔다.

산림 보호원의 옷을 입고 누런 모자를 쓴 남자가 캐니언 입구에서 메르세데스를 정지시켰다. 진은 차에서 내려 브로더스트 씨 부인의 며느리라고 자기소개를 했다.

"체류할 생각은 마십시오. 우린 이 지역을 철수시켜야 할지 모릅니다."

"저의 남편과 어린애를 보셨나요?"

그녀는 로니의 인상을 말했다——나이는 여섯 살, 푸른 눈, 검은 머리털, 연한 청색 옷. 산림 보호원은 고개를 저었다.

"어린애들을 데리고 떠나는 사람들을 많이 보셨죠? 잘들 생각한 겁니다. 한 번 산불이 이 캐니언 아래로 쏟아지기 시작하면 당신들은 산불과 경주해도 이길 수 없을 거예요."

"산불이 얼마나 악화됐나요?" 나는 물었다.

"바람 나름이죠. 바람이 자면 밤이 되기 전에 불을 완전히 잡을 수 있을 거예요. 산 위에 장비가 많이 있어요. 그러나 바람이 불기 시작하면……."

그는 한 손을 들어 눈에 보이는 모든 것들에 대해서 체념하는 작별 인사를 했다.

우리는 '캐니언 이스테이츠'라는 이름의 문장이 붙은 대문 기둥 사이를 지나 캐니언 안으로 들어갔다. 산중턱의 참나무와 옥석 사이에는 새로 지은 고급 주택들이 산재하고 있었다. 호스를 든 어른들이 그들의 안마당과 집과 주위의 덤불에 물을 뿌리고 애들은 그것을 지켜보고 있거나, 아니면 차 속에서 말없이 앉아 있었다. 그들은 언제라도 떠날 준비를 갖추고 있었다. 산에서 치솟는 연기는 그들을 위협했고 햇빛을 가려 흐리게 했다. 브로더스트 농장은 이 집들과 산불이 번지고 있는 지역의 중간쯤에 있었다. 우리는 농장 쪽을 향해서 캐니언을 올라 가다가 브로더스트 씨 부인의 우편함이 있는 곳에서 국도를 벗어났다. 브로더스트 씨 부인의 개인용 아스팔트길은 수 에이커나 되는 무성한 녹나무 사이로 꼬불꼬불 올라갔다. 녹나무의 넓은 일들은 산불에 이미 그슬린 것처럼 끝이 시들었다. 검숭검숭한 과일이 나뭇가지에 녹색 수류탄처럼 매달려 있다.

길은 차츰 넓어져 크고 간소한 목장 주인집 앞에서는 원형 차도로 변했다. 으슥한 현관 아래에서는 공중에 매달린 바구니에 담긴 분홍 바늘꽃에서 물방울이 뚝뚝 떨어졌다. 바구니들 사이에 매달린 붉은 유리 벌새 조롱에서는 역시 허공에 매달린 것같이 보이는 벌새가 홈통에서 찔끔찔끔 물을 마시며 깡총깡총 뛰고 있었다.

한 부인이 문을 열고 나오자 벌새는 눈에 띄게 조용해졌다. 흰 셔츠와 가는 허리가 드러나 보이는 검은 작업복 바지를 입은 그녀는 굽 높은 승마용 장화 소리를 딸깍딸깍 내면서 날쌔게 베란다를 가로질러 왔다.

"진이구나."

"어머님."

그들은 시합 전의 선수들이 악수하듯이 짤막하게 악수했다. 브로더스트 씨 부인의 새까만 머리에는 회색이 희끗거렸다. 그러나 그녀는 내가 생각한 것보다는 젊었다. 쉰은 넘지 않은 것 같았다. 다만 그녀의 눈은 더 늙어 보였다. 진의 얼굴에서 눈을 떼지 않고 그녀는 고개를 좌우로 저었다.

"그들은 안 왔어. 그리고 얼마 동안 이 지역에서 보이지도 않았고. 그런데 대체 금발처녀란 누구냐?"

"저는 모릅니다."

"스탠리는 그 애와 좋아 지내냐?"

"전 모릅니다, 어머님." 그녀는 내게로 돌아섰다. "이분은 아처 씨입니다."

브로더스트 씨 부인은 퉁명스럽게 고개를 끄덕거렸다.

"진이 전화로 당신은 탐정이라고 소개했어요. 맞아요?"

"사립탐정입니다."

그녀는 머리에서 발끝까지 나를 샅샅이 뜯어보았다.

"솔직히 말해서 난 사립탐정을 좋아한 적이 없어요. 그러나 사정에 따라서는 당신이 유익할 수도 있겠지요. 라디오 뉴스가 사실이라면 산불은 산장을 지나쳤기 때문에 이곳은 멀쩡합니다. 나와 함께 산장에 가보시겠습니까?"

"갑시다. 정원사와 얘기한 다음에."

"그건 필요 없을 겁니다."

"그러나 정원사는 아드님에게 산장 열쇠를 주었지요. 그러니까 왜 그들이 열쇠를 원했는가 그는 알지도 모릅니다."

"그는 몰라요. 난 프리스에게 물어봤어요. 시간 낭비예요. 난 이미 시간을 낭비했어요. 당신과 진이 여기 도착할 때까지 난 전화 옆에 붙어 있었으니까요."

"프리스는 어디 있습니까?"

"당신은 고집쟁이군요? 그는 윗(椵)가지로 엮어 만든 오두막집에 있을지도 몰라요."

우리는 안색이 창백해지고 근심에 싸인 진을 베란다 그늘에 남겨두고 나왔다. 오두막집은 울타리를 친 정원 안에 농장의 툇마루 뒤에 있었다. 브로더스트 씨 부인은 지붕이 던지는 줄무늬 그늘 속으로 나를 따라 들어왔다.

"프리스 있나? 아처 씨가 물어볼 것이 있다네."

작업복을 입은 온화한 얼굴의 사나이가 만지고 있던 꽃나무에서 손을 떼고 일어섰다. 그의 녹색 눈은 감정적이고 몸가짐에는 어딘지 들뜬 데가 있었다. 입과 코 사이에 검푸른 자국이 있는 것을 보면 그는 언청이로 태어난 것 같았다.

"무슨 일입니까?" 그는 물었다.

"나는 스탠리 브로더스트 씨가 무얼 하고 있는가 찾아내려고 하는 사람이요. 왜 스탠리가 산장의 열쇠를 달라고 했나요?"

프리스는 어깨를 치켜 올렸다.

"난 몰라요. 내가 어찌 남의 마음속을 읽을 수 있겠어요."

"짐작은 할 수 있을 텐데?"

그는 불쾌한 듯이 브로더스트 씨 부인을 힐끗 쳐다보았다.

"실토해야 합니까?"

"사실을 말해요." 부인이 말했다.

"당연히 전 스탠리 씨와 그 계집애가 무슨 꿍꿍이 수작을 벌인다고 생각했죠. 그렇지 않으면 왜 산장에 올라가겠어요?"

"내 손주와 함께?" 브로더스트 씨 부인이 물었다.

"그들은 내게 애를 맡아달라고 했어요. 그러나 전 책임을 지고 싶지 않았어요. 그러다가 골치 아픈 일에 말려들 것 같아서요."

그는 바보와 같은 지혜를 드러내 보였다.

"아까는 그 말을 하지 않았잖나. 내게는 사실대로 말을 했어야지, 프리스?"

"한꺼번에 모든 일을 상기할 수 있나요?"

"어린애의 태도는 어땠소?"

"염려 없어요. 별로 말은 하지 않았지요."

"당신도 별로 말하지 않는군요?"

"당신은 내게서 무슨 말을 듣고 싶나요? 내가 그 애에게 무슨 못

된 짓이라도 했다고 생각하나요?" 그의 언성이 높아졌다. 그의 두 눈에서 갑자기 눈물이 글썽거렸다.

"아무도 그런 말은 하지 않았소."

"그럼 왜 나를 달달 볶습니까? 그 애는 아버지와 함께 여기 왔소. 아버지는 아들을 데리고 갔소. 그래도 내게 책임이 있습니까?"

"진정하세요."

브로더스트 씨 부인의 손이 내 팔에 닿았다.

"안 되겠어요."

우리는 투덜거리는 정원사를 나무 사이에 남겨두고 나왔다. 줄무늬 그늘이 지붕에서 떨어져 그를 창살로 가두었다. 차고는 집 뒤 헛간에 있었다. 헛간 아래는 메마른 개울인데 참나무와 유칼리나무가 무성한 좁은 계곡의 바닥에 있었다. 꼬리에 줄무늬가 있는 비둘기와 목소리가 부드러운 붉은 날개의 검정 새들이 나무숲 밑과 사육장 주위에서 먹이를 찾고 있었다. 나도 그곳에서 먹이감을 찾았다. 나는 바람에 떨어져 먼지 속에 박힌 화려한 청동 못대가리처럼 보이는 유칼리나무의 잔가지를 밟았다.

낡아빠진 캐딜락과 소형 트럭이 차고 밑에 서 있었다. 브로더스트 씨 부인은 트럭을 몰아 녹나무 수풀의 굽잇길을 돌아서 도로로 나와 산속으로 향했다. 녹나무 밑을 지나서는 오래된 올리브나무가 있었고 이것을 지나서는 풀들이 마구 우거진 방목장이 나타났다.

우리는 캐니언 입구에 접근하고 있었다. 탄내가 나의 콧구멍을 더욱 세게 찔렀다. 우리는 자연과 반대 방향으로 가고 있는 것같이 느껴졌다. 그러나 나는 나의 근심을 브로더스트 씨 부인에게 말하지 않았다. 그녀는 남달리 인간의 약점을 고백하는 여자가 아니었다.

도로는 올라갈수록 상태가 나빠졌다. 좁은 데다가 바둑돌이 깔려 있었다. 브로더스트 씨 부인은 트럭 핸들을 갑자기 돌렸다. 트럭이 다루기 힘든 숫보기 동물인 것처럼. 무엇 때문인지는 몰라도 나는 라저 아미스테드 씨 부인의 전화 목소리가 생각났다. 나는 브로더스트 씨 부인에게 그 여자를 아느냐고 물었다. 그녀는 짤막하게 대답했다.

"비치 클럽에서 만난 적이 있어요. 왜 물어보지요?"

"아미스테드라는 이름은 아드님 친구인 금발처녀와 관련있는 것 같아서요."

"관련이라니?"

"금발처녀는 그들의 메르세데스 차를 사용하고 있었거든요."

"그런 관련은 놀랍지 않네요. 아미스테드 집은 남부 출신의 벼락부자예요. 나와는 사람이 달라요." 화제를 아주 바꾸지 않고 그녀는 계속하여 말했다. "우린 이곳에 오랫동안 살아왔어요. 나의 폴코너 조부님께서는 이곳의 해변 들판과 첫 산봉우리까지 산중턱 전체를 샀어요. 그렇지만 내게 남긴 것은, 2, 3백 에이커뿐예요."

내가 적당한 말을 생각해 내려고 하고 있는 동안에 그녀는 보다 더 친근한 목소리로 말했다.

"스탠리는 어젯밤 나에게 전화를 걸어 오늘 1만 5천 달러가 필요하다고 사정했어요."

"무엇에 쓰려고요?"

"글쎄요. 그 앤 막연한 얘길 했어요. 정보를 산다고요. 당신이 알고 있는지 모르지만 내 아들은 집을 나간 아버지에게 열중하고 있었어요."

그녀의 목소리는 메마르고 조심스러웠다.

"며느님이 그 얘길 하더군요."

"정말요? 난 1만 5천 달러가 당신과 무슨 관계가 있다고 생각했어요."

"그랬었군요."

나는 검은 옷을 입었던 창백한 사나이 앨이 생각났으나 당장에는 그를 들먹이지 않기로 했다.

"당신을 누가 고용했지요?" 그 여자는 꽤 날카롭게 물었다.

"아직 돈은 받지 않았습니다."

"알겠어요." 그녀는 그것을 믿지 못하는 것 같았다. "당신과 나의 며느리는 친한 사이입니까?"

"아니오. 난 그분을 오늘 아침에 처음 만났습니다. 그분은 나의 친구의 친구입니다."

"그렇다면 스탠리와 진이 파혼 직전에 있다는 것도 알겠군요. 나야 그들의 결혼이 오래 가리라고는 생각하지 않았지만."

"왜요?"

"진은 총명한 여자예요. 그러나 그녀는 전적으로 계급이 달라요. 진은 내 아들을 이해한 적이 없을 거예요. 하긴 난 우리 집안의 가풍을 설명하려고 애를 썼지만." 그녀는 머리를 도로에서 돌려 나를 쳐다보았다. "스탠리는 정말로 그 금발처녀에게 관심이 있나요?"

"그렇습니다. 그러나 당신이 생각하는 그러한 관심은 아닐지도 모릅니다. 만약 그렇다면 아이를 데리고 오지 않았을 텐데……."

"너무 확신하지 말아요. 그가 로니를 데려온 건 내가 로니를 사랑하는 줄 알고, 게다가 나한테서 돈을 얻을 생각을 가졌기 때문일 거예요. 내가 없으니까 프리스에게 로니를 맡기려고 했다는 사실을 생각해보세요. 그들이 무슨 짓을 꾸미고 있는가를 알아 내면 당신에게 돈을 많이 드리겠어요."

6

도로가 완전히 끊어지는 사암(砂岩) 절벽 밑에서 브로더스트 씨 부인은 트럭을 멈추었다. 우리는 차에서 내렸다.

"여기서부터는 걸어서 가야 해요" 하고 그녀는 말했다. "보통 때면 래틀스네이크 길로 돌아갈 수 있어요. 그러나 그 길은 지금 산불에 휩싸여 있어요."

절벽 바람막이에 갈색의 나무 표지판이 있었다. '풀코너 트레일'. 이 오솔길은 캐니언의 험한 측면을 불도저로 밀어서 만든 먼지가 이는 길이다. 브로더스트 씨 부인은 내 앞을 가면서 자기 아버지가 이 땅을 오솔길로 쓰라고 산림서(山林署)에 기증했다고 말했다. 그녀의 말은 어떠한 방법으로든 자기의 기분을 돋우려고 애를 쓰고 있는 것처럼 들렸다.

나는 캐니언의 아래에 있는 가장 키가 큰 단풍나무 꼭대기를 내려다 볼 때까지 그녀가 일으키는 먼지를 마셨다. 낮달이 절벽 위에 걸려 있었다. 우리는 절벽 쪽으로 기어 올라갔다. 꼭대기에 이르렀을 때 나는 옷이 흠뻑 젖었다.

정상 가장자리에서 약 1백 야드 떨어진 곳에 커다란 삼나무 오두막집이 작은 나무 수풀을 등지고 서 있었다. 산불이 거칠게 휩쓸고 간 수풀에는 대부분의 나무들이 불에 타서 검게 상해 있었다. 오두막집 자체는 일부분만이 붉은빛이었지만, 마치 전체가 핏물을 뒤집어 쓴 것처럼 보였다.

숲 너머는 산비탈인데 벌써 이곳저곳이 불에 타 버렸다. 산비탈이 힐끗 쳐다보이는 산등성이길 너머는 지금도 불길이 타고 있었다. 불은 측면에서 산 전면으로 옮아가는 것 같았다. 거리가 멀기 때문에 포화처럼 보이는 불꽃은 마치 기병대처럼 짙은 떡갈나무 수풀을 짓쳐 들어가고 있었다.

산등성이로 난 길은 우리와 산불의 주요 부분 중간쯤에 있었다. 동쪽으로 이 길이 곡선을 그으며 내려간 곳에는 집들이 모여 있었는데, 마치 조그마한 대학촌 같았다. 집과 산불 중간에 불도저들이 몇 대

동원되어서 왔다갔다하며 덤불 깊숙이 방화선을 만들고 있었다.

도로는 유조차와 그 밖의 중장비로 막혔다. 그 주위에는 사람들이 대기 상태로 서 있었는데, 그들이 겸손하게 그리고 신중히 행동함으로써 신(神)같이 타오르는 산불을 거기에서 멈추게 하고 가라앉게 할 수 있을 것 같았다.

브로더스트 씨 부인과 내가 오두막집에 가까이 다가가자 나는 벽과 지붕 일부분에 공중에서 뿌린 진화제(鎭火劑)가 덕지덕지 묻어 있는 것을 볼 수 있었다. 벽의 나머지 부분과 창 위의 차일은 햇볕에 바랜 회색이었다.

문은 열린 채였는데, 열쇠가 예일 자물쇠에 꽂혀 있었다. 브로더스트 씨 부인은 천천히 문간까지 걸어갔다. 그녀는 마치 집 안에 누가 있을지도 몰라 두려워하는 것 같았다. 그러나 커다랗고 촌스런 문간방에 이상한 것은 없었다. 벽난로의 재는 식었는데 아마 식은 지 여러 해가 되었을지도 모른다. 올 굵은 삼베로 휘감긴 낡은 가구들은 과거의 영상처럼 늘어서 있었다.

브로더스트 씨 부인은 삼베로 덮인 안락의자에 털썩 주저앉았다. 먼지가 일었다. 그녀는 기침을 하고 달라진 목소리로 낮게 그리고 열쩍은 듯이 말했다.

"오솔길을 너무 빨리 올라왔나봐요."

나는 그녀에게 물을 떠다 주려고 부엌으로 갔다. 찬장에 컵이 있었다. 양철로 된 개수대의 수도꼭지를 틀었으나 물이 나오지 않았다. 부탄가스 난로도 연결이 끊어져 있었다. 나는 물을 찾아 딴 방을 돌아다녔다. 두 개의 아래층 침실과 다락방은 가파른 나무계단으로 이어져 있었다. 다락방에는 지붕의 창에서 햇빛이 들어왔다. 거기엔 삼베로 덮은 침대 셋이 나란히 놓여 있었다. 그중에 하나는 구겨져 있었다. 나는 삼베를 벗겼다. 무거운 회색 담요 위엔 로르샤흐 혈전검

사용 얼룩과 같은 흘린 지 얼마 안 된 핏자국이 있었다.

나는 커다란 문간방으로 내려갔다. 브로더스트 씨 부인은 의자 등에 머리를 기댄 채 쉬고 있었다. 눈을 감은 그녀의 얼굴은 부드럽고 평화스러웠다. 그녀는 나직이 코를 골고 있었다.

산 위로 낮게 나는 비행기의 폭음이 점점 크게 들려왔다. 뒷문으로 나가자 때마침 산불 위에 떨어지는 비행기의 붉은 자취를 나는 볼 수 있었다. 비행기의 모양은 점점 작아졌고 폭음은 점점 약해졌다.

두 마리의 사슴이——암사슴과 새끼사슴이——메마른 개울 바닥의 비탈을 내려와 수풀을 향하여 뛰고 있었다. 그들은 나를 보자 쓰러진 통나무를 넘고 나무숲 속으로 쏜살같이 뛰어들었다.

오두막집의 후면부터 잡초가 빈틈없이 자라 우거진 자갈길이 산등성이 쪽으로 꼬불꼬불 나 있었다. 뒷길을 따라 나무숲으로 막 가려는데 조그마한 마구간 쪽으로 난 차바퀴 자국이 눈에 띄었다. 그 바퀴 자국은 생긴지 얼마 안 돼 보였다. 나는 그 바퀴 자국을 쫓아서 마구간까지 가서 들여다보았다. 스탠리의 차같이 보이는 검정 컨버터블이 뚜껑을 내려놓은 채 있었다. 나는 계기반에서 등록번호를 보았다. 스탠리의 것임에 틀림이 없었다.

나는 컨버터블의 문을 쾅하고 닫았다. 메아리가 아니면 응답과 같은 소리가 나무숲 쪽에서 들려왔다. 아마 그 소리는 나뭇가지가 부러지는 소리였을지도 모른다. 나는 마구간을 나가서 더러 불에 탄 수풀 쪽으로 갔다. 내 발자국 소리와 숲 사이로 부는 바람의 아련한 한숨과 같은 소리 이외에는 아무것도 들리지 않았다.

그때 나는 미처 깨닫지 못했던 좀더 멀리서 나는 소리를 어렴풋이 들었다. 날개치는 소리와 같았다. 나는 얼굴에 뜨거운 바람을 느끼고 비탈을 쳐다보았다. 산불 위에 걸린 짙은 연막층이 보였다. 그 아래 바닥에서는 산불이 더욱 훨훨 타오르면서 방향을 바꾸었다. 불꽃의 선봉이 비탈을 내려 왼쪽으로 튀었다. 소방대원들은 산등성이 길로 불꽃의 선봉을 막기 위하여 빠르게 이동하고 있었다.

바람의 방향 또한 바뀌고 있었다. 나는 나뭇잎 사이에서 나는 바람 소리를 들을 수 있었다. 그날 아침 웨스트 로스앤젤레스에서 나의 눈을 뜨게 한 소리와 같은 것이었다. 사람 소리도, 나무숲 사이에서 움직이는 소리도 들려왔다.

"스탠리?" 나는 물었다.

푸른 옷과 붉은 모자를 쓴 한 남자가 단풍나무의 얼룩진 줄기 뒤에서 나왔다. 덩치가 큰 사나이였다. 그의 동작은 어색하면서도 경쾌했다.

"누굴 찾고 있나요?" 그의 목소리는 아주 침착했다.

"여러 사람을 찾고 있지요."

"이곳에는 나 혼자뿐이요." 그는 유쾌한 듯이 말했다.

그의 굵은 팔다리가 작업복 속에서 불거졌다. 얼굴은 땀에 젖었고 구두에는 진흙이 묻었다. 그는 모자를 벗고 얼굴과 이마를 명주 손수건으로 훔쳤다. 회색 머리털은 짧게 깎았는데 그 모양은 마치 둥그런 포탄 위에 털가죽을 씌운 것 같았다.

나는 그쪽을 향하여 단풍나무의 앙상한 그늘 속으로 걸어갔다. 희끄무레한 달이 단풍나무 꼭대기에 걸려 있었다. 검게 타버린 잔 가지들이 달을 선으로 구분했다. 재빠른 요술사의 동작처럼 그 덩치가 큰 사나이는 담뱃갑을 주머니에서 꺼내더니 내게 불쑥 내밀었다.

"피우겠소?"

"안 피웁니다."

"궐련을 안 피운다는 말입니까?"

"끊었습니다."

"여송연은 피웁니까?"

"여송연은 좋아한 적이 없습니다." 나는 대꾸했다. "당신은 여론조사를 하고 있습니까?"

"그렇게 불러도 할 수 없지요." 그는 만면에 미소를 띠었다. 금니가 몇 개 드러나 보였다. "스페인 궐련은 어때요? 궐련 대신에 그걸 피우는 사람도 있지요."

"알고 있습니다."

"당신이 찾고 있다는 사람 중에는 스페인 궐련을 피우는 사람이 있습니까?"

"없을걸요." 그때 나는 스탠리 브로더스트가 스페인 궐련을 피우던 것이 생각났다. "왜 묻습니까?"

"이유는 없죠. 그저 호기심에서요." 그는 산 쪽을 쳐다보았다. "산불이 움직이기 시작하는군. 기분 나쁜 바람이 불고 있어요. 산타 아나 $\binom{\text{멕시코의 군인·정치가로 독재}}{\text{자로 알려짐. 1794~1876}}$ 같군."

"오늘 아침 일찍부터 남하하고 있었죠."

"그렇다고 나도 들었소. 당신은 로스앤젤레스에서 왔나요?"

"맞습니다." 그에게는 시간이 얼마든지 있는 것 같았다. 그러나 나는 그와 노닥거리는 데 지쳤다. "내 이름은 루 아처, 면허증을 가진 사립탐정입니다. 브로더스트 집안에 고용되고 있지요."

"난 누군가 했지요. 마구간에서 나오는 걸 보았거든요."

"스탠리 브로더스트의 차가 거기에 있더군요."

"알고 있어요." 그는 말했다. "스탠리 브로더스트는 당신이 찾고 있는 사람 중의 하납니까?"

"그렇습니다."

"면허증을 볼까요?"

나는 그에게 나의 면허증 사본을 보여주었다.

"그럼, 난 어쩌면 당신을 도울 수 있을지 모르겠소."

그는 느닷없이 돌아서서 나무숲 사이로 바퀴 자국이 나 있는 오솔길을 향해 갔다. 나는 그의 뒤를 따라갔다. 나뭇잎이 하도 메말라서 튀긴 옥수수 위를 거니는 것같이 바삭바삭 소리가 났다.

우리는 빈터에 이르렀다. 그 위에 아치를 만들고 있던 커다란 단풍나무가 타버렸다. 까맣게 탄 가지에서 아직도 연기가 오르고 있었다. 빈터의 중심 가까운 곳에 직경 3피트 반쯤 되는 구덩이가 패어 있었다. 삽 한 자루가 그 구덩이 옆, 흙과 돌무더기 사이에 똑바로 세워져 있었다. 한쪽에는 곡괭이가 놓여 있었다. 그 뾰족한 끝은 시뻘건 피에 적신 것같이 보였다. 나는 마지못해 구덩이 속을 내려다보았다.

좁은 구덩이의 한가운데에 한 남자의 시체가 얼굴을 쳐들고 태아처럼 누워 있었다. 시체에 걸친 박하 줄무늬 셔츠는 바로 스탠리 브로더스트의 수의(壽衣)였다. 흙이 시체의 벌린 입속에 꽉 찼고 두 눈에도 엉겨 붙어 있었지만 나는 그 시체가 스탠리 브로더스트임을 한눈에 알아보았다. 그래서 나는 그 시체가 스탠리라고 말했다.

그 덩치가 큰 사나이는 내 말을 조용히 받아들였다.

"그가 여기서 무얼 하고 있었는지 아시나요?"

"모릅니다. 그러나 이곳이 그의 아버지의 농장의 일부분이라는 건 알고 있죠. 당신은 여기서 무엇을 하고 있는지 설명하지 않았소."

"난 산림서 사람이요. 내 이름은 조 켈시요. 난 왜 이 산불이 일어났는가 밝히려고 하고 있소." 그러고 나서 그는 신중히 덧붙여 말했다. "난 산불의 원인을 알아냈습니다. 불은 바로 이 지대에서 타올랐습니다. 난 이걸 우연히 발견했소, 바로 저기에서."

그는 우리가 서 있는 곳에서 2, 3피트 떨어진 불에 탄 지면 속에 박혀 있는 누런 플라스틱 표적을 가리켰다. 그러고서 그는 조그마한 알루미늄 갑을 꺼내어 탁 소리를 내며 열었다. 그 속엔 절반쯤 타다 만 스페인 궐련이 들어 있었다.

"브로더스트가 이걸 피웠나요?"

"난 오늘 아침 그가 그 궐련을 피우는 걸 보았죠. 그의 옷 속에 담뱃갑이 들어 있을 거요."

"그야 그렇지만 난 검시관이 올 때까지 시체를 움직이고 싶지 않군요. 하기야 움직여도 좋을 것같이 보이지만."

그는 산불을 쳐다보았다. 산불은 나무숲 사이로 마치 석양과 바뀌치기라도 한 듯이 타올랐다. 산불과 싸우는 남자들의 윤곽은 그들에게 유조차와 불도저가 있는데도 불구하고 작고 헛된 것처럼 보였다. 왼편 멀리에서 불붙고 있는 산불은 능선을 넘어서 메마른 덤불을 먹어들어가며 연기를 산 위로 뿜어올리고 있었다. 연기가 불보다 먼저 마을을 건너 바다 위로 퍼졌다. 켈시는 삽을 들고 흙을 구덩이 속에 퍼 넣기 시작했다.

"난 사람을 두 번 묻는 게 싫은데요. 그러나 구워지는 것보다는 이게 낫겠지요. 산불이 이쪽으로 되돌아오고 있습니다."

"그를 발견했을 때 그는 땅속에 묻혀 있었나요?"

"그래요. 그러나 누가 묻었는지는 몰라도 덮는 수고는 하지 않았더군요. 나는 삽과 피 묻은 곡괭이를 발견했지요. 그리고 허술하게 흙으로 메워진 구덩이를 파기 시작했죠. 무엇이 나올 줄은 몰랐죠. 그러나 그것이 머리에 구멍이 뚫린 시체라는 예감은 있었죠."

켈시의 작업 속도는 빨랐다. 흙은 스탠리의 줄무늬 셔츠와 위를 쳐다보는 모욕당한 얼굴을 덮었다. 켈시는 어깨너머로 내게 말했다.

"당신은 여러 사람을 찾고 있다고 했는데, 딴 사람은 누굽니까?"

"죽은 사람의 아들이 있고, 또 금발처녀가 그와 동행했었지요."

"그 금발처녀는 어떻게 생겼나요?"

"눈은 푸르고, 키는 5피트 6인치, 체중은 115파운드, 나이는 열여덟, 브로더스트의 미망인이 그 금발처녀에 대해서 더 많이 말할 수 있죠. 그분은 지금 농장에 있습니다."

"당신 차는 어디 있나요? 난 소방 트럭으로 왔는데."

나는 그에게 스탠리 어머니 트럭을 타고 왔고 그녀는 오두막집에 있다는 얘기를 했다. 켈시는 삽질을 멈추었다. 그의 얼굴엔 땀이 흐르고 있었고 약간 당황하고 있었다.

"그분은 오두막집에서 무얼 하고 계십니까?"

"쉬고 있습니다."

"그분의 휴식을 방해해야겠군요."

수풀 너머, 타지 않았던 덤불에 산불이 옮겨 붙어 거의 나무 높이만큼 솟아올랐다. 공기는 격렬하게 움직였고 동물의 뜨거운 입김처럼 느껴졌다.

우리는 그 속에서 빠져나왔다. 켈시는 삽을, 나는 피 묻은 곡괭이를 들었다. 오두막집 문간에 도착할 무렵에는 곡괭이가 무겁게 느껴졌다. 나는 곡괭이를 내려놓고 문을 노크했다. 그러고 나서 나는 들어갔다.

브로더스트 씨 부인은 소스라쳐 일어나 앉았다. 그녀의 얼굴은 장밋빛이었고 아직도 졸음기 있는 눈에 조는 목소리였다.

"깜빡 졸았나봐요. 용서하세요. 그러나 난 아주 단꿈을 꾸었어요. 난…… 우린 이곳으로 신혼여행을 왔어요. 바로 이 오두막집으로요. 전쟁초였지요. 그때는 마음대로 여행을 할 수가 없었죠. 나쁜 일은 하나도 일어나지 않았어요."

그녀의 반쯤 꿈꾸고 있는 눈의 초점이 나의 얼굴에 집중되더니 내가 감추지 못했던 나쁜 일의 표정을 본 것 같았다. 그때 그녀는 손에 삽을 든 켈시를 보았다. 그는 입구의 햇빛을 가로막는 거대한 무덤 파는 사람으로 보였다.

브로더스트 씨 부인의 평상시의 표정――흠 없고 냉정하고 일부러

꾸민 표정은 그녀의 구김 없는 얼굴에 억지로 나타났다. 부인은 재빠르게 일어났으나 자세의 균형을 거의 잃고 있었다.

"켈시 씨가 아니세요? 무슨 일이 일어났나요?"

"아드님을 찾았습니다."

"어디서요? 아들과 얘기하고 싶어요."

켈시는 자못 당황하여 말했다.

"아마, 안 될 겁니다."

"왜요? 그 앤 어디로 사라졌나요?"

켈시의 얼굴은 나에게 호소했다. 브로더스트 씨 부인은 그에게로 걸어갔다.

"왜 그 삽을 들고 있나요? 그건 내 삽 아니에요?"

"전 몰랐습니다."

그녀는 삽을 그의 손에서 빼앗았다.

"틀림없이 내 삽이군요. 지난봄에 내가 쓰려고 샀어요. 어디서 이걸 가져왔죠, 정원사에게서?"

"저 건너 덤불 속에 삽이 있었습니다."

켈시는 몸짓으로 그 방향을 가리켰다.

"도대체 왜 삽이 거기에 있었나요?"

켈시의 입은 벌어졌다가 다시 오므라졌다. 그는 스탠리가 죽었다는 사실을 그녀에게 말하는 것이 두려운 모양이었다. 나는 그녀 쪽으로 가서 아들이 아마 곡괭이로 피살된 것 같다고 말했다.

나는 바깥으로 나가서 그녀에게 곡괭이를 보여주었다.

"이것도 당신 겁니까?"

그녀는 맥없이 바라보았다.

"예, 내 것임에 틀림없어요."

그녀의 목소리는 낮고 단조로운 속삭이는 소리였다. 그녀는 돌아서서 불타는 나무숲 쪽으로 뛰기 시작했다. 그녀는 굽 높은 승마용 장화를 신었기 때문에 비틀거렸다. 켈시는 그녀의 뒤를 쫓았다. 곰처럼 묵직히 그리고 날쌔게. 그는 그녀의 허리를 붙들고 들어올려 산불에서 떼어놓았다.

그녀는 발길로 차고 고함을 쳤다.

"놓아줘요. 내 아들을 내놓아요."

"아드님은 땅 밑 구덩이 속에 묻혀 있습니다. 지금 그곳에는 갈 수 없습니다. 아무도 못 갑니다. 그러나 아드님의 시체는 불에 타지 않을 겁니다. 땅 밑에 안전하게 묻혀 있으니까요."

그녀는 그의 두 팔 안에서 몸을 비틀며 그의 얼굴을 때렸다. 그는 그녀를 떨어뜨렸다. 그녀는 갈색 잡초 속에 쓰러져서 땅을 치고 아들을 내놓으라고 엉엉 울었다.

나는 그녀 옆에 무릎을 꿇고 그녀를 타일러서 우리를 따르게 했다. 우리는 한 줄로 오솔길을 내려갔다. 켈시가 앞장서고 나는 그녀의 뒤를 지켰다. 나는 그녀의 뒤에 바짝 붙어 떨어지지 않았다. 그녀가 절벽 아래로 몸을 내던지는 경우와 같은 어떤 돌발적인 행위에 대비해서. 그녀는 고개를 숙이고 피동적으로 움직였다. 감시원 사이에 낀 죄수처럼.

7

켈시는 한 손에 삽을, 다른 손에 피 묻은 곡괭이를 들었다. 그는 삽과 곡괭이를 트럭 뒤에 던져 넣고 브로더스트 씨 부인을 부축하여 운전대에 태웠다. 차는 내가 운전했다.

그녀는 우리 둘 사이에 말없이 앉아서 자갈길 앞을 똑바로 쳐다 보고 있었다. 우리는 그녀의 우편함에서 녹나무 수풀로 꺾어들 때까지는 한마디도 말하지 않았다. 그때 그녀는 숨을 헐떡거렸다. 헐떡거리는 소리는 그녀가 캐니언을 내려오는 동안 내내 들렸던 것 같다.

"손자 놈은 어디 있나요?"

"모릅니다." 켈시가 대답했다.

"그 아이도 죽었다는 말인가요? 아니 그게 정말이에요?"

켈시는 남서부인의 독특한 느린 말투를 빌어 대답을 부드럽게 했다.

"그 애의 그림자조차도 본 사람은 아무도 없습니다."

"금발처녀는 어떻게 되었나요? 그 애는 어디 있나요?"

"저도 알았으면 합니다만."

"그 애가 내 아들을 죽였나요?"

"그렇게 보입니다. 그 애가 아드님 머리를 저 곡괭이로 후려친 것 같습니다."

"그리고 묻었나요?"

"제가 발견했을 땐 묻혀 있었습니다."

"처녀가 그런 짓을 할 수 있나요?"

"초라한 무덤이었죠. 여자들도 생각만 내키면 남자들이 할 수 있는 일을 능히 해낼 수 있습니다."

그녀의 질문과 공포가 압도하는 바람에 켈시의 느려진 말투는 거의 우는 소리를 냈다. 그녀는 초조한 듯이 나에게 돌아섰다.

"아처 씨, 나의 손자 로니도 죽었나요?"

"죽지 않았습니다."

나는 그가 죽었다는 가능성을 물리치기 위하여 약간 강하게 그 말을 했다.

"그 처녀가 유괴했나요?"

"그럴듯한 추측은 되겠습니다. 그러나 그들은 겨우 산불을 피했을 뿐일지도 모르죠."

"그렇지 않을 거예요."

그녀의 말은 마치 그녀가 인생의 한계선을 넘었는데, 여기서는 좋은 일이란 일어날 수가 없다는 것처럼 들렸다.

나는 트럭을 차도에 있는 내 차 뒤에 세웠다. 켈시는 차에서 내려 브로더스트 부인을 부축하려고 했다. 그녀는 그의 손을 뿌리쳤다. 그녀는 갑자기 늙은 여자처럼 기어 내렸다.

"트럭을 차고에 두어도 좋아요." 그녀는 나에게 말했다. "난 트럭을 바깥에 내놓고 싶지 않아요."

"죄송하지만," 켈시는 말했다. "여기에 트럭을 두시는 게 좋을지 모르겠습니다. 산불이 캐니언을 내려오고 있습니다. 그리고 댁에까지 미칠지도 모릅니다. 제가 가재도구를 끌어내는 것을 돕고 댁의 차를 운전하겠습니다."

브로더스트 부인은 집과 그 주위를 천천히 돌아보았다.

"내 생전에 캐니언에서는 화재가 없었는데."

"그러니까, 지금 그때가 된 겁니다" 하고 그는 말했다. "저 위의 덤불은 15내지 20 피트나 깊어요. 그리고 나뭇조각처럼 바싹 메말랐습니다. 이건 50년 만에 일어난 불입니다. 바람의 방향이 다시 바뀌지 않으면 댁에 산불이 붙을지도 모릅니다."

"붙을라면 붙으라지요."

진은 문간에 좀 느지막이 나타났다. 우리가 가져온 소식을 듣는 것을 두려워하고 있는 것 같았다. 나는 그녀에게 남편이 죽고 아들은 행방불명이라고 말했다.

두 여인은 마치 서로가 모든 불상사의 원인을 상대에게서 찾고 있기라도 한 듯이 신문하는 눈초리로 서로를 쳐다보았다. 그리고 그들은 문간으로 함께 들어가서 서로 껴안았다.

켈시는 나의 뒤를 따라 현관으로 들어섰다. 그는 모자에 손을 대고 난 뒤 브로더스트 부인의 어깨너머로 그와 얼굴을 마주친 젊은 여자에게 말했다.

"스탠리 브로더스트 씨 부인 되십니까?"

"그렇습니다."

"당신 남편과 동행한 처녀의 인상을 말씀해 주세요."

"네, 그러죠."

그녀는 시어머니에게서 떨어졌다. 시어머니는 집안으로 들어갔다. 진은 벌새 사육장 옆 난간에 기댔다. 벌새가 그녀를 향해 윙윙거리며 날아올랐다. 그녀는 현관 다른 쪽으로 자리를 옮기고 삼베를 덮은 의자에 걸터앉았다. 그녀는 긴장된 자세로 몸을 앞으로 기울이고 눈이 이상하고 푸른 금발처녀의 인상을 켈시에게 설명했다.

"그럼, 그 처녀 나이는 열여덟 정도죠?"

진은 고개를 끄덕였다. 반응은 빠르긴 하나 기계적이었다. 그녀의 마음이 딴 곳에 집중된 것처럼.

"바깥양반께서는 그 처녀에게 관심을 가지셨나요?"

"분명히 관심을 가졌죠." 그녀는 메마른 목소리로 대답했다. "그러나 저의 짐작으로는 그 처녀는 내 아들에게 더욱 관심을 가진 것 같았어요."

"어떠한 관심을요?"

"어떠한 관심인 줄은 전 모르겠어요."

켈시는 민감하지 않은 질문으로 옮겼다.

"어떠한 옷을 입고 있었나요?"

"지난밤엔 소매 없는 노란 옷을 입고 있었지요. 오늘 아침에는 그 애를 보지 못했어요."

"난 보았는데," 나는 참견했다. "그 애는 여전히 노란 옷을 입고 있었어요. 당신은 이걸 죄다 경찰에 보고하시겠군."

"물론이지요. 당장은 정원사와 얘기하고 싶습니다. 그는 어떻게 해서 그 삽과 곡괭이가 산 위에 올라갔는지 우리에게 얘기해줄 수 있을 거요. 그의 이름은 무엇입니까?"

"프레더릭 스노…… 우린 프리스라고 불러요." 진이 말했다. "그는 여기 없어요."

"그럼 어디 있나요?"

"그는 스탠리의 낡은 자전거를 타고 반 시간 전에 길을 내려갔어요. 바람의 방향이 바뀌었을 때에요. 그는 캐딜락을 타려고 했지만 내가 못하게 했어요."

"그에겐 자기 차가 없나요?"

"무슨 차인지는 몰라도 낡아빠진 차가 있을 거예요."

"그건 어디 있나요?"

그녀는 가볍게 어깨를 치켜 올렸다.

"저는 모릅니다."

"오늘 아침 프리스는 어디 있었나요?"

"전 알 수 없어요. 그는 아침 나절 혼자 여기 있었나봐요."

켈시의 얼굴빛이 침침해졌다.

"그는 아드님과 사이가 좋았나요?"

"좋고말고요." 그때 그 말의 뜻을 알아차린 그녀의 눈빛은 어두워졌다. "프리스는 로니를 해치지 않을 거예요. 그는 언제나 로니에겐 친절했어요."

"그럼 왜 그는 피했나요?"

"그는 어머니 걱정 때문이라고 말했어요. 그러나 그는 산불을 겁낸 것 같아요. 그는 거의 울상이었어요."

"나도 산불이 겁나요." 켈시는 말했다. "그렇기 때문에 난 진화작업에 나서는 거요."

"당신은 경찰관이세요?" 진은 물었다. "신문하시는 건 그 때문인가요?"

"난 불이 난 원인을 밝혀내는 산림보호원입니다." 그는 안 호주머니를 뒤져 알루미늄 갑을 꺼내고 절반쯤 탄 스페인 궐련을 그녀에게 보였다. "이건 바깥양반 것 아닙니까?"

"맞아요. 그러나 제 남편이 산불을 일으켰다고 증명하려는 건 아니시겠죠. 남편이 죽은 경우에 무엇이 문제가 되나요?"

그녀의 목소리는 약간 엉뚱하게 높아졌다.

"문제는 이겁니다. 남편을 살해한 자가 피우던 궐련을 메마른 풀밭 위에 떨어지게 했습니다. 다시 말하면 그들이 이 산불에 대한 법률상 및 재산상 책임을 지게 됩니다. 저의 소임은 사실을 확증하는 겁니다. 그 스노라는 사람은 어디 사나요?"

"자기 어머니와 함께 살아요. 그들의 집은 여기서 가까울 거예요. 저의 시어머니는 알고 계셔요. 스노 씨 부인은 늘 시어머니 시중을 들었으니까요."

브로더스트 부인은 거실의 구석 창가에 서 있었다. 이 창은 캐니언을 향해 있었다. 방이 워낙 커서 구석에 있는 그녀의 모습은 작게 보였다. 그녀는 우리가 가까이 가도 돌아서지 않았다.

그녀는 산불의 진전 상황을 지켜보고 있었다. 산불은 지금 캐니언의 꼭대기까지 와 있었다. 활발하지 못한 화산처럼 산 아래로 미끄러져 내려와 연기와 불꽃을 나무 꼭대기 위로 내뿜었다. 집 뒤의 유칼리나무들은 잠시나마 뜨거운 열풍 때문에 시들고 파리해졌다. 개똥지빠귀와 비둘기는 모두 사라졌다.

켈시와 나는 서로 쳐다보았다. 우리도 갈 시간이었다. 그가 담당하는 지역의 긴급 사태였으므로 나는 그에게 얘기를 시켰다. 꼼짝 않고 돌아 서 있는 그녀에게 얘기를 걸었다.

"브로더스트 부인, 여길 떠나는 것이 좋지 않을까요?"

"당신들이나 떠나세요. 제발 나가 주세요. 전 여기에 남아 있겠어요. 당분간."

"안됩니다. 산불이 이쪽으로 오고 있습니다."

그녀는 그에게로 돌아섰다. 그녀의 얼굴은 핼쑥했다. 그 때문에 그녀의 얼굴은 갑자기 늙고 무섭게 보였다.

"나에게 명령하지 말아요. 난 이 집에서 태어났어요. 난 딴 곳에서 살아본 적이 없어요. 집이 타버린다면 나도 집과 함께 사라지는 게 좋을지 모르겠어요. 집 이외의 것은 모두 사라져 버렸어요."

"진정으로 하시는 말씀은 아니시겠지요."

"진정이 아니라고요?"

"불에 타고 싶지는 않으시겠지요?"

"난 불꽃을 반길 것 같아요. 난 무척 추워요, 켈시 씨."

그녀의 말투는 비극적이었다. 그 어조에는 히스테리 기미가 있었다. 히스테리보다 더 고약한 것이 있었다. 완강한 고집불통이었다. 그녀의 마음은 정상을 벗어나 광기의 일보 직전에 있을지도 모른다.

켈시는 방 안을 절망적으로 둘러보았다. 방 안은 빅토리아 풍의 가구로 가득 차 있었다. 벽에도 역시 빅토리아 풍의 그림이 걸려 있었고 캐비닛에는 유리 속에 든 박제된 토박이 새들로 가득했다.

"가재도구를 불길로부터 잠시 옮겨놓고 싶지 않으십니까? 조류 표본과 그림과 기념품도?"

그녀는 마치 모든 게 손 사이로 빠져나간 지 이미 오래라는 듯이 절망적인 동작으로 두 손을 펼쳐 보였다. 켈시는 그녀에게 그녀의 인생의 토막토막을 되살리려고 해보았으나 허사였다.

나는 말했다.

"우린 당신의 도움이 필요합니다. 브로더스트 부인."

그녀는 나를 쳐다보았다. 조금 놀란 모양이었다.

"내 도움을 ?"

"손자가 행방불명입니다. 엎친 데 덮친 격으로 어린애까지 행방불명이니……."

"그건 하느님이 저에게 내리신 심판입니다."

"당치않은 말씀입니다."

"그래 난 당치않은 말을 하고 있어요."

나는 그녀의 격한 질문을 무시했다.

"정원사 프리스는 그 애가 있는 곳을 알고 있을지도 몰라요. 당신은 그의 어머닐 아시죠 ? 그렇죠 ?"

그녀의 대답은 늘어진 대답이었다.

"에드나 스노는 나의 가정부였어요. 진정으로 당신은 프리스가……." 그녀는 말을 멈추고 끝을 맺으려고 하지 않았다.

"당신이 가서 프리스와 그의 어머니에게 얘기하면 크게 도움이 될지도 모릅니다."

"좋습니다."

우리는 마치 장례 행렬처럼 골목길을 빠져나갔다. 브로더스트 부인은 캐딜락을 타고 앞에 달리고 있었다. 진과 나는 녹색의 메르세데스를 타고 그 다음에 달리고 켈시는 트럭을 몰고 뒤를 지켰다.

나는 우편함이 있는 곳에서 뒤를 돌아다보았다. 불꽃과 불티가 캐니언 아래로 날려 와서 마치 집 뒤 숲 속으로 날아간 새집에 들려는 화려한 이방의 새처럼 뛰어들었다.

8

캐니언 이스테이츠라고 불리는 주택 지대는 사람들이 거의 없었다. 얼굴에 반항적 표정을 띤 몇몇 사람들은 지붕 위에 올라가서 호스로 집에다 대고 물을 뿌리고 있었다.

캐니언 입구에서 두 갈래 길이 교차하고 있었다. 브로더스트 부인은 오른쪽 길로 접어들었다. 부근 일대는 급작스럽게 혼란스러워진 것 같았다. 흑인과 치카노족의 어린이들이 길 옆에 서서 우리들이 지나가는 것을 마치 외국 고관의 행렬처럼 바라보고 있었다.

스노 씨 부인은 능소화나무가 꽃피면 퍽 아름다워지는 거리의, 스타코로 벽을 바른 고가(古家)에서 살고 있었다. 나와 켈시, 브로더스트 씨 부인은 문 쪽으로 가고 진은 메르세데스 차 안에 남았다.

"정말 믿어지지가 않아요." 그녀는 말했다.

스노 씨 부인은 몸놀림이 빠른 회색 머리칼의 여자였다. 그녀는 상당히 요란스러운 검은 옷을 입고 있었는데, 이 옷은 기회를 놓치지 않고 차려 입은 것처럼 보였다. 테 없는 안경 너머로 그녀의 눈은 검었고 걱정스런 표정으로 굳어 있었다.

"브로더스트 씨 부인, 어떻게 여기까지 오셨나요? 뵙게 되어 정말 기뻐요. 들어오세요."

그녀의 목소리는 마치 대답을 듣고 싶지 않은 듯 조급했다.

곧 변변찮은 거실의 문이 열리고 우리는 안으로 들어갔다. 브로더스트 부인이 켈시와 나를 소개했다. 그러나 스노 부인의 겁먹은 눈은 우리가 거기 있다는 사실을 무시하려고 하면서 우리를 쳐다보지도 않았다. 브로더스트 부인하고만 상대했다.

"뭘 좀 드시겠어요? 브로더스트 부인, 홍차라도 한 잔?"

"안 마시겠어요. 프리스는 어디 있나요?"

"자기 방 안에 있을 거예요. 그 가엾은 애는 지금 기분이 퍽 좋지 않아요."

"그는 애가 아니야." 브로더스트 부인은 말했다.

그의 어머니는 그녀가 한 말을 정정했다.

"그 애는 아직도 어린애 같아요. 감정적으로는 말예요. 의사선생님이 그 애는 감정적으로 미숙한 상태에 있다고 말했어요."

그녀는 우리들이 이 말을 귀담아 듣고 있는가를 알아보려고 켈시와 나를 재빨리 힐끗 쳐다보았다.

"그를 이리로 불러와요." 브로더스트 부인이 말했다.

"하지만 지금 그 애는 사람들을 대할 수가 없는데요. 그 애는 몹시 정신이 혼란해져 있어요."

"무엇 때문에 정신이 혼란해 있나요?"

"산불 때문이죠. 그 애는 언제나 산불을 무서워해요." 그녀는 이번에도 켈시와 나를 뭔가 알아내려는 듯이 쳐다보았다. "경찰에서 오신 분들인가요?"

"그런 셈이지요" 하고 나는 대답했다. "나는 탐정이고 켈시 씨는 산림서에서 불이 난 원인을 조사하러 나오신 분입니다."

"알겠어요." 그녀의 조그마한 몸은 더욱 작아지고 동시에 더욱 둔하고 무거워지고 있는 것처럼 보였다. "프레더릭에게 무슨 말썽이 있는지는 모르지만요, 그 애는 아무런 책임을 질 능력이 없다는 걸 확언할 수 있어요."

"그 애에게 무슨 말썽이 있습니까?" 켈시는 물었다.

"모르신다면 어떻게 이곳에 오셨지요? 전 모르는데요."

"그러시다면 그에게 무슨 일이 있다는 사실을 어떻게 알고 계시죠?"

"전 지난 35년 동안이나 그 애를 돌보고 있어요."

그녀는 35년 동안 아들의 일을 하나하나 새기고 마음속을 들여다보는 것 같았다.

브로더스트 부인은 일어섰다.

"시간을 낭비하고 있어요. 그를 방에서 불러내오지 않겠다면 우리가 들어가서 그와 얘기를 하겠어요. 나는 내 손자가 어디 있는가 알아야 하겠어요."

"손자가요?" 그 조그마한 여인은 오싹 몸을 움츠렸다. "라놀드에게 무슨 일이 있어났나요?"

"그 애는 지금 행방불명이야. 그리고 스탠리는 죽었구…… 내 삽으로 묻혔단 말이야."

스노 씨 부인은 손가락을 입속에 넣었다. 결혼 금반지가 손가락의 살 속에 흉터처럼 박혀 있었다.

"정원에 묻혀 있나요?"

"아니야, 캐니언의 꼭대기에."

"프레더릭이 묻었다고 생각하시나요?"

"우리는 모르오."

나는 말했다.

"우리는 댁의 아드님이 우리를 도와주기를 바랄 뿐입니다."

"알겠어요." 그녀의 얼굴은 충분한 동력을 얻은 전등불처럼 놀랍게 밝아졌다.

"제가 그 애에게 부탁하지 않을 리가 있겠어요? 그 애는 나를 무서워하지 않아요…… 그 애에게서 제가 더 알아낼 수가 있어요."

브로더스트 부인은 고개를 내젓고 집의 뒤편으로 열린 문을 향해서 걸어갔다. 스노 부인은 의자에서 바삐 일어나서 그녀를 가로막고 입구로 물러서면서 재빨리 말했다.

"제발 그 애 방에 가지 마세요. 아직 방 청소도 되어 있지 않고 프레더릭은 지금 제정신이 아니에요. 그 애 꼴은 말이 아니에요."

브로더스트 부인은 목구멍 속에서 소리를 내며 말했다.

"스탠리도 그래요, 우리 역시 그렇고."

두세 번 가량 그녀는 자세의 균형을 잃고 조금 비틀거렸다. 그녀는 입을 한쪽으로 다물고 씽긋이 웃었다. 이 웃음은 어떤 비밀스런 익살로 주의를 끌려고 하는 것 같았다. 수은처럼 동요하고 변동하는 스노부인은 순식간에 브로더스트 부인 옆으로 뛰어가 그녀의 팔을 부축하여 낡은 흔들의자에 앉게 했다.

"어디 편찮으신가봐요." 그녀는 말했다. "그러실 거예요. 이 모든 일이 사실이라면 말이죠. 물 한 잔 떠올까요. 아니면 홍차를 한 잔 드시겠어요?"

그녀의 목소리는 정말 걱정하는 듯했다. 그러나 나는 그녀가 일을 지체시키는 책략에도 역시 보통 솜씨가 아님을 직감했다. 만약 우리가 그녀가 하자는 대로 손발을 맞추어 준다면 일 주일 동안은 우리를 그녀 아들에게 가까이 가지 못하게 만들어 놓았을 것이다.

나는 문을 열고 부엌으로 들어가서 그 여자의 아들이름을 불렀다. 목소리를 죽인 대답 소리가 부엌 밖 방문 사이로 새어 나왔다. 나는 그 문을 두드리고 안을 들여다보았다. 방 안의 공기는 달콤하고 썩은 듯한 냄새를 풍겼다.

맨 처음에 내가 볼 수 있었던 것은 창문 위에 쳐진 차일의 구멍 사이로 들어오는 가느다란 햇살이었다. 햇살은 마치 자기 파트너가 자취를 감춘 것을 보여 주려고 바구니 속을 쑤시는 마술사의 칼처럼 방 안을 쑤셨다. 마치 그도 사라지길 바라는 것처럼 정원사는 철침대 구석에 웅크리고 앉아 있었다.

"방해를 해서 미안하군, 프리스."

"괜찮아요." 그는 거의 절망적인 목소리로 대답했다.

나는 그의 침대 끝에 걸터앉아서 마주 보았다.

"자네, 캐니언 위에 삽과 곡괭이를 가지고 갔었나?"

"캐니언 위에라니요?" 그는 되물었다.

"산장에 말이야. 산장 위에 삽과 곡괭이를 가지고 갔었나 말이야,

프리스?"

그는 대답을 궁리하다가 마침내 말했다.

"가져가지 않았어요."

"그러면 누가 가지고 갔나?"

"몰라요."

그러나 그의 눈은 나의 눈을 피했다. 그는 서투른 거짓말쟁이였다.

그림자처럼 부드럽게 움직이면서 켈시가 입구에 나타났다. 그의 커다란 얼굴은 무엇을 기다리고 있었다.

"그 삽과 곡괭이는," 나는 프리스에게 말했다. "오늘 아침에 스탠리 브로더스트를 묻는데 사용되었어. 만약 자네가 삽과 곡괭이를 가져 간 사람을 알고 있다면, 아마 스탠리 브로더스트를 죽인 사람도 알고 있을 거야."

그는 그의 얼굴 모습이 흐려질 정도로 고개를 흔들었다.

"열쇠를 가지러 왔을 때 그분이 손수 연장을 가지고 갔어요. 그분은 연장을 그의 컨버터블 차의 뒤에 실었어요."

"그게 정말이야, 프리스?"

"가슴 위에 십자를 긋고…… 죽어도 좋아요."

그는 손가락으로 가슴 위에 십자를 그었다.

"왜 전엔 삽과 곡괭이에 관해서 우리에게 얘기하지 않았나?"

"그분이 얘기하지 말라고 했어요."

"스탠리 브로더스트가 자네에게 그러지 말라고 했단 말이지?"

"그렇습니다." 그는 크게 고개를 끄덕였다. "그분은 내게 1달러를 주면서 얘기하지 말라는 약속을 받았어요."

"그는 그 이유를 말하지 않던가?"

"그럴 필요가 없었어요. 그분은 어머니를 무서워했으니까요. 남이 연장을 만지는 걸 어머니가 싫어하는 사실을 알고 있었으니까요."

"그는 연장을 어디에 쓰겠다고 자네에게 얘기하던가?"

"화살촉을 캐러 간다고 말했어요."

"그의 말을 자넨 곧이들었나?"

"물론이죠."

"그 다음에 그는 차를 타고 산으로 올라갔단 말이지?"

"그러믄요."

"그 금발처녀와 사내애를 데리고 말인가?"

"예."

"그 처녀는 자네에게 무슨 말을 했었나?"

"아뇨, 그땐 아무 말도 안했죠."

"그때라니 무슨 말인가? 그 처녀는 다른 때엔 자네에게 얘길 했었나?"

"아니요, 얘기한 적이 없어요."

그러나 그의 눈은 또다시 외면을 했다. 그는 차일 틈으로 뚫고 들어오는 칼날 같은 햇살을 응시하고 있었다. 마치 이 햇살들이 실상은 그를 찾아내려는 이성 세계의 탐침(探針)인 것처럼.

"언제 그녀를 다시 만났지, 프리스?"

그는 잠시 동안 말 한 마디 없었다. 방 안에 한 가지 살아있는 것이 있다면 그것은 그의 눈이었다. 그의 어머니가 켈시 뒤에 나타났다.

"당신들은 이곳에 들어올 권리가 없어요." 그녀는 내게 말했다. "당신은 그 애의 법률상의 권리를 침해하고 있어요. 그 애가 한 말이 그 애에게 불리하게 쓰일 수는 없어요. 게다가 그 앤 심신 상실자예요. 난 그것을 의학적으로 얼마든지 증명할 수 있어요."

"당신은 이 사람이 무슨 일을 저질렀다고 가정하고 있군요."

"저 애가 아무 일도 하지 않았단 뜻이죠?"

"나는 그건 모릅니다. 제발 저리 좀 가주세요. 난 이 사람과 얘기를 해야겠어요. 그는 매우 중요한 증인이니까요."

9

그녀는 슬픈 눈초리로 아들을 바라보았고 아들 또한 같은 표정으로 어머니를 쳐다보았다. 이어 그녀는 부엌으로 물러갔다. 그때 나는 수돗물이 냄비 속에 떨어지는 소리와 가스 화덕이 윙윙 불꽃을 일으키는 소리를 들었다.

"그 처녀가 다시 돌아왔나, 프리스?"

그는 고개를 끄덕였다.

"그게 언제였지?"

"정오쯤, 아니 그보다 조금 늦게요. 난 점심을 먹고 있었어요."

"그녀가 무슨 얘기를 했나?"

"로니가 배고프다고 했어요. 나는 로니에게 땅콩버터 샌드위치 반쪽을 주었어요. 그리고 나머지 반쪽은 그녀에게 주었구요."

"그녀는 스탠리 브로더스트의 얘기를 했나?"

"안했어요. 나도 그녀에게 묻질 않았어요. 그러나 그녀는 겁에 질려 있었어요."

"그녀가 그렇게 말하던가?"

"말하지 않아도 알 수 있었어요. 사내아이도 역시 겁에 질려 있었어요."

"그 뒤에 무슨 일이 있었나?"

"아무 일도 없었어요. 그녀는 캐니언 아래로 내려가 버렸어요."

"걸어서 말인가?"

"그래요."

그러나 그의 눈은 또다시 나의 눈을 피하고 있었다.

"그녀가 자네 차를 타지 않았다고 확언할 수 있나?"

그는 고개를 숙였다. 그는 몸의 중심을 잡고 있는 요가 수행자처럼 철저한 침묵 속에 앉아 있었다.

"예, 그녀는 내 차를 탔어요. 그들은 내 차를 타고 떠나 버렸어요."

"왜 그것을 먼저 얘기하지 않았지?"

"그런 생각을 못했어요. 난 비료를 주고 있었어요…… 그리고 여러 가지 생각나는 게 많았고요."

"그 따위 수작은 그만두지, 프리스. 사내아인 행방불명이 되고 그 애의 아버진 피살되었어."

"난 그분을 죽이지 않았어요."

"난 자네 말을 믿겠네. 그러나 모두가 자네 말을 믿지는 않을 거야."

그는 고개를 쳐들고 켈시를 지나쳐 부엌 쪽을 보았다. 그의 어머니는 부엌에서 돌아다니고 있었다. 그는 어머니가 내는 소리에 귀를 기울이고 있었다. 마치 그 소리들이 그가 말하고 생각할 바를 일러 주기라도 하는 듯이.

"어머니에 관해선 잊어 버려, 프리스. 이건 자네와 나 사이에 일이야."

"그럼 문을 닫아 주세요. 어머니가 내 말을 엿듣는 게 싫어요. 그리고, 저 사람도요."

켈시는 입구 밖으로 물러난 뒤에 문을 닫았다. 나는 프리스에게 말했다.

"자넨 그녀에게 차를 빌려 주었나?"

"그랬어요. 그녀는 브로더스트 씨가 내 차를 타라고 했대요."

"그럼 얘기가 또 있을 텐데, 프리스?"

그의 얼굴은 부끄러움으로 가득 찼다.

"어머니에게 얘기하지 마세요."

그는 늘어진 팔로 부엌을 가리켰다.

"어머니에게 무엇을 말하지 말란 말이지?" 나는 물었다.

"어머닌 몹시 화를 내실 거예요." 추억 또는 환상이 그의 몸속에서 떨려나왔다. 상처 자국이 남아 있는 그의 입은 미소를 띠고 있었고 그의 눈은 고요하고 슬프게 보였다. "그 계집애는 옛날에 내가 알았던 여자와 닮아 보였어요."

"그래서 자네 차를 빌려 주었나?"

"그 여자는 차를 돌려주겠다고 말했어요. 그런데," 그는 서글픈 목소리로 덧붙였다. "그런데 아직 돌려주질 않는군요."

"그녀는 행방을 얘기했나?"

"안했어요." 그는 잠깐 동안 무슨 소리를 듣는 듯한 자세를 취했다. "나는 그 여자가 캐니언 아래로 차를 몰고 가는 소리를 들었어요."

"사내애는 그녀와 함께 떠났나?"

"예, 그 여자가 사내아이를 데리고 갔어요."

"사내아이는 가고 싶어하지 않았을 텐데?"

"그랬어요." 그는 마치 자기 자신이 그 사내아이가 된 듯이 고개를 맹렬히 내저었다. "그러나 그 여자는 데리고 갔어요."

"어떤 수단을 써서 데리고 갔나?"

"그 여자는 아버지가 온다고 말했어요. 그리고 그 애를 안아다가 옆자리에 앉히고 차를 몰고 가 버렸어요."

나는 수첩과 펜을 꺼냈다.

"차 종류는?"

"1953년형 시보레 세단이죠. 아직도 잘 달리죠."

"무슨 색깔이지?"

"일부분은 오래된 푸른색이고 일부분은 붉게 애벌칠이 되어 있죠. 나는 그 차에 칠을 하기 시작했어요. 그러나 너무 바빠서……."

"차번호는?"

"어머니에게 물으시는 게 좋을 거예요. 어머닌 이곳의 모든 일을 감시하고 계셔요. 그러나 어머니에게 얘기하지 마세요."

그는 입에 손을 댔다.

나는 부엌으로 나갔다. 스노 부인은 가스 스토브에서 갈색 찻주전자에 끓는 물을 붓고 있었다. 수증기가 그녀의 안경을 구름처럼 휘감는 바람에 그녀는 불시에 기습당한 장님처럼 나에게 돌아섰다.

"그 여자가 아드님의 차를 타고 갔군요."

그녀는 주전자를 쨍그랑하고 내려놓았다.

"나도 그 계집애가 잘못한 게 있다는 걸 알고 있어요."

"중요한 점은 그게 아닙니다. 스노 부인. 차번호를 가르쳐 주시면 경찰에 비상 신고를 해 두겠는데요."

"그들이 프레더릭을 어떻게 하려 할까요?"

"아무 일도 없을 겁니다. 감찰번호를 보여 주시겠소?"

그녀는 찬장 서랍을 뒤지더니 낡은 모조가죽으로 된 메모책을 꺼내서 큰소리로 읽었다.

"IKT 447"

나는 그 번호를 적었다. 그리고 거실로 돌아와서 켈시에게도 전했다. 브로더스트 부인은 흔들의자에 힘없이 푹 주저앉아 있었다. 그녀의 안색은 붉어지고 눈은 반쯤 감겨 있었다.

"그녀는 술을 마시고 있었나요?" 나는 켈시에게 물었다.

"잘 모르겠는데."

브로더스트 부인은 한숨을 쉬고 일어나려고 했다. 그녀는 자기의 체중 밑에서 삐걱거리는 흔들의자 위에 푹 빠져 있었다.

스노 부인은 부엌에서 돌아왔다. 그녀는 갈색 찻주전자와 우유와 설탕을 담은 용기들과 닳아서 얇아진 것처럼 보이는 컵과 컵받침을 담은 쟁반을 들고 몸의 균형을 잡고 있었다. 그녀는 흔들의자 옆에 있는 테이블 위에 그 쟁반을 놓고 찻주전자의 물을 찻잔에 따랐다. 나는 진한 찻물이 잔 속에 채워지는 것을 보았다.

그녀는 억지로 쾌활한 기분을 내며 브로더스트 부인에게 말했다.

"괴로울 때엔 한 잔의 차가 좋아요. 머리를 맑게 하고 힘을 돋워 줄 거예요. 어떻게 하는 걸 좋아하시는지도 전 바로 알죠. 우유와 계란을 넣어서…… 그렇지요?"

브로더스트 부인은 탁한 목소리로 말했다.

"당신은 참 친절하군요."

그녀는 찻잔에 손을 뻗었다. 그러나 그녀의 팔이 축 늘어지는 바람에 찻잔과 우유와 설탕이 쟁반 밖으로 밀려나갔다. 바닥에 부딪혀 찻잔이 깨졌다. 스노 부인은 그녀의 무릎 밑에 몸을 구부리고 마치 성스러운 물건처럼 그 부서진 컵 조각들을 주워 모았다. 그녀는 부엌에서 쏜살같이 수건을 찾아와서는 닳아서 해어진 카펫에 쏟아진 홍차를 훔쳐냈다. 켈시는 브로더스트 부인의 어깨를 들어올려 의자에서 떨어지지 않도록 했다.

"저분의 주치의는 누구죠?" 나는 스노 부인에게 물었다.

"제롬 선생님이에요. 전화번호를 찾아드릴까요?"

"당신이 좀 걸어 주시오."

"어떻게 얘길 해야 되죠?"

"나도 잘 몰라요. 심장에 충격이 온 것 같은데요. 앰뷸런스도 부르는 게 좋을지 모릅니다."

스노 부인은 대답을 잃은 것처럼 잠시 동안 움직이지 않고 서 있었다. 그러고는 부엌으로 들어갔다. 나는 그녀가 다이얼 돌리는 소리를 들었다.

　나는 점점 초조해지고 있었다. 그 행방불명된 어린애가 걱정되었으나 아이는 이미 멀리 가버렸다. 나는 정원사의 낡은 자동차 감찰번호를 켈시에게 주었다. 그는 서장실을 불렀다.

　나는 밖으로 나왔다. 진은 울긋불긋한 인도 위를 이리저리 거닐고 있었다. 짧은 스커트를 입은 길고 흰 다리의 그녀는 마치 안개낀 하늘 아래 가난한 거리의 슬픈 광대 할리퀸 같았다.

　"대체 거기서 무슨 일이 있었나요?"

　나는 그녀에게 정원사가 나에게 한 이야기를 해 주고 그녀의 시어머니가 아프다는 것을 덧붙였다.

　"시어머님은 지금까지 앓은 적이 없어요."

　"지금은 앓고 있어요. 앰뷸런스를 불러 두었습니다."

　내가 말하는 동안 자동차가 멀리서 오는 소리가 추억 속의 기적 소리처럼 들려왔다.

　"전 어떻게 해야 되지요?" 진은 마치 앰뷸런스가 그녀를 위해서 오는 것처럼 말했다.

　"브로더스트 부인과 함께 병원에 가십시오."

　"당신은 어디로 가시나요?"

　"나도 아직 모릅니다."

　"오히려 당신과 같이 가고 싶어요."

　나는 그녀의 말뜻을 확실히 알 수 없었고 그녀도 마찬가지였다. 나는 그녀에게 나의 명함을 주고 필요한 질문을 했다.

　"서로 연락을 끊지 맙시다. 내 사무실로 당신의 거처를 알려 주시오."

　그녀는 내 명함이 마치 외국어로 쓰여 있는 것처럼 그것을 유심히 들여다보았다.

"이제 저의 일은 그만둘 작정이세요?"

"아닙니다, 그렇지 않습니다."

"돈을 원하시나요?"

"그건 기다려야죠."

"그럼 제게서 무얼 원하시나요?"

"아무것도 원하지 않습니다."

그녀는 나보다도 내가 원하는 것을 더 잘 알고 있다는 듯 나를 쳐다보았다. 사람이란 언제나 원하는 것이 있는 법이다.

앰뷸런스가 모퉁이를 돌았다. 짐승의 울음소리와 같은 경적을 울리며 차는 길에서 멈췄다.

"여기가 스노 부인 댁인가요?" 운전기사는 물었다.

나는 그렇다고 말했다. 그와 그의 동료는 들것을 들고 안으로 들어가서 브로더스트 부인을 싣고 나왔다. 그들이 그녀를 들어서 앰뷸런스의 뒤에 태우자 그녀는 일어나 앉으려 했다.

"누가 나를 밀어 넣었지?"

"아무도 그러지 않았습니다." 운전기사는 말했다. "산소 호흡을 시켜드릴 텐데요. 그러면 기운이 회복되실 겁니다."

진은 나를 쳐다보지 않고 말했다.

"난 시어머니 차로 따라 가겠어요. 혼자서 병원에 가도록 버려 둘 순 없어요."

나는 그때 녹색 메르세데스 차를 라저 아미스테드 씨 부인에게 돌려주어야겠다고 생각했다. 켈시는 시내가 내려다보이는 첫 번째 산등성이에 있는 크레센트 드라이브를 가리켰다. 산등성이 위 하늘에는 연기로 자욱했다.

켈시는 나에게 돌아섰다. 방금 먼 곳을 바라본 그의 눈언저리에는 아직 주름이 잡혀 있었다.

"그 길을 올라갈 때 주의하십시오. 불길이 아직 움직이고 있으니까요."

나는 그러겠다고 말했다.

"어디서 내려드릴까요?"

"고맙지만 사양하겠소. 내 소형 트럭으로 시내에 갈 수 있습니다. 그러나 프리스는 앞으로 좀더 조사해 봐야겠어요."

"그의 말을 믿지 않아요?"

"어느 정도까지는 믿습니다. 그러나 첫 라운드에서 모든 사실을 알아낼 수는 없을 겁니다."

그는 집을 향해서 돌아갔다. 스노 부인은 베스타(그리스 신화에 나오는 불의 여신) 신전을 지키는 여사제처럼 입구에 서 있었다.

10

크레센트 드라이브로 올라가는 도중에 나는 자동차에 달린 라디오를 켜놓았다. 지방 방송국은 끊임없이 산불에 대해 방송하고 있었다. 래틀스네이크 산불은——아나운서가 이렇게 부르고 있었다——시의 동북쪽을 위협하고 있다. 수백 명의 거주민들이 대피하고 있다. 산림 소방대원들은 바쁘게 뛰어다니고 특별한 소방 장비들이 배치되고 있다. 그러나 산타나에서 바람이 불지 않으면 불은 마을을 가로질러 계속 바다까지 들이닥칠 것이라고 아나운서는 말했다.

아미스테드 씨의 집은 브로더스트 집과 마찬가지로 문제의 지대에 있었다. 나는 안마당의 흑색 콘티넨털 차 옆에 주차했다. 불이 몹시 가까워져서 차 엔진을 껐을 때 불길이 움직이는 것을 느낄 수 있었다. 재가 회색 눈처럼 안마당의 아스팔트 길 위에 드문드문 내려앉고 있었다. 뒤쪽 어느 곳에서 물줄기가 솟고 있는 소리가 들렸다.

그 집은 삼나무 숲에 면해 있는, 고풍스런 사찰처럼 세워진 흰 단

충집이었다. 그것이 너무 아름답게 조화되고 있어서 나는 뒤를 돌아다녀 보기 전까지는 그 집이 얼마나 큰지 깨닫지 못했다. 나는 길이 50피트 가량의 수영장을 지나쳤다. 그 밑바닥에는 목 없는 여자 같은 푸른 밍크 코트가 깔려 있었는데 여기에다 보석 상자처럼 보이는 것이 닻을 내리고 있었다. 햇볕에 그을린 짧은 회색머리 여자가 삼나무에 대고 호스로 물을 뿜어내고 있었다. 삼나무 너머 마른 잡목 숲에서는 노동복을 입은 검은 머리의 사나이가 고랑을 파면서 떨어지는 불덩어리를 삽으로 두드리고 있었다.

그 여자는 마치 미친 사람이나 들개에게 말하듯이 불에게 말하고 있었다. "저리 가버려, 이 더러운 놈아!" 그리고 내가 그녀의 이름을 부르자 퍽 반갑게 나를 돌아다보았다.

"아미스테드 부인이세요?"

내게로 돌아섰을 때 그녀의 회색 머리칼이 하얗게 보였다. 그녀의 얼굴은 뜨거운 열에 달아올라 붉은 갈색이었고 초록색 눈이 그걸 식혀주고 있었다. 하얀 운동복을 입은 그녀의 몸매는 매우 우아했다.

"누구시죠?"

"아처입니다. 당신의 메르세데스 차를 가져왔습니다."

"좋아요, 수표를 보내 드리겠어요. 만약 차가 온전하다면요."

"차는 온전합니다. 나중에 청구서를 보내겠습니다."

"그러시다면 이곳을 좀 도와주시기 않겠어요?" 그녀는 삼나무 밑 잎사귀 위에 놓여 있는 삽을 몸짓으로 가리켰다. "카를로스가 도랑을 파는데 좀 도와주시겠어요?"

그것은 될 법도 하지 않은 소리처럼 들렸다. 나는 외출복을 입고 있었다. 그러나 나는 윗도리를 벗어던지고 삽을 들고 나무 사이로 카를로스를 도우러 갔다.

그는 키가 작은 중년 치카노족이었는데 내가 온 것을 당연지사로 여기고 있었다. 나는 그의 뒤에서 그가 파놓은 구덩이를 넓히고 깊게 파는 일을 했다. 이것은 거의 절망적인 일이었다. 덤불로 덮인 산기슭에 이름뿐인 흙구덩이를 팠으니 말이다. 나는 불이 떨어진 산속 이곳저곳이 헐떡이는 소리를 이제 더욱 뚜렷이 들을 수 있었다. 내 뒤에서 바람이 삼나무 사이로 쇄쇄 불고 있었다.

"아미스테드 씨는 어디 있나요?" 나는 카를로스에게 물었다.

"배를 타고 있을 겁니다."

"그 배는 어디에 있을까요?"

"요트 정박소에 있죠." 그는 바다를 향해서 몸짓을 했다. 몇 차례 더 삽질을 한 뒤에 그는 덧붙여 말했다. "이름이 아리아드네에요."

그는 그 이름을 천천히 발음했다.

"여자 이름인가요?"

"배 이름이죠." 그는 말했다. "아미스테드 씨 부인이 그건 그리스 이름이라고 가르쳐 주었어요. 그리스에 반한 모양이죠."

"그분은 아마 그리스 사람 같은데."

"그런 거 같아요." 그는 깊은 생각에 잠긴 미소를 띠며 말했다.

불소리가 더욱 높아지자 그의 얼굴빛이 바꾸어졌다. 우리는 좀더 삽질을 했다. 나는 어깨와 손바닥에 피로를 느끼기 시작했다. 나의 셔츠는 땀으로 등에 착 달라붙었다.

"아미스테드 씨는 배에 혼자 있나요?"

"아니요, 그는 한 청년을 데리고 있지요. 그를 승무원이라고 부르지만, 난 한번도 그가 배 위에서 일하는 걸 본 적이 없어요. 그는 이렇게 긴 머리를 하고 있어요" 카를로스는 거멓게 된 손을 올려 가장자리의 머리털을 쓰다듬었다.

"아미스테드 씨는 여자를 좋아하지 않나요?"

"글쎄요, 그는 여자를 좋아하죠." 그는 신중히 덧붙여 말했다. "요

전날 밤에 배 위에 한 처녀가 묵었으니까요."

"금발처녀이던가요?"

"그럴 거요."

"그 처녀를 보았나요?"

"어제 아침 나의 친구 페드로가 항구에서 나오면서 그녀를 보았대요. 페드로는 어부죠…… 그는 동트기 전에 일어나지요. 그녀는 돛대 꼭대기에 올라가서 마치 곧 뛰어들 듯이 소리치고 있었대요. 그 청년은 그녀더러 내려오도록 타이르고 있었고."

"페드로는 어떻게 했나요?"

카를로스는 어깨를 움츠렸다.

"페드로는 먹여 살려야 할 자식들이 있어요. 그에겐 미친 여자들과 빈둥거릴 시간의 여유가 없지요."

카를로스는 다시금 기운을 내어 자기 일에 집중했다. 마치 굴을 파는 것만이 현재 자신을 보호해 주는 것이라고 믿는 것 같았다. 나도 그의 뒤에서 일을 계속했다. 그러나 우리들이 시간을 낭비하고 있다는 것은 분명했다.

불은 온갖 형태로 눈부시게 번쩍이며 산꼭대기에 나타나서 점점 커지더니 하늘을 향해서 커다랗게 불꽃을 피웠다. 그 밑의 등성이에 있던 한 마리의 메추라기는 파수병인 양 날카롭게 찌이찌르르하며 위급 신호를 보냈다.

카를로스는 산불을 쳐다보며 가슴에 십자를 그었다. 그리고 그는 산불을 등지고 돌아서서 나에게 따라오라는 신호를 하고 파고 있던 구덩이를 버리고 나무 사이로 걸어나갔다. 아미스테드 부인의 호스가 닿지 않는 곳에 있는 한 그루의 삼나무 꼭대기에서 연기가 솟아오르기 시작했다. 그녀는 카를로스더러 그 나무에 올라가라고 말했다.

그는 고개를 내저었다.

"그건 아무 소용이 없는 짓이요. 나무들도 이제 틀렸어요. 아마 집도……."

불은 점점 빠른 속도로 더 넓은 면적을 삼키면서 산을 내려오고 있었다. 나무들은 불기운에 휘둘려 벌써부터 흔들리고 있었다.

그 아래 잣나무 덤불에서 털이 짧고 억센 메추라기 한 떼가 높이 날아올랐다. 연기는 시커먼 소용돌이처럼 그들을 쫓았다.

아미스테드 부인은 소용도 없는 호스를 들고 나무에 물줄기를 뿜는 것을 계속하고 있었다. 카를로스는 그녀 옆을 지나서 수도꼭지가 있는 곳에 가서는 그것을 잠가 버렸다. 그녀는 손에 물이 뚝뚝 떨어지는 호스의 끝을 붙들고 불을 바라보고 서 있었다.

불은 폭풍 같은 소음을 냈다. 거대하고 뜨겁고 사나운 불은 나무 사이로 뛰어들었다. 연기를 내뿜고 있던 삼나무는 불길에 휩싸였다. 그러자 딴 나무들도 일렬로 선 거대한 횃불처럼 타올랐다.

나는 아미스테드 부인의 팔을 잡아끌고 갔다. 그녀는 방향을 잘못 잡고 있는 여자처럼 경련을 일으키며 본능적으로 버텼다. 그녀는 끝까지 호스를 꼭 쥐고 있었으나 마침내 호스를 풀밭 위에 떨어뜨렸다.

카를로스는 수영장 옆에서 초조하게 기다리고 있었다. 불똥이 그의 주변에 떨어지며 바지직거리면서 튀고, 푸른 물에 떨어져 검게 변했다.

"이곳을 피하는 게 좋겠어요" 하고 그는 말했다. "불길이 차도로 뛰어들면 우린 길이 막혀버릴 거요. 저 모피 코트는 어떻게 할까요?"

"수영장 속에 그냥 둬요" 그녀는 말했다. "밍크를 입기엔 너무 더워요."

나는 꼭 그 여자를 좋아하지는 않았지만 이제 그녀와 친해지고 있었다. 나는 카를로스에게 메르세데스 차의 열쇠를 주고 그녀와 함께 링컨 콘티넨틀 차가 있는 곳으로 갔다.

"대신 운전해 주시겠어요?" 그녀는 말했다. "난 지금 너무 지쳤어요."

그녀는 얼굴을 찌푸렸다. 고통의 대가는 피곤이었기 때문이다. 우리가 메르세데스 차를 타고 차도를 내려갔을 때 그녀는 변명같이 얘기를 덧붙였다.

"나는 메추라기를 사랑해요. 우리가 그 집을 짓고 나서부터 줄곧 그들에게 먹이를 주고 바라보곤 했어요. 마침내 메추라기들이 안전하다고 느끼기 시작했어요. 그들은 이번 봄에 마당에 새끼를 데리고 왔어요."

"메추라기는 다시 돌아올 겁니다."

"그럴지도 모르죠. 그러나 나는 돌아올 수 있을는지……."

우리는 마을이 내려다보이는 도로의 주차장에 닿았다. 카를로스는 메르세데스 차를 도로에서 빼냈고 나는 그의 뒤를 따랐다. 연기는 마을 위에 자욱하여 마치 낡은 사진처럼 도시를 세피아 색으로 바꾸어 버렸다. 우리는 차 밖으로 나와서 그 집을 돌아보았다.

불은 억센 손아귀처럼 집을 휘어감고 유리창에서 연기와 불꽃을 짜냈다. 우리는 차로 돌아와서 산기슭으로 향해 달렸다. 하루에 두 번씩이나 피난길에 나섰으니 그 이유를 생각해 볼 때까지 나는 약간 편집병에 걸린 듯한 기분이었다. 내가 지금 어울리고 있는 사람들은 도시 밖 야외에서 자연과 하나되어 살 만한 여유가 있는 사람들이었다.

산불이 났기 때문에 한 가지 좋은 일이 있었다. 그것은 사람들이 정말로 관심을 갖고 있는 일에 대해서 서로 얘기를 나누게 된 것이다. 나는 아미스테드 부인에게 그 집에서 얼마나 오래 살았느냐고 물었다.

"단 4년 간이었어요. 라저와 나는 뉴포트에서 이곳으로 올라와서 그 집을 지었어요. 이건 어린애를 하나 갖는다는 가정 하에서 우리의 결혼을 유지하려는 노력의 일부였죠."

"어린애가 있습니까?"

"우리 내외뿐이에요." 그녀는 심술궂은 말투로 말했다. 그리고 그녀는 덧붙였다. "나는 딸을 하나 갖고 싶었어요. 남편도 딸이 하나 있었으면 했구요."

"그 금발처녀 때문에요?"

그녀가 갑자기 나에게 돌아섰다.

"그 처녀에 대해서 뭘 알고 계시죠?"

"아무것도 모릅니다. 단지 한 번 멀리서 보았을 뿐입니다."

"나는 한번도 그 애를 본 적이 없어요." 그녀는 말했다. "그 앤 마약환자 같아요. 그러나 최근엔 젊은 사람들에 대해서 얘기하긴 어려워요."

"언제나 그렇지요."

그녀는 아직도 나의 얼굴을 주시하고 있었다.

"당신은 탐정이라고 하셨지요? 그 처녀는 무슨 짓을 했나요?"

"나는 그 처녀를 찾아내려고 합니다."

"하지만 당신은 그 여자를 아무렇게나 골라잡진 않았을 거예요. 그 여자는 메르세데스 차를 훔쳐간 것 말고도 무슨 잘못을 저질렀음에 틀림이 없어요. 그 애가 무슨 짓을 했나요?"

"라저에게 물어보세요."

"그러겠어요. 하지만 왜 당신이 그 여자에게 그렇게 관심이 많은가는 아직 설명하지 않았어요."

"그녀는 여섯 살 먹은 사내애를 데리고 달아났습니다. 그건 어린이 유괴와 다름이 없어요."

나는 얘기의 나머지는 비밀로 해 두었다.

"왜 그 여자는 그런 짓을 했을까요?" 내가 대답을 하기 전에 그녀는 딴 질문을 했다. "그앤 마약을 사용하고 있나요?"

"그럴지도 모르죠."

"난 그렇게 생각했어요." 그녀는 일종의 잔인한 만족감을 느끼며 말했다. "그 여자는 그저께 밤에 글자 그대로 지나친 짓을 했어요. 제리가 물속까지 따라 들어가야만 했으니까요."

"제리는 누굽니까?"

"배 위에서 사는 청년이지요. 라저는 적당히 붙일 말이 없으니까 그를 그의 승무원이라고 부르죠."

"당신은 그를 무어라고 부릅니까?"

"그의 성은 킬패트릭이에요."

나는 책머리 여백에 '제리 킬패트릭'이라는 이름이 연필로 적혀 있는 나의 호주머니 속에 있는 책이 생각났다.

"그가 누구인지 아십니까?"

"그는 부동산 소개업자인 브라이언 킬패트릭의 아들이에요. 사실은 그 산등성이에 있는 땅도 그가 우리에게 판 거예요."

"그래서 당신의 남편이 제리를 만나게 된 겁니까?"

"그럴 거예요. 라저에게 물어 보세요."

"언제 라저를 만나게 될까요?"

"그가 해변 별장에 있다면 곧 만날 수 있겠죠."

우리는 마을의 중심을 지나고 있었다. 번화가는 교통이 막혔고 인도는 만원이었다. 사람들이 변두리에서 일어난 화재에는 무관심하게 자기 용무에만 분주한 듯 보이는 것이 이상했다. 사람들은 아마도 마치 그들의 삶이 고속으로 달리다가 갑자기 종말에 도착한 것처럼 어느 때보다도 더 재빨리 움직이고 있었다.

카를로스가 탄 메르세데스 차의 뒤를 따라 마리타임 드라이브에서 회전했다. 우리는 바닷가로 해서 항만 주위에 곡선을 긋고 있는 일렬의 비치 하우스가 있는 곳에 다달았다. 카를로스는 나를 집 뒤에 있는 주차장으로 안내했다. 나는 메르세데스 차 옆에 멈췄다.

"잊어버리기 전에," 하고 아미스테드 부인은 말했다. "지금 당신에게 지불을 하겠어요. 얼마면 되지요?"

"백 달러면 됩니다."

그녀는 달러 자를 본 딴 금으로 된 돈지갑을 꺼내어 나의 무릎 위에 백 달러 지폐를 내놓았다. 그리고 그 위에 오십 달러 지폐를 얹었다.

"이건 팁이에요." 그녀는 말했다.

나는 그 돈을 받았다. 그 돈이 비용으로 필요했다. 그러나 나는 이 거래 때문에 격이 떨어졌다는 느낌을 막연하게나마 갖게 되었다. 그래서 나는 아직 라저를 만나보기 전인데도 그에게 어떤 동정을 느꼈다.

아미스테드 부인의 비치 하우스는 물 위의 뗏목 같은 회색 건물이었는데 우리는 2층 높이에 있는 뒷문으로 들어갔다. 우리는 텅 빈 계단을 지나 거실로 들어갔다. 그곳에는 놋쇠 장식물과 벽기압계, 선장의 의자들 같은 해양 취미의 가구로 장식되어 있었다.

정면에 있는 유리문을 통해서 나는 한 젊은 남자가 발코니 위에 앉아 있는 것을 보았다. 그는 스포츠맨답게 푸른 티셔츠를 입고 항해모자를 쓰고서 극장의 특등석에 앉아 있는 관람객처럼 해변가에 있는 사람들을 바라보고 있었다.

"여보, 라저."

그 여자의 음성은 변했다. 그 음성은 부드럽고 음악적이었다.

그 젊은 남자는 일어서서 놀라움도 즐거움도 나타내지 않은 채 모자를 벗었다.

"당신이 오리라곤 생각 못했소, 프란."

"크레센트 드라이브에 있는 집이 방금 불타 버렸어요."

"내 옷도 모두 타 버렸나요?"

"돈만 있으면 옷은 더 많이 살 수 있지만."

그녀의 목소리는 한편 진정인 듯하고 한편 조롱조로 들렸다. 그는 약간 늑장을 부리며 대꾸했다.

"집이 타다니, 참 안됐군. 당신은 그 집을 좋아했지요?"

"당신이 좋아했으니까 나도 좋아했지요."

"다시 지을 생각이오?"

"글쎄요, 라저. 당신은 어떻게 생각하세요?"

그는 무거운 어깨를 움츠리며 다가오는 책임을 회피했다.

"그건 당신 마음에 달렸지, 안 그렇소?"

"난 여행이나 하고 싶어요." 그녀는 마치 즉흥적인 여자처럼 결단성을 가장하며 말했다. "난 유고슬라비아에 갔으면 해요."

그는 돌아서서 이제 방금 나를 발견한 것처럼 쳐다보았다. 그는 튼튼한 체격을 가진, 아마 그의 아내보다 열 살 정도 젊어 보이는 미남이었다. 나는 그의 검은 머리털이 빠져가고 있다는 사실을 발견했다. 그는 그것을 알아차리고 손으로 머리털을 헝클어 쓸어올렸다.

"이분은 아처 씨" 하고 그의 아내는 나를 소개했다. "탐정이세요. 당신의 요트에 탔던 그 처녀를 찾고 있어요."

"어떤 처녀요?"

그러나 그는 순간적이나마 혐오의 눈초리로 나를 쳐다보더니 얼굴을 붉혔다.

"태양에 너무 가까이 날려고 했던 처녀 말예요. 아니면 달이었던가요?"

"난 모르오. 그녀와 아무런 관계도 없으니까."

"그 처녀의 이름을 아십니까?" 나는 물었다.

"수전일 겁니다. 수전 크란돌."

그의 아내의 얼굴에 갑자기 생기가 돌았다. 그러나 경계하는 눈치였다.

"그녀와는 아무런 관계도 없다고 당신은 말했는데?"

"그랬죠, 그 계집애를 배에 태워 준 건 제리였어요. 제리를 혼내 줬지요. 계집애 이름은 제리에게 물었어요. 그의 입으로 불게 해야 했으니까요."

"내가 들은 얘긴 그것과는 다른데요" 하고 그녀는 말했다. "그 계집앤 목요일 밤을 '아리아드네'호에서 당신과 함께 보냈다고 들었어요. 요트 정박소는 대체로 그런 일을 공공연하게 하는 장소가 아니에요?"

그는 침울하게 대답했다.

"난 젊은 계집애들을 건드리지 않아요. 목요일 밤은 이곳에서 혼자 술 마시며 보냈어요. 그 계집애는 내 허락도 없이 나도 모르게 이 배에 탔으니깐요."

"그녀는 어디 출신이지요?" 나는 물었다.

"난 정말 모릅니다. 남쪽 어디서 왔겠죠. 제리 말을 들으면……."

그의 아내가 말을 가로막았다.

"언제부터 그 계집애와 알고 지냈나요?"

그는 딱딱하고 무딘 눈초리로 그녀를 쏘아보았다.

"엉터리 같은 소릴 작작 하구려, 프란. 나는 그 크란돌이란 계집애를 만난 적도 없소. 못 믿겠다면 제리 킬패트릭에게 물어보구려. 그 계집앤 그의 친구야."

"누가 계집애에게 메르세데스 차를 쓰도록 했지요. 당신이 아니라면?"

"그것도 역시 제리가 한 짓이야. 그걸 가지고 그를 탓하고 싶지는 않소. 하지만 그건 사실이야. 그래서 나는 그를 혼내 줬어요."

"당신 말을 믿을 수 없어요. 이제부터는 메르세데스 차를 타시지 못해요."

"에이, 될대로 되라지!"

그는 그녀 옆을 지나 난간이 없는 계단으로 가서 발을 쿵쿵 구르며 아래층으로 내려갔다. 아래층에서 서랍문이 열렸다 닫혔다 하는 듯한 소리가 들리고 찬장문들이 쾅하고 닫히는 소리가 들려왔다. 목조집이기 때문에 작은 소리에도 진동이 심했다. 프란 아미스테드는 마치 폭행이라도 당하는 것처럼 그 소리에 흠칫흠칫했다. 나는 그녀가 남편을 무서워하면서 사랑하고 있다고 생각했다.

그녀는 자원해서 지옥으로 내려가는 여자처럼 긴장된 얼굴로 라저 뒤를 쫓아 아래층으로 내려갔다. 그들의 목소리는 계단 위로 떠올라왔다. 파도 소리 사이사이에 그들의 음성이 똑똑하게 들렸다.

"화내지 마세요." 그녀는 말했다.

"화나지 않았어."

"메르세데스 차를 타도 좋아요."

"내겐 교통수단이 필요해요." 그는 사리에 맞는 말을 했다. "내가 어딜 가기 위해서가 아니라⋯⋯."

"가지 마세요. 내 곁에 있어 줘요. 산불에 집이 타 버렸을 때 난 너무나 기가 막혔어요. 나의 인생이 타 버리는 것 같았어요. 하지만 당신이 곁에 있으면 아무렇지도 않았을 거예요."

"모르겠소. 그런데 유고슬라비아에 간다는 것은 무슨 말이요?"

"당신은 가고 싶지 않나요?"

"유고슬라비아에 뭐가 있소?"

"그럼 이곳에 있읍시다. 이제 마음에 드세요?"

"당분간은," 그는 말했다. "난 이 마을에 싫증이 났는지도 모르겠소."

"그 처녀 때문에요? 그 애 이름이 뭐죠? 수전?"

"가만있어요. 우리가 꼭 그 계집애 때문에 떠들어대야 되겠소? 난 그 애를 본 적도 없는데."

문 닫히는 소리가 났다. 그들의 목소리는 잘 들리지 않았다. 소곤거리는 목소리가 들리기 시작했다. 나는 집 밖으로 나가기로 했다.

토요일 늦은 오후였다. 해변가는 사람들로 붐비고 있었다. 그것은 지구의 구석구석마다 사람으로 가득 찰 미래상을 예고하고 있는 것 같기도 했다. 나는 백사장에서 기타를 든 한 청년 옆에 빈 자리를 발견했다. 이 청년은 한 처녀의 젖가슴에 몸을 기대고 있었다. 그녀한테서는 햇볕에 그을리지 않도록 몸뚱이에 바른 오일 냄새가 풍겼다. 나를 제외하고는 모두가 노아의 방주를 탄 동물들처럼 쌍쌍이 짝을 짓고 있었다.

나는 일어서서 주위를 둘러보았다. 마을 하늘 높이 자욱한 연막층 밑에서 공기는 무정하리만큼 깨끗했다. 나지막한 태양은 내가 손을 뻗치면 거의 잡을 수 있는 누런 꿀벌과도 같았다. 요트 정박소의 찌를 듯한 돛대들은 서쪽의 빛을 등지고 있어서 어둡게 보였다. 나는 구두와 양말을 벗어 들고 그쪽을 향해 해변을 따라 걸어갔다.

11

모래톱에서 뻗어 나간 콘크리트 방파제는 항구와 요트 정박소의 주위에 팔로 안은 듯한 곡선을 그렸다. 발동기나 돛을 단 배가 두세 척 표지가 있는 수로 사이로 들어오고 있었다. 경기용 요트에서 낡아빠진 상륙정에 이르기까지 다른 많은 배들이 부두의 사면에 정박하고 있다.

나는 요트 정박소와 공영 주차장을 분리하고 있는 높다란 철망을 끼고 걸어갔다. 거기에는 여러 개의 문이 있었지만 모두 자동 자물쇠가 채워져 있었다. 나는 방파제 아래쪽 가까이에 있는 선박 유료 정박소를 발견하고 관리인에게 '아리아드네'호의 소재를 물었다.

그는 내가 서로 묶은 구두를 어깨에 둘러멘 채 맨발로 서 있는 것을 의심스러운 눈초리로 바라보았다.

"아미스테드 씨는 지금 배 위에 없는데요. 만약 그 사람을 찾고 계시다면……."

"제리 킬패트릭은요?"

"그런 사람 모릅니다. 세 번째 문으로 내려가서 소리쳐서 불러보시오. 뗏목을 따라 왼쪽으로 반쯤 가면 거기서 그 배를 볼 수 있을 거요."

나는 구두를 신고 그 문과 배를 찾았다. 그 배는 잔잔한 물 위에 내 숨결이 조금 더 빨라질 정도로 단아하게 떠 있는 하얀 외돛대 범선이었다. 헝클어진 머리털과 부드러운 수염으로 덮인 침울한 얼굴의 한 여윈 청년이 뱃고물 가까이에 있는 보조 발동기를 만지고 있었다. 나는 자물쇠가 채워진 문 밖에서 그를 불렀다.

"제리?"

그는 고개를 들었다. 나는 그에게 오라고 손짓했다. 그는 모래사장으로 뛰어내리더니 재빠르게 휘청거리며 걸어왔다. 맨발이었다. 그는 허리까지 웃통을 벗고 있었다. 그는 소년 같은 어깨와 털이 없는 좁은 가슴을 감추려는 듯이 수염 기른 얼굴을 앞으로 쑥 내밀고 걸어오고 있었는데, 기계기름으로 몹시 더러워진 손은 마치 검은 장갑을 끼고 있는 것 같았다.

그는 철문 사이로 침울하게 나를 쳐다보았다.

"무슨 일입니까?"

"책을 잃었더군." 나는 책머리 여백에 그의 이름이 적힌 《녹색의 저택들》을 꺼냈다. "이건 자네 것이지. 안 그런가?"

"어디 봅시다." 그는 문을 열려다가 다시 힘을 주어 철컥 닫아 버렸다. 그리고 외쳤다. "만약에 나의 아버지가 당신을 보냈다면 그자는 벼락을 맞고 죽어도 좋습니다. 그리고 당신은 돌아가서 내가 그러게 말하더라고 전해 주시오."

"나는 자네 아버지를 모르네."

"나도 몰라요. 안 적도 없고요. 그리고 알고 싶지도 않고요."

"그건 자네 아버지에 관한 문제야. 나는 어떻게 하란 말인가?"

"그건 당신 문제지요."

"자넨 책이 필요치 않나?"

"당신이 가져요. 읽을 줄 안다면 마음의 양식이 될 거요. 당신에게 마음이 있다면."

그는 적개심이 대단한 청년이었다. 나는 그가 한 사람의 증인이라는 것을 내 자신에게 상기시켰다. 철망을 사이에 두고 그에게 화를 낸다는 것은 의미가 없었다.

"언제든지 책을 읽어 줄 사람을 구할 수 있지." 나는 대꾸했다.

그는 바로 미소를 지었다. 불그스레한 수염 속의 미소는 유달리 밝은 미소였다.

나는 말했다.

"어린 사내아이가 행방불명 되었네. 그의 아버지는 오늘 아침 피살되었고……."

"내가 그를 죽였다는 거요?"

"그럼 자네가 죽였나?"

"나는 폭력을 믿지 않아요."

그의 표정에 의하면 내가 폭력을 믿고 있었다.

"그럼 살인자를 찾아내야 하는데 나를 도와주겠나. 왜 나를 못 들어가게 하지? 그게 싫으면 자네가 나와서 얘기해도 좋으네."

"나는 이 편이 좋아요." 그는 손가락으로 철문을 가리켰다. "당신은 폭력배로 보이는데요."

"농담하고 있을 상황이 아니야." 나는 말했다. "행방불명된 사내아이는 여섯 살이고 그의 이름은 라놀드 브로더스트야. 그 애에 관해서 아는 게 없나?"

그는 고개를 내저었다. 그의 수염은 너무 길어 입을 뒤덮고 있어서 눈으로 말하는 것 같았다. 눈은 갈색이었고 깨진 유리처럼 반짝거렸다.

"한 처녀가 그 애와 함께 있었네." 나는 계속했다. "그 처녀가 자네의 이 책을 어젯밤 침대에서 읽고 있었네. 그 처녀 이름은 수전 크란돌이야."

"난 그런 여자 몰라요."

"자네가 안다고 하던데. 그 처녀는 그저께 밤 이곳에 왔었네."

"그런 건 모릅니다."

"자넨 알고 있어. 자네는 그 처녀에게 이 책을 빌려 주었고 아미스테드 씨의 메르세데스 차도 빌려 주었어. 그 밖에 또 무엇을 빌려 주었나?"

"무슨 말씀인지 난 모르겠소."

"그 처녀는 무슨 충격을 받았는지 자살하려고 돛대 위에 올라갔었네. 제리, 자넨 그 처녀에게 무엇을 주었지?"

공포의 그림자가 그의 얼굴을 스쳐갔다. 그러나 그 공포는 곧 분노로 바뀌었다. 그의 갈색 눈은 마치 눈동자 뒤에서 불이 일고 있는 것처럼 불그스레하고 뜨거웠다.

"당신은 지금 술에 취해서 머리가 멍청해지지 않았나요. 왜 댁으로 돌아가시지 않지요?"

"난 자네와 진지하게 얘기하고 싶네. 자넨 지금 곤경에 빠져 있어."

"제기랄."

그는 정박소로 총총히 걸어가 버렸다. 그의 털투성이 얼굴은 소년 같은 체격에 비해 너무 크고 징그럽게 보였다. 나는 서서 그가 외돛대 범선의 조종석에 뛰어들어 발동기를 만지는 것을 지켜보았다.

날은 이제 거의 저물었다. 해가 수면에 닿자 바다와 하늘은 래틀스네이크의 산불보다도 더 커다란 불로 붉게 타오르는 것 같았다.

어두워지기 전에 나는 프리스 스노의 낡은 시보레 세단이 있나 찾아보면서 주차장을 지나갔다. 나는 그 차를 발견하지 못했으나 근처에 있으리라는 확신을 가지고 있었다. 나는 해변 옆에 나란히 서 있는 가로수 길을 따라 수색을 시작했다. 서쪽 하늘은 갑자기 창백해진 얼굴처럼 그 빛깔을 잃어버렸다. 그것은 점차 공중에서 사라졌다. 그 빛깔은 희미한 하늘처럼 넓은 수면 위에 오랫동안 붙어 있었다.

나는 그 낡은 시보레 차를 발견하지 못한 채 여러 구간을 걸었다. 가로등에 불이 켜졌다. 부두는 모텔과 햄버거 집들의 네온사인으로 침침해졌다. 나는 길 건너 햄버거 집에 가서 곱빼기로 햄버거를 시켜 먹었다. 봉지에 든 감자튀김도 먹고 커피도 마셨다. 나는 굶은 사람처럼 먹고 또 마셨다. 나는 아침부터 여태 아무것도 먹지 않았던 사실이 생각났다.

내가 카운터에서 밖으로 나왔을 때는 완전히 어두워져 있었다. 나는 산을 올려다보고 내가 본 광경에 깜짝 놀랐다. 불은 마치 어둠을 살라 먹은 것처럼 크게 퍼졌다. 불은 마치 포위군의 야영지처럼 마을 위로 다가오고 있었다.

나는 다시 시보레 차의 수색을 계속했다. 모텔의 주차장도, 철로

쪽 샛길도 뒤졌다. 가로수 길을 벗어나자마자 유대인 거리가 나왔다. 어린이들이 어두컴컴한 곳에서 조용한 놀이를 하고 있었다. 조그만 집의 부서진 현관 앞에서 그들의 어머니와 할머니들이 나를 지켜보고 있었다.

나는 바퀴자국이 있는 어느 골목길의 먼지 낀 민복숭아꽃 울타리 뒤에서 반쯤 페인트가 벗겨진 프리스 스노의 시보레 차를 발견했다. 차에서 음악 소리가 새어 나오고 있었다. 야구모자를 쓴 몸집 작은 남자 하나가 운전대 뒤에 앉아 있었다.

"무얼 하고 있나, 여보게?"

"연주를 하고 있소."

그는 하모니카를 다시 입술에 갖다 대고 우울한 노래 몇 소절을 불었다. "나는 죄를 지었소. 그러나 괴로움도 충분히 받았다오…… 당신도 그렇구려" 하고 그 곡은 말하는 것 같았다.

"잘 부는군."

"이건 선물이요."

그는 차창 너머로 하늘을 가리켰다. 그리고 그는 몇 소절을 더 분 다음에 하모니카에 묻은 침을 털었다. 그에게서는 술 냄새가 풍겼다.

"이거 당신 자동차요?" 나는 그에게 물었다.

"친구 차를 지켜 주고 있소."

나는 그의 곁에 다가섰다. 열쇠는 이그니션에 꽂혀 있었다. 나는 그것을 집어 들었다. 그는 두려움에 반짝이는 눈초리로 나를 쳐다보았다.

"내 이름은 아처요. 당신 이름은?"

"에이모스 존스톤. 당신이 나를 때릴 권리나 이유는 없어요. 나는 어떤 친구를 위해서 정말 진심으로 이 차를 지켜 주고 있으니까요."

"나는 경관이 아니야. 당신의 친구는 어린 사내아이를 데리고 있는 젊은 여자지?"

"맞아요. 그녀는 돌아올 때까지 차 안에 앉아 있으라고 하면서…… 내게 1달러를 주더군요."

"얼마 전이었나?"

"모르겠어요. 난 시계를 가지고 있지 않으니까요. 내가 대답할 수 있는 것은 단 한 가지 그것이 오늘이라는 것뿐이오."

"어둡기 전이었나?"

그는 석양이 갑자기 그를 놀라게 한 것처럼 하늘을 응시했다.

"아마 그럴 거요. 나는 그 돈으로 술을 샀거든요. 그런데 이젠 술이 동이 나 버렸으니." 그는 나를 훑어보았다. "1달러만 더 썼으면."

"아마 그렇게 될 거야. 그런데 그 젊은 여자는 어디로 갔나?"

"이 길로 내려갔어요."

그는 몸짓으로 요트 정박소가 있는 쪽을 가리켰다.

"그 여자는 사내아이를 데리고 갔나?"

"그렇습니다."

"그 사내아이는 이상이 없던가?"

"겁을 집어먹고 있던데요."

"무슨 얘기는 하지 않던가?"

"나에게 한마디도 안했지만 강아지처럼 떨고 있던데요."

나는 그 사내에게 1달러를 주고 다시 정박소로 발길을 돌렸다.

그는 나에게 작별의 음악을 들려주었다. 그 소리는 어둠 속에서 놀고 있는 어린이들의 목소리에 빨려 들어갔다.

부두의 사면에는 희미한 불빛이 흩어져 있었다.

쇠로 만든 기둥 꼭대기에서 더욱 차분하고 밝은 빛이 철문 위를 비추고 있었다. 나는 재빨리 주위를 둘러보고 그 문을 넘었다. 철선에 발끝을 딛고 꼭대기를 넘어 내려오다가 경사진 판자에 등을 호되게 부딪쳤다. 그 때문에 나는 균형을 잃었다. 나는 너무나 아파서 잠시 동안 움직이지 못했다.

외돛대 범선에 접근하는 동안 귀와 눈에서 뛰는 맥박을 나는 느꼈다. 선실 안은 불빛이 비치고 있었으나 갑판 위에는 아무도 없었다. 이런 상황이었지만 어두운 물가에는 어떤 신비스럽고 달콤한 것이, 배 근처에는 어떤 아름다운 것이, 울안에 갇힌 밤의 망아지와 같은 무엇이 거기에는 있었다. 나는 난간을 기어 넘어 조종석 안으로 들어섰다. 돛대가 어두컴컴한 하늘을 등지고 우뚝 솟아 있었다.

선실 안에서 발을 끌며 걷는 발소리가 들렸다.

"거 누구야?" 제리의 목소리였다.

그는 승강구를 열고 머리를 내밀었다. 그는 주위를 살펴보았다. 그 모습이 마치 무덤에서 걸어 나오는 라자로와 같았다.

나는 손을 뻗어 두 팔로 그의 몸을 껴안고 그를 번쩍 들어 조정석 에다가 넘어뜨렸다. 그 바람에 호되게 등을 찧은 그는 한동안 움직이지 못했다. 나는 청년을 해친 것이 몹시 부끄러웠다.

나는 사다리를 딛고 라디오와 해도판 옆을 지나 선실로 내려갔다. 선실에는 낮은 침대가 둘 있었다. 그중 한 침대에 여자의 모양을 한 몸뚱이 하나가 붉은 담요를 덮고 금발만 내보이며 누워 있었다. 나는 그녀의 얼굴에서 담요를 벗겼다. 그녀의 얼굴 표정은 기묘하게도 냉정했다. 그녀의 눈은 멍청하게 나를 쳐다보고 있었다. 그녀는 거의 죽어 가거나 아마 이미 죽어 버린 것 같았다.

그녀의 몸뚱이 외에 무엇이 담요 밑에서 꿈틀거리고 있었다. 나는 담요를 벗겼다. 그녀는 그 사내아이를 끌어안고 한 팔로는 그의 머리를 감싸고, 한 손으로는 그의 입을 막고 있었다. 사내아이는 그녀 옆에 조용히 누워 있었다. 그의 둥글고 푸른 눈마저도 완전히 고요했다.

그들의 시선이 멍청하고 불안하게 나를 스쳤다. 나는 비좁은 곳으로 돌아섰다. 제리가 두 손에 총을 쥐고 사다리 위에서 버티고 앉아 있었다.

"이 배에서 내려, 이 돼지새끼야!"

"총을 치워, 누가 다치겠어."

"다치는 건 바로 너야." 그는 말했다. "지금 이곳에서 내리지 않으면⋯⋯. 나는 이 배의 책임자야. 그리고 넌 불법 침입자이고."

그의 말을 심각하게 받아들이기는 어려웠다. 그러나 총 때문에 어찌할 수가 없었다. 그는 총으로 나를 겨누고 옆으로 비켜섰다. 나는 사다리 위로 올라 그의 옆을 지나치면서 그에게 덤빌 것인가 아니면 그대로 지나갈 것인가 잠시 망설였다.

그렇게 망설이느라 나의 동작은 느렸다. 내 눈에는 그가 총을 쥔 손으로 총신을 휘두르는 것이 언뜻 보였으나 그가 내리치는 총신을 피하지 못했다. 눈앞이 빙빙 돌았다.

12

나는 우주의 톱니바퀴들이 빙빙 돌고 있는 것을 바라보고 있었다. 그 톱니바퀴들은 규모는 크지만 모양은 기관수들이 여가에 가지고 노는 톱니바퀴 상자와 비슷했다. 나는 그 모든 기계 장치를 단번에 볼 수 있었고 투입량과 산출량의 비율이 1일 1이라는 것도 이해할 수 있었다.

잔잔한 물결이 나의 의식의 언저리를 핥고 있었다. 나는 얼굴 한쪽을 마치 오르내리는 것처럼 보이는 편평하고 거친 표면에 대고 있었다. 공기가 한결 시원해진 것 같았다. 나는 한동안 내가 보트에 있다고 생각했다. 그리고 내가 손과 무릎을 짚고 일어났을 때 나는 부두의 모래밭 위에 쓰러져 있었고 '아리아드네'호가 매어져 있던 장소는 장방형의 독이었음을 깨달았다.

나는 손으로 물을 조금 떠서 얼굴에 뿌렸다. 현기증이 나고 맥이 빠졌다. 나는 그 수염 기른 청년의 말을 심각하게 받아들이지 않았고 그 상황의 처리도 잘못했다. 나는 지갑을 조사했다. 돈은 그대로 있었다. 나는 철망을 다시 넘어가서 주차장에 있는 공영 휴게실로 갔다. 나는 거기서 얼굴을 씻고 이미 출혈이 멎은 나의 머리의 부은 데를 건드리지 않도록 조심했다.

나는 빌딩 바깥벽에서 유료전화를 발견하고 서장실을 불렀다. 당직 중인 서장 대리가 서장과 대부분의 경관들은 화재 지역에 출동 중이라고 말했다. 그는 전화를 받느라고 정신이 없었고 파견할 경관이 하나도 없다고 말했다.

나는 지방 산림서의 다이얼을 돌렸다. 교환대의 여자 목소리가 퇴근 시간 후에는 전화를 받지 않는다고 알려 주었다. 그러나 켈시에게 보내는 전언은 받아 주었다. 나는 최근 사건을 보고하는 전문을 구술하고 교환원이 권태로운 듯이 전문을 되풀이하는 목소리에 귀를 기울였다.

다음에 나는 전화번호부의 노란 페이지에 있는 부동산 난에서 브라이언 킬패트릭을 찾았다. 자택과 회사의 번호가 둘 다 있었다. 나는 킬패트릭 씨의 집에 전화를 걸어 곧 그를 불러내어 그와 면담을 할 수 있는가를 물었다. 그는 한숨을 내쉬었다.

"방금 앉아서 한잔 하려는 참인데요, 무슨 일이십니까?"

"댁의 아드님 제리에 관한 일입니다."

"알겠소, 당신은 경관이십니까?"

그의 조심스럽게 다듬어진 목소리는 벌써 기가 꺾여 있었다.

"사립탐정입니다."

"어제 아침 부두에서 있었던 일과 관계가 있습니까?"

"아무래도 그런 것 같습니다. 그리고 사태가 더욱 악화되어 가고 있습니다. 댁을 방문해서 면담할 수 있을까요?"

"아직 무슨 일인지도 얘기하지 않았습니다. 이 일엔 여자가 관련되어 있나요?"

"그렇습니다. 수전 크란돌이라고 하는 금발 처녀입니다. 수전과 댁의 아드님과 로니 브로더스트라고 하는 사내아이가 자취를 감췄습니다."

"브로더스트 부인의 손자 말인가요?"

"그렇습니다."

"그들은 도대체 어디로 갔나요?"

"바다로 갔습니다. 아미스테드 씨의 보트를 타고 갔습니다."

"라저 아미스테드가 이 일을 알고 있나요?"

"아직 모릅니다. 당신에게 먼저 전화를 걸었습니다."

"고맙소" 하고 그는 말했다. "당신 말씀대로 이쪽으로 오시는 게 좋겠군요. 제가 살고 있는 곳을 아시나요?"

그는 그의 주소를 두 번 말해 주었다.

나는 택시를 잡아타고 운전기사에게 그 주소를 일러 주었다. 운전기사는 수다스러운 사람이었다. 그는 화재와 홍수와 지진과 석유범람에 대해서 얘기했다. 그는 왜 모두가 캘리포니아에서 살고 싶어하는지 그 까닭이 궁금하다고 했다. 사태가 악화되면 자기는 가족을 데리고 모타운으로 이사 가야겠다고 하면서 모타운은 도시라고 그는 말했다. 그는 아직 산불의 위협을 받지 않은 마을 한 쪽의 중산층 거주 구역으로 나를 데리고 갔다. 킬패트릭 씨의 현대식 농장 가옥은 덤불이 우거진 비탈에 있었다. 나는 마을 저지대의 시원한 공기에서 벗어났다. 택시에서 내리자 뜨거운 바람이 얼굴에 확 달라붙었다.

나는 운전기사에게 기다리도록 부탁했다.

킬패트릭 씨는 밖으로 나와 나를 맞았다. 그는 몸집이 큰 사람이었고 작업복 바지 위에 스포츠 셔츠를 입고 있었다. 그의 머리와 가슴에 난 붉은 털은 회색이 되어가고 있었다.

두 눈은 그동안 마신 술로 몽롱하였지만 그의 커다랗고 잘생긴 얼굴은 술에 취하지도 않은 듯한 거의 애처로운 표정이었다.

그는 손을 내밀더니, 다시 나의 다친 머리를 뚫어지게 쳐다보았다.

"무슨 일이 있었나요?"

"아드님 제리가 총 개머리판으로 나를 때렸지요."

킬패트릭은 동정하는 얼굴빛을 지었다.

"진심으로 사과 말씀을 드립니다. 하지만," 하고 그는 덧붙였다. "나는 제리가 한 짓에는 책임을 못 집니다. 그 애에겐 이제 완전히 손을 들었습니다."

"그런 것 같군요. 집 안으로 들어갈 수 있나요?"

"좋습니다. 들어오셔야죠. 한잔 드릴까요?"

그는 호화롭게 조명이 되어 있는 수영장이 내다보이는 주방 겸 오락실로 나를 안내했다. 수영장 옆에는 검은 머리와 반짝이는 구리빛 다리를 가진 한 여자가 긴 의자에 앉아 있었다. 그 여자 옆의 테이블 위에 있는 포터블 라디오는 친근한 유령처럼 그녀에게 얘기하고 있었다. 은제 칵테일 셰이커가 라디오 옆에 있었다.

킬패트릭은 불을 켜기 전에 베니션 블라인드를 내렸다. 그는 자기는 마티니를 마시고 있었다고 말했다. 나는 스카치와 물을 청했다. 우리는 장기판이 있는 원탁을 사이에 두고 서로 마주보며 앉았다. 그는 조심스럽게 말을 꺼냈다.

"오늘 그 처녀의 아버지에게서 들은 소식을 얘기해 두는 것이 좋을 것 같군요. 그는 딸의 수첩에서 내 아들의 이름을 발견했다더군요."

"그 처녀가 집을 나간 지가 얼마나 되었는지 크란돌 씨는 얘기했나
요?"

킬패트릭은 고개를 끄덕였다.

"2, 3일 되었답니다. 목요일에 집을 나갔다더군요."

"그 이유를 크란돌 씨는 얘기했나요?"

"그도 이유를 모른답니다. 나보다도 모르는 것 같았습니다." 그는
늙고 낙심한 소리로 덧붙였다. "우리는 한 세대를 잃어가고 있습니
다. 우리가 그들을 세상에 태어나게 했다고 해서 그들은 우리에게 벌
을 주고 있어요."

"크란돌 씨 부부는 이 마을에 살고 있습니까?"

"아닙니다."

"아드님과 그의 딸은 어떻게 서로 알게 되었나요?"

"나도 모릅니다. 내가 아는 거라곤 크란돌 씨가 말한 게 전부입니
다."

"크란돌 씨 주소는?"

킬패트릭은 교통 정리를 하는 몸짓으로 손바닥을 쳐들었다.

"내가 얘기를 꺼내기 전에 자세한 내용을 얘기해 주시면 좋겠습니
다. 어떻게 해서 브로더스트 손자애가 여기에 끼어들게 되었으며
그들은 그 애와 함께 무엇을 할 작정인가요?"

"아무런 계획도 없을지 모릅니다. 하지만 한편으로는 유괴 행위가
될지 모릅니다. 법률상의 의미로는 현재 그것은 유괴 행위입니다."

"돈 때문에? 제리는 자신이 돈을 경멸한다고 말하고 있던데요."

"돈만이 유괴의 동기가 되는 건 아닙니다."

"그럼 무슨 동기가 있나요?"

"복수, 권력, 반항."

"그런 낱말들은 제리와는 어울리지 않는데요."

"그 처녀에게는요?"

"나는 그 처녀가 꽤 좋은 가정에서 자란 퍽 좋은 아가씨라고 생각하는데요. 그 애의 아버지 말에 의하면 행복한 계집애는 아닐지 몰라도 믿을 수 있는 계집애라고 하더군요."

"그것은 리지 보든의 아버지가 자기 딸에 대해서 하던 말이로군요."

킬패트릭 씨는 나에게 놀란 표정을 지어 보였다.

"그건 좀 무리한 비교죠?"

"그랬으면 합니다. 오늘 그 처녀와 함께 여행하던 어린애…… 그 사내아이의 아버지는 곡괭이로 살해되었습니다."

킬패트릭 씨의 얼굴은 창백해지고 울퉁불퉁한 정맥이 뚜렷하게 드러났다. 그는 마티니를 다 마셔 버리고 빈 잔을 소리가 나게 홀짝거렸다.

"스탠리 브로더스트가 피살되었단 말입니까?"

"그렇습니다."

"그 처녀가 그를 죽였다는 말입니까?"

"그것은 나도 모릅니다. 그러나 그 처녀가 죽였다면 브로더스트 손자아이는 아마 증인이 될 것입니다."

"제리도 함께 있었나요?"

"그것은 모릅니다."

"어디서 그 살인이 일어났나요?"

"브로더스트 부인의 산장이라고 불리는 오두막집 근처에서 일어났지요. 그와 동시에 산불도 일어났습니다."

킬패트릭 씨는 그의 유리잔으로 테이블을 두드리기 시작했다. 그는 일어서서 주방으로 가서 그 뒤에 있는 선반에서 불안을 가라앉혀 줄

만한 것을 찾고 있었다. 그는 더욱 술이 깬 듯 빈손으로 테이블에 돌아왔다.

"당신은 처음에 나에게 전화했을 때 이 일을 얘기했어야만 했소. 나는 결코……."

그는 말을 멈췄다. 그는 의심스럽게 나를 쳐다보았다.

"그랬다면 당신을 이곳에 불러들여서 얘기를 하도록 하지 않았을 겁니다" 하고 그는 말했다.

나는 목소리를 높였다. "크란돌 씨가 살고 있는 곳은 어디지요?"

"말하지 않겠습니다."

"말씀하시는 것이 나을 겁니다. 오랫동안 비밀이 될 수는 없을 테니까요. 단 한 가지 우리가 할 수 있는 뚜렷한 일은 제리와 그 처녀가 더 이상 사고를 내기 전에 막아야 한다는 것뿐입니다."

"그들이 더 이상 어떤 짓을 하리라는 것입니까?"

"그 사내아이를 잃어버리거나 또는 그 애를 죽이거나 하는 짓입니다."

그는 가늘게 뜬 눈으로 나를 쳐다보았다.

"당신이 그 사내아이에게 관심을 갖는 까닭은 무엇 때문입니까?"

"그 애를 찾기 위해 브로더스트 부인이 나를 고용했습니다."

"그럼 당신은 다른 편이군요."

"사내아이 편이죠."

"그 앨 압니까?"

"조금은."

"그리고 당신은 그 앨 개인적으로 좋아하고 있나요?"

"그렇습니다."

"그러시다면 당신은 희미하게나마 내가 나의 아들에 대해서 어떠한 심정인지를 아시겠군요."

"당신이 전적으로 협력해 주신다면 나는 더 잘 알 겁니다. 나는 당신과 당신의 아들을 위해서 사고를 미리 막으려고 노력하고 있습니다."

"당신에게서 사고의 기미가 보이는 것 같습니다." 그는 대꾸했다.

그 말에 나는 잠깐 멈칫했다. 그는 인간의 약점에 대한 세일즈맨다운 통찰력을 가지고 있었다. 그는 내가 나 자신에게 시인하지 않았던 사실——즉 내가 때때로 사고의 촉매 노릇을 하고 있다는 사실을 지적했던 것이다.

좀 화제를 바꿀 생각으로 나는 책머리 여백에 연필로 그의 아들의 이름이 적혀 있는 녹색 표지의 책을 꺼냈다.

"어떻게 해서 수전 크란돌이 이 책을 갖게 되었나요?"

잠시 생각한 다음에 그는 말했다.

"제리가 떠날 때 그 책을 가지고 갔을 겁니다. 나는 책에 별로 관심이 없습니다. 나의 처는 가족 중에서 가장 인텔리였지요. 스탠포드 대학 졸업생이지요."

"킬패트릭 씨 부인께서는 집에 계십니까?"

그는 고개를 내저었다.

"엘린은 여러 해 전에 나를 버리고 집을 나갔습니다. 수영장 옆에 있는 여자는 나의 약혼자지요."

"제리는 얼마 전에 집을 나갔나요?"

"두 달 전이지요. 6월에 요트로 옮겨 갔습니다. 그러나 실제로는 1년 전에 가족 관계를 끊은 거나 다름이 없습니다. 그 애가 대학에 들어간 해지요."

"지금 재학 중인가요?"

"이제 학교엔 안 나갑니다." 킬패트릭 씨는 실망한 말투로 말했다. "그 앤 공부를 열심히 할 기회가 있었는데…… 난 경영학 석사과정에 그 애를 보낼 작정이었는데 그는 노력하려고 하지 않았어요. 이유는 묻지 마시오. 난 그 대답을 모릅니다."

그는 테이블 위로 팔을 뻗어 책을 집어서 그의 아들의 이름이 있는 곳을 덮어 버렸다.

"제리는 마약을 사용하고 있었나요?"

"난 잘 모르겠습니다."

그러나 그의 눈은 미심쩍어 하는듯 나의 눈을 피했다. 대화는 활기를 잃어가고 있었고 그 이유를 짐작하기는 어렵지 않았다. 그는 그의 아들을 살인사건에 끌어넣기를 두려워하고 있었다.

"당신은 요트의 사고에 대해서 알고 있었습니까?" 나는 말했다. "그 처녀가 돛대에서 바다 속으로 뛰어들었을 때."

"맞았소. 나는 바닷가 사람들에게서 그 얘길 들었습니다. 그러나 마약이 관련되어 있는 줄은 몰랐지요."

킬패트릭 씨는 갑자기 나에게 몸을 기울이고 아직 손대지 않은 내 술잔을 잡았다.

"드시지 않으신다면 내가 들겠습니다" 하며 그는 술을 마셔 버렸다.

우리는 말없이 마주 앉아 있었다. 그는 테이블의 장기판을 들여다 보고 있었다. 드디어 그는 고개를 들고 나의 눈을 정면으로 마주 보았다.

"그 처녀가 제리에게서 마약을 얻었다고 생각하나요?"

그는 물었다.

"제리에 관해서는 당신이 권위자이십니다."

"이젠 그렇지 못합니다" 하고 그는 말했다. "그러나 난 그 애가 마약을 사용하고 있다는 건 눈치 채고 있었지요. 그것이 우리들 사이에 불화의 원인 중 하나였을 겁니다."

"어떤 종류의 마약이었나요?"

"정말로 모릅니다. 그러나 그 애는 마치 방심한 것처럼 말하고 행동하더군요." 그 말은 그의 방황하는 아들에 대한 동감의 표시처럼 약간 감동적이었다. 그는 신경질적으로 덧붙였다. "해야 될 말보다 더 많이 했군요."

"나머지 부분도 얘기해 주시는 게 좋겠습니다."

"나머지는 없습니다. 이것이 전부입니다. 총명하고 장래가 유망하던 내 아들이 갑자기 어느 날 모든 것을 바꾸고 부둣가 건달처럼 살기로 결심했답니다."

"라저 아미스테드와 친해진 까닭은 무엇입니까?"

"나는 아미스테드에게 부동산을 팔았고, 그뒤 아미스테드는 그 애를 좋아했지요. 그는 그 애에게 항해술을 가르쳤습니다. 작년에 제리는 엔세네다 경주에서 그의 승무원이 됐지요."

"제리는 훌륭한 선원입니까?"

"그렇습니다. 그 애는 그 외돛대 범선을 타고 하와이까지도 항해할 수 있을 겁니다."

그는 일어나 블라인드를 친 유리창으로 가서 손가락으로 얇은 슬레이트 조각 사이를 벌리고 바깥을 내다보았다. 그는 공습을 받고 있는 빌딩 속의 사람 같았다.

"제기랄!" 그는 말했다. "저녁 식사에 약혼자를 데려가기로 했는데." 그는 화를 버럭 내며 나에게 대들었다. "당신 때문에 나의 저녁 시간이 망쳐진 걸 알기나 하신지요?"

그 질문에는 대답할 만한 가치가 없었고 그도 그런 줄 알고 있었다. 그는 마치 불평을 털어놓을 유령 바텐더를 찾아내려는 듯이 주방으로 몸을 옮겼다. 거기에는 전화기가 있었고 그 옆에는 조그마한 푸른 책이 놓여 있었다. 그는 번호를 찾으려는 듯이 책을 펼쳤다가 다시 떨어뜨렸다. 대신에 그는 새 유리잔을 꺼내어 스카치와 물을 따르고 그 잔을 내 앞에 딱 소리가 나게 내려놓았다.

나는 술이 필요하지 않았다. 나는 기나긴 밤이 다가오는 것을 느낄 수 있었다. 킬패트릭 씨도 역시 그러리라. 그는 테이블에 몸을 기대고 우뚝 서 있었다. 그는 두 손을 벌렸고 얼굴은 감정 때문에 부풀어 오르는 것 같았다.

"보세요," 하고 그는 말했다. "나는 주책없는 놈은 아니오. 당신은 어떻게 생각할지 모르지만 제리가 꼬마였을 때 나의 아내는 나를 버렸어요. 내가 로맨틱한 생활을 시켜 주지 못한 것 외에는 나를 버릴 아무런 이유도 없었죠. 그런데 제리는 파탄의 책임을 나에게만 지웠어요. 그 애는 언제나 모든 것을 나의 탓이라 했어요." 그는 깊은 한숨을 내쉬었다. "나는 정말로 그 애 걱정을 하고 있어요. 나는 그 애에게 가장 잘해 주고 싶었고 그러기 위해서 온갖 힘을 다 썼지요. 그러나 만사는 결국 그렇게 되어 주질 않더군요. 그렇죠, 행복한 결말은 나오지 않았습니다."

그는 나에게 몸을 구부리고 침묵의 소리에 생전 처음인 듯이 귀를 기울였다. 나는 말했다.

"제리와 수전을 찾기 위해 우린 어떻게 해야 할까요?"

"난 모르겠소."

"FBI라도 부를까 생각해 보았는데요."

"그건 그만두세요. 그러면 제리는 끝장을 보는 겁니다."

나는 어깨 위에 그의 무거운 손을 느꼈다. 그는 손을 치우고 다시 주방으로 가서 울 안에 갇힌 동물이 짧은 거리를 여러 차례 왔다갔다 하는 것처럼 움직였다. 그는 스카치를 따라 가지고 둥근 테이블에 있는 그의 자리로 돌아왔다.

"그 애에게 스스로 외돛대 범선을 다시 제자리에 갖다 놓을 기회를 줍시다. 그 문제에 연방 수사국을 관여시킬 필요는 없겠지요."

"지방 경찰에는 알려야 할 겁니다."

"그건 내가 하겠소" 하고 그는 말했다. "트리메인 서장에게 얘기하겠소. 그는 내 친구요."

"오늘 밤에요?"

"물론 오늘 밤에요. 나는 당신보다 더 급합니다. 제리는 나의 아들이요. 그에게 일어나는 일은 바로 내게 일어나는 일입니다."

"그러시다면 수전 크란돌의 부모를 만날 수 있는 곳을 가르쳐 주시오. 난 특히 크란돌 씨와 얘기하고 싶습니다."

"미안합니다. 그건 떳떳하지 못한 것 같아요."

나는 내가 생각할 수 있는 가장 과격한 언사로 그를 공격했다.

"당신은 어떠한 일에도 떳떳하지 못할 겁니다. 지금 사태는 바퀴라도 달린 듯 지옥으로 가고 있는데도 당신은 그걸 멈추기 위해서 손가락 하나 까딱하려고 하지 않습니다. 그러면서도 어떤 해피엔딩을 기대하고 있단 말이오."

"그런 걸 기대하지 않는다고 말했는데요." 그는 두 손바닥으로 눈과 볼을 닦았다. 두 손바닥이 턱에서 마주치자 기도하는 듯이 합장을 했다. "내게 생각할 시간 여유를 주셔야겠어요."

"물론이죠. 몇 시간이라도 생각하시오. 나도 여기서 앉아서 브로더스트 손자아이에게 무슨 일이 일어나고 있는가를 생각하겠소."

현관의 초인종이 울렸다. 그는 방을 나가면서 문을 닫았다. 나는 전화기 옆에 있는 조그마한 푸른 책을 집어 들었다. 그 안에는 손으로 쓴 전화번호 명단이 있었다. 레스터 크란돌이란 사람의 전화번호가 퍼시픽 팰리세이즈의 번호와 함께 C란에 적혀 있었다. 그 명단은 새로 적어 넣은 것이 아니었다. 그 밑에 또 딴 이름들이 적혀 있었다.

내가 전화번호를 적고 있는데 내 뒤에서 문이 활짝 열렸다. 바로 수영장 옆에 있던 머리카락이 검은 여자였다. 그녀는 미인이었다. 그러나 그녀가 입고 있는 비키니는 그녀의 나이와는 좀 어울리지 않았다. 그녀는 술에 녹초가 되어 있었다.

"브라이언이 댄스홀에 데려가기로 약속했는데……."

그녀는 두세 번 스텝을 밟다가 넘어질 뻔했다. 나는 그녀를 의자로 데려갔으나 그녀는 가만히 앉아 있으려고 하지 않았다. 그녀는 춤을 추고 싶어 했다.

킬패트릭 씨가 방 안에 들어왔다. 여자가 그의 눈에 띈 것 같지 않았다. 그는 주방 뒤로 가서 서랍을 열고 묵직한 권총을 한 자루 꺼냈다.

"무슨 일이오 ?" 나는 그에게 물었다.

그는 대답하지 않았다. 그러나 나는 그의 얼굴에 나타난 차가운 분노를 보았다. 나는 그의 뒤를 따라 현관까지 나갔다. 이마에 검정이 묻은 한 청년이 현관문에서 기다리고 있었다.

킬패트릭 씨는 총을 내보였다.

"이곳에서 나가게. 그 따위 허튼 수작을 참고 있어야 할 필요는 없단 말이야."

"허튼 수작이라고 하셨습니까 ?" 청년은 말했다. "나는 내 집과 살림살이를 잃어 버렸소. 내 가족의 옷을, 모든 것을, 그래서 난 당신에게 책임지게 해야겠소, 킬패트릭 씨."

"내가 어떻게 책임진단 말인가 ?"

"내 집이 불타 버리고 난 다음에 난 한 소방서원과 얘길 했지요. 그는 산불의 위험이 있는 캐니언에는 집을 짓는 것이 아니라고 말했소. 당신이 나에게 땅을 팔 때 당신은 산불의 위험성 같은 얘긴 하지 않았단 말이요."

"이건 우리 모두가 무릅쓰는 모험이야" 하고 킬패트릭 씨는 말했다. "나 자신도 오늘 밤이나 내일 밤에 불에 타서 죽을지 모르는 거야."

"그러길 바랍니다. 당신 집이 불에 타 버리길 바랍니다."

"그 말 하러 여기까지 왔단 말인가?"

"꼭 그런 건 아니요." 그 청년은 좀 부끄럽게 생각하는 것 같았다. "그러나 나는 밤을 새울 곳도 없단 말이요."

"여기서는 밤을 새우지 못해."

"알겠소."

그는 할 말이 없어졌다. 킬패트릭이 손에 들고 있는 권총을 처다본 뒤에 그는 재빨리 내가 타고 온 택시 옆에 세워 놓았던 스테이션 왜건으로 걸어갔다. 그 차의 뒷 유리창 사이로 많은 어린이들이 다음엔 어디로 실려 갈지 모르는 죄수들처럼 밖을 내다보고 있었다.

앞좌석에는 한 여자가 똑바로 앞을 바라보며 앉아 있었다.

나는 킬패트릭에게 말했다.

"그를 쏘지 않아서 다행입니다."

"나도 그를 쏠 생각은 없었소. 그러나 그가 내게 퍼부은 욕설을 당신도 들었어야 했을거요. 나는 정말······."

나는 그의 말을 잘랐다.

"그가 살고 있던 곳은 어느 지역인가요?"

"캐니언 이스테이츠. 내가 개발했지요."

"캐니언이 탔나요?"

"전부는 아니오. 그러나 여러 가구가 그 사람 집과 함께 탔습니다." 킬패트릭은 화가 난 듯이 떠나는 스테이션 왜건 쪽으로 머리를 홱 돌렸다. "피해를 입은 사람은 그 사람뿐이 아니요. 나는 아직 그 집들 중 몇 채는 금리를 물고 있어요. 이젠 그 집들을 옮기지도 못할 겁니다."

"엘리자베스 브로더스트 댁이 어떻게 되었는지 아시나요?"

"아직까지 무사합니다. 그런 오래된 스페인식 건축은 화재에 견딜 수 있도록 지어져 있습니다."

그 검은 머리의 여자가 킬패트릭 뒤에 나타났다. 그녀는 비키니 위에 가벼운 코트를 걸치고 있었다. 술은 깬 것처럼 보였으나 속은 괴로운 듯했다.

"제발 좀," 그녀는 그에게 말했다. "그 총을 치워요. 당신이 총을 휘두르면 난 겁이 나서 죽을 것 같아요."

"휘두르지 않고 있잖아."

그는 호주머니 속으로 총을 안 보이게 밀어 넣었다.

우리 세 사람은 아스팔트 도로 위로 걸어 나왔다. 택시 운전기사가 화성에서 온 염탐꾼처럼 우리를 지켜보고 있었다.

킬패트릭은 손가락을 입 안에 넣었다가 공중에 쳐들고 있었다. 시원한 바람이 캐니언 위로 불고 있었다.

"바닷바람이군" 하고 그는 말했다. "만약에 바람이 저 방향에서 계속 불어온다면 우리는 만사 오케이요."

나는 그의 말이 맞기를 바랐다. 그러나 동녘 하늘 끝은 여전히 싯뻘건 커튼처럼 불이 타고 있었다.

13

노스리지까지의 택시값은 선불로 50달러였다. 내가 노스리지에 가는 것은 스탠리 브로더스트의 차고에 내 차를 두고 왔기 때문이었다. 운전기사가 얘기를 걸어왔으나 나는 묵살하고 1시간 동안 푹 잠을 잤다.

벤투라 무료 고속도로를 통과했을 때 나는 잠을 깼다. 나는 운전기사에게 공중전화 앞에서 차를 세우라고 말했다. 운전기사는 공중전화를 발견하고 1달러의 거스름돈을 내게 주었다. 나는 레스터 크란돌의 번호를 돌렸다. 철저한 가성인 듯한 여자의 목소리가 들렸다.

"크란돌 씨 댁입니다."

"크란돌 씨는 댁에 계십니까?"

"안 계십니다. 언제 돌아오실지 모릅니다."

"지금 어디 계십니까?"

"선셋 스트립에 계셔요."

"수전을 찾으려요?"

그 여자는 제 목소리를 냈다.

"네, 수전을 찾고 있어요. 선생은 레스터의 친구분 되시나요?"

"아닙니다. 그러나 난 따님을 본 사람인데요. 따님은 지금 로스앤젤레스에 있지 않습니다. 지금 댁으로 가서 뵈어도 괜찮겠습니까?"

"글쎄요, 경찰관이세요?"

나는 그녀에게 나의 직업과 이름을 말했다. 그러자 그녀는 주소를 대 주었다. 주소는 선셋 불바드에서 조금 들어간 내가 아는 거리였다.

택시는 나를 노스리지에 내려놓았다. 나는 브로더스트의 차고 열쇠를 가지고 있었다.

나는 운전기사에게 차고 속에 내 차가 있는가를 확인하는 동안 기다려 달라고 부탁했다. 내 차는 차고에 있었다. 차는 엔진이 걸렸다. 나는 거리로 나와 운전기사를 돌려보냈다.

그 집 뒤로 온 것은 이번이 두 번째다. 나는 더욱 조심스럽게 주위를 살펴보았다. 불빛이 포도원 울타리 저쪽 이웃집에서 새어나왔다. 스탠리 브로더스트 집의 뒷문이 조금 열려져 있었다. 나는 뒷문을 활짝 열고 부엌 전등불을 켰다. 자물쇠를 쇠지렛대로 부순 흔적이 자물쇠 언저리 나무에 남아 있었다. 자물쇠를 부순 사람이 집안에 아직 있을지도 모른다는 생각이 들었다. 나는 그 사람과 충돌하고 싶지 않았다. 대개 밤도둑은 살인할 의사가 없지만 놀라게 했을 때에는 살인도 하게 된다.

나는 부엌 전등불을 끄고 기다렸다. 집안은 잠잠했다. 밖에서는 간선도로를 달리는 자동차의 진동소리가 들려왔다. 이웃에서는 텔레비전 소리가 정상적으로 들려오고 있었는데도 나는 구역질이 날 정도로 불안을 느꼈다. 이 불안은 내가 현관 복도로 들어갔을 때 더욱 심했다.

아마도 나는 서재에 있는 사람의 냄새를 맡았거나 그렇지 않으면 서재에 사람이 있다는 것을 육감으로 느꼈을 것이다. 하여튼 내가 전등불 스위치를 켰을 때 그는 부서진 책상 앞에 누워서 마지막 마술을 끝낸 마술사처럼 흰 이빨을 드러내고 나를 쳐다보고 있었다.

나는 그가 누구인가를 금방 알아보지 못했다. 그는 검은 수염을 길렀고 길고 검은 머리카락은 이마 위에서 아래까지 기묘할 정도로 더부룩하게 덮여 있었다. 자세히 보고 나서야 나는 이 머리털이 그에게 잘 맞지 않는 가발임을 알았다. 수염도 가짜였다.

머리카락 밑에 이 집에 1천 달러를 청구하러 왔던 앨이라는 사나이의 죽은 얼굴이 있었다. 그의 셔츠 앞섶은 피로 젖어 무거웠고 그 밑에 칼자국이 있었다. 그에게서 위스키 냄새가 풍겼다.

그의 검은색 싸구려 옷 안 호주머니에 샌프란시스코의 백화점 상표가 붙어 있었다. 다른 호주머니와 마찬가지로 그 호주머니는 비어 있었다. 나는 그를 일으켜 바지 뒷호주머니를 뒤졌으나 지갑은 없었다.

나는 그가 나에게 준 주소를 나의 수첩에서 확인했다. 토팡가 캐니언 아래 퍼시픽 코스트 하이웨이 거리의 스타 모텔. 다음에 나는 분명히 부서진 롤탑 책상을 보았다. 자물쇠 언저리의 나무가 산산조각이 났고 롤탑 부분은 절반쯤 열려진 채 처박혀 있었다. 나는 서랍을 빼낼 셈으로 그 윗부분을 밀어보았다. 그랬더니 서류 분류함에 첫눈에는 비슷하게 생긴 젊은 남자와 한 젊은 여자의 사진이 한 장씩 있었다. 사진에 클립으로 붙인 종이에는 '스탠리 브로더스트의 사무용 메모'라는 표제가 인쇄되어 있었다.

누가, 아마 스탠리가 이 종이 위에다가 열심히 기록해 놓았을 것이 분명했다.

'이 사진의 남자와 여자를 보셨습니까? 목격자의 말에 의하면 그들이 1955년 7월 초순에 산타 테레사를 떠나 차(붉은 포르쉐, 감찰번호는 XUY251)로 샌프란시스코로 갔습니다. 그들은 샌프란시스코에서 하룻밤 또는 이틀 밤을 머물고 7월 7일 영국 화물선 '스완시 캐슬'을 타고 밴쿠버를 경유 호놀룰루로 떠났습니다. 그들의 현재 거처를 통보해 주시는 분에게 1천 달러의 상금을 드리겠습니다.'

나는 이 종이에 붙은 사진을 한 번 더 바라보았다. 여자의 머리카락은 검었고 검은 눈은 무척 커서 낡은 사진 속에서 튀어나올 듯이 보였다. 그녀의 생김새는 열정적으로 보이는 두툼한 입 외에는 독수리와 같은 예민한 인상을 풍겼다.

아마 브로더스트 대위인 듯한 남자의 얼굴은 여자의 얼굴보다 더 음산해 보였다. 얼굴의 뼈대는 잘생겼고 뼈대 속에서 빛나는 눈은 매정해 뵈는 눈이었다. 그와 여자 사이의 비슷한 점을 비교해 보면 피상적인 것에 불과했다. 그의 대담한 눈초리에서 그가 비밀의 인물이라는 인상이 약간 풍겼다. 그러나 내가 짐작하기로는 그는 남이 주는 것을 받기만 하는 따위의 인물이었다. 여자는 자기 것을 남에게 바치는 부류의 사람처럼 보였다.

나는 서류 캐비닛으로 갔다. 맨 위 서랍은 하도 세게 잡아당겨서 밀어 넣어도 들어 맞출 수가 없을 정도였다. 이 서랍에는 마닐라 칸막이 사이에 조심스럽게 배열된 편지가 가득 차 있었다. 소인은 과거 6년에 걸친 것이었다.

나는 최근 편지를 한 통 뽑았다. 회신 주소는 메인 스트리트 920의 산타 테레사 여행사였다.

브로더스트 씨에게(타이프로 친 편지)

귀하의 요청에 응하여 우리의 서류를 조사하여 귀하의 부친 리오 브로더스트 씨가 1955년 7월 6일에 또는 6일경에 샌프란시스코에서(밴쿠버 경유) 호놀룰루까지 항해하는 '스완시 캐슬'호의 배표 2장을 예약했음을 확인합니다. 표값은 지불되었습니다만 표가 실제로 사용되었는지의 여부는 확인할 수 없습니다. '스완시 캐슬'호는 리베리아로 선적을 옮겼습니다. 그리고 1955년도의 선주 및 선장이 누구인가를 조사하기는 어렵습니다. 더 조사할 일이 있으시면 방문하여 주시기 바랍니다.

경영주 하비 노블 올림

나는 산타 테레사 교회의 편지지에 쓰여졌고 로웰 라이시먼 목사가 서명한 보다 오래된 편지를 보았다.

스탠리 군에게

당신의 부친 리오 브로더스트 씨는 나의 교구 신도 중의 한 분입니다. 물론 그분이 때로는 일요일 예배에 참석했다는 뜻에서 그렇다는 것은 당신도 상기하겠지요. 그러나 나는 도대체 그분이 어떤 분인지 모른다는 것을 고백해야겠지요. 잘못은 그분보다 내게 있었음에 틀림이 없습니다. 그분은 운동가이며 인생을 즐긴 활동가라는 인상을 나는 받았습니다. 틀림없이 당신의 기억에도 그렇겠지요.

당신이 그 기억으로 만족하고 더 이상 당신이 나의 충고를 무릅쓰고 내디딘 길을 더 이상 좇지 말도록 모든 선의와 공감에서 권고해도 좋을는지요. 당신의 부친은 당신의 모친과 당신을 버리고 갔는데 그 이유는 당신도 나도 헤아릴 수 없습니다. 감정은 이성이 알 수 없는 이유들을 가지고 있으니까요. 아들이 아버지의 생활을 너무 깊이 파헤치려고 하는 것은 현명한 노릇이 아닐 겁니다. 털어서 먼지가 안 나는 사람이 어디 있겠습니까?

스탠리 군, 자신의 생활을 생각하십시오. 당신은 최근에 결혼의 책임을 졌습니다. 내가 주례를 맡았기 때문에 나는 그 사실을 기억하고 있을 수밖에요. 당신의 아내는 훌륭하고 아름다운 여자입니다. 당신이 내게 알려 준 과거에 대한 열정보다도 지금 당신의 관심을 받기에 하나도 부족함이 없는 여자입니다. 과거란 좋건 궂건 간에 기왕에도 마찬가지겠지만 필경 우리를 해방시켜 주지 못한다면 아무런 소용이 없습니다. 우리는 해방을 찾고 받아들이고 지켜야만 합니다.

당신이 말하는 결혼 문제는 보통 있는 문제입니다. 그러나 이 문제에 관해서는 이렇게 편지로 빈약한 생각을 적는 것보다는 당신과 직접 만나서 의논하고 싶습니다. 그럼 다시 만날 때까지 안녕히 계십시오.

나는 숨이 끊어진 사나이를 내려다 보았고, 또 산 위에서 죽은 또 다른 한 사나이를 생각했다. 라이시먼 목사는 스탠리에게 좋은 충고를 했는데 스탠리는 그 충고를 따르지 않았다. 나는 당황하고 뉘우치는 감정에 사로잡혔다. 이 감정은 정확히 말해서 스탠리의 죽음에 대한 슬픔이 아니었다. 그러나 아주 슬픔이 없는 것은 아니었다.

이 감정에는 경찰에 신고해야 한다는 깨달음도 포함되어 있었다. 나는 서재의 전화에 손을 대지 않고 부엌으로 돌아왔다. 스위치를 넣기가 바쁘게 빈 위스키 병이 내 눈에 띄었다. 개수대에는 접시들 사이에 위스키 병이 세워져 있었다.

나는 로스앤젤레스 경찰의 계곡 본부에 전화를 걸어 살인사건을 보고했다. 경찰이 오기 전 9분 내지 10분 사이에 나는 반 구간쯤 걸어가다가 앨의 폭스바겐 차를 발견했다. 문이 잠겨 있었다. 경찰차의 사이렌 소리가 들려온 순간에야 나는 내 차의 엔진을 걸어 두고 온 것이 생각났다. 나는 차고로 가서 엔진을 껐다.

트렁크에 가벼운 모자가 있었다. 나는 이것으로 나의 상처 난 머리를 덮었다. 나는 그 집 앞에서 경찰차와 만났다. 이웃집 남자가 나와서 우리를 보더니 아무 말도 하지 않고 자기 집으로 다시 들어갔다.

나는 경찰관을 안내하여 뒷문으로 들어갈 때 쇠지렛대의 자국을 그들에게 가리켰다. 나는 그들에게 시체를 보이고 내가 시체를 발견한 경위를 간단히 설명했다. 그들은 몇 가지를 기록한 다음에 전화로 살인 수사반에 연락을 취했다.

나는 아니 쉽스타드라는 형사부장에게 자상하게 얘기했다. 아니는 이전에 할리우드 경찰서의 형사주임으로 있었는데 나와는 아는 사이였다. 아니는 혈색이 좋은 스웨덴 사람이었다. 그는 예민한 눈으로 데리고 온 사진사가 카메라에 담는 것과 다름없이 정확하게 서재의 세부를 기록했다. 그들은 시체에 가발과 수염을 붙이고 또 떼고 사진을 찍었다. 그러고 조심스럽게 들것 위에 실어 운반했다.

아니는 머뭇거리고 있었다.

"그래 자넨 그가 여기 온 것이 돈 때문이라고 생각하나?"

"틀림없어."

"그러나 그에겐 이상한 일이 생겼어. 그리고 그에게 돈을 주기로 약속한 사람도 죽었고." 그는 내가 가리킨 스탠리의 메모를 집어 들고 소리를 내어 읽었다. "자네 이 남자와 여자를 본 적이 있나? 이게 전부란 말인가?"

"아마 그럴 테지."

"그는 왜 변장을 하고 여기에 왔을까?"

"몇 가지 가능한 이유를 생각할 수 있지. 그는 경찰에 쫓기는 몸이야. 내길 해도 좋지."

아니는 고개를 끄덕이며 동의했다.

"그자의 뒤를 캐보겠어. 그러나 또 한 가지 이유가 있지."

"뭔데?"

"재미로 장난삼아 가발을 썼을지도 모르지. 아주 소수이지만 어떤 오입쟁이는 계집 사냥 때 머리카락이 긴 가발을 사용하거든. 이 자는 돈을 받아가지고 시내서 하룻밤을 진탕 놀 생각이었을지도 몰라."

나는 그 생각에 일리가 있음을 인정해야 했다.

14

나는 선셋에서 세풀베다를 떠나 차를 몰아 퍼시픽 팰리세이즈로 들어갔다. 크란돌 씨 부부는 종려나무 가로수가 있는 동네에 지붕이 뾰족한 목조로 된 튜더 왕조(^{1485~1603년에 걸친} _{영국 변영시대의 왕조})의 장원과 같은 집에 살고 있었다.

문살이 박힌 창문에는 마치 토요일 밤의 파티라도 벌어지고 있는 듯 온통 불이 켜져 있었다. 그러나 문을 두드리기 전에 내 귀에 들려온 것은 단지 마른 종려나무 잎사귀 사이를 바람이 산들거리며 스쳐가는 소리뿐이었다.

검은 옷을 입은 금발 여인이 화려한 조각으로 장식된 문을 열었다. 불빛을 받은 그녀의 몸매가 너무 산뜻해서 나는 잠시 동안 그녀가 바로 그 금발처녀인 줄로 생각했다. 그러나 그녀가 고개를 들고 나를 쳐다보았을 때 나는 세월이 그녀의 얼굴을 어렴풋이나마 시들게 하고 있음을 보았다.

그녀는 눈을 가늘게 뜨고 어둠 속을 기웃거렸다.

"아처 씨인가요?"

"그렇습니다. 들어가도 괜찮겠습니까?"

"들어오세요. 남편은 지금 집에 있습니다. 하지만 쉬고 있는 중이에요."

그녀의 말씨는 마치 화법을 배운 듯이 조심스럽고 정확했다. 원래의 말씨는 훨씬 거칠고 방종스러울 것 같다는 생각이 들었다.

그녀는 눈이 부시게 빛나는 수정 샹들리에와 불기 없는 대리석 벽난로가 있는 응접실로 나를 안내했다. 우리는 서로 마주 놓여 있는 대화용 의자에 앉았다. 그녀의 몸가짐은 아름답고 차분했다. 그러나 희미하게 주름잡힌 그녀의 흰 얼굴은 한 마리의 동물과 사는 천사처럼 그런 것이 권태롭고 불만스럽다는 듯한 표정이었다.

"수전에게 별일은 없겠죠?"

"따님은 다치지 않았습니다. 그걸 물으시는 거라면."

"그 앤 지금 어디 있나요?"

"모릅니다."

"수전이 곤경에 빠졌다고 하셨는데." 그녀의 목소리는 마치 그녀가 그 곤경을 최소한도로 줄이기라도 하려는 듯이 약하고 작았다.

"제발 어떻게 된 일인지 솔직히 말씀해 주세요. 전화기 옆에만 앉아 있는 지도 벌써 사흘 밤이나 돼요."

"심정을 알겠습니다."

그녀는 나에게 몸을 기울였다. 그녀의 젖가슴이 몸에서 밀려나왔다.

"어린애가 있나요?"

"없습니다. 그러나 나는 의뢰인으로부터 어린애를 찾아달라는 요청을 받고 있습니다. 지금 수전 양이 그 애를 데리고 있습니다. 라놀드 브로더스트라고 하는 조그만 사내아이 말입니다. 그 애에 관해서 들으신 적이 있습니까?"

그녀는 깊은 생각에 빠진 듯 잠시 머뭇거렸으나 곧 고개를 내저었다.

"들은 적이 없는 것 같은데요."

"라놀드의 아버지 스탠리 브로더스트 씨가 오늘 아침에 피살되었습니다."

이 이름에 그녀는 반응이 없었다. 내가 그날 일어난 일을 얘기하는 동안 그녀는 마치 동화를 듣고 있는 어린이처럼 열중해 있었다. 그녀의 손은 마치 혼자 힘으로 살아가는 붉은 발을 가진 조그만 생물처럼 무릎 위부터 기어 올라가다가 젖가슴에서 멈췄다. 그녀는 말했다.

"수전이 브로더스트 씨가 당한 그런 짓을 저지를 리는 없어요. 그 애는 인정이 있는 아이인걸요. 그리고 그 애는 어린애를 좋아해요. 절대로 그 어린애를 해치진 않았을 거예요."

"그런데 왜 그 어린애를 놓아주지 않을까요?"

이 말은 그녀를 동요시켰다. 마치 내가 그녀가 꿈꾸는 꿈의 세계를 위협한 것처럼 약간 싫은 눈치로 나를 쳐다보았다. 그녀는 젖가슴에서 손을 뗐다.

"틀림없이 무슨 까닭이 있을 거예요."

"따님이 가출한 이유를 알고 계십니까?"

"저는…… 레스터와 저는…… 아직도 모르고 있어요. 모든 것이다 순조로웠어요. 그 애는 남캘리포니아 대학에 입학한 뒤 테니스와 다이빙과 같은 스포츠를 즐기고 불어 회화반에도 들어가 유익한 여름 일과를 보내고 있었어요. 그러다가 목요일 아침 우리들이 쇼핑하러 간 사이에 아무런 말도 없이 집을 나가고 말았어요. 아무런 작별 인사조차 없이."

"경찰에 알렸습니까?"

"레스터가 알렸어요. 경찰에서도 매주 가출한 젊은 애들이 수십 명에 이른다면서 단단히 약속은 못하겠다고 그러더래요. 하지만 저는 내 딸이 그들 사이에 끼어들 줄은 정말 생각도 못했어요. 수전은 유복한 생활을 해왔죠. 우리는 그 애에게 모든 걸 다 해주었어요."

나는 다시 그녀를 엄연한 현실로 돌아서게 했다.

"최근에 수전 양에게 어떤 급격한 변화 같은 것은 없었습니까?"

"무슨 말씀이시죠?"

"어떤 커다란 습관의 변화 같은 것 말입니다. 가령 수면 시간이 더 길어졌다거나 짧아졌다거나, 흥분한 상태가 그대로 계속된다든지, 또는 무관심하게 되어서 자신의 외모를 형편없이 내버려 둔다든지 하는 것 말입니다."

"그런 일은 하나도 없었어요. 그 앤 마약도 사용하고 있지 않았어요. 이것도 염두에 두고 하시는 말씀이라면."

"그러나 이것도 생각해 보십시오. 목요일 밤에 따님은 산타 테레사에서 좋지 않은 여행을 하고 바닷물 속에 뛰어들었습니다."

"제리 킬패트릭이 함께 있었나요?"

"그렇습니다. 크란돌 씨 부인, 그를 알고 계세요?"

"이곳에 왔었어요. 우린 그를 뉴포트에서 만났지요. 그는 퍽 좋은 청년으로 보였어요."

"그가 언제 이곳에 왔나요?"

"두어 달 전이었어요. 내 남편이 그와 말다툼을 했는데 그 후론 한 번도 오질 않았어요" 하고 그녀는 실망한 듯 말했다.

"어떠한 말다툼이었나요?"

"그건 남편에게 물어보세요. 그들은 단지 서로를 너무 이해하려 들지 않았을 뿐예요."

"남편분과 얘기할 수 없겠습니까?"

"누워 계세요. 연 이틀이나 무리를 하셨거든요."

"죄송합니다만 그분을 깨워 주시는 것이 좋을 것 같습니다."

"글쎄요, 아시겠지만 레스터는 이젠 젊지 않거든요."

그녀는 움직이지 않았다. 그녀는 삶의 변화에 도저히 맞서지 못하는, 꿈에 사는 금발 여인 중의 하나였다. 전화기 옆에서 마냥 앉아 기다리기만 하다가 정작 전화벨이 울리면 무슨 말을 해야 할지 모르는 그런 어머니들 중의 하나였다.

"따님은 지금 어린이 유괴와 살인 혐의를 받으면서 십대의 한 낙오자와 함께 바다에 있습니다. 그런데도 부인께선 아버지를 깨우려 하지 않으시는군요." 나는 일어서서 거실의 문을 열었다. "부인께서 남편분을 부르지 않으신다면 제가 하겠습니다."

"제가 하겠어요. 정 원하신다면."

그녀가 나의 앞을 지나 현관 복도로 들어갈 때 나는 그녀의 세련된 몸 안에서 발육이 그친 아이처럼 살고 있는 조그맣고 오싹한 존재를 느낄 수 있었다. 그와 똑같은 차가운 존재가 방 안에도 비치고 있었다. 숱한 불빛으로 반짝이는 샹들리에는 얼어붙은 눈물방울과 같았다. 하얀 대리석 벽난로는 무덤처럼 보였다. 꽃병에는 향기 없는 플라스틱 조화가 꽂혀 있었는데 인위적인 생활의 둔한 감각을 풍기고 있었다.

레스터는 손님이 내가 아니라 자신인 것처럼 방으로 들어왔다. 레스터 크란돌은 키가 작은 뚱뚱한 몸집의 사나이였다. 머리털과 구레나룻은 회색이었다. 그의 미소는 남의 호감 사기를 좋아하는 사람 같았다.

그의 악수에는 힘이 담겨 있었다. 나는 그의 손이 크고 모양이 좀 흉한 것을 보았다. 뼈마디가 굵은 손가락이며 거친 피부가 힘든 노동을 한 오래된 흔적으로 남아 있었다. 그는 자기 딸이 단번에 뛰어넘어 달아나 버린 조그만 언덕을 쌓는 데 일생을 보냈으리라고 나는 생각했다.

그는 속옷과 바지 위에 무늬 있는 붉은 비단 목욕 가운을 입고 있었는데 얼굴은 장미 같은 붉은빛을 띠었고 머리카락은 샤워 뒤의 물기가 그대로 남아 있었다. 나는 그에게 휴식을 방해하게 된 것을 양해해 달라고 말했다.

그는 도리어 반색을 했다.

"오밤중에라도 기꺼이 일어나겠습니다. 내 딸애에 관한 이야기를 하시려는 거지요?"

나는 그에게 내가 알고 있는 것을 간단히 얘기했다. 내 말에 압도당한 그의 얼굴은 바짝 말라 뼈만 남은 것같이 보였다. 그러나 그는 눈물을 글썽거리면서도 자기가 우려하는 그 사실을 인정하려고 하지 않았다.

"딸애가 지금 하고 있는 짓에는 꼭 무슨 이유가 있을 겁니다. 수전은 분별 있는 아이입니다. 그 애가 마약을 복용한다는 건 나로서는 믿을 수 없습니다."

"믿는다는 것이 사실을 바꿀 순 없겠지요" 하고 나는 말했다.

"하지만 당신은 그 애를 잘 모를 겁니다. 나는 거의 저녁 내내 선셋 스트립 부근을 돌아다녔어요. 요즘 젊은이들에게 일어나는 일들을 똑똑히 볼 수 있더군요. 하지만 수전은 전혀 그렇지 않습니다.

수전은 어느 때나 아주 빈틈이 없었어요."

그는 대화용 의자에 무겁게 주저앉았다. 마치 긴 오후의 짧은 대화가 그를 기진맥진하게 만든 것 같았다. 나는 딴 의자에 앉았다.

"말다툼은 하지 맙시다" 하고 나는 말했다. "좋은 단서 하나는 세상의 모든 이론과 맞먹습니다."

"옳은 말씀입니다."

"수전 양의 주소록을 보여주시지 않겠습니까? 가지고 계신 줄 알고 있는데요."

그는 그 옆에서 머뭇거리고 있는 아내를 쳐다보았다.

"그걸 좀 갖다 주겠소? 서재의 책상 위에 있을 테니까."

그녀가 방을 나간 뒤에 나는 크란돌 씨에게 말했다.

"한 가정에 이런 일이 생길 때에는 항상 미리 어떤 비슷한 징조가 있기 마련인데요. 최근 수전 양에게 어떤 사고가 없었습니까?"

"사실을 알고 싶으시다면, 전혀 없었습니다.

"술을 마시는 일은?"

"좋아한 일조차 없습니다. 이따금 내가 장난으로 마시던 술을 좀 주면 그 애는 항상 얼굴을 찌푸렸답니다."

그는 그 자신이 얼굴을 찌푸렸다. 얼굴을 찌푸리는 행동은 불안의 표현으로서 그의 육체에 낙인처럼 찍혀 있었다.

"따님이 장난삼아 즐기는 일은 없습니까?"

"우리는 매우 엄한 가정입니다" 하고 그는 말했다. "우리들 세 사람은 많은 시간을 함께 보냅니다. 나는 해안 여기저기에 몇 개의 모텔을 가지고 있어서 사업과 유람을 겸한 작은 여행을 자주 하지요. 게다가 수전은 테니스와 다이빙과 불어 회화와 같은 과외 활동 일과를 갖고 있습니다."

그는 눈을 감은 채 지금은 눈앞에 없는 딸애를 더듬어 보려는 사람과 같았다. 나는 문제점을 어렴풋이나마 파악했다고 생각했다.

이와 같은 문제는 흔히 있는 일이다. 즉 달콤하게 가려진 허구 안에서 아이들은 그들에게 주어진 부조리한 현실로 자신을 학대하고 구속에서 벗어나려고 한다. 그렇지 않으면 마약으로 거짓된 자신을 세우는 것이다.

"선셋 스트립에서 많은 시간을 보냅니까?"

"아닙니다. 내가 알기로는 그 애는 절대 그런 곳에 가지 않습니다."

"당신은 왜 가셨습니까?"

"한 경관이 귀띔을 해 주었지요. 그곳이 가출한 소녀들이 모이는 곳이라고 하면서 아마 그곳에 가면 그 애를 찾게 될지 모른다고 하더군요."

"따님은 어떤 부류의 사내애들과 어울려 다닙니까?"

"그 앤 사내애들과 별로 교류가 없습니다. 물론 그 앤 파티에 더러 다녔지요. 우린 그 앨 몇 년 동안 무용교습소에 보냈습니다. 발레장에도 무도장에도 말입니다. 그러나 사내애들과의 교제는 솔직히 말씀드린다면 나는 권장하지 않았습니다. 오늘의 세태가 요꼴이기 때문입니다. 그 애의 친구는 대부분 여자애들입니다."

"제리 킬패트릭은 어떻습니까? 그가 따님을 찾아왔었나 본데요."

크란돌은 얼굴을 붉혔다.

"그건 사실입니다. 그는 6월에 이곳에 다시 찾아왔지요. 그 애와 수전은 서로 얘기가 많은 것 같았습니다. 하지만 내가 방 안에 들어가면 그들은 입을 다물고 맙니다. 나는 그게 싫었어요."

"그와 말다툼을 하셨다지요?"

그는 재빨리 눈을 가늘게 뜨고 나를 쳐다보았다.

"누가 그런 말을 하던가요?"

"부인에게서 들었습니다."

"여자들이란 항상 너무 말이 많아……." 그는 말했다.

"그렇습니다. 우리는 말다툼을 했지요. 나는 그 애의 생활신조를 바르게 고쳐 주려고 했어요. 나는 그 애에게 장래의 계획을 다정하게 물었는데 그 애는 그럭저럭 살아가는 게 소망이라고 대답하더군요. 나는 그것이 옳은 대답이라곤 생각할 수 없어서 만약에 모든 사람이 그런 태도를 취하면 앞으로 이 나라가 어떻게 되겠느냐고 물었습니다. 그 애는 나라는 이미 될 대로 돼 버렸다고 말하지 않겠어요. 그 말의 뜻을 나는 잘 이해하지 못하겠더군요. 그러나 나는 그의 정신 상태가 싫었습니다. 그래서 나는 그에게 그것이 그의 생활신조라면 우리 집에 다시는 올 생각을 말라고 했더니 그 막돼먹은 녀석은 기꺼이 그러겠다고 하더군요. 그런 다음에 다시는 오지 않았습니다. 나쁜 쓰레기를 잘 처리해 버린 셈이지요."

크란돌 씨의 얼굴빛은 검붉었다. 그의 관자놀이에서는 맥박이 뛰었다. 나의 아픈 머리도 함께 뛰었다.

"아내는 그때 내가 실수를 했다고 말하더군요." 그는 말했다. "여자들이란 당신도 잘 알고 계시겠지만 한 여자가 18세가 되어 결혼하지 않고 있으면, 적어도 약혼이라도 하고 있지 않으면, 금방 노처녀라도 되는 것처럼 생각한단 말입니다." 크란돌 씨는 나에게 들리지 않는 무슨 신호를 받은 것처럼 고개를 치켜들었다. "아내가 서재에서 무엇을 하고 있는지 모르겠습니다."

그는 일어서서 방문을 열었다. 그리고 나는 그를 따라서 복도로 나갔다. 그의 몸은 마치 아직도 자신이 의식하지 못하는 절망에 짓눌린 것처럼 무겁게 또 슬픔에 잠긴 채 움직였다.

서재의 문 사이로 여자의 울음소리가 새어 나왔다. 크란돌 씨 부인은 빈 책상 벽 앞에 서서 흐느껴 울고 있었다. 크란돌 씨는 그녀에게로 다가가서 그녀의 들먹거리는 등을 손으로 어루만졌다.

"여보, 울지 마. 그 애가 돌아오도록 합시다."

"아니에요." 그녀는 고개를 내저었다. "수전은 다시는 이곳에 돌아오지 않을 거예요. 첫째로 우린 그 애를 이곳에 데리고 올 수가 없어요."

"무슨 말이야?"

"우린 이곳 사람이 아니에요. 당신만 빼놓고 모두가 다 알고 있어요."

"여보, 그건 그렇지 않소. 나는 이 지역의 누구보다도 더 많은 재산을 가지고 있소. 나는 그것으로 무엇이든지 살 수 있소."

"재산이 무슨 소용예요? 우린 물 밖에 나온 물고기나 다름없어요. 난 이 지역에 한 명의 친구도 없어요. 수전도 마찬가지구요."

그는 커다란 손으로 그녀의 어깨를 붙들어 돌려세우고 자기를 바라보게 했다.

"여보, 그건 단지 당신의 상상일 뿐이야. 내가 차를 타고 지나갈 때 보면 남들이 다정하게 미소 짓고 고개를 끄덕여요. 그들은 내가 다정한 인사를 받을 만하다는 걸 알고 있어요."

"그렇더라도 그건 수전이나 나에겐 아무런 도움도 되지 않아요."

"도대체 도움이란 다 뭐란 말이오?"

"사는 데 말예요." 그녀는 말했다. "나는 지금까지 모든 것이 순조로운 척만 해 왔어요. 하지만 이제 우리는 그것이 그렇지 않다는 걸 알잖아요."

"그건 잘될 거요. 내가 보장하겠소. 모든 일이 다시 잘될 거요."

"누가 그걸 믿겠어요."

"그게 무슨 허튼 소리요. 그건 당신도 알지 않소?"

그녀는 고개를 저었다. 그러자 그는 두 손을 뻗어 그녀가 부정하는 고갯짓을 가로막았다. 그는 눈물로 얼룩진 그녀의 얼굴과는 달리 여전히 맑고 흐리지 않은 그녀의 이마에 흘러내린 머리카락을 한 손으로 쓸어 올렸다.

그녀는 그에게 몸을 기대고 그가 안아서 일으키도록 했다. 그때 그의 어깨에 묻힌 그녀의 얼굴은 타성적이었고 나 같은 존재는 잊고 있었다. 자신의 생활 속에 푹 빠져 있는 여자의 얼굴처럼. 그들은 다정하게 손을 맞잡고 복도로 걸어 나갔다. 나는 혼자 방 안에 남았다. 나는 구석에 있는 책상 위에 붉은 가죽으로 된 조그만 책이 펴진 채 놓여 있는 것을 보았다. '주소록'이라는 단어가 금박으로 표지에 찍혀 있었고 책머리 여백에는 서투른 필적으로 '수전 크란돌'이라고 적혀 있었다.

거기에는 다른 세 명의 여자 이름과 한 명의 남자 이름인 제리 킬패트릭이 적혀 있었다. 나는 수전의 어머니가 무엇 때문에 울었는지를 알 수 있었다. 그 가족은 할리우드 무대 위의 배우들처럼 살고 있는 외로운 삼인조(三人組)였고, 그리고 지금은 단지 그들 중의 두 사람만이 그 꿈을 지탱하려 하고 있었다.

크란돌 씨 부인은 다시 방 안으로 들어와서 생각에 잠겨 있던 나를 깜짝 놀라게 했다. 그녀는 민첩히 그리고 맵시 있게 머리를 빗질하고 얼굴을 씻고 화장을 했다.

그녀는 테이블로 건너왔다. 슬픔은 아직도 향수처럼 그녀의 몸에 붙어 있었다.

"머리를 다치셨군요." 그녀는 말했다.

"제리 킬패트릭에게 얻어맞았죠."

"전 제리를 잘못 봤어요."

"나도 그렇소, 크란돌 부인. 수전을 어떻게 하시겠소?"

"어떻게 했으면 좋을지 모르겠어요." 그녀는 내 옆에 서서 한숨을 내쉬면서 주소록의 텅 빈 페이지를 넘기고 있었다. "나는 딸애가 알고 있는 여자애들과 얘기를 해 보았어요. 여기에 적힌 애들과도. 하지만 그들 중 진정한 친구라곤 한 명도 없었어요. 그들이 했던 것이라고는 함께 등교하거나 테니스를 치러 가는 게 고작이었어요."

"그것은 18세 처녀의 생활로서는 별것이 아니었군요."

"저도 그걸 알고 있어요. 그 애를 위해서 여러 가지 일을 계획해 보았으나 뜻대로 된 것이 하나도 없어요. 그 애는 뭔가 두려워하고 있는 것 같아요."

"무엇을 두려워하고 있나요?"

"저도 잘 모르겠어요. 하지만 사실인걸요. 전 지금까지 죽 그 애가 집을 나가 버리지나 않나 걱정하며 살아왔어요."

나는 크란돌 씨 부인에게 수전의 방을 보여주지 않겠느냐고 물었다.

"상관없습니다. 하지만 레스터에겐 말하지 마세요. 그이는 그걸 싫어하니까요."

그녀는 나를 커다란 방으로 안내했다. 미닫이로 되어 있는 유리문이 정원을 향해서 열려 있었다. 방의 크기와는 무관하게 방 안은 온갖 집기류와 잡동사니로 가득 차 있었다. 금장식을 한 상아로 된 침실용 가구는 스테레오와 텔레비전 세트와 흰 전화기가 놓인 그녀의 책상과 잘 어울려 있었다. 이 방의 임자는 독방에서 일생을 보내는 여죄수인 것 같았다.

벽에는 대량 생산된 사이키델릭 포스터와 사진들이, 단지 침묵만을 강조하고 있는 것처럼 보이는 젊은 남성 중창단들의 포스터와 사진들이 걸려 있었다. 그러나 그녀가 알고 있을 만한 실제 인물에 대해서는 사진은 물론 다른 아무런 흔적도 없었다.

"보시다시피," 하고 그녀의 어머니는 말했다.

"우리는 그 애에게 모든 걸 다 해 주고 있었죠. 하지만 딸애가 원하는 건 그게 아닌가 봐요."

그녀는 수전의 옷장을 열어서 나에게 보여 주었다. 그곳에서 여군들이 보관을 위해 사정없이 챙겨 넣은 것같이 코트와 드레스가 달짝지근한 향수 냄새와 함께 가득 차 있었다. 또 서랍장은 마치 창고나 가죽푸대처럼 스웨터와 다른 의복들로 차 있었다. 화장대에 달린 서랍 속도 가득 찬 화장품으로 뒤죽박죽이었다.

흰 책상 위에는 전화번호부가 펼쳐진 채 놓여 있었다. 나는 그 앞에 있는 폭신한 의자에 앉아서 탁상용 형광등의 스위치를 눌렀다. 번호 책은 노란 페이지의 모텔 난이 펴져 있었다. 오른쪽 페이지 아래 스타 모텔의 조그만 광고가 눈에 띄었다.

나는 이것이 우연의 일치라고는 생각되지 않았다. 나는 그것을 크란돌 씨 부인에게 지적해 주었다. 그러나 그녀는 아무런 암시도 받지 못하는 것 같았다. 내가 앨이라는 자의 인상에 관해서 설명해도 마찬가지였다.

나는 수전 양의 최근 사진 한 장을 청했다. 그녀는 재봉실이라는 방으로 나를 안내한 뒤에 호주머니만한 크기의 고등학교 졸업사진 한 장을 내놓았다. 맑은 눈의 금발처녀는 마치 영원히 순결과 젊음을 잃지도 않고 늙거나 죽지도 않을 것처럼 보였다.

"나도 저런 맑은 눈을 가졌었지요."

"아직도 여전히 닮았는데요."

"고등학교를 다닐 적의 저를 한번 보실 걸 그랬어요."

그녀의 말은 정확히 과장은 아니었다. 그러나 그녀의 조심스러운 태도 뒤에는 다소 속된 기운이 엿보였다.

"한번 볼 걸 그랬어요. 어느 고등학교를 다니셨습니까?"

"산타 테레사예요."

"그래서 수전 양이 그곳에 갔나요?"

"그럴 리야 있겠어요?"

"산타 테레사에 친척이 계십니까?"

"전혀 없어요." 그녀는 화제를 바꿨다. "수전에 관한 소식을 들으면 곧 알려 주셔야 해요."

나는 그렇게 약속했다. 그리고 그녀는 마치 거래라도 하는 듯이 그 사진을 나에게 주었다. 나는 그것을 녹색 표지의 책과 함께 호주머니 속에 집어넣고 그 집을 나왔다. 종려수들은 길거리와 내 자동차의 지붕 위로 먹물을 뿌린 자국 같은 검은 그림자를 던졌다.

15

스타 모텔은 하이웨이와 바다 사이의 비좁고 복잡한 장소에 있었다. 건물 뒷부분은 말뚝 위에 세워져 있었다. 그 옆의 철야 주차장에서 흘러나오는 빛이 노란 스타코 벽 위에서, 그리고 사무실 문에 걸린 '빈 방 있음'이라고 쓰인 표지 위에서 번쩍이고 있었다.

나는 들어가서 카운터의 작은 종을 두드렸다. 한 사나이가 뒷방에서 터벅터벅 걸어 나오더니 졸린 듯 찌푸린 얼굴로 나를 쳐다보았다.

"혼자요, 둘이요?"

나는 그에게 사람을 찾고 있다고 말하고 앨이란 자의 인상을 설명하기 시작했다. 그는 텁수룩한 머리를 설레설레 흔들며 나의 말을 잘라 버렸다. 일상적인 생활의 언저리에서 오물처럼 떠돌던 분노가 그의 목에 치밀어 그의 숨통을 막히게 했다.

"그런 일로 사람을 깨울 권리는 없어요. 이곳은 영업장소란 말이요."

나는 카운터 위에 2달러 지폐를 내놓았다. 그는 그의 분노를 거두고 돈을 집었다.

"감사합니다. 선생의 친구와 그의 부인은 7호실에 계십니다."

나는 그에게 수전 크란돌의 사진을 내보였다.

"이 처녀가 이곳에 온 일이 있나요?"

"아마 있을 겁니다."

"본 일이 있나요, 없나요?"

"죄목이 뭡니까?"

"죄목은 없지. 그저 떠돌아다니는 여자야."

"아버지 되시나요?"

"그저 친구야." 나는 말했다. "이곳에 온 적이 있나요?"

"2, 3일 전에 왔을 거요. 그 뒤로는 보지 못했소. 하여튼," 하고 그는 히죽거리면서 대꾸했다. "이만하면 2달러 값어치는 했지요."

나는 혼자 칸막이가 쳐진 복도를 지나갔다. 밀물이 말뚝에 파도치고 있었다. 주차장에서 흘러나오는 네온 불빛이 반사되어 무지개색의 황막한 들판과 같은 수면 위에 떠 있었다.

내가 문을 두드리자 '7'이라는 양철 표지가 덜그럭거렸다. 문틈으로 비쳤던 가는 불빛은 문이 열리자 넓어졌다. 한 여자가 문 뒤에 서서 내 얼굴을 보더니 문을 다시 닫으려 했다. 나는 문틈에 팔과 어깨를 밀어 넣고 안으로 미끄러지듯 들어갔다.

"나가 줘요" 하고 그녀는 말했다.

"한두 가지 질문을 하고 싶을 뿐이오."

"미안해요. 난 기억을 잃었어요." 그녀는 글자 그대로 기억을 잃어버린 것 같았다. "며칠 동안 내 이름도 생각이 나지 않아요."

그녀의 음성에는 높낮이가 없었다. 그녀의 얼굴은 아무 표정이 없었으나 두 눈과 입 언저리에는 과거의 흔적이 남아 있었다. 그녀는 보기에 따라 젊은 듯도 늙은 듯도 했다. 그녀의 몸에는 수놓은 분홍 옷이 감겨 있었다. 나는 그녀가 중년부인인지 또는 윤락 소녀인지 분간할 수가 없었다. 그녀의 인상은 방구석의 어둠 같은 빛깔이었다.

"이름은?"

"엘리건트."

"인상적인 이름인데."

"고마워요. 어느 날 그런 기분이 들었을 때 지은 거예요. 지금은 좀처럼 그런 기분이 들지 않아요."

그녀는 이렇게 된 것을 환경의 탓으로 돌리려고 하는 듯이 주위를 둘러보았다. 침대보는 헝클어져 마룻바닥에 끌리고 있었다. 화장대 위에는 잇자국이 선명한 햄버거 사이에 빈 병들이 놓여 있었다. 의자마다 내동댕이친 그녀의 옷가지들이 걸려 있었다.

"앨은 어디 있나요?" 나는 물었다.

"지금쯤은 돌아와 있어야 하는데 돌아오지 않고 있어요."

"그의 성은?"

"앨 네스터즈. 자기를 그렇게 부르더군요."

"그의 출생지는?"

"그건 아무에게도 말하지 않기로 했어요."

"왜 그렇지?"

그녀는 어렴풋이나마 참을 수 없다는 몸짓을 했다.

"무슨 놈의 살벌한 질문이 그렇게도 많지요? 당신은 도대체 누구세요?"

나는 그녀의 말에 대꾸하려 들지 않았다.

"앨이 이곳을 떠난 지 얼마나 되나요?"

"몇 시간 돼요. 정확히는 모르겠어요. 난 시간을 보지 않으니깐요."

"그는 가발을 쓰고 수염을 달고 나갔나요?"

그녀는 얼빠진 표정을 지었다.

"그는 그런 건 쓰지도 달지도 않아요."

"그건 알고 있군그래."

그녀의 눈에는 흥미의, 심지어는 약간 분노의 빛이 번뜩였다.

"그게 무슨 뜻이죠? 그가 나를 마구 부려먹는다는 거예요?"

"그럴지도 모르지. 오늘 밤 내가 그를 보았을 때 그는 검은 가발과 그에 어울리는 턱수염을 달고 있었어요."

"어디서 그를 보았지요?"

"노스리지."

"당신은 그에게 돈을 약속한 분이세요?"

"나는 그 사람을 대표하고 있지."

이것은 어느 점에서는 진실이었다. 나는 스탠리 브로더스트의 아내를 위해서 일하고 있으니까. 그러나 그 말을 하고 나니, 나는 내가 두 유령 사이에서 명상하고 있는 것 같은 기분이 들었다.

그녀는 또 다른 흥미로 눈을 반짝였다.

"그에게 줄 1천 달러를 가지고 있나요?"

"그렇게는 없어."

"그걸 저에게 주셔도 돼요."

"안 될걸."

"하여튼 코카인 한 꾸러미 값이면 충분해요."

"그게 얼만데?"

"20달러어치만 있으면 오늘 밤과 내일 하루 종일 기분이 날 거예요."

"그건 생각해 보겠어. 앨이 자기의 거래 조건을 지켰는지 모르겠는데."

"앨이 자기 조건을 지켰다는 걸 당신은 알고 있어요. 여러 날 동안 돈을 받으려고 기다리고 있었어요. 얼마나 더 오래 그를 기다리게 할 참이에요?"

대답인즉 영원히 기다리라는 것이었다. 그러나 그 말은 하지 않았다.

"그가 한 일이 1천 달러 값이 될까?"

"그런 말 마세요. 천 달러는 약속된 액수예요." 그녀의 희미한 눈은 가늘어졌다. "당신은 그 돈을 줄 사람의 대변자임에 틀림이 없나요? 그분 성함이 뭐예요, 브로드먼?"

"브로더스트, 스탠리 브로더스트."

그녀는 침대의 모서리에서 긴장을 풀고 손발을 폈다. 그녀가 다시 의심을 품기 전에 나는 크란돌 씨 부인에게서 받은 수전의 사진을 그녀에게 보여 주었다. 그녀는 그 사진을 부러운 듯이 바라보다가 나에게 돌려주었다.

"나도 저만큼 예뻤던 시절이 있었다오" 하고 그녀는 말했다.

"정말 그랬을 거야, 엘리건트."

그녀는 자기 이름을 부르는 소리에 기분이 좋아서 미소를 띠었다.

"얼마 전만 해도 그렇게 생각했을 거예요."

"곧이들을 만하군. 이 처녀를 알고 있나?"

"한두 번 본 적이 있어요."

"최근에?"

"그럴 거예요. 나는 시간을 잘 기억하지 못해요. 그러나 2일인가 3일 전에 이곳에 왔어요."

"여기서 무엇을 하고 있었나?"

"그건 앨에게 물어야 될 거예요. 그는 나를 밖으로 내보내고 삼류 영화관에 앉아 있게 했어요. 다행히도 나는 질투하는 타입은 아니거든요. 그게 나의 장점의 하나예요."

"앨은 그녀와 사랑을 했었나?"

"아마 그랬을 거예요. 그라면 그녀와 사랑을 했을 거예요. 그러나 주로 그는 그녀에게 말을 시키려 했어요. 그는 나더러 코카콜라 속에 환각제를 타도록 했어요. 그건 그녀의 마음을 풀고 얘기시키기 위한 것이었어요."

"그래서 그녀는 무슨 얘기를 했지?"

"난 몰라요. 그는 그녀를 딴 곳으로 데리고 갔어요. 그리고 난 그녀를 보지 못했어요. 그렇지만 그건 아마 브로드먼의 거래와 관계가 있었을 거예요. 아차, 브로더스트였나요. 그건 한 주일 내내 앨이 마음속에 품고 있던 거예요."

"그녀가 여기에 온 날은 무슨 요일이었지, 목요일?"

"당장은 기억하지 못하겠어요. 따져 보겠어요." 그녀의 입술은 마치 그녀가 그날과 오늘 사이에서 말하자면 날짜변경선과 같은 것을 횡단한 듯이 계산하느라고 바빴다. "우리가 새크라멘토를 떠난 일요일이었어요. 그건 확실해요. 그는 광고문에 대답하기 위하여 나를 샌프란시스코에 데리고 갔어요. 우린 그곳에서 일요일 밤을 보내고 월요일에 이곳으로 내려왔어요. 아니 화요일이던가요? 오늘이 무슨 요일이죠?"

"토요일 밤에다가 이른 일요일 아침이오."

그녀는 손가락을 꼽아가며 그녀의 눈 위를 그림자처럼 지나가고 있는 낮과 밤을 계산하고 있었다.

"그는 아마 수요일에 연락을 취한 것 같아요." 그녀는 말했다. "그는 이곳에 돌아와서 우리가 늦어도 토요일까지는 국경을 넘을 수 있을 거라고 말했어요." 그녀는 갑자기 발작을 일으키며 나를 쳐다보았다. "그 돈은 어디 있나요? 그 돈은 어떻게 되었나요?"

"아직 돈을 받지 못했지."

"언제 돈을 받게 되나요?"

"나도 모르겠어. 앨이 그 돈의 대가로 무엇을 하기로 되어 있는지 조차도 모르고 있는걸."

"그건 간단해요" 하고 그녀는 말했다. "한 남자와 한 여자가 있는데 앨은 그들의 소재를 알아내 주기로 되어 있어요. 브로더스트 씨의 일을 하고 계신다면 잘 아실 텐데."

"브로더스트 씨는 나에게 털어놓고 얘길 하지 않아요."

"하지만 〈크로니클〉지의 광고문을 보셨을 텐데요. 안 보셨나요?"

"아직 못 보았는데요. 한 부 가지고 있나요?"

내가 너무 서두르고 있었기 때문에 그녀의 얼굴은 굳어져 버렸다.

"가지고 있을 수도 있고 안 가지고 있을 수도 있지요. 가지고 있다면 얼마 주시겠어요?"

"얼마큼 드린다는 약속을 하지. 그러나 그 광고가 샌프란시스코의 〈크로니클〉지에 나왔다면 백만 명은 보았을 게 아니야. 나에게 보여 주는 게 나을 거야."

그녀는 이 제안을 생각해 보았다. 그리고 그녀는 침대 밑에서 낡은 옷가방을 꺼내서 열어젖힌 다음에 접고 또 접은 신문 기사 하나를 나에게 건네주었다. 그것은 6인치 길이의 2단 광고였다. 내가 스탠리 브로더스트의 롤탑 책상 위에서 발견한 사진의 복사판이 실려 있었다. 처음 본문은 일부분이 바뀌어 있었다.

이 부부의 신원을 증명할 수 있는 분은 안 계십니까? 랠프 스미스 부부라는 이름으로 1955년 7월 5일 자동차로 샌프란시스코에 도착했음. 1955년 7월 6일 샌프란시스코에서 출항한 밴쿠버와 호놀룰루행 '스완시 캐슬'호의 표를 샀다고 생각됨. 그러나 아직도 샌프란시스코 항만 지역에 있을지도 모름. 현재 그들의 거처를 통보해 주는 분에게 1천 달러의 상금을 지급하겠음.

나는 엘리건트라고 자칭하는 여자에게 몸을 돌렸다.

"그들은 어디 있나요?"

"내게 묻지 마세요." 그녀는 어깨를 움츠렸다. 그 바람에 그녀는 옷자락이 흐트러졌다. 그녀는 옷자락을 바싹 여몄다. "난 그 여자를 보았을지도 몰라요."

"언제 보았나?"

"기억을 더듬어 봐야죠."

"그녀의 이름은?"

"앨은 내게 이름을 말하지 않았어요. 사실 그는 내게 아무 얘기도 안했어요. 하지만 이곳으로 데려오는 도중에 우리는 그 여자 집에 들렀어요. 그 여자가 문간에 나왔을 때 난 얼굴을 보았어요. 그 여잔 지금 훨씬 늙었지만 사진과 똑같은 여자라는 건 확실해요." 그녀는 그 질문을 좀더 생각했다.

"하지만 어쩌면 그 여자를 보지 않았을지도 몰라요. 앨은 신문기사를 그 여자에게서 얻어온 것 같아요."

"광고문 말인가?"

"맞아요. 그런데 그게 이해가 안 가나요? 그가 나를 속이고 있거나 아니면 내가 잘못 기억하고 있을지도 몰라요."

"그 여자 집이 어딘지 댈 수 있겠나?"

"그건," 하고 그녀는 말했다. "그냥 대 줄 수는 없어요."

"얼마야?"

"광고에는 1천 달러에요. 만약 내가 그보다 적게 받는다면 앨이 나를 그냥두지 않을 거예요."

"앨은 이젠 이곳에 돌아오지 못할 거야."

"그가 죽었다는 말씀이에요?"

"그래."

그녀는 마치 앨의 부음에 몸이 오싹 추워진 듯이 침대 모서리에서 몸을 쭈그리며 두 무릎을 안았다.

"멕시코 여행이 아무튼 어려우리라고는 생각했죠." 그녀는 독이 없는 뱀처럼 차갑고 싸늘한 눈초리로 나를 노려보았다. "당신이 그를 죽였나요?"

"아니야."

"경관들이 죽였나요?"

"왜 그런 말을 하지?"

"그는 도주하고 있었어요." 그녀는 방 안을 둘러보았다. "이곳에서 나가야겠어요."

그러나 그녀는 움직이지 않았다.

"그는 어디서 도주했지?"

"그는 탈옥했어요. 술에 취해 기분이 좋았을 때 언젠가 얘기하더군요. 기회를 봐서 그를 버렸어야 했어요." 그녀는 일어서서 금방 미친 듯한 몸짓을 했다. "나의 폭스바겐 차는 어떻게 됐지요?"

"지금쯤 십중팔구는 경찰이 보관하고 있겠지."

"이곳을 나가야겠어요. 절 좀 이곳에서 데려가 주세요."

"안 돼. 버스를 타면 되지."

그녀는 내게 한두 번 욕설을 퍼부었다. 나는 모른 척했다. 그러나 내가 문 쪽으로 발걸음을 내딛자 그녀는 따라 나왔다.

"얼마나 주시겠어요?"

"1천 달러는 어림도 없는 소리야."

"1백 달러? 그거면 새크라멘토에 돌아갈 수 있겠지요?"

"새크라멘토 출신인가?"

"부모님이 여기 살고 계세요. 하지만 나를 보고 싶어하지 않아요."

"앨의 부모님은?"

"그는 부모가 없어요. 고아원 출신인걸요."

"어느 고아원?"

"여기서 북쪽에 있는 어느 도시죠. 내려오는 도중에 그곳에 들렀더랬어요. 그 고아원을 나에게 가리켜 보이더군요."

"고아원에 들렀다고?"

"혼동하지 마세요." 그녀는 겸양한 태도로 말했다. "우리가 하이웨이를 가다가 고아원 옆을 지나칠 때 그가 가르쳐 줬어요. 우린 휘발유와 밥값을 구하러 마을에 들렀지요."

"어느 마을에?"

"산타로 시작되는 곳이어요. 산타 테레사였던 것 같아요."

"그런데 휘발유 값을 어떻게 구했지?"

"앨이 어느 조그마한 노파한테서 구했어요. 그 노파가 그에게 20달러를 주었어요. 앨은 조그마한 노파들에겐 대단한 존재예요."

"그 노파는 어떻게 생겼지?"

"모르겠어요. 그녀는 어느 오래된 거리의 조그마한 낡은 집에 사는 작은 노파였어요. 자줏빛 꽃이 나무에 피는 아름다운 거리였어요."

"능소화나무 말인가?"

그녀는 고개를 끄덕였다.

"스노 부인이라는 이름이 아니었나?"

"그 이름 같아요."

"그럼 광고 속에 나오는 여자 이름은? 그녀의 현 거주지는?"

그녀의 얼굴에 간사하고 어리석은 표정이 떠올랐다.

"그건 돈을 받아야 해요."

"50달러 주지."

"내놓으세요."

나는 지갑을 꺼내어 프란 아미스테드에게서 팁으로 받은 50달러짜리 지폐를 그녀에게 주었다. 그 지폐를 처분하게 되어 좀 기분이 좋았다. 하긴 이곳에서도 다시 사고 팔리는 것을 의식하게 되었지만. 마치 내가 그 방과 방주인에게 값을 치른 것처럼.

그녀는 지폐에 입을 맞췄다.

"정말로 이 돈은 요긴하게 쓰게 될 거예요. 이 돈이면 여기를 나갈 수 있어요."

그러나 그녀는 이 돈이 악몽이 다시 살아난 것처럼 방 안을 둘러보았다.

"그녀가 살고 있는 곳을 말하려던 참이었어."

"그랬던가요?" 그녀는 시간을 질질 끌고 있었다. 그리고 불안해했다. 그녀는 억지로 말문을 열었다. "그 여자는 숲 속의 저 커다랗고 낡은 집에 살고 있었어요."

"저 집이라니, 꾸며대지 마!"

"그렇지 않아요."

"어느 숲을 얘기하는 거야?"

"그 반도의 어느 곳에 있는 숲 말예요. 도중에 주위를 보아 두지 않았어요. 아인슈타인 여행을 하느라고 정신이 없었더랬어요."

"아인슈타인 여행이라니?"

"줄곧 나가다가 마지막 별을 지나 우주가 공중 곡예를 할 때."

"그 반도의 어디쯤이야?"

그녀는 멈춘 시계를 흔들 듯이 고갤 흔들었다.

"기억이 나지 않아요. 이 조그만 마을들은 모두 실로 꿰매 놓은 것 같았어요. 어느 마을인지 생각이 나지 않아요."

"어떤 모양의 집이었지?"

"아주 낡은 2층집…… 아니 3층집이었어요. 그리고 양쪽에 하나씩

두 개의 조그맣고 둥근 탑이 있었어요."

그녀는 양쪽 엄지손가락을 꼿꼿이 세웠다.

"빛깔은?"

"회색인 것 같아요. 나무 사이로는 녹회색으로 보였어요."

"나무는?"

"참나무와 소나무, 그러나 대개는 참나무였어요."

나는 잠깐 기다렸다.

"그 밖에 생각나는 건?"

"없습니다. 난 사실 그 집엔 들어가지 않았어요. 아! 참, 개가 한 마리 나무 밑에서 뛰어다니고 있었어요. 그레이트 데인이었어요. 그 개 짖는 소리가 참 그만이었어요."

그녀는 우프우프 하며 개 짖는 흉내를 냈다.

"그 집 개였나?"

"모르겠어요. 그렇지 않을 거예요. 집 잃은 떠돌이 개 같다고 생각한 기억이 나요. 도움이 되나요?"

"글쎄, 어느 요일이었지?"

"일요일이었을 거예요. 우리가 새크라멘토를 떠난 게 일요일이라고 말하지 않았어요?"

"내 돈 50달러 값어치는 해 주어야지. 좀더 말해줘."

그녀는 당황하고 내가 그 돈을 도로 빼앗아 갈까봐 걱정하고 있었다.

"원하신다면 저와 사랑을 하셔도 좋아요."

그녀는 나의 대답을 기다리지도 않고 일어서더니 그 분홍 옷을 바닥에 벗어 던졌다. 그녀는 젖가슴이 크고 허리가 너무 가냘플 정도로 날씬했으며 몸에는 젊음이 넘쳤다. 그러나 그녀의 팔과 허벅다리에는 연공수장(年功袖章)과 같이 멍이 들어 있었다. 그녀는 윤락녀였다.

그녀는 나의 얼굴을 쳐다보았다. 나의 얼굴에서 무엇을 느꼈는지 모르지만 그녀는 말했다.

"앨은 너무나 나를 거칠게 다루었어요. 감옥에 오랫동안 있었던 뒤인 만큼 사정없이 굴었어요. 당신은 절 원하지 않으시죠?"

"고맙지만 오늘은 너무 지쳤어."

"절 데려가 주시지 않겠어요?"

"미안해."

나는 그녀에게 명함을 주고 혹시 생각이 나는 것이 있으면 전화하도록 부탁했다.

"전화하게 되는지 모르겠어요. 저는 비밀을 지킬 줄 몰라요."

"그렇지 않더라도 필요하다면."

"저는 언제나 도움이 필요해요."

그녀는 나의 어깨에 손을 얹고 발끝으로 일어서서 내 입에다가 그녀의 슬픈 입술을 문질렀다.

나는 밖으로 나와 스탠리 브로더스트의 광고지를 접어서 초록 표지의 책 속에 끼워 트렁크 속에 집어넣고 잠갔다. 그러고서 나는 웨스트 로스앤젤레스로 돌아왔다. 잠자리에 들기 전에 나는 교환을 불렀다. 아니, 쉽스타드에게서 전언이 와 있었다. 내가 스탠리 브로더스트 집에서 발견한 시체는 폴삼 교도소를 최근에 탈옥한 자이며 이름은 앨버트 스위트너였다. 전과 10여범, 처음으로 체포된 것은 캘리포니아 주의 산타 테레사에서였다.

16

밤이 늦었다. 한밤중이었다. 나는 독한 위스키를 들이키고 자리에 나가 떨어졌다.

꿈속에서 나는 어느 곳엔가 단시간 내에 도착할 예정이었다. 그러나 내가 차를 타려고 했을 때 차에는 바퀴뿐만 아니라 운전대조차도 없었다. 나는 마치 달팽이가 껍질 속에 들어앉아 있듯이 차 안에 들어앉아서 밤의 세계가 옆을 스쳐가는 것을 바라보았다.

침실의 커튼 틈으로 스며드는 햇빛은 잿빛에서 노르스름한 흰빛으로 변했다. 이 햇빛에 나는 눈을 떴다. 나는 누운 채 이른 아침의 차 소리를 듣고 있었다. 새들이 짹짹 울었다. 완전히 동이 트자 어치들이 깍깍 울며 나의 창에 급강하를 하기 시작했다.

나는 어치를 잊고 있었다. 갑자기 들려오는 어치들의 목쉰 소리에 나는 이불 속에서 추워졌다. 나는 이불을 차고 일어나 옷을 입었다.

부엌 찬장에는 마지막 땅콩 통이 있었다. 나는 창밖으로 땅콩을 뿌리고 어치들이 안마당으로 급강하하며 날아오는 것을 지켜보았다. 그것은 마치 폭발의 푸른 섬광을 지켜보고 있는 것 같았다. 그리고 이 폭발은 역으로 아침의 세계를 재정돈하고 있었다.

그러나 중요한 것이 빠져 있었다. 나는 면도를 하고 아침을 먹으러 나갔다. 산타 테레사의 수마일 아래에서는 나의 추측보다도 빨리 산불은 무료 고속도로 위에까지 번졌다. 산불은 산의 남쪽과 동쪽을 태웠다. 산은 새까매졌고 가장자리는 불꽃이 일렁이었다. 그러나 전날 밤에 바다에서 불어온 바람은 산불이 해변의 들과 마을에 접근하는 것을 막고 있는 듯했다. 바다에서는 여전히 바람이 불어오고 있었다. 무료 고속도로가 물가에 닿을 듯이 굽이진 곳에서 나는 흰 물거품이 해변으로 밀려오는 것을 볼 수 있었고, 파도가 기슭에 부딪치는 소리를 들을 수 있었다.

나는 아미스테드의 비치 하우스 앞에서 차를 세웠다. 밀물이었다. 파도가 모래 위로 스쳐 올라와 비치 하우스가 서 있는 말뚝을 적셨다. 나는 후면의 2층 입구를 노크했다. 프란 아미스테드가 남자 잠옷을 입고 문간에 나왔다. 잠 때문에 얼굴은 부어 있었다. 머리카락은 곤두선 깃털처럼 뻗쳐 있었다.

"내가 아는 분이세요?" 그녀는 불쾌하지는 않은 듯이 물었다.

"아처입니다" 나는 이름을 대 주었다. "당신 차를 가져 왔소. 우린 똑같은 산불 피난자였소."

"물론이지요. 피난민이 된다는 건 꽤 재미있죠?"

"아마 첫 번은 그렇겠죠. 그런데 바깥주인은 계십니까?"

"안 계실 거예요. 일찍 나갔어요."

"어디로 나가셨나요?"

"아마 요트 정박소에 계실 거예요. 라저는 그 보트 때문에 어쩔 줄 모르고 있어요."

"보트 소식은 듣지 못했군요."

"소식도 없이 떠났어요. 라저는 킬패트릭에게 몹시 화를 내고 있어요. 그를 붙들면 무슨 짓을 할는지 모르겠어요."

"라저와 제리 킬패트릭의 사이는 꽤 가까웠나요?"

그녀는 매서운 눈초리로 나를 쳐다보았다.

"당신이 생각하는 그런 사이가 아니예요. 라저는 몹시 남성적이에요."

그녀는 몸을 떨고 껴안는 시늉을 했다. 나는 보트 선창으로 차를 몰았다. 거의 인적이 없는 일반 주차장에서 차를 세웠다. 아직도 이른 아침이었다.

나는 '아리아드네'호의 정박소가 텅 비어 있는 것을 철망 울타리 사이로 볼 수 있었다. 라저 아미스테드는 뗏목 위에 조각상처럼 서서 바다를 내다보고 있었다. 브라이언 킬패트릭이 그의 옆에 서서 이쪽을 보고 있었다. 두 사람은 다투기라도 한 듯이 사이가 떴으나 그래도 상대편의 존재를 느끼고 있는 것같이 보였다.

내가 철문에 이르렀을 때 킬패트릭은 나를 보았다. 그는 건널판까지 나와서 나를 건너게 했다. 그는 어제 입었던 옷과 같은 옷을 입고 있었고 그의 얼굴은 그가 옷을 입은 채 잠을 잔 것처럼 보였다.

"아미스테드는 단단히 뿔이 났어" 하고 킬패트릭은 말했다. "그는 이 혼란의 책임이 나에게 있다고 하는 거요. 난 제리를 못 본 지 두 달이 지났는데 말이야. 난 그를 휘어잡을 수가 없었소. 아미스테드는 실제로 제리를 양자로 삼았어. 난 책임을 질 수 없지."

그러나 그는 아들의 체중이 그의 등에 묶여 있는 것처럼 무거운 듯 이 어깨를 움직였다.

"제리는 어디로 보트를 끌고 갔을까요? 무슨 생각이라도 나시지 않나요?"

"아무런 생각도 나지 않아요. 난 뱃놈이 아니요. 그러기 때문에 제리가 항해술을 배운 거요. 만약 내가 바다에 흥미를 가졌으면 제리는 골프에 열중했을 거요."

킬패트릭은 밤중에 빠져 나왔던 것이다. 그는 투덜거렸다.

"북쪽일까요, 아니면 남쪽일까요?" 하고 나는 물었다.

"십중팔구 남쪽일 거요. 남쪽 바다를 그는 알거든요. 아마 섬으로 나갔을지도 몰라요."

그는 수평선 위에 마치 푸른 고래처럼 떠 있는 먼 섬을 가리켰다. 그 섬과 해변 사이의 20마일이나 되는 수면에는 아무것도 보이지 않았다.

"서장에게 얘기했나요?"

그는 좀 당황한 듯이 나를 쳐다보았다.

"아직 알리지 않았지요."

"어젯밤에는 얘기하겠다고 하셨죠?"

"사실은 알리려고 했지요. 그러나 서장은 산불 때문에 나가고 없었어요. 지금도 거기 있어요."

"당직 중인 경관이 있을 텐데."

"있기야 있죠. 그러나 그들이 생각하는 건 산불뿐이요. 그들은 큰 재변에 말려들어 있어요."

"제리도 그렇지요."

"당신은 그런 말을 나에게 하지 않아도 돼요. 그는 내 아들이요." 그는 걱정스러운 듯이 나를 곁눈으로 보았다. "오늘 아침 일찍이 크란돌에게서 들었지요. 당신은 결국 그를 만나러 갔더군요."

"그는 무슨 말을 했나요?"

"그는 모든 걸 제리의 탓으로 돌려요, 당연하겠지만. 계집애가 관련될 땐 언제나 사내애에게 그 탓이 오거든. 크란돌의 설명에 따르면 자기 딸은 지금까지 도대체 걱정을 끼친 적이 없다지만 그건 믿기 어려운 일이죠."

"그는 믿고 있을지도 몰라요. 그런데 그와 그의 아내 사이는 별 접촉이 없는 것 같더군요."

나의 머리에는 하얀 방 안에서 혼자 있는, 그리고 스타 모텔에서 앨 스위트너와 함께 있는 한 처녀의 입체영상이 떠올랐다.

"당신이 크란돌에게 가지 않았어야 하는 건데." 킬패트릭은 불평을 늘어놓았다. "그는 마음먹기에 따라 나에게 심하게 굴 수도 있단 말예요."

"미안합니다. 난 사건의 뒤를 쫓아가야 해요. 잠깐만 기다려 주면 당신 친구인 서장을 찾아보겠소. 어때요?"

"좋습니다."

나는 철문에서 킬패트릭과 헤어지자 아미스테드의 등 뒤로 말을 걸었다. 그는 천천히 돌아섰다. 그의 얼굴에는 형언할 수 없는 슬프고도 화가 난 표정이 돌았다. 그는 요트용 모자를 쓰고 블레이저 코트를 입고 있었다. 목에는 경마용 에스코트 넥타이를 매고 있었다.

"지난밤에 왜 나에게 얘기하지 않았나요? 이젠 요트를 못 찾게 될는지도 몰라요." 아미스테드는 마치 애인을 잃었거나 그리는 듯이 말했다. "지금쯤은 1백마일 정도 떨어졌거나 아니면 바다 속에 있을 거요."

"해안 경비대에 얘기했나요?"

"했죠. 경비대에서는 감시할 거요. 그러나 도둑맞은 보트를 추적하고 있진 않거든요."

"이건 단순한 도난 사건이 아닙니다" 하고 나는 말했다. "여자와 어린애도 타고 있는 걸 아실 텐데."

"킬패트릭에게서 들었지요."

아미스테드의 두 눈은 가느스름해지고 어떤 추악한 광경을 쫓고 있는 것 같았다.

파도는 방파제를 넘어오고 있었다. 파도는 보트 선창의 물을 들먹이게 하고 우리 발밑의 뗏목을 들어 올렸다 내렸다 했다. 세계가 변하고 있었다. 마치 한 조각이 빠지니까 모두가 무너져 버리듯이.

아미스테드는 바닷가 뗏목 끝으로 걸어 나갔다. 나는 그의 뒤를 따랐다. 그는 마음이 좁은 사람이었다. 그러나 지금은 제 마음을 털어 놓을 수 있지 않을까 하고 나는 생각했다.

"제리는 당신과 꽤 친한 친구군요."

"친구였죠. 난 얘기하고 싶지 않아요."

나는 얘기를 계속했다.

"당신이 넌더리가 나는 것도 무리가 아니요. 나도 그와 같이 느꼈소. 그는 지난 밤 총으로 내 머리를 때렸소. 38구경 같았소."

그는 얼마큼 주저하다가 말했다.

"난 보트에 38구경 총을 두었는데."

"그럼 그가 가져갔나요?"

"가져갔나봐요. 난 모르는 일이요."

"킬패트릭도 그렇게 말하더군요. 아무도 책임이 없어요. 내가 알고자 하는 건 제리가 그러한 짓을 하게 된 동기입니다. 그는 무엇을 하려는 겁니까?"

"순전한 파괴요, 내가 보기엔."

"그렇지 않을걸요."

"그는 나를 배신했소." 아미스테드는 평평한 지구의 끝에 도착한 뱃사공처럼 원망스럽고 배신당한 듯이 말했다. "나는 그에게 보트를 맡겼죠. 여름내 보트에서 살게 했죠."

"왜 그랬나요?"

"그에겐 장소가 필요했으니까. 그저 거처하는 곳이 아니라 계획을 세울 처소가 필요했어요. 바다가 그에게 적합한 곳이라고 난 생각했지요." 그는 잠깐 말을 멈췄다. "내가 제리 나이 땐 요트광이었소. 사실을 말하자면 그게 나의 주업이었소. 난 제리 못지않게 육지 생활을 견딜 수가 없었지요. 나는 그저 바깥으로 나가서……." 그는 한 팔을 바다 쪽으로 뻗었다. "바람과 물과 함께 살고 싶었어요. 바다와 하늘 말이요."

아미스테드에게는 옛 시인의 기질이 있었다. 나는 그에게 얘기를 시키느라고 애를 썼다.

"소년 시절에는 어디 사셨나요?"

"뉴포트 근처요. 그곳에서 지금의 아내를 만났죠. 내 아내의 첫남편은 배의 승무원이었소."

"제리는 뉴포트에서 수전 크란들을 만난 모양입니다."

"아마 그랬을지도 모르죠. 우린 6월에 뉴포트로 내려갔으니까요."

나는 그에게 그 처녀의 사진을 보였다. 그러나 그는 고개를 내저었다.

"내가 아는 한 제리는 계집애를 배에 태운 적이 없어요."

"목요일까지 말입니까?"

"그렇습니다."

"목요일 밤엔 무슨 일이 일어났나요? 정확히 알고 싶습니다."

"나도 알고 싶소. 소문에 들으면 그 계집애는 무슨 일에 격분했나 봐요. 그녀는 돛대로 올라가서 물속으로 뛰어들었는데 다행히 말뚝에 부딪치진 않았죠. 이건 금요일 새벽에 일어난 일이요."

"제리는 마약환자라고 알고 있는데요."

그의 얼굴은 굳어졌다.

"난 몰랐는데요."

"제리의 아버지는 알고 있어요."

아미스테드는 철문 쪽을 보았다. 킬패트릭은 아직도 그곳에 있었다.

"마약 사용자는 많지요" 하고 그는 말했다.

"이 문제는 중요할지도 모릅니다."

"알겠소. 난 그가 마약을 끊도록 애썼소. 그러나 그는 흥분제 따위를 사용하고 있었죠. 그래서 그를 보트에 있게 한 거지요."

"잘 이해할 수 없는데요."

"그는 보트 위에선 사고를 내지 않을 것 같았어요. 적어도 내 생각은 그런 것이었소."

그의 얼굴은 다시 침울해졌다.

"당신은 그 앨 무척 좋아하시는군요."

"나는 그 애의 아버지나 큰형 노릇을 하려고 했죠. 진부한 애긴 줄 나는 알고 있어요. 그러나 난 그 애가 마약환자이긴 하지만 착한애인 줄로 생각했죠. 무엇 때문에 마약이 그렇게 중요한가요?"

"내 생각으로는 수전이란 계집애는 신경쇠약에 걸린 것 같아요. 그

리고 그 앤 어제 한 남자를 죽였는지도 몰라요. 그 살인 사건 얘길
들었나요?"

"못 들었소."

"피살자는 스탠리 브로더스트라는 남자요."

"이곳에 브로더스트 부인이 살고 있는데."

"바로 그 남자의 어머니입니다. 그분을 잘 아시나요?"

"우린 이곳에 사는 사람들을 썩 잘 알지는 못합니다. 내가 가장 잘
아는 사람은 항구 사람이요. 프란은 자기 친구들을 따로 가지고 있
어요."

그는 마치 젊었을 때 바다에 나가 육지에는 돌아온 적이 없는 선원
처럼 불안한 듯이 항구 쪽을 흘끗 쳐다보았다. 그는 이해할 수 없는
시선으로 마을을 바라보았다. 그 마을은 안개나 연기로 만들어진 것
처럼 쉬지 않는 바다와 시커먼 산 사이에 달려 있는 듯했다.

"난 이 사건의 아무와도 관련이 없어요."

"제리를 빼놓고는 그러시겠지."

그는 얼굴을 찌푸렸다.

"제리는 나와는 완전히 끝났소."

나는 그에게 그렇게 쉽게 끝나지는 않았다고 말할 수도 없었다. 제
리의 친아버지는 이미 아는 듯했다.

17

킬패트릭은 철문 안에 서 있었다. 그는 석방을 기다리는 혐의자처
럼 나를 쳐다보았다.

"아미스테드는 매서운 사람이죠? 그는 제리를 탓할 거야."

"글쎄요, 그는 화가 난 얼굴로 실망하고 있더군요."

"실상은 나야말로 실망하고 있지."

킬패트릭은 실망을 경쟁하듯이 대꾸했다.

나는 화제를 바꾸었다.

"오늘 아침 트리메인 서장의 거처를 알아냈습니까?"

"1시간 전에 그가 있었던 곳을 알고 있죠…… 대학 운동장의 소방 본부 캠프에 있었죠."

킬패트릭은 그곳에 나를 데려가겠다고 자청했다. 검은 캐딜락 새 차에 올라탄 그는 최신형이 아닌 포드 차를 탄 나를 앞질러 마을의 동쪽 끝을 지나 국도로 나갔다. 국도는 산기슭으로 뻗어 있어 산불이 스친 지역을 통과했다. 캠퍼스에 도착하기 바로 전에 우리는 급수 트럭과 트랙터를 수리중인 산림서 구내를 지나갔다.

우리는 철문 기둥 사이에 활짝 열려 있는 두 짝의 철문 앞에서 정거했다. 한 기둥에 산타 테레사 대학이라고 쓴 놋쇠 표지판이 붙어 있었다. 우리를 정거시킨 산림보호원은 킬패트릭을 아는 사람이었다. 그는 우리에게 그대로 통과하라고 말했다. 서장은 운동장에 있었다. 조 켈시는 검시관 대리 차를 타고 얼마 전에 저쪽으로 지나갔다고 했다.

킬패트릭과 나는 운동장이 내려다보이는 노천 관람석 뒤에 차를 주차시켰다. 나는 차를 내리기 전에 트렁크에서 녹색 표지의 책을 꺼내서 주머니 속에 집어넣었다. 우리는 남캘리포니아의 도처에서 모여든 관용차 및 트럭들 사이를 통과했다. 운동장은 주요 전선 뒤의 부대 집결지와 비슷했다. 경주용 트랙 내부의 타원형 풀밭에서는 헬리콥터가 앉고 뜨고 했다.

소방수들은 헬리콥터의 소음에는 아랑곳없이 풀밭에 드러누워 하늘을 쳐다보고 있었다. 그곳에는 온갖 빛깔의 사람들이——인디언과 흑인들과 햇볕에 그을린 백인들——있었다.

트리메인 서장은 본부에 있었다. 산림서의 잿빛 트레일러가 바로 본부였다. 서장 겸 검시관인 트리메인은 황갈색 정복을 입고 둥근 모자를 쓴 뚱뚱한 남자였다. 얼굴살이 마치 경찰견의 목덜미처럼 늘어져 있어서 그가 짓는 미소는 어색하고 혼란스러워 보였다. 그는 구경꾼들이 하는 식의 악수를 킬패트릭과 했다.

"브라이언, 무엇을 도와줄까?"

킬패트릭은 목청을 가다듬었다. 그의 목소리는 함석판같이 불안했다.

"내 아들 제리가 사고를 냈다네. 아미스테드의 요트를 빼앗아 계집앨 태우고 바다로 나가 버렸어."

서장은 혼란스러운 미소를 지었다.

"별로 중대한 일 같지 않군. 제린 돌아올 거야."

"난 자네가 해안 쪽에 경보를 내려 줄 수 있었으면 하네."

"내 몸이 둘이라면 혹시 모르겠네만, 해안 사람들에게 부탁하게, 브라이언. 우린 24시간 이내에 이동하려고 하네. 게다가 시체를 처리할 일이 있다는군."

"스탠리 브로더스트의 시체 말입니까?" 하고 나는 물었다.

"그를 아십니까?"

"그의 시체가 발견되었을 때 나는 조 켈시와 함께 있었소. 킬패트릭 씨가 말하고 있는 처녀는 이 살인에 있어서의 물증을 댈 수 있는 증인입니다. 그리고 그녀와 제리는 스탠리 브로더스트의 아들을 유괴해갔습니다."

트리메인은 아까보다는 다소 관심을 보였으나 전적으로 반응을 보이기에는 너무나 피곤해 보였다.

"두 분에게 어떻게 해 드리면 됩니까?"

"킬패트릭이 말했듯이 해안도시와 항구에 치중하여 빈틈없는 경보를 내시지요. 실종한 요트는 '아리아드네'호입니다." 나는 천천히 철자를 불러주었다. "비행기가 있습니까?"

"있죠. 그러나 자원 조종사들은 지금 정신들이 없어요."

"비행기 한 대를 내서 섬으로 보낼 수 있겠죠. 섬에 정박했을지도 몰라요." 내가 서 있는 곳에서 바다 위에 두드러진 섬들을 볼 수 있었다.

"고려해 봅시다." 서장은 말했다. "딴 일이 있으면 조 켈시에게 부탁하시오. 그는 내 사무실의 전적인 협조를 받고 있습니다."

"서장님, 한 가지가 또 있습니다."

나는 녹색 표지의 책과 스탠리가 샌프란시스코의 〈크로니클〉지에 낸 광고문을 꺼냈다. 서장은 오려낸 신문기사를 손에 들고 검토했다. 킬패트릭도 그의 어깨 너머로 내려다보았다. 둘은 동시에 얼굴을 들고 의아스러운 눈길을 교환했다.

"남자는 물론 리오 브로더스트인데," 서장은 말했다. "여자는 누굴까, 브라이언? 자네 눈이 내 눈보다 나을 거야."

킬패트릭은 그 말을 그대로 받아들였다.

"내 아내요" 하고 그는 말했다. "그 여잔 내 전처요."

"나도 엘린인 줄 생각했어. 지금 그 여자는 어디 있나?"

"난 모르겠네."

서장은 그 신문기사를 나에게 돌려주었다.

"이건 스탠리 브로더스트의 죽음과 관계가 있습니까?"

"그렇습니다."

나는 트리메인에게 이 사건의 배경과 피살된 앨에 대한 얘기를 꺼냈다. 그는 내 말을 막았다.

"딴 사람에게 부탁하시오. 켈시에게 부탁하시오. 두 분께서 그렇게 해 주시겠소? 소방서장은 내일 오전 중에 여길 떠나고 싶어해요. 나는 이동계획을 돕고 있어요."

"어디로 이동하나?" 킬패트릭이 물었다.

"벅크혼 메도로 이동합니다. 여기서 동쪽으로 16마일 떨어진 곳입니다."

"이 마을이 위험을 벗어나서 그런 겁니까?"

"어떻든 내일쯤이 되면 위험하지 않을 겁니다. 그러나 고약한 사태가 앞에 다가오고 있습니다." 그는 검게 탄 산을 쳐다보았다. "비가 쏟아지면 우린 진흙 속에 빠질 거요."

서장은 트레일러 문을 열었다. 그가 몸을 일으켜 좁은 입구로 빠져나갈 때 나는 지도를 들여다보고 있는 산림서원 복장을 한 키가 큰 사나이를 힐끗 쳐다보았다. 그는 머리털이 회색빛이 되어가고 있었는데 머리 모양이 스칸디나비아 사람 같았다. 그의 얼굴은 육지 안의 바다를 항해하려고 하는 바이킹과 같았다.

나는 킬패트릭에게 말했다.

"당신은 리오 브로더스트가 당신의 아내와 도망친 것을 내겐 얘기하지 않았소."

"내 아내가 나를 버리고 집을 나갔다고 어젯밤에 얘기했죠. 난 평소에 내 마음속을 모르는 사람에게는 무슨 얘기든지 털어놓지 않아요."

"그분은 아직도 브로더스트와 함께 사나요?"

"난 알고 싶지도 않고 그들은 나에게 알리지도 않습니다."

"당신이 이혼했소?"

"아니오, 그녀가 집을 나간 직후에 이혼을 제기해 왔소."

"그리고 그와 결혼했나요?"

"그랬을 거요. 결혼 청첩을 받진 못했지만."

"당신과 그 여잔 어디서 이혼했나요?"

"네바다에서."

"그 여잔 지금 어디 있습니까…… 샌프란시스코 항만 지대에 살고 있나요?"

"어디 사는지 전혀 모르겠소. 화제를 바꾸면 어떨까요."

그러나 그는 그 화제를 버리지 못했다. 분노와는 다른 어떤 격심한 감정이 진동을 일으키며 그를 스쳐갔다. 이 진동 때문에 그의 목소리는 떨렸다.

"그 사진을 트리메인 서장에서 보인 건 너무 심한 짓이었소."

"무엇이 심했단 말이요?"

"사적으로 할 수도 있었는데 말이요. 공적으로 나를 공격할 필요는 없었소."

"미안합니다. 난 그 여자가 당신 아내인 줄 몰랐지요."

그는 노골적으로 불신의 눈초리를 나에게 던졌기 때문에 나는 내 자신에게 묻지 않을 수가 없었다. 어쩌면 의식의 수평면 바로 아래 나는 그런 예감을 이미 갖고 있었는지 모른다.

"그 사진을 한 번 더 봅시다."

나는 그에게 신문기사를 주었다. 그는 서서 기사를 들여다보았다. 주위의 행동이나 공중의 헬리콥터 소리를 잊고서 그는 현재의 한 귀퉁이에 서서 깊은 과거를 훑어보는 사람 같았다. 그가 고개를 들었을 때 그의 얼굴은 신문기사 때문에 달라져 있었다. 보다 더 늙었고 보다 더 수세적이었다.

그는 그 신문기사를 나에게 돌려 주었다.

"어디서 이 사진을 구했소? 제리에게서요?"

"아니오."

"스탠리 브로더스트는 그 광고를 〈크로니클〉지에 냈나요?"

"그런 것 같습니다" 하고 나는 말했다. "당신은 전에 그 기사를 보았나요?"

"보았을 거요. 그러나 기억은 없어요."

"그럼 〈크로니클〉에 난 걸 어떻게 알죠?"

그는 거침없이 대답했다.

"난 그저 그러려니 했죠. 스타일이 〈크로니클〉 같았으니까요." 그는 한참 골똘히 생각하고 나서 "샌프란시스코가 본문 속에 언급되어 있지요" 하고 대답했다.

훌륭한 대답이었다. 그러나 나는 모르는 척했다.

"왜 당신은 내가 그 기사를 아드님에게서 얻었느냐고 물었소?"

"그렇게 생각했기 때문이오." 그는 한쪽 얼굴을 찌푸리며 대답했다. "난 제리 생각에 골몰하고 있었고 제리가 〈크로니클〉을 읽는 것도 알고 있었소. 제리는 샌프란시스코라면 누구든지 알 만한 중심지라고 생각하고 있거든요."

"제리는 이 광고 기사를 보았을까요?"

"보았을지도 모르죠. 내가 그것을 어떻게 알겠소?"

"당신은 알고 있습니다. 킬패트릭 씨."

"당신의 그런 생각 같은 걸 내가 알게 뭐요."

그는 주먹을 들고 나에게 휘두르려고 했다. 나는 그의 주먹을 막을 자세를 취했다. 그는 자기 주먹을 가슴에다 들이밀고 내려다보았다. 마치 주먹이 순간적으로 억제할 수 없게 된 작은 동물인 것처럼. 그리고 그는 불현듯 몸을 돌려 관람석 뒤로 갔다. 나는 거리를 조금 두고 그의 뒤를 밟았다. 그는 고개를 내려뜨리고 기둥에 몸을 기대고 있었다. 그의 얼굴에는 크게 실망하는 표정이 나타나 있어서 나는 깜짝 놀랐다.

그는 자세를 바로잡고 얼굴의 주름살에 어울릴 법한 인내에 지친 표정을 지었다.

"당신은 나를 무척 괴롭히는군요" 하고 그는 나에게 말했다. "왜 그렇습니까?"

"나는 정보를 얻느라고 무척 바쁜 사람이오."

"정말로요? 나는 실지 나의 생애에 대해서 당신에게 얘기했소. 그건 그렇게 흥미 있는 것도 아니요."

"나는 그렇게 생각하지 않는데요. 당신은 제리가 그 광고기사를 본 걸 인정했습니다. 그렇다면 이것이 많은 사실들을 설명해 줄 겁니다."

"난 아무것도 인정하지 않았소. 그러나 그 사실의 예를 들어 주시오."

"그는 스탠리 브로더스트와 접촉하고 그를 충동질했을지도 모릅니다."

"스탠리에겐 충동질이 필요치 않았소. 그는 오랫동안 이 문제에 열중했으니까요. 그는 자기와 자기 어머니를 버린 아버지를 용서하지 못했죠."

"당신은 스탠리와 이 문제를 의논한 적이 있었나요?"

"있습니다."

"당신은 그에게 당신의 아내가 그의 아버지와 도망을 쳤다고 얘기했나요?"

"얘기할 필요가 없었죠. 그는 물론 모두가 그 사실을 알고 있었으니까요."

"모두라니 누구를 두고 한 말이오?"

"관계된 사람 전부이지 누구요. 그 사건은 큰 비밀도 아니었지만 적어도 대부분의 사람들이 지금쯤 그 사건을 잊어버렸소." 그의 표정은 다시 괴로운 빛을 띠기 시작했다. "우리도 잊어버릴 수 없을까요? 나는 그 화제를 좋아하지 않아요."

"제리는 어떻게 느끼고 있나요?"

"그 애는 나를 탓해요…… 내가 당신에게 얘기했죠? 그 앤 내가 못났기 때문에 자기 어머니가 나를 버렸다고 믿고 싶어해요."

"제리는 자기 어머니를 찾아간 적이 있나요?"

"내가 알기로는 제리는 제 어머닐 찾아가지 않았소. 당신은 사정을 이해할 수 없어요. 엘린이 나를 버린 지 15년이 되었소. 그리고 모든 연락이 끊어졌소. 그녀에게서 내가 받은 최후의 소식은 이혼장이었소. 그건 리노에 있는 그녀의 변호사에게서 왔어요."

"변호사는 누구였나요?"

"오래 돼서 모르겠는걸."

나는 녹색 표지의 책을 꺼내어 편지를 펼쳐 킬패트릭에게 공작 깃을 새긴 장서표를 보여 주었다.

"엘린 스트롬은 당신 전처의 처녀명일 거요."

"그렇습니다."

"제리가 자기 어머니를 만나지 않았더라면 그는 어디서 이 책을 입수했을까요?"

"그녀가 집에 두고 갔겠지요. 책뿐만 아니라 많은 물건을 두고 갔지요."

"왜 그녀는 그렇게 난데없이 갔나요?"

"그건 그렇게 난데없는 짓은 아니었소. 나는 파국이 다가오는 걸 보았소. 그녀는 나를 좋아하지 않았소. 그리고 나의 직업도 좋아하지 않았소. 난 그 당시에는 그저 일개 부동산 중개업자에 불과했지요. 그녀는 매주 7일 근무를 찬성하지 않았어요. 언제나 전화소리가 울리고 뒤뷰크에서 온 조그마한 노파들에게 친절하게 대해야 했으니 말이오. 엘린은 더욱더 세련된 것을 원했죠. 더욱더 로맨틱한 걸."

그의 목소리는 자조와 후회가 섞여 있었다.

"리오 브로더스트는 정말로 로맨틱했나요?"

"모르겠소. 난 여자가 아니니까. 브로더스트는 나에겐 그렇게 보이지 않았어요."

"어떻게 보였단 말이요?"

"그는 사슴을 사냥하듯이 여자 꽁무니를 쫓았소…… 솜씨를 겨루는 거죠. 그러니까 엘린은 그를 진정으로 받아들여서는 안됐죠. 그리고 그의 아들 스탠리도 마찬가집니다. 그러나 스탠리는 그의 아버지 사건에는 무슨 깊은 뜻이 있다고 확신하게 된 것 같아요. 그는 아버지를 찾고 설명을 듣고 싶어했죠."

"그럼 스탠리는 누가 죽였나요?"

킬패트릭은 무거운 어깰 올렸다가 내려뜨렸다.

"아무도 모르죠. 난 스탠리 살인은 옛날 사건과 관련이 있는 것 같지 않아요."

"관련이 있어야 하죠" 하고 나는 대꾸했다.

킬패트릭은 나를 똑바로 바라보았다. 우리 사이에는 일종의 의가 상한 형제관계 같은 것이 생기고 있었다. 이 관계는 부분적으로는 그가 모르고 있는 사실에 입각한 것이었다. 사실 말이지 그는 그의 아내가 그를 버리고 나가서 변호사를 통해서 이혼장을 보냈다는 사실을, 그리고 세 젊은이가 비뚤어져 나가고 있다는 사실을 모르고 있던 것이다.

"좋습니다" 하고 그는 말했다. "제리는 광고기사를 보았죠. 4월 말 경이었소. 애는 사진에서 어머니를 알아보고 내가 어떻게 해 줄 걸로 생각한 것 같았어요. 나는 그 애에게 그러면 그저 골칫거리만 생긴다고 말했죠. 우릴 버리고 나간 건 그 애의 어머니가 좋아서 한 짓이니까 우린 잊어버릴 수밖에는 별수가 없다고 말했죠."

"제리는 어떠한 반응을 보였나요?"

"그도 나를 버리고 나갔어요. 그러나 당신에겐 이건 다 아는 얘기요." 킬패트릭은 자신의 인생에 흥미를 잃어가고 있는 것 같았다.

18

그는 차에 오르자 대문 쪽으로 향했다. 나는 반대 방향인 대학 구역내의 서쪽으로 걸어갔다.

'메사'의 끝에서 오솔길이 불에 탄 수풀 쪽으로 꼬불꼬불 언덕 밑을 향하여 내리뻗고 있었다. 이 수풀에서 산불이 일어났던 것이다. 나는 그곳에 소형 트럭이 있는 것을 볼 수 있었다. 트럭 주위에서 움직이고 있는 사람은 거리 때문에 작게 보였다. 어색하게 움직이고 있는 그 한 사람의 모습이 켈시인 것 같았다.

나는 오솔길을 내려갔다. 길은 덤불이 불에 탄 지대를 지나갔다. 불도저가 오솔길과 대체로 평행으로 그어진 방화선을 따라서 그 아래를 닦고 있었다. 더러는 방화선을 넘은 불도 있었으나 대개는 방화선 이쪽인 시내 쪽에서 꺼졌다. 산불이 거세던 부분은 내가 돌아보았을 때 산허리에 있고 동쪽으로 움직이고 있는 것 같았다.

언덕배기 길은 검은 나무줄기와 회색 재로 어질러져 있었다. 산불 잿더미 사이를 조심스럽게 걸으면서 나는 브로더스트가의 산장이 서 있던 넓은 암붕(岩棚)으로 내려갔다.

산장은 목조였으므로 몇 개의 침대 용수철과 난로와 새까매진 양철 개수대 이외에는 아무것도 남아 있지 않았다.

나는 마구간이 있던 곳을 지나쳤다. 스탠리의 불에 탄 컨버터블의 차체가 빈터에 주저앉아 있었고 타이어가 없는 바퀴의 테는 건물의 재 속에 파묻혀 있었다. 그것은 마치 아주 오랜 세월이 흘러서 파멸되고 쇠퇴한, 이미 세월의 잔영 속에 반쯤 파묻힌 고대문명의 유물과도 같았다.

소형 트럭은 산등성이 길로 통하는 뒷길에 멈추어져 있었다. 차 안에는 사람이 있었는데 바람막이 창에 비치는 아침햇살 때문에 누군지 분간할 수가 없었다.

트럭 저쪽에 벌거벗은 나무 사이로 나는 한 정복 차림의 사람이 땅을 파고 켈시가 그것을 지켜보고 있는 것을 볼 수가 있었다. 그들 사이에 흙더미가 보였다. 어떤 기시감정(旣視感情)이 나에게 격렬한 의혹을 불러일으켰다. 마치 매장과 묘혈이 지금부터 매일 되풀이될지도 모르는 것처럼.

진 브로더스트가 트럭에서 내려 한 손을 나에게 들어 보였다. 그녀는 전과 같은 옷을 입고 있었다. 불에 탄 숲이라는 초현실적 배경을 등지고 있는 그녀는 여느 때보다도 더욱 '과부가 되어 어찌할 바를 모르는 콜롬비나'처럼 보였다. 그녀의 화장을 하지 않은 입술은 파리했다.

"난 당신을 이곳에서 만나게 될 줄은 미처 몰랐습니다" 하고 나는 말했다.

"그들이 함께 와서 스탠리의 시체를 확인해 달라고 부탁했어요."

"시체 발굴이 좀 늦지 않아요?"

"켈시 씨는 검시관 대리를 여태껏 데려오지 못했어요. 그러나 그건 스탠리에겐 문제가 안 돼요. 그리고 나에게도 문제가 안 됩니다."

진은 불안한 기분이었다. 그녀는 이성적이고 침착하면서도 신경이 곤두서 있었다. 나는 그녀에게 아들을 보았다는 얘기를 하고 싶었다. 그러나 나는 그녀를 겁나게 하지 않을 화법을 생각해 낼 수가 없었다.

나는 그녀에게 시어머니의 안부를 물었다.

"시어머님은 기진맥진했어요. 그러나 닥터 제롬 그분에게는 회복력이 강하다고 하더군요."

"그분은 이 일에 대한 기억이 있으신가요?"

나는 시체 발굴하는 쪽을 몸짓으로 가리켰다.

"전 정말로 모르겠어요. 의사는 고통스러운 얘긴 들먹이지 말라고 하셨어요."

진은 품위를 지키려고 몹시 애를 쓰고 있었다.

그러나 그 노력의 결과는 나의 어안을 벙벙하게 했다. 우리는 멍청하니 서서 마치 어떤 범죄 사실을 함께 갖고 있는 듯이 당황한 표정으로 서로를 쳐다볼 뿐이었다.

"어젯밤 로니를 힐끗 보았습니다." 나는 말문을 열었다.

"무슨 말을 하려는 것입니까? 그 애는 죽었나요?"

그녀의 침울한 눈은 공포에 떨고 있었다.

"그 애는 살아 있었소."

나는 그녀에게 내가 로니를 보았던 곳과 장소를 얘기했다.

"왜 어젯밤에 그 얘기를 안 해 주셨죠?"

"더 좋은 소식을 전할 수 있을까 해서지요."

"결국 더 좋은 소식은 없다는 얘기시군요."

"적어도 그 애는 죽지 않았어요. 그리고 학대를 받은 기색도 없었죠."

"그렇다면 왜 그들은 그 애를 데려갔을까요? 그들은 무슨 짓을 하려는 것일까요?"

"그게 뚜렷하지 않아요. 많은 사람들과, 적어도 이름난 한 범인이 관련된 복잡한 사건입니다. 어제 노스리지의 당신 집에 왔던 자를 기억하십니까?"

"돈을 내놓으라고 한 자 말이에요? 기억하고말고요."

"그는 나중에 다시 와서 당신 집에 무단 침입했어요. 그리고 어젯밤 서재에서 피살되었소."

"피살됐어요?"

"누가 칼로 찔러 죽였죠. 당신의 가족 이외에 누가 그 집에 들어갈 수 있나요?"

"아무도 못 들어가요."

그녀는 이 두 번째 죽음을 이해하려고 애썼다.

"시체는 아직 서재에 있나요?"

"아니요, 시체는 운반해 갔죠. 내가 경찰을 불렀어요. 그러나 서재는 아주 수라장이 되었소."

"괜찮아요" 하고 그녀는 말했다. "난 다시는 그 집에 돌아가지 않기로 결심했으니까요."

"지금은 결심할 때가 못 돼요."

"지금 아니면 결심 못해요."

규칙적으로 삽질하는 소리가 수풀에서 뚝 그쳤다. 파는 사람은 구덩이 속에 들어가 있어서 거의 보이지 않았다. 땅속에서 애써 나오려고 하는 사람처럼 그는 스탠리의 시체를 두 팔에 꼭 껴안고 서 있었다. 그와 켈시는 시체를 들것 위에 올려놓고 나무숲 사이를 지나서 우리 쪽으로 운반해 왔다.

진은 남편의 시체가 운반되어 오는 것을 두려워하면서 지켜보고 있었다. 그러나 그들이 시체를 트럭 뒤에 실었을 때 그녀는 침착한 걸음으로 시체 쪽으로 가서 그 흙투성이의 눈을 겁 없이 내려다보았다. 그녀는 죽은 남편의 머리카락을 쓸어 올리더니 그의 이마 위에 키스를 했다. 이 행동은 마치 그녀가 비극에 나오는 여배우처럼 자못 실감이 났다.

그녀는 얼마 동안 남편 옆에서 떨어지지 않았다. 켈시는 그녀에게 질문을 하지 않았다. 그는 나를 대리 검시관에게 소개했다. 그는 보온 퍼비스라는 착실하게 보이는 청년이었다.

"퍼비스 씨, 무엇으로 살해됐습니까? 곡괭이의 상처입니까?"

"곡괭이의 상처는 이차적인 것입니다. 그는 십중팔구 옆구리에 칼을 맞았을 겁니다."

"칼은 발견되었나요?"

"아니요, 그러나 난 더 찾아볼 작정입니다."

"거기엔 없을 겁니다."

나는 퍼비스와 켈시에게 노스리지의 스탠리 집에서 내가 발견했던 그 시체에 관해서 얘기했다. 켈시는 쉽스타드 형사에게 연락하는 것이 좋겠다고 말했다. 가만히 듣고 있던 퍼비스 검시관은 느닷없이 뜻밖의 말을 했다.

"음모 같습니다. 십중팔구 마피아단의 짓입니다."

나는 마피아단과는 관련이 없을 거라고 대꾸했다. 켈시는 퍼비스의 말을 못 들은 척했다.

"그럼 이것을 어떻게 생각하십니까?" 퍼비스는 나에게 물었다. "누가 그를 칼로 찔렀으며, 누가 그의 등을 곡괭이로 내리쳤습니까? 누가 그의 무덤을 팠습니까?"

"금발처녀가 첫 혐의자요" 나는 시험삼아 대답했다.

"난 그렇게 생각하지 않습니다" 하고 퍼비스는 말했다. "이 지면은 딱딱한 진흙땅입니다. 건조해서…… 거의 벽돌 같습니다. 구덩이는 적어도 넉 자 깊이입니다. 어떤 여자도 그만한 구렁을 팔 수 없을 겁니다."

"공모자가 있었을지도 모릅니다. 아니면 스탠리 브로더스트 자신이 그 구덩이를 팠을지도 모릅니다. 정원사에게서 연장을 빌린 것은 스탠리였으니까요."

퍼비스는 어리둥절했다.

"누가 자기 자신의 무덤을 팔까요?"

"자기 무덤이 되리라고는 생각하지 않았겠지요." 나는 대답했다.

"아들을 죽일 생각이 없다고 생각하시진 않나요. 성경에 나오는 아브라함과 이삭처럼" 하고 퍼비스는 물었다.

켈시는 냉소하는 듯한 웃음을 터뜨렸다. 퍼비스는 당황하며 얼굴을 붉혔다. 그는 삽을 가지러 무덤 쪽으로 터덜터덜 걸어갔다.

퍼비스에게 얘기 소리가 들리지 않을만 할 때 켈시는 입을 열었다.

"정원사가 연장에 대해서 거짓말을 하고 있을지 모릅니다. 그 자신이 여기서 연장을 사용했을지도 모릅니다. 그가 그 처녀에게 차를 빌려 주고 거짓말한 사실을 잊지 마시오."

"그럼 프리스는 아직도 당신의 혐의자 명단에 올라 있군요."

켈시는 그의 짧은 회색 머리카락을 긁었다.

"지울 순 없죠. 난 그의 전과 유무를 조사하고 있지요."

"전과가 있나요?"

"전과라고 할 정도는 아니지만 그건 의미심장한 겁니다. 프리스는 스무 살 전에 성범죄를 저질렀죠. 첫 범행이었기 때문에 판사는 미성년법을 적용하여 그를 군 산림수용소로 보냈죠."

"무엇을 범했나요?"

"강간이죠. 그래서 난 특별한 관심을 가지고 있지요. 왜냐하면 이러한 성범죄는 때때로 방화범의 이력에 불쑥 나타나기 때문이죠. 프리스가 방화범이라는 건 아니죠…… 난 아직 증거를 가지고 있지 않으니까요. 그러나 수용소에 있을 때 그는 진화 작업에 흥미를 가졌죠. 그리고 그는 벽촌의 진화 작업을 도왔고요."

"그게 나쁜가요?"

"암시적입니다." 켈시는 엄숙히 말했다. "내 말을 어느 소방관에게도 하지 마시오. 방화범과 소방관은 때로는 형제입니다. 그들은 화재를 보면 황홀해 합니다. 명백히 프리스 스노는 화재가 황홀했기 때문에 그가 수용소를 나왔을 때 산림서의 일을 했던 겁니다."

"그가 채용되다니 놀랐는데요."

"그에게는 배경이 든든했어요. 브로더스트 대령과 그의 아내가 그를 후원했어요. 산림서는 그를 소방관으로 만들지는 않았지요. 그러나 그는 훈련을 좀 받고 불도저 운전기사가 되었어요. 사실상 그는 저 오솔길을 만드는데 힘썼어요." 켈시는 절벽 측면을 내려와서 캐니언으로 들어가는 오솔길을 가리켰다. "프리스와 그의 동료들은 일을 잘했죠……. 15년 뒤에도 아직 말짱하거든요. 그러나 그는 산림서에 오래 붙어 있지 못했어요. 부드럽게 표현하자면 개인 문제가 너무 많았지요."

"개인 문제 때문에 그는 해고당했나요?"

"난 그 이유를 모릅니다. 서류에 적혀 있지 않아서요. 내가 산림서에 근무하기 전 일이었지요."

"프리스에게 물어볼 수 있겠군요."

"글쎄 말이요. 그러나 그게 쉬운 일이 아닙니다. 어제 오후에 난 그에게 다시 얘기를 하려고 했는데 프리스 어머니가 나를 집 안에 들여 주지를 않아요. 그녀는 실의에 빠진 아들을 마치 사나운 암코양이처럼 가로막고 있어요."

"아마 나는 집안에 들여 주겠죠. 난 하여튼 프리스의 어머니와 얘기하고 싶소. 노스리지에서 피살된 앨 스위트너가 지난 주에 스노 씨 부인에게서 돈을 얻어갔어요."

"얼마나요?"

"그녀에게 물어 봐야죠." 나는 손목시계를 보았다. "지금 10시 15분이오. 2시에 그녀 집 앞에서 만날 수 있겠어요?"

"안되겠는걸" 하고 켈시는 말했다. "난 이 시체의 예비검사를 빨리 해치우고 싶어요. 당신은 프리스와 얘길 하시오. 프리스가 품고

171

있는 모든 공포심에는 이유가 있죠."

켈시의 목소리는 싸늘했다. 그는 공포심에 대해서 얘기는 했지만 그러한 감정을 실제로 경험하지는 못한 것 같았다. 그가 불이 난 원인을 조사하게 된 이유는 아마도 프리스와 같은 사람들이 다혈질의 격렬하고 어리석은 범죄를 저지르는 원인을 이해하고 싶은 욕구이리라고 나는 생각했다.

"그가 강간한 여자는 누구였소?"

"누군지 모르겠어요. 이 사건은 소년원에서 취급되었고 그 기록은 밀봉되어 있어요. 난 그 얘기를 법원의 옛 직원에게서 들었죠."

19

진은 마치 죽음에 대하여 실감이 나지 않는 듯 남편의 얼굴을 내려다보고 있었다. 퍼비스가 삽을 어깨 위에 메고 터덜터덜 돌아왔을 때 그녀는 소스라치게 놀라 비켜 섰다. 퍼비스는 조용히 그리고 조심스럽게 삽을 내려놓았다.

그는 제복의 윗호주머니의 단추를 끌러 스탠리라는 이름을 금박으로 새긴 검은 가죽지갑을 꺼냈다. 지갑 속에는 운전면허증, 신분증, 회원증 등과 3달러가 들어 있었다.

"별로 남은 게 없군요" 하고 젊은이는 말했다. 나는 그의 목소리에 감회가 섞여 있는 것에 마음이 쓰였다.

"스탠리 브로더스트와 아는 사이였나요?"

"초등학교 때부터 그와 아는 사이였지요."

"나는 그가 사립학교에 다닌 걸로 아는데요."

"초등학교를 그만두고 사립학교로 옮겼지요. 그해 여름에 무슨 일이 있었지요. 그래서 그의 어머니가 그를 특수학교에 넣었어요."

"그의 아버지가 집을 나간 해의 여름인가요?"

"맞습니다. 스탠리는 생전에 운이 나빴어요." 그는 두려운 듯이 말했다. "초등학교 때 난 늘 그를 부러워했어요. 그의 집안은 돈이 많았고 우린 가난했으니까요. 그러나 난 다시는 그를 부러워하진 않을 거요."

나는 진을 찾았다. 그녀는 마구간 쪽으로 걸어가서 어떤 탈출 수단을 찾고 있는 것 같았다. 진의 행동을 보니 전날에 보았던 겁에 질린 암사슴이 떠올랐다. 그러나 그녀 옆에는 새끼사슴이 없었다. 내가 그녀가 서 있는 곳에 이르렀을 때 그녀는 재가 되어 버린 차 옆에 서 있었다.

"이게 우리가 타고 온 차였나요?"

"그럴 겁니다."

"아처 씨, 차편이 있나요? 전 여길 떠나야겠어요."

"어딜 가시고 싶으세요?"

"엘리자베스 부인댁에요. 전 병원에서 밤을 새웠어요."

나는 켈시에게 우리의 행방을 얘기하고 나중에 병원의 병리실에서 만나자고 말했다. 진과 나는 비탈길을 올라갔다. 진은 재빨리 마치 현재 상황에서 탈출하려고 애쓰는 여자처럼 앞장을 섰다.

내 차가 서 있는 야외관람석 가까이에 숱한 합판 테이블이 X자형 가대(架臺) 위에 놓여 있었다. 백 명도 넘어 보이는 사람들이 테이블에 앉아서 식량 운반자가 차려 주는 멀건 스튜를 먹고 있었다.

우리가 지나갈 때 그들 대부분이 우리를 쳐다보았다. 휘파람을 부는 녀석들이 있는가 하면 더러는 박수를 치는 녀석도 있었다. 진은 고개를 숙이고 지나갔다. 진은 마치 추격을 당한 것처럼 내 차 속으로 뛰어들었다.

"제 잘못이어요." 진은 자신을 욕하듯이 말했다. "전 이런 옷을 입고 있어서는 안 되었어요."

우리는 마을의 변두리를 멀리 돌았다. 나는 그녀의 남편에 관한 질문을 하려고 애썼다. 그러나 그녀는 대답하지 않았다. 그녀는 고개를 숙이고 앉아서 무슨 생각에 잠겨 있었다.

우리가 브로더스트 씨 부인의 캐니언에 들어갔을 때 그녀는 자세를 똑바로 하고 주위를 두리번거리기 시작했다. 산불은 캐니언 입구 가까이까지 내려와 있었고, 숲이나 비탈 덤불 위에도 불에 그슬린 자국을 남기고 있었다.

캐니언 이스테리츠의 대부분의 집들은 무사했다. 몇 채만이 아무렇게나 골라잡은 것처럼 타 있었다. 한 집에서는 돌 벽난로와 비너스의 조각상이 돌부스러기와 불에 그슬린 파이프들 사이에 남아 있었다. 남녀가 잿더미를 헤치고 있었다.

우리가 캐니언으로 깊숙이 들어갈수록 여전히 군데군데 집들이 산불에 타고 있었다. 브로더스트 씨 부인의 녹나무는 피해를 입지 않은 것 같았다. 그러나 그 너머 올리브 나무는 불에 타서 검어졌다. 이 집의 타일 지붕 위에 솟은 유칼리나무는 가지와 잎을 모두 잃었다. 헛간도 타 버리고 없었다. 집 자체는 그을렸지만 불이 붙지는 않았다.

진에게 열쇠가 있어서 우리는 함께 집 안으로 들어갔다. 집을 잠가 뒀기 때문에 실내는 탄내로 가득 찼고 사람이 안 사는 집 같았다. 낡아빠진 빅토리아조의 가구는 쓰레기더미가 될 듯이 보였다.

유리 상자 속에 들어 있는 새들도 한창 때가 지나간 것처럼 보였다. 딱따구리의 유리 눈은 한쪽밖엔 없었다. 개똥지빠귀는 가슴털의 붉은 빛깔이 퇴색해 버렸다. 그들은 사멸한 세상에 목숨을 빌려 주지 않으면 안 되었던 모조품처럼 보였다.

"실례하겠어요" 하고 진은 말했다. "검은 옷을 찾아봐야겠어요."

그녀는 집의 다른 쪽으로 사라졌다. 나는 딴 사건에서 나와 함께 일했던 샌프란시스코의 탐정 월리 머키를 부르기로 했다. 전화를 찾느라고 거실 옆에 붙은 굴속 같은 방으로 들어갔다. 벽에는 조상들의 철판 사진이 걸려 있었다. 두껍게 썬 양고기와 같은 구레나룻을 기르고 높은 깃이 달린 칼라를 맨 한 사나이가 검은 사진들에서 나를 내려다보고 있었다.

그의 표정은 나에게 브로더스트 부인을 상기시켰다. 그러나 그 표정만으로는 내가 브로더스트 부인을 이해하는 데 도움이 되지 않았다. 내가 아는 브로더스트 부인은 젊고 박력이 있었는데 갑자기 병들고 비틀거렸다. 이러한 양면 사이의 간격을 메꾸어 주는 무엇이, 다시 말하면 그녀의 남편이 그녀를 버린 이유나 아니면 그녀의 아들이 그녀를 버릴 수 있었던 이유를 설명해 주는 무엇이 나에게 필요했다.

방에는 드러눕고 싶은 검은 가죽 소파와 양쪽에 서랍이 달린, 윤나는 벗나무로 만든 책상이 가장 먼저 눈에 띄었다. 책상 위에는 전화가 있었고 전화 밑에 낡은 가죽 서류철이 있었다.

나는 책상 앞에 무릎을 뻗고 편히 앉아서 샌프란시스코의 기어리 스트리트에 있는 월리 머키의 사무실에 전화를 걸었다. 당직 여직원이 그의 사무소가 있는 빌딩의 맨 위층에 있는 그의 아파트로 돌렸다.

아주 비사무적인 듯한 여자의 대답이 있는 뒤 월리가 전화를 받았다.

"나중에 걸어 주게, 루. 지금 한창 연애하는 중이야."

"그럼 자네가 전화를 걸게" 하고 나는 브로더스트 씨 부인의 전화번호를 대 주었다.

그러고 나서 나는 전화기를 들고 그 밑에 있는 가죽 서류철을 펴보았다. 서류철 속에 풀스캡 판 용지가 여러 장 있었고, 누렇게 변해 가는 구겨진 종이 위에 잉크로 그린 퇴색한 지도가 한 장 있었다. 그

지도 위에는 산타 테레사 해안의 절반이 나타나 있었고 그 뒤에는 사람이나 동물의 지문과 비슷한 비탈과 산이 대략 기입되어 있었다. 이 지도의 위쪽 오른편 구석에 누가 이렇게 써 놓았다.

　　미국 토지위원회
　　로버트 드리스콜 폴크너
　　전 산타 테레사 파견단
　　1886년 6월 14일 사무소 보관 존 베리

윗장은 달필인 스펜서 체의 필적으로 적혀 있었다. '엘리자베스 폴크너 브로더스트 기술 회상(回想)'이라는 제호 아래 다음과 같이 기록되어 있었다.

'산타 테레사 군(郡) 역사학회는 나의 가문에 관한 약간의 기록을 나에게 요청해 왔다. 나의 조부 로버트 드리스콜 폴크너는 매사추세츠 주의 학자 및 사업가의 아들이며 루이 아가시의 제자였다. 로버트 드리스콜 폴크너는 북군으로 싸웠고, 1863년 5월 3일에 챈슬러즈빌 전투에서 중상을 입었다. 그러나 그분은 오래 사시고 그 얘기를 나에게 들려줬다.

그분은 요양차 태평양 해안으로 와서 일부분은 매입으로, 그러나 대부분은 혼인으로 해서 수천 에이커 땅의 소유권을 얻었다. 이 토지는 나중에 폴크너 농장으로 알려지게 되었다. 이 농장의 대부분은 본래 교회 재단 토지의 일부분이었으나, 1834년에 이미 국유화되었고 멕시코 토지 교부 지역 일부분이 되었다. 이것은 나의 조모로부터 조부에게 이어서 나의 부친 로버트 폴크너 2세에게 상속되었다.

내가 나의 선친에 관해서 객관적으로 기록한다는 것은 쉬운 일이 아니다. 그분은 폴크너 부계로서는 세 번째로 하버드대학에 다녔다. 그분은 농장주이자 사업가였지만 그 이상으로 생물학자이기도 했다. 나의 선친은 집안의 재산을 낭비한다는 비난을 받았다. 선친은 이에 대해서 자기에게는 더 중요한 일이 있다고 답변했다. 그분은 저명한 아마추어 조류학자가 되었으며 산타 테레사 지역에서 발견된 조류의 목록을 최초로 작성했다. 그분이 이 지방 또는 다른 지역에서 수집한 조류의 박제는 산타 테레사 박물관 조류 수집품의 핵심이 되었다.'

여기서 스펜서 식의 익숙한 필적은 어지러워지기 시작했다.

'나는 나의 선친이 명금(鳴禽)을 마구 죽였는데 그 까닭이 살생을 좋아했기 때문이라는 소문을 들었다. 이것은 터무니없는 거짓말이다. 그분은 오로지 과학적 이유로, 다시 말하면 조류의 반문 얼룩무늬가 순식간에 사라지는 아름다움을 보존하기 위하여 새를 죽였다. 그분이 사랑하는 화려하고 귀여운 날짐승들을 죽이지 않을 수 없었던 것은 과학 때문이었다.

나는 이 사실을 개인적 관찰에서 증명할 수 있다. 나는 선친을 따라 국내 및 외국으로 탐험 여행을 숱하게 했다. 휘파람새나 지빠귀새의 시체를 들고 넋놓고 우는 것을 내가 본 적도 여러 차례였다. 때로는 우리는 함께 울었다. 우리 캐니언의 숲이 우거진 깊숙한 곳에 숨어서. 그분은 선량한 분이었고 동시에 사격의 명수였다. 그는 죽음의 선물을 순식간에 고통 없이, 실수 없이 보냈다. 로버트 드리스콜 폴크너 2세는 사람으로 변장하여 지상에 강림한 신 같은 존재였다.'

끝으로 갈수록 필적을 엉망이었다. 그 필적은 마치 패배한 군대처럼 줄친 누런 책장을 헤매고 있었다. 나는 책상 서랍을 뒤지기 시작했다. 오른편 맨 위 서랍은 청구서로 꽉 차 있었다. 그중의 몇 장은 여러 달 동안 지급되지 않은 채로 있었다. 그리고 그 청구서 위에는 '즉시 지불해 주시면 고맙겠습니다.' 또는 '이 이상 지불이 지연되면 변호사의 신세를 지게 될 것입니다'라는 쪽지가 붙어 있었다.

둘째 번 서랍 속에서 나는 낡은 목제 총 상자를 발견하고 열어 보았다. 한 쌍의 독일제 타깃 권총이 상자의 맵시 있는 펠트 안감 속에 딱 맞게 들어 있었다. 권총은 낡은 것이었으나 기름칠이 되어 있어서 이상한 푸른 보석처럼 반짝거리고 있었다.

나는 상자에서 권총을 하나 집어 한 손에 들고 무게를 가늠해 보았다. 가뿐하면서도 중심이 잘 잡힌 권총이었다. 나는 구레나룻을 기른 남자의 사진에 권총을 겨누었다. 그러나 나는 바보짓을 하고 있다는 생각이 들었다. 나는 창가에 가서 더 좋은 과녁이 없는가 하고 찾았다.

새라고는 없었다. 그러나 시멘트로 고정시킨 금속제 기다란 막대기 위에 원형의 조류 사육장이 있었다. 한 마리의 쥐가 사육장에 남은 곡식알을 먹고 있었다. 나는 총알이 들어 있지 않은 권총을 쥐에게 겨누었다. 쥐는 막대기를 타고 내려가 시꺼먼 산골짜기로 사라졌다.

20

"새장에다가 무얼 하고 계시는 거죠?" 진은 내 뒤에서 물었다.
"게임을 하고 있지요."
"제발 집어치우세요. 엘리자베스 부인은 당신이 총을 만지는 걸 싫어하실 거예요."
나는 권총을 상자에 도로 넣었다.

"예쁜 한 쌍이군요."

"전 그렇게 생각하지 않아요. 전 총이라면 모두 싫어요."

그녀는 말을 멈췄다. 그러나 눈을 보면 그녀에게는 할 말이 많은 것 같았다. 그녀는 밝은 빛깔의 옷을 검은색으로 바꿔 입었다. 이 옷은 그녀의 무릎을 덮긴 했으나 그녀의 몸에 맞지는 않았다. 그녀는 나에게 다시금 여배우를 상기시켰다. 이번에는 늙은 여자 역을 맡은 젊은 여자가 떠올랐다.

"괜찮게 보여요?"

그녀의 물음은 마치 남편을 잃었고 자식이 행방불명이기 때문에 자기 자신이 누군가를 의심하고 있는 것처럼 불안하게 들렸다.

"변함이 있을 리가 없지요."

그녀는 이 찬사가 마치 자기를 모욕하기라도 한 듯 소파로 물러가 종아리를 검은 스커트 밑으로 끌어올려 완전히 감추었다.

나는 권총 상자를 닫고는 그것을 밀어 놓았다.

"이건 브로더스트 부인 아버지의 권총인가요?"

"네, 엘리자베스 부인의 아버지 것이었어요."

"이걸 쓰시나요?"

"지금은 쓰지 않아요. 권총은 시할아버지의 귀중한 유물이에요. 이 집에 있는 건 모두가 유물이라 할 수 있죠. 저 자신도 유물인 것같이 느껴져요."

"이건 엘리자베스 부인의 옷입니까?"

"맞아요."

"당신은 이 집에서 살 생각입니까?"

"그럴지도 몰라요. 이 집은 내 기분에 맞아요."

그녀는 고개를 수그리고 앉아서 귀를 기울이고 있었다. 마치 검은 옷이 우주복처럼 안테나 장치가 되어 있는 듯이.

"엘리자베스 부인은 늘 많은 새를 쏘았어요. 그녀는 스탠리에게 쏘는 법을 가르쳤어요. 얘기는 안했지만 그게 스탠리에겐 괴로웠을 거예요. 그의 어머니도 역시 괴로웠나봐요. 그녀는 내가 시집오기 오래 전에 총 쏘는 걸 그만두었어요. 그러나 저의 아버지는 총질을 그만두지 않았어요." 그녀는 난데없는 말을 꺼냈다. "적어도 어머니가 아버지와 함께 사는 동안은요. 저의 아버지는 동물을 쏘는 걸 좋아했어요. 어머니와 저는 아버지가 쏘아죽인 메추라기와 비둘기 털을 뽑았어요. 어머니가 아버지와 헤어진 뒤로는 전 아버지를 만나러 간 적이 없어요."

그녀의 얘기는 스탠리의 가족에서 자기 자신의 가족으로 껑충 뛰었다. 그 까닭을 생각하면서 나는 물었다.

"당신은 지금 가족에게 돌아갈 생각입니까?"

"제겐 가족이 없어요. 어머니는 재혼하여 뉴저지에 살고 계세요. 아버지는 바하마 섬에서 낚싯배를 운영하고 있다는데 그게 마지막 소식이었어요. 어쨌든 전 두 분과 얼굴을 맞댈 수 없을 거예요. 그들은 모든 책임을 저에게 지울 거예요."

"왜요?"

"그러실 수밖에 없을 겁니다. 왜냐하면 전 집을 나와 학교를 끝냈으니까요. 두 분은 제가 하는 행동에 찬성하지 않았어요. 계집애는 부모 말대로 해야 하는 것이라고 하셨어요."

그녀의 목소리는 분노로 돌처럼 차가웠다.

"그럼 모든 책임을 누가 집니까?"

"물론 저 자신이 져야죠. 그러나 스탠리에게도 책임이 있어요." 그녀는 눈을 다시 내리깔았다. "끔찍한 말인 줄은 알고 있어요. 전 스탠리가 그 여자와 좋아지내는 것은 용서할 수 있어요. 그리고 아버지를 찾는다는 어리석은 짓들도. 그러나 그는 왜 로니를 데리고 가야만 했을까요?"

"그는 어머니에게서 돈을 뜯어내려고 했었지요. 그 일 때문에 로니를 할머니에게 데려간 거예요."

"어떻게 그런 줄 아시죠?"

"엘리자베스 부인이 그렇게 말하던데요."

"그러실 거예요. 그분은 냉정한 여자입니다."

그녀는 집안의 위신을 변명하듯이 덧붙여 말했다. "전 그런 말을 해선 안 되죠. 그분은 많은 고민을 했어요. 그리고 스탠리와 저는 그분에게 별로 위로가 되지 않았고요. 우린 많은 것을 받기만 하고 별로 드리지는 못했어요."

"무엇을 받았나요?"

"돈을 받았죠."

그녀는 자기 자신에게 화를 내고 있는 것 같았다.

"엘리자베스 부인에겐 돈이 많나요?"

"물론 많죠…… 그분은 부자예요. 캐니언 이스테이츠 개발로 한 재산 모았을 거예요. 게다가 수백 에이커의 땅을 물려받았고요."

"이 땅은 몇 에이커의 녹나무숲 외는 별로 생산성이 없습니다. 그리고 지불하지 않은 청구서가 많던데요."

"그게 바로 그분이 부자니까 그러는 거예요. 부유한 사람들은 청구서를 제때에 지불하지 않아요. 저의 아버지도 리노에서 운동기구상을 했는데 지불할 능력이 있어도 가만히 있다가 상대편이 돈을 받기 위해 소송을 걸겠다고 위협을 해야 그때에 가서 결제를 하곤 했어요. 엘리자베스 부인은 조부모님의 부동산에서 1년에 수천 달러가 생겨요."

"1년에 몇 천 달러라구요?"

"전 확실히 모릅니다. 돈 얘기는 안 하시거든요. 그러나 수천 달러

씩 생기는 것은 확실해요."

"그분이 세상을 떠나면 누가 상속을 받지요?"

"그런 말 마세요." 진은 겁을 먹고 미신에 사로잡힌 것 같았다. 그녀는 보다 더 억제된 목소리로 덧붙여 말했다. "닥터 제롬의 말을 들으면 시어머니는 괜찮답니다. 과로와 긴장 때문에 병이 나셨다고 해요."

"애긴 제대로 할 수 있나요?"

"물론이죠. 그러나 저 같으면 오늘 그분을 만나지 않을 거예요."

"난 닥터 제롬에게 문의하겠소" 하고 나는 말했다. "그러나 당신은 나의 질문에는 대답하지 않았소. 그분이 세상을 떠나면 누가 상속을 받습니까?"

"로니가 받아요." 그녀의 목소리는 낮았으나 그녀의 몸은 억제할 수 없는 감정으로 긴장했다. "당신은 돈 받을 걱정을 하시나요? 그 때문에 로니를 찾으러 나가지 않고 여기서 머뭇거리는 겁니까?"

나는 그녀의 질문에 대답하려고 하지 않고 앉은 채 한동안 고개를 돌리고 있었다. 분노와 비애가 그녀의 내부에서 마치 전류처럼 교차했다. 그녀는 분노를 자기 자신에게 터뜨렸다. 스커트의 가장자리를 두 손으로 쥐고 찢을 듯이 잡아당기고 있었다.

"그만두세요, 진."

"왜 그만둬요? 전 이 옷이 싫어요."

"그럼 벗어버리고 딴 옷을 입으세요. 당신은 자제심을 잃어서는 안 됩니다."

"전 기다리지 못해요."

"한동안은 지체될지도 모르지만 기다려야 합니다."

"우리가 할 수 있는 일이 더는 없나요? 나가서 로니를 찾아낼 수 없나요?"

"당장은 안 되죠. 그전에 조사해야 할 것들이 너무나 많아요." 그녀의 표정이 하도 풀이 죽어 있기 때문에 나는 덧붙여 말했다. "그러나 나에겐 한두 가지 단서가 있습니다."

나는 스탠리 아버지와 킬패트릭 씨 아내의 사진이 난 광고문을 꺼냈다.

"이걸 본 적이 있나요?"

그녀는 신문기사를 내려다보았다.

"전 얼마 전에 보았어요. 스탠리는 그걸 나에게 얘기하지 않고 〈크로니클〉지에 냈어요. 지난 6월에 우리가 샌프란시스코에 갔을 때예요. 그는 어머니에게도 얘기하지 않았어요. 그래서 어머니가 보셨을 때 노발대발하셨죠."

"왜요?"

"옛날의 스캔들을 지금 되살리려고 한다고 말씀했어요. 그러나 그것에 대해서 꺼리는 사람은 그분과 스탠리 외에는 아무도 없어요."

그러나 제리 킬패트릭도, 제리의 아버지도, 그리고 아마 그 여자 자신도 꺼리고 있으리라고 나는 생각했다.

"이 여자가 누군지 아세요?"

"엘리자베스 부인의 말을 들으면 그 여자 이름은 킬패트릭이었어요. 그녀는 지방 부동산 중개업자 브라이언 킬패트릭과 결혼했어요."

"그와 엘리자베스 부인과의 사이는 어떻습니까?"

"사이가 아주 좋아요. 그들은 캐니언 이스테이츠의 동업자 아니면 공동 투자자입니다."

"킬패트릭의 아들 제리에 대해서는요?"

"전 그에 대해선 몰라요. 어떻게 생겼죠?"

"그는 긴 적갈색 머리털과 수염을 기른 열아홉 살 가량의 호리호리한 청년이에요. 대단히 감정적이지요. 그는 지난밤 나의 머리를 권총으로 후려갈겼다오."

"그가 로니를 요트로 납치했나요?"

"바로 그요."

"그렇소, 그를 알 것 같아요."

그녀는 한참 동안 기억을 더듬고 있었다. 마치 머릿속에서 덧셈을 하고 있는 듯이.

"그땐 그는 수염을 기르지 않았어요. 지난 6월의 어느 날 밤 우리 집에 왔어요. 전 그를 잠깐 보았을 뿐이에요. 스탠리는 그를 서재로 데리고 들어가서 문을 닫아 버렸어요. 그때 그가 그 신문 기사를 가져 왔을 거예요." 그녀는 고개를 들었다. "그는 우리에게 보복하려고 했을까요? 그의 어머니가 스탠리의 아버지와 눈이 맞아 도망을 쳤기 때문일까요?"

"가능한 일입니다. 제리의 관심은 정말로 그 어머니에게 있을 겁니다. 사실상 그는 지금쯤 어머니를 찾고 있는 중일지도 모릅니다."

"그럼 우린 제리의 어머니를 찾아야 하겠군요" 하고 진은 말했다.

"나도 당신과 동감이오. 만약에 내가 정보 제공자의 말을 믿는다면 킬패트릭 씨의 전처는 샌프란시스코의 남쪽 반도에서 살고 있습니다."

그녀는 그 유일한 단서에 매달렸다.

"그곳에 가 주시겠어요? 오늘?"

그녀의 얼굴에 활기가 돌아오고 있었다. 나는 그녀에게 실망을 주기 싫었다.

"난 확실한 것을 알기 전에는 여기에 있는 게 좋겠어요. 제리는 작년에 엔세네다 반도의 요트 경주대회에 출전했소. 그래서 그는 그 방향으로 갔을지 모릅니다."

"멕시코로요 ?"

"많은 젊은이들이 끝장에는 그곳에 갑니다. 그러나 반도에 있다는 단서는 검토를 할 필요가 있어요."

그녀는 일어섰다.

"제가 가겠어요."

"안 됩니다. 당신은 여기 계셔야 해요."

"이 집에 있으라구요 ?"

"어쨌든 이 마을에 계셔야죠. 이건 몸값을 받기 위한 유괴는 아닐 거예요. 그러나 만약에 그렇다면 그들은 당신과 접촉하려고 할 겁니다."

그녀는 전화가 방금 걸려온 것처럼 전화를 쳐다보았다.

"전 돈이 없어요."

"당신은 방금 브로더스트 부인의 돈 얘기를 했소. 당신은 돈을 마련할 수도 있습니다. 사실상 당신이 먼저 그 문제를 꺼내 주어서 난 기쁩니다."

"내가 당신에게 보수를 지불하지 않았기 때문인가요 ?"

"난 돈을 못 받을까 걱정은 하지 않아요. 그러나 앞으로 곧 현금이 얼마큼 필요할 겁니다."

진은 다시 안절부절못하고 있었다. 몸에 맞지 않은 검은 옷을 입고서 화를 내며 거북스럽게 말했다.

"전 엘리자베스 부인에게 돈 부탁을 하지는 않겠어요. 물론 전 취직할 수도 있고요."

"당분간 취직은 현실적인 얘기가 되지 못합니다."

그녀는 내 앞에서 걸음을 멈추었다. 우리는 서로 빠르게 찌르는 듯한 눈길을 주고받았다. 우리는 아마도 강적이 되거나 아니면 친구가 될 수 있었다. 그녀 자신의 결혼 생활이나 과부 생활의 범위 밖에서

185

얻은 분노의 열이 깊고 뜨거운 온천처럼 그녀의 내부에 쌓여 있었다.

그녀는 더욱 자신 있는 목소리로 대꾸했다.

"현실적 얘기를 하자면 제 아들을 돌아오게 하기 위해서 어떻게 하시려는 겁니까?"

"난 샌프란시스코에서 탐정업을 하고 있는 윌리 머키라는 남자로부터 전화를 받기로 되어 있어요. 그는 샌프란시스코 항만 지역을 샅샅이 알고 있지요. 난 그의 협력을 얻고 싶소."

"그렇게 하세요. 전 돈을 조달하겠어요." 그녀는 돈뿐만 아니라 다른 일들에 대해서도 결심을 한 것 같았다. "그럼 당신은 무슨 일을 하시게 됩니까?"

"기다리고…… 그리고 질문을 합니다."

그녀는 초조한 몸짓을 하고 다시 소파에 걸터앉았다.

"당신은 오로지 질문만 하시는군요."

"나도 질문에는 지쳤습니다. 때로는 묻지 않아도 얘기해 주는 사람이 있는데 당신은 그런 분이 아니오."

그녀는 나를 못 미더운 듯이 쳐다보았다.

"그것도 질문이죠?"

"정확히 말해서 질문이 아닙니다. 난 당신이 이상한 결혼을 했다고 생각하고 있었소."

"그러면 당신은 그 이상한 얘기를 해 주기를 바라시는군요."

"얘기하신다면 반갑게 듣고말고요."

"꼭 해야 할 이유가 있나요?"

"있고말고요. 당신은 이 사건에 나를 끌어들였으니까요."

이 사건을 상기시키자 그녀의 분노가 다시 고개를 들었다. 분노는 폭발 직전이었다.

"전 남의 일을 엿보는 사람들을 늘 만났지만 당신은 남의 말을 엿듣는 사람이죠?"

"당신은 무얼 부끄럽게 여기는 거지요?"

"전 부끄러울 게 없어요." 하며 그녀는 화를 냈다. "저의 일에 간섭 마세요. 전 얘기하고 싶지 않아요."

나는 2, 3분 동안 말없이 앉아 있었다. 나는 그녀를 얼마쯤 좋아하고 있지 않은가 하고 생각했다. 그 이유 중의 하나는 그녀가 로니의 어머니이기 때문이거나 또는 그녀가 아름답고 젊기 때문이다. 꼭 조이는 검은 옷 속에 담은 그녀의 몸뚱이는 한없이 매섭게 보였다.

그러나 그녀는 과부이기 때문에 내가 들어갈 수 없는 원형의 그림자가 그녀 주위에 둘러쳐진 것 같았다. 게다가 나는 그녀 나이의 거의 두 배라는 것도 잊지 않았다.

그녀는 솔직한 눈으로 나를 쳐다보고 있었다. 마치 그녀는 나의 생각을 귀로 들은 것 같았다.

"전 시인하기 싫어요." 그녀는 말문을 열었다. "저는 지금까지 시인한 적이 없어요. 저의 결혼은 실패였어요. 스탠리는 자기 자신의 세계에 살고 있었고, 저는 그의 세계에 들어갈 수가 없었어요. 그가 살아 있다 해도 아마 지금 제가 한 말과 똑같은 말을 했을 거예요. 그러나 실제로 우리는 그 문제에 대해 이야기해 본 적이 없어요. 우린 같은 집에서 별개의 생활을 해 왔지요. 저는 로니의 뒤를 보살폈고, 스탠리는 아버지를 찾는 일에 더욱 열중했어요. 저는 때때로 밤늦게 스탠리 방에 들러 보곤 했어요. 그때 스탠리는 서재에서 일을 하고 있었어요. 때로는 그는 사진과 편지를 넘기면서 앉아 있었지요. 그의 표정은 돈을 세고 있는 사람과 같았어요." 그녀는 재빨리 일그러진 미소를 지어 보였다. "그러나 전 그를 업신여겨서는 안 되었어요." 하며 그녀는 덧붙였다. "전 모든 걸 더욱더 진지하게 생각해야 했어요. 라이시먼 목사님은 저에게 그러한 충고를 하셨어요. 그분은 스탠리가 잃어버린 자기 자신을 찾고 있다고 말씀하셨는데 그분 말씀이 옳았다는 걸 전 지금 깨달았어요."

"라이시면 목사님과 얘기하고 싶군요."

"저도 얘기하고 싶어요. 그러나 불행히도 그분은 세상을 떠나셨어요."

"무슨 병으로 세상을 떠나셨나요?"

"노령으로요. 전 정말로 그분이 아쉬워요. 좋은 분이었어요. 이해심이 많았어요. 그런데 전 그분 말씀을 귀담아 듣지 않았어요. 전 화가 났고 질투하고 있었어요."

"질투라니요?"

"스탠리와 시부모와 시부모의 파경에 질투를 했어요. 전 마치 시부모의 파경이 우리의 결혼과 경쟁을 하고 있는 것처럼 느꼈어요. 스탠리는 더욱 과거 속에 들어가고 있었고 혹시 제가 좀더 강경히 말렸더라면 그를 막았을지도 몰라요. 그러나 때가 너무 늦었어요. 그가 〈크로니클〉지에 실은 광고 때문에 이번 불상사가 일어나지 않았나해요."

나는 그녀에게 대답할 필요가 없었다. 전화벨 소리가 울렸다. 윌리 머키였다.

"여보게, 루, 임무 완료. 이제부터 무얼 도와줄까?"

"난 40대 가량의 여자를 찾고 있네. 15년 전에 산타 테레사를 떠날 때의 이름은 엘린 스트롬 킬패트릭. 그녀는 리오 브로더스트라는 남자와 여행하고 있었네. 그가 그녀와 지금 살고 있는지 또는 살고 있지 않는지는 모르지만 통보자 말을 들으면 그녀는 샌프란시스코 근방의 반도에서 한 쌍의 탑이 있는 2, 3층 높이의 고가(古家)에 머물고 있다네. 그 집 주위에는 참나무와 소나무……."

"더 정확한 정보를 줄 수 없나? 그 반도에는 나무가 많으니까."

"일 주일 전 근처에 그레이트 데인 종의 개가 있었네."

"엘린의 경력은 어떤가?"

"그녀는 산타 테레사의 부동산 중개업자 브라이언 킬패트릭의 이혼한 아내야. 그녀는 스탠포드 대학 졸업생이라고 그가 나에게 얘기하더군."

윌리는 만족하다는 딸깍 소리를 냈다.

"우린 팔로 알토에서 출발해야겠군. 스탠포드 졸업생은 비둘기가 집에 돌아가듯이 거기로 돌아가니까 말이야. 엘린 스트롬 킬패트릭의 사진을 가지고 있나?"

"나에겐 6월 하순경 〈크로니클〉의 광고에 나온 게 한 장 있네. 이 사진은 그들이 샌프란시스코에 도착했을 때, 즉 15년 전의 그녀와 리오 브로더스트의 사진이야. 그때 그들은 랠프 스미스 부부라는 이름을 썼네."

"내 서류철에 그 광고문이 있을걸" 하고 윌리는 말했다. "내 기억으론 상금이 천 달러였어."

"자넨 돈에 대한 기억력이 좋군."

"맞았네. 난 방금 다시 결혼했네. 상금에는 내 몫도 있나?"

"불행하게도 상금을 건 사람이 죽었어" 하고 스탠리의 피살 경위 등을 그에게 얘기했다.

"왜 엘린이 그렇게 중요한가?"

"난 그 여자에게 물어보고 싶은 얘기가 있네. 하지만 자넨 그 여자에게 물어선 안 되네. 그녀를 찾으면 나에게 알려 주게."

나는 그에게, 그리고 진에게 작별 인사를 했다. 그녀의 기분은 바뀌었다. 그녀는 내가 자기를 혼자 두고 가는 것을 원하지 않았다. 그 집 현관문을 나가기도 전에 나는 그녀의 성난 울음소리를 들을 수가 있었다.

21

스노 부인이 사는 거리에는 자카란다 꽃송이가 다홍빛 구름처럼 가지마다 달려 있었다. 나는 차에 앉은 채 꽃을 보고 있었다. 햇볕에 탄 애들이 이웃집 안마당에서 놀고 있었다.

스노 부인댁 창문의 커튼이 경련을 일으킨 눈시울처럼 실룩거렸다. 이어 그녀가 집에서 나와 내 차에 가까이 왔다. 갑옷 비슷한 빛 바랜 비단옷을 걸친 그녀는 얼굴에 분을 발라 하얗게 화장을 하고 있는 폼이 귀한 손님을 기다리고 있는 듯했다. 그녀가 기다리던 손님은 분명히 내가 아니었다. 그녀는 격분을 억누르며 말했다.

"당신에겐 이런 짓을 할 권리가 없어요. 당신은 우리들을 괴롭히고 있어요."

나는 차에서 나와 모자를 벗어들고 서 있었다.

"괜히 그러는 게 아닙니다. 스노 부인. 아드님은 중요한 증인입니다."

"그러나 변호사 없이는 그 애는 얘기할 수 없어요. 나도 그 정도의 법은 알고 있어요……. 그 애는 전에 사고를 낸 적이 있어요. 그러나 이번에는 갓난애처럼 죄가 없어요."

"아주 결백합니까?"

그녀는 미소조차 짓지 않고 선 채로 입구를 막고 있었다. 무슨 일이 벌어질 것을 예감한 이웃집 노인들이 조용히 바깥으로 나왔다. 그들은 마치 관객이 몰리듯 우리 쪽으로 걸음을 옮기고 있었다.

그들을 바라보는 스노 부인의 분노에 찬 시선에는 공포의 기색이 감돌았다.

그녀는 나에게 말했다.

"굳이 얘기해야겠다면 안으로 들어와요."

그녀는 나를 조그마한 문간방으로 데리고 들어갔다. 브로더스트 부인이 쏟았던 홍차 자국이 묵은 범죄의 증거물처럼 카펫을 더럽히고 있었다.

스노 부인은 선 채 나를 세워 놓고 있었다.

"프리스는 어디 있습니까?"

"내 아들은 제 방에 있어요."

"좀 나올 수 없나요?"

"그 애는 나올 수 없어요. 의사가 그 애 때문에 왕진 중입니다. 어제처럼 그 애의 정신을 온통 뒤집어 놓지 말아요."

"그의 정신은 내가 얘기하기 전에 벌써 혼란상태에 빠져 있던데요."

"알고 있어요. 그러나 당신이 악화시켰어요. 프레더릭은 감정이 약해요. 신경쇠약에 걸린 뒤부터 감정이 약해졌어요. 그리고 나는 할 수 있다면 당신이 그 애를 요양원으로 돌려보내는 걸 막을 작정이에요."

나는 몹시 치욕을 느꼈다. 그녀가 조그맣고 휘어잡기 어려운 여성이기 때문이었다. 그런데 그런 그녀는 내 앞을 가로막고 있었고 그의 아들은 그녀와는 다른 곳에 있으니 말이다.

"스노 부인, 앨 스위트너를 아십니까?"

그녀는 입술을 오므리고 고개를 흔들었다.

"난 도무지 듣지 못했어요."

그러나 안경 너머의 눈초리에는 경계의 빛이 보였다.

"지난주에 앨이 댁에 오지 않았나요?"

"왔을지도 몰라요. 난 늘 집에 있진 않았으니까요. 이름이 뭐랬죠?"

"앨 스위트너. 그는 어젯밤에 피살되었소. 로스앤젤레스 경찰 얘기로는 그가 폴삼 감옥에서 탈옥했답니다."

그녀의 검은 눈은 섬광이 비치는 야행성 동물의 눈처럼 빛났다.

"알겠어요."

"스노 부인, 그에게 돈을 주셨습니까?"

"많지는 않아요. 그에게 5달러짜리를 한 장 주었죠. 난 그가 탈옥한 줄 몰랐어요."

"왜 그에게 돈을 주셨나요?"

"불쌍해서요" 하고 그녀는 대답했다.

"그는 당신의 친구였나요?"

"그렇지 않아요. 그러나 그에겐 휘발유 값이 필요했어요."

"듣기로는 20달러를 주셨다는데."

그녀는 눈썹 하나 까딱하지 않고 나를 쳐다보았다.

"주었으면 어떻지요? 잔돈이 없었어요. 그리고 난 프레더릭이 집에 돌아올 때까지 붙들어 두고 싶지 않았어요."

"앨은 프레더릭의 친구였나요?"

"그렇지 않아요. 앨은 친구가 될 수 없었죠."

"그러나 당신은 앨을 알고 계셨죠."

그녀는 긴 흔들의자 모서리에 똑바로 걸터앉았다. 나도 옆 의자에 앉았다. 그녀는 무엇에 열중하고 있는 표정이었다. 그녀는 깊은 숨을 들이마시고 물속에 가라앉은 잠수부처럼 보였다.

"내가 그를 안다는 사실을 부정하진 않아요. 그는 어릴 때 한동안을 우리 집에서 살았어요. 그는 그때 이미 문제아였어요. 그래서 군에서는 양부모를 찾고 있었어요. 프레스튼 감화원인가였어요. 스노 씨가 아직 살아 있었을 때였죠. 우린 앨버트를 우리 집으로 데려오기로 합의를 보았어요."

"매우 관대하셨군요."

그녀는 느닷없이 고개를 흔들었다.

"그런 게 아니었어요. 우린 돈이 필요했어요. 우린 누구를 두고 싶었어요. 프레더릭을 위해서였어요. 스노 씨는 병을 앓고 있었고, 그 당시의 물가는 천정부지였어요. 하여튼 우린 앨버트를 데려와서 그에게 최선을 다했어요. 그러나 그는 벌써 망나니였어요…… 우리가 그를 바로잡기 위해서 할 수 있는 일이 별로 없었어요. 그리고 그는 프레더릭에게 나쁜 영향을 끼쳤어요. 우리가 무슨 수를 쓰기로 작정했을 때 그는 스스로 문제를 해결해 주었어요. 그는 차를 훔쳐 가지고 한 소녀와 도망을 쳤어요."

"프레더릭도 한 패였나요?"

그녀는 공기를 마시러 물속에서 떠올라 온 잠수부처럼 긴 숨을 들이마셨다.

"그 얘길 들었나요?"

"그저 조금 들었죠."

"그럼 당신은 십중팔구는 나쁘게 들었겠군요. 많은 사람이 모든 책임을 프레더릭에게 지웠어요. 왜냐하면 그가 나이가 제일 많으니까요. 그러나 앨 스위트너는 나이보다 철이 들었고 계집애도 역시 그랬어요. 계집애는 불과 열다섯 살인데 벌써 다 돼먹은 듯했어요. 프레더릭은 쉽사리 그들의 손아귀에서 놀았어요."

"그 얘길 들으셨나요?"

"알고 있었죠."

"그 애 이름은 뭐였나요?"

"마어티 니커슨, 그 애의 아버진 건축회사 직원이었죠. 그들은 이 거리의 끄트머리에 있는 모텔에서 살고 있었죠. 내가 마어티를 아는 까닭은 브로더스트 씨 부부가 파티를 베풀 때 마어티가 부엌일을 도왔기 때문이었어요. 난 그때 브로더스트 집안의 가정부였거든요. 마어티는 예쁜 계집애였지만 앙칼졌어요. 그 애가 진짜 주모자였죠. 그리고 그 애는 물론 처벌을 면했죠."

"정확히 무슨 일이 일어났습니까?"

"차를 훔쳤어요. 아까 말했지만. 마어티의 제안으로 그들은 마어티가 아는 분의 차를 훔쳤어요⋯⋯. 그분은 마어티가 살고 있는 모텔의 소유자였어요. 그러고서 셋은 로스앤젤레스로 달아났어요. 이것역시 그 계집애의 제안이었어요⋯⋯. 그 애는 영화배우가 되고 싶어했고 무척 로스앤젤레스에 가서 살고 싶어했지요. 그들은 차에서자고 음식을 훔쳐 먹으며 사흘 동안 그곳에서 버텼어요. 결국 빵을훔치다가 셋이 다 붙들렸어요."

그녀는 자기도 모르게 열을 올려 얘기하고 있었다. 마치 그 모험이아들의 모험임과 동시에 자기의 모험인 것처럼. 그녀는 그러한 감정을 깨닫자 그것을 억누르고 자신의 얼굴 위에 그런 사실을 부정하는철통 같은 표정을 억지로 지었다.

"가장 곤란했던 건 마어티 니커슨이 임신한 사실이었어요. 그 애는미성년이었어요. 프레더릭이 그 애와 성관계를 맺었음을 시인했기때문에 판사와 보호 관찰관은 그에게 가혹한 양자택일을 시켰어요.그는 성인으로서 재판을 받고 형무소에 갈 각오를 할 수도 있었어요. 아니면 그는 소년재판소에 탄원서를 내서 6개월간 산림수용소에서 보호 관찰을 받을 수도 있었지요. 변호사는 소년재판소에서대결하려고 해서는 안 된다고 말했어요. 그래서 프레더릭은 산림수용소로 갔었죠."

"다른 애들은 어떻게 되었나요?"

"마어티 니커슨은 결혼했어요. 그 애는 자기가 훔친 자동차의 주인과 결혼했어요. 그 애는 법정에 불려간 적도 없었죠."

"지금 마어티는 어디 있습니까?"

"난 정말로 몰라요. 그 남자는 군의 북부에서 사업을 하고 있어요.

내가 알고 있는 건 마어티는 그곳에서 그 남자와 함께 살고 있다는 거예요."

"남편 성은 무엇입니까?"

그녀는 이 질문을 신중히 생각했다.

"기억이 나지 않아요. 그게 중요하다면 알아낼 수 있지요. 마어티는 첫해에 크리스마스 카드를 프레더릭에게 보내 왔어요. 이건 그녀에게 용기가 필요했을 거예요. 아마 프레더릭이 그 카드를 서랍 속에 아직도 간직하고 있을 거예요."

"앨은 어떻게 되었나요?"

"앨은 얘기가 다르죠. 앨에겐 전과가 있었거든요. 그는 이미 보호관찰을 받고 있었기 때문에 프레스튼 감화원으로 갔어요. 난 그가 감화원을 나왔을 때를 기억하고 있어요. 15년 전이었어요. 이번 여름이 지나면 말예요. 자카란다 꽃이 피기 시작한 때였어요. 그는 짐을 가지러 여기 왔어요. 나는 그의 짐을 두꺼운 종이상자에 넣어 두었어요…… 교과서가 몇 권, 그리고 군에서 교회에 갈 때 입도록 사준 푸른색 옷이 한 벌이었어요. 그러나 푸른색 옷은 몸에 맞지 않았고 그는 책엔 흥미가 없었어요. 나는 그에게 음식과 돈을 좀 주었죠."

그녀는 내가 무슨 말을 한 것처럼 고개를 흔들었다.

"나로서는 너그러운 짓이 못 됐어요. 나는 프레더릭이 다시는 그와 섞이지 못하도록 그를 쫓아내고 싶었어요. 프레더릭은 그때 산림서 일을 보고 있었어요. 나는 앨버트가 프레더릭의 직장에 간섭 못하게 하고 싶었어요. 그러나 어쨌든 일은 벌어졌어요."

"무슨 일이었나요?"

"앨버트 때문에 프레더릭은 실직했고 게다가 신경쇠약에 걸렸어요. 지금 자세히 말하고 싶지 않아요. 이미 과거의 일이니까요. 앨버트는 지난 주에 나타날 때까지 다시는 우리 집에 발을 들여 놓지 못했어요. 그런데 당신 얘기로는 그가 죽었다고요?"

"그는 어젯밤 노스리지에서 피살되었소. 우린 누가 왜 그를 죽였는지 모릅니다. 그러나 15년 전에 있었던 얘기를 해 주신다면 도움이 될 겁니다. 어떻게 해서 프리스는 앨버트 때문에 신경쇠약에 걸렸습니까?"

"그가 일으킨 말썽에 프레더릭이 말려들었어요. 늘 같은 얘기예요."

"어떠한 말썽이었나요?"

"그는 프레더릭의 트랙터를 타고 언덕을 몰고 다녔어요. 물론 트랙터는 프레더릭 것이 아니었어요. 그게 문제였어요. 트랙터는 미국 정부의 소유물이었으니까요. 프레더릭은 앨버트와 함께 연방형무소에 갈 뻔했지요. 그 결과 프레더릭은 면직되었죠. 모두가 앨버트의 잘못이었어요."

나는 안절부절못하기 시작했다.

"스노 부인, 내가 프레더릭과 얘기해도 좋습니까?"

"난 얘기하겠다는 까닭을 모르겠어요. 난 당신이 묻는 얘길 죄다 했어요. 그리고 그 애가 할 수 있는 얘기는 무엇이나 내가 얘기를 할 수 있어요."

"그렇지만 부인께서 모르지만 그가 아는 얘기가 있을지도 모릅니다."

"당신은 이해를 못하시는가 봐요." 그녀는 어렴풋이나마 우쭐한 표정을 지었다. "프레더릭과 나는 아주 가까운 사이예요." 그러나 곧이어 그녀는 "어떠한 얘기 말예요?" 하고 물었다.

"난 그에게 얘기하고 싶습니다. 당신은 그의 모친이시고요. 그리고 당신은 당연히 자식을 두둔하는 입장에 계십니다."

"자식을 두둔해야죠. 프레더릭은 혼자 서지 못해요. 산림서 일자리를 잃고 신경쇠약에 걸린 뒤부터는 그는 모든 걸 자기 잘못으로 돌려요. 당신은 어저께 대질신문 뒤에 그 애가 제 방에서 우는 소리를 들었어야 했어요."

"그는 남을 모함하는 말을 하지 않던데요."

그녀는 의심스러운 듯이 나를 쳐다보았다.

"그 애가 무슨 얘길 했나요 ?"

"부인께 얘기할 필요는 없습니다. 그는 어른입니다."

"당신 말은 틀려요. 그 애는 어른의 몸을 가진 어린애예요. 그 애가 신경쇠약에 걸린 뒤부터는 사람이 달라졌어요."

"그 일이 15년 전에 일어난 건 정확합니까?"

"정확합니다. 브로더스트 대령이 집을 나간 여름이었어요."

"프레더릭은 대령을 좋아했나요?"

"그 애는 대령이 걸어간 발자국도 거룩하게 생각했어요. 대령은 그 애에겐 아버지와 같았어요. 그 애는 브로더스트 집안 전부를 우상시했어요. 대령이 뛰쳐나갔을 때 그 애는 애통해 했어요. 자기 아버지가 죽은 거나 다름이 없었어요. 난 얘길 꾸미고 있지 않아요. 닥터 제롬도 그렇게 말했어요."

"닥터 제롬이 프레더릭을 보러 오는 분이십니까?"

그녀는 고개를 끄덕였다.

"그분은 이젠 아무 때나 올 거예요."

"그 애는 정신과 의사를 믿지 않아요." 그녀는 딱 잘라서 말했다. "닥터 제롬은 훌륭한 의사입니다. 그분은 브로더스트 부인의 의사예요. 그만하면 그분은 훌륭한 의사죠. 프레더릭이 신경쇠약에 걸렸을 때 브로더스트 부인은 그를 닥터 제롬에게 보이고 요양원 비용을 포함하는 청구서를 지불해 주었어요. 그리고 프레더릭이 그곳에서 나왔

197

을 때 브로더스트 부인은 자기 집 정원사를 시켰어요."

스노 부인은 가능한 한 즐거운 기억을 추려내면서 희미한 미소를 지었다.

"그러나 역시 프레더릭은 그 일자리를 잃게 되는가 봐요."

"나쁜 짓을 하지 않았는데 일자리를 잃다니, 난 그 까닭을 모르겠군요. 사실 그가 산림서에서 실직한 그 까닭조차 이해할 수 없습니다."

"나도 이해 못합니다. 앨버트가 그의 허가 없이 그의 불도저 열쇠를 가져갔어요. 그러나 산림서원은 내 아들의 말을 믿지 않았어요. 모두가 3년 전에 소년재판소에서 일어났던 일로 되돌아갑니다. 젊은이가 한 번 말썽을 일으키게 되면 그는 영원히 명예를 회복하지 못해요."

22

스노 부인은 일어서서 문 쪽으로 걸어갔다. 그녀는 내가 나가기를 바라고 있는 것 같았다. 그 방 안의 분위기 속에서 나는 기분이 침울했지만 아직 물러갈 생각은 없었다. 나는 의자에 그대로 눌러앉아 있었다. 말없이 안간힘을 쓴 뒤에 그녀는 흔들의자로 되돌아와서 다시 걸터앉았다.

"또 다른 질문이 있나요?" 그녀는 물었다.

"당신은 나를 도와줄 수 있을지 모릅니다. 이건 당신이나 프레더릭하고는 직접적인 관계가 없는 일입니다. 그러나 브로더스트 씨가 집을 나갔을 때 당신은 그 집의 가정부였습니다."

"네, 그렇습니다."

"혹시 당신은 그 여자를 알고 있었나요?"

"엘린 킬패트릭 말입니까? 물론 난 그 여자를 알고 있었지요. 그녀는 고등학교 미술 교사였어요. 그리고 부동산 중개업자 킬패트릭과 결혼했어요. 그건 킬패트릭이 '캐니언 이스테이츠'로 재물을 모으기 전이었어요. 그녀는 우리와 다름없이 그럭저럭 살고 있었거든요."

"그래서요?"

"킬패트릭 부인은 출세할 기회를 노렸지요. 그래서 그녀는 브로더스트 대령에게 그물을 쳤어요. 브로더스트 씨 부인이 외출했을 때 그들 둘은 스탠리를 나에게 맡기고 산장에 올라가곤 했어요. 킬패트릭 부인이 대령에게 그림을 가르치는 것이었어요. 그러나 그녀는 그림만 가르친 것이 아니었어요. 그들은 모든 사람을 속이고 있는 줄로 생각했지만 실제로는 속이지 못했어요. 그들은 비밀의 세계에 자기들만이 떨어져 살고 있고, 자기들 외에는 아무도 존재하고 있는 것 같지 않았어요."

"브로더스트 씨 부인은 그걸 알고 있었나요?"

"알고 있었을 거예요. 그분은 괴로워했어요. 그러나 그분은 그런 얘기는 한 마디도 하지 않았어요. 적어도 난 듣지 못했어요. 아마 파탄을 피하고 싶었을 거예요. 그분의 집안은 이 마을에서는 명문이어요…… 적어도 기왕에는 그랬거든요. 그리고 스탠리가 있었거든요. 지금 되돌아 생각해 보면 이혼한 것이 결국 스탠리에게는 더 좋았던 것 같아요. 스탠리는 아버지와 그 여자가 산장에서 무엇을 하는가를 나에게 묻곤 했어요. 그리고 난 얘기를 꾸며대야 했어요. 그러나 그는 속지 않았어요. 애들은 속지 않아요."

"그건 얼마 동안 계속됐나 본데요?"

"적어도 1년은 계속됐어요. 나에게도 이상한 1년이었어요. 난 브로더스트 부인의 가정부로 그 집에 살고 있었지만 그 집 사람은 아니었으니까요. 얼마가 지나니까 그들 둘은 내 앞에서 조심하지 않

199

았어요. 나는 그저 가구의 일부분 같았어요. 끝에 가서는 그들은 산장까지 올라가려고 하지도 않았어요. 이유의 하나는 프레더릭이 캐니언 꼭대기에서 산림서의 길을 닦고 있었으니까요. 그래서 브로더스트 부인이 외출했을 때 그들 둘은 집에 붙어 있었어요. 그들은 굴속 같은 방 속에 들어박혔다가 얼굴이 시뻘개져서 나왔어요. 왜 침대가 삐걱거리느냐고 스탠리가 물을 때 난 얘기를 꾸며대야 했어요."

그녀의 얼굴빛은 분가루 밑에서 어렴풋한 자줏빛이 되었다.

"왜 이런 얘길 당신에게 하는지 모르겠어요. 난 아무에게도 말을 안할 생각이었거든요."

"무엇 때문에 그들은 떠났나요?"

"그들에겐 긴장 상태가 견디기 어려웠을 거예요. 그건 나도 견딜 수가 없었어요. 나도 가정부를 그만두려는 차에 그들은 결국 뛰쳐나갔죠."

"어디로 갔나요?"

"샌프란시스코로 갔다고 들었어요. 다시는 이곳에 돌아오지 않았으니까요. 어떻게들 살고 있는지 모르겠어요. 대령에겐 직업이 없었어요. 돈도 없었고요. 내 짐작으로는 그 여자가 샌프란시스코 항만 지역에서 취직해서 지금까지 대령을 부양하고 있을 거예요. 대령은 당신네들이 말하듯이 실리적인 사람은 아니었어요."

"그 여잔 어떤 타입의 여자였나요?"

"예술가 타입이죠. 그러나 실상은 실제적이었어요. 그녀는 공상에 잠기고 있는 척했지만 현실적이었어요. 때로는 그 여자를 측은하게 생각했어요. 그 여자가 대령을 보는 눈이란 마치 개가 주인을 보는 눈이었으니까요. 난 그 뒤로 종종 생각합니다. 남편과 어린 자식을 가진 여자가 어떻게 해서 딴 여자의 남편에게 그와 같이 빠질 수 있는가 하고요."

"사진을 보면 대령은 미남이던데요."

"맞습니다. 어디서 그분의 사진을 보았나요?"

나는 스탠리의 광고를 꺼내어 그녀에게 보였다. 그녀는 그 사진을 알아보는 눈치였다.

"이건 저번 날 앨버트 스위트너가 가지고 있던 기사군요. 앨버트는 그 남자가 브로더스트 대령인가를 확인하고 싶어했어요. 대령이 틀림없다고 말해 주었어요."

"앨은 그 여자에 대해서도 묻던가요?"

"그에 대해선 물어볼 필요가 없었지요. 앨버트는 킬패트릭 부인을 전부터 알고 있었으니까요. 앨버트가 우리 집에 살고 있을 때 그 여자는 고등학교에서 앨버트의 담임선생이었어요."

그녀는 안경을 닦고 다시 그 기사를 들여다보았다.

"누가 이 광고를 신문에 냈나요?"

"스탠리 브로더스트입니다."

"어디서 1천 달러 현상금을 마련하려고 했을까요? 그에겐 땡전 한 푼도 없을 텐데."

"그의 어머니에게서 얻을 생각이었겠지요."

"알았어요."

그녀는 기사에서 고개를 들었다. 그녀의 눈은 과거로 가득 차 있었다.

"불쌍한 스탠리, 그는 여태까지 산장에서 일어난 일을 밝혀내려고 애쓰고 있었어요."

이 여자의 통찰력은 나를 놀라게 했다. 그녀의 마음은 아들의 말썽 때문에 예리해졌고, 여러 해 동안 프리스를 방어하려는 전술에 수련이 되어 있었다. 나는 그녀가 어떤 목적을 갖고 나에게 얘기를 하고 또 늙어가는 세라자데처럼 이야기로 나의 공격을 방어함으로서 나와 그녀의 아들 사이에 언어의 장벽을 구축하고 있었음을 깨달았다.

나는 손목시계를 보았다. 1시 15분 전이었다.

"이제 그만 가셔야 하는 거죠?" 스노 부인은 열심히 물었다.

"프레더릭과 잠깐만 얘기했으면……."

"안됩니다. 그럴 수는 없어요. 그는 언제나 자기가 저지르지 않은 일을 자기 탓으로 삼아왔어요."

"그 점은 참작할 수 있습니다."

그녀는 고개를 흔들었다.

"그에게 묻는다는 것은 적절하지 못합니다. 난 프레더릭이 할 수 있는 이상으로 당신에게 얘기했어요." 그녀는 화가 난 듯 허세를 피우며 덧붙여 말했다. "더 알고 싶은 게 있거든 나에게 물어 보세요."

"한 가지 더 물어보겠습니다. 마티 니커슨이 프레더릭에게 보냈다는 크리스마스카드 말입니다."

"그건 정확히 말하자면 크리스마스카드가 아니에요. 그저 안부를 묻는 엽서예요." 그녀는 일어섰다. "보고 싶으시다면 가지고 와도 상관없어요."

그녀는 방문을 지나 부엌으로 들어갔다. 두 번째 문이 열리고 닫히는 소리와 이어서 소곤거리는 소리가 얇은 벽 사이로 들려왔다. 프레더릭의 목소리는 병적으로 높아졌다. 어머니의 목소리는 아들을 진정시키고 있었다.

그녀는 엽서를 가지고 나와서 나에게 내밀었다. 카드에 그려진 그림은 2층 모텔의 전면이었고 간판은 '웃카 트리 모터 인'이었다. 소인은 패트롤리엄 시티 것이었고 날짜는 1952년 12월 22일이었다. 편지는 퇴색한 녹색 잉크로 적혀져 있었다.

프리스에게

오랫동안 못 뵈었어요. 산타 테레사의 형편은 어때요? 난 12월 15일에 계집애를 낳았어요. 조금만 늦었으면 나의 크리스마스 베이비가 안 될 뻔했지요. 무게는 7파운드 6온스, 인형 같아요. 우린 수전이라고 부르기로 정했어요. 난 매우 행복해요. 당신도 행복하길 바랍니다. 당신과 당신의 어머님에게 크리스마스의 인사를 보냅니다.

마어티(니커슨) 크란돌

부엌에서 전화 소리가 났다. 스노 부인은 경종이 울린 것처럼 벌떡 일어섰다. 그러나 그녀는 문을 꼭 닫은 뒤에 전화를 받았다.

곧 그녀는 다시 문을 열었다.

"켈시 씨가 당신에게 한 전화예요."

그녀는 씁쓸한 듯이 입맛을 다셨다.

그녀는 한쪽으로 비켜 나를 지나가게 하고 문간에 서서 귀를 기울이고 있었다. 켈시의 목소리는 급했다.

"경찰비행대의 자원 조종사가 '아리아드네'호를 목격했대요. 요트가 듄스 만에서 좌초했나 보아요."

"애들에게 무슨 일이 일어났나요?"

"그건 뚜렷하지 않나 봐요. 그러나 희소식은 아닌 것 같아요. 통보에 의하면 배는 해변의 파도 속에서 파선 지경이랍니다."

"정확한 장소는?"

"주립공원 바로 아래요. 그 장소를 아나요?"

"압니다. 당신은 지금 어디 있나요? 당신을 태우고 가도 좋은데요."

"난 당장 떠날 수가 없어요. 스탠리 브로더스트 피살에 대한 단서

203

를 하나 잡았으니까요. 하여튼 산불 지역에서 떠나서는 안 돼요."

"단서가 무언데요?"

"당신이 말하던 길고 검은 가발을 쓴 자가 어저께 산불 지역에 있었대요. 그자는 낡은 흰 차를 몰고 래틀스네이크 로드로 갔나 봐요. 한 여대생이 그곳을 산책하다가 산불이 나기 직전에 그자를 보았대요."

"확실합니까?"

"아직 몰라요, 난 지금 그 여대생을 만나러 갑니다."

켈시는 전화를 끊었다. 전화에서 돌아서자 프리스의 방문이 조금 열려 있었다. 프리스의 젖은 눈이 한쪽의 틈새로 나타났다. 물 밑 돌 틈에 있는 물고기의 눈과 같았다. 그의 어머니는 다른 문에서 상어처럼 그를 지켜보고 있었다.

"프리스, 어떤가?" 나는 물었다.

"그저 무서워요."

그는 문을 더 넓게 열었다. 구겨진 잠옷을 입고 있는 그는 어른이라기보다는 감금된 소년처럼 보였다. 그의 어머니는 말했다.

"네 방에 돌아가 잠자코 있어라."

그는 고개를 흔들었다.

"난 방 안이 싫어요. 거기서도 무엇이 보여요."

"프리스, 무엇이 보이나?" 나는 물었다.

"무덤 속의 브로더스트 씨가 보여요."

"자네가 그를 묻었나?" 하고 나는 물었다.

그는 고개를 끄덕이고 울기 시작했다. 그는 마치 인간 펌프처럼 고개를 끄덕이고 울고 있었다. 그의 어머니가 우리 사이를 가로막았다. 그녀는 자신의 가벼운 체중으로 아들의 균형 잃은 몸뚱이를 밀어 아들을 그의 방 안으로 도로 넣었다.

그녀는 문을 닫아 잠그고 그 열쇠를 나를 향하여 무기처럼 휘둘렀다.

"제발 여기서 나가 주세요. 당신은 그 애의 정신을 온통 뒤집어 놓았어요."

"만약에 그가 어제 스탠리 브로더스트의 시체를 묻었다면 당신은 그 사실을 은폐할 수 없습니다. 은폐하려고 한다면 당신은 머리가 돌았어요."

그녀는 테리어 종의 개처럼 웃음소리를 냈다.

"난 머리가 돌지 않았어요. 그는 브로더스트 씨를 묻기는커녕 자기가 한 짓과 한 말을 몰라요. 당신네들은 그 애의 머리를 어지럽게 하고 마음에 겁을 주기 때문에 그 애는 그렇게 말한 거예요. 하나의 사실로서 내가 아는 건 그가 아무런 잘못도 저지르지 않았다는 거예요. 난 내 아들을 알고 있어요."

그녀가 하도 확정적으로 말했기 때문에 나는 거의 그녀의 말을 믿을 뻔했다.

"프리스는 알고 있는 것을 죄다 얘기하지 않았습니다."

"그는 나보다 훨씬 모른단 말예요. 그는 자기가 무얼 알고 있는지도 몰라요. 그리고 당신은 과부와 외아들을 못살게 굴었으니 자기 자신을 부끄럽게 생각해야죠. 의사는 프리스가 이런 상태에 있는 줄 알면 그 애를 정신병원에 입원시키려고 할 거예요."

"그는 정신병원에 입원한 적이 있습니까?"

"몇 년 전에 갈 뻔했죠. 브로더스트 부인이 자기가 요양원 비용을 물겠다고 했지요."

"그럼 1955년에 있었던 일이죠?"

"맞아요. 그러니 제발 부엌에서 나가 주실까요? 난 부엌으로 당신을 초대하진 않았어요. 자, 부엌 밖으로 초대합니다."

나는 그녀에게 고맙다는 인사를 하고 집을 나왔다. 집 앞 길가에 스포츠복을 입은 중년남자가 노란 스포츠카에서 내리고 있었다. 그는 왕진 가방을 운전대 앞에서 꺼내들고 나에게로 왔다. 회색 머리칼과 연푸른색 눈은 그의 높은 칼라와 대조적이었다.

"닥터 제롬이시죠?"

"그렇소만." 그는 모르는 사람에게서 인사를 받아 어리둥절한 얼굴이었다.

나는 나의 이름과 직업을 대 주었다.

"스탠리 브로더스트 씨 부인이 나를 고용했습니다. 그런데 엘리자베스 브로더스트 부인의 건강상태는 어떻습니까?"

"그녀는 기진맥진한 상태입니다. 그 때문에 가벼운 심장마비 증세가 생겼지요."

"그분과 얘기할 수 있습니까?"

"오늘은 안 됩니다. 아마 내일은 될 거요. 그러나 그분의 아들과 손자 얘기는 되도록 피해주십시오." 의사는 숨을 깊이 들이마시고 예상하지 못했다는 듯 한숨을 내쉬었다. "난 방금 시체실에서 스탠리의 시체를 보고 왔어요. 젊은이의 시체는 보기 싫어요."

"그가 죽은 건 칼에 찔린 자상 때문입니까?"

"그럴 겁니다."

"당신은 스탠리의 담당 의사였습니까?"

"그의 평생 동안——그가 가정에 있는 동안——담당 의사였소. 그는 문제가 있을 때마다 나와 의논하기를 좋아했지요."

"그에겐 어떠한 문제가 있었나요?"

"감정 문제, 결혼 문제 등등이죠. 난 제3자와는 얘기 못합니다."

"이젠 그를 해칠 수는 없지요. 그는 죽었으니까요."

"나도 그건 알고 있습니다" 하고 그는 약간 무뚝뚝하게 대답했다.

"내가 관심을 가진 문제는 누가 그를 찔러 죽이고 묻었느냐는 겁니다."

"당신의 환자인 프리스 스노는 자기가 스탠리를 묻었다고 하던데요."

나는 의사의 반응을 지켜보았다. 그의 부드러운 눈은 움직이지 않았다. 그의 굳은 안색도 변화가 없었다. 그는 조금 미소를 띠었다.

"그의 말을 믿지 마시오. 프리스는 언제나 무엇을 고백합니다."

"그게 사실이 아니라는 걸 어떻게 압니까?"

"왜냐하면 그는 20년 이상이나 나의 환자였으니까요."

"그는 정신 이상입니까?"

"난 그렇게 표현하지 않습니다. 그는 감각 과민입니다. 그는 모든 것을 자기 탓으로 삼아요. 그는 감정이 혼란스러울 때면 모든 현실 감각을 상실합니다. 프리스는 지금까지 겁을 먹은 애입니다."

"그는 무엇에 겁을 먹고 떠나요?"

"무엇보다도 자기 어머니에게."

"나도 그렇소."

"우리 모두가 그렇소." 의사는 재미있다는 듯이 말했다. "그 조그만 여자는 박력 있는 여자요. 그러나 그 여자는 십중팔구는 그래야 했었기 때문에 그렇게 되었소. 그녀의 죽은 남편은 프리스와 대단히 비슷했어요. 그는 어떠한 직장도 힘에 겨워 오래 지탱을 못했어요. 그의 말썽은 근본적으로 유전적인 겁니다."

우리 둘은 집 쪽을 쳐다보았다. 스노 부인은 현관 창문에서 우리를 감시하고 있었다. 커튼이 다시 제자리로 내려졌다.

"난 정말로 환자를 보러 들어가야 합니다." 제롬은 말했다.

"한가할 때 그에 관해서 얘기하기로 합시다. 프리스에게 죄가 있건 없건 간에 그는 스탠리의 죽음에 주요 혐의자와 결부되어 있습니다."

나는 그에게 앨 스위트너와 켈시의 새로운 단서에 대해 얘기했다.
"우리는 스탠리의 무덤을 파는데 사용된 연장이 바로 프리스가 사용하는 연장이라는 사실을 알고 있습니다. 무엇보다도 그는 자기가 스탠리를 묻었다고 나에게 고백했어요."

의사는 고개를 천천히 흔들었다.
"하늘이 무너져도 프리스는 그것을 자기 탓으로 삼을 겁니다. 사실상 스탠리가 자기 자신의 무덤을 팠을 가능성이 있습니다."

"검시관 대리와 난 그 가능성을 추측하고 있었지요."

"나의 입장으로서는 전적인 추측만은 아닙니다." 제롬은 말했다.
"내가 방금 스탠리의 시체를 조사했을 때 그의 손에 물집이 있던데요."

"어떠한 물집인가요?"

"손바닥에 생기는 보통 물집 말입니다." 그는 왼손바닥에 오른손의 넓은 주걱 모양의 손가락을 갖다 댔다. "곡괭이로 흙을 파는 따위의 일을 했을 때 생기는 물집 말입니다. 사람이 자기 무덤을 판다는 건 이해하기 힘든 일입니다."

"그는 자기 무덤을 파지 않을 수가 없었을지도 모르죠." 나는 말했다. "앨 스위트너, 그 가발 쓴 사나이는 살아 있을 때 맞나니였어요. 그가 권총을 들고 스탠리를 지키고 있었을지도 몰라요. 그렇지 않다면 스탠리에게는 딴 부득이한 이유가 있었을지도 모르고요."

"부득이한 이유라뇨?"

"난 모르겠소. 그는 딴 사람의 시체를 묻을 생각이었을지도 모릅니다. 그와 함께 젊은 여자가 있었고, 또 그의 아들도 있었소."

"그들에겐 무슨 일이 있었나요?"

"내가 밝히고 있는 중이오."

23

듄스 만은 국도 1호에서 떨어져 있는 꼬불꼬불한 군도 끝에 있었다. 해변가의 북쪽에 우뚝 솟은 모래 언덕 위에는 마치 찢어진 페넌트처럼 구름이 내륙쪽으로 흐르고 있었다. 폭풍우가 오고 있는 것 같이 보였다.

주립공원 입구에 있는 매점은 닫혀 있었다. 나는 바다가 내려다보이는 주차장까지 차를 몰았다. 파도치는 해변에서 약 300피트 떨어진 곳에 하얀 요트가 한 옆으로 기울어져 좌초하고 있었다. 더 멀리서 펠리컨 떼가 원을 그으며 물고기를 찾아 바다로 급강하했다.

세 사람이 해변에서 '아리아드네' 호를 지켜보고 있었다. 그들은 내가 찾고 있는 세 사람이 아니었다. 하나는 주립공원 직원의 정복을 입은 남자였다. 그와 가까이, 그러나 그와는 따로 서 있는 머리칼이 긴 두 명의 소년이 파도 타는 널빤지에 몸을 기대고 있었다.

나는 트렁크에서 쌍안경을 꺼내 보트에 초점을 맞췄다. 보트는 돛대가 부서졌고 밧줄은 찢어진 그물처럼 뱃전에 걸려 있었다. 선체는 금이 가서 침수가 심한 것 같았다. 긴 파도가 배를 들어올리자 배는 느릿느릿 일어섰다가 다시 한 옆으로 쓰러졌다.

절반쯤 모래에 덮인 보행용 널판 통로를 따라 나는 해변까지 내려갔다. 주립공원 경비원이 나를 돌아보았다. 나는 그에게 젊은 애들이 구조되었는가를 물었다.

"그들은 상륙했습니다."

"셋 다 말입니까?"

"네, 이 애들이 큰 도움이 되었습니다."

그의 몸짓에 따라 나는 두 소년을 보았다. 그들은 널빤지로 파도를 타는 소년들이었다. 나를 보는 그들의 눈에는 어른의 칭찬이 싫은 듯한 신중한 자존심이 깃들여 있었다.

"그들은 무사합니다." 나이가 많은 소년이 말했다. 그들은 함께 고개를 끄덕였다.

"그들은 어디 있나요 ?"

그는 나긋나긋한 어깨를 움츠렸다.

"누가 와서 스테이션 왜건에 태워 갔습니다."

"어떤 스테이션 왜건이었나요 ?"

그는 공원 경비원 쪽을 가리켰다.

"저분께 물어 보세요."

나는 아무개의 사위 녀석처럼 생긴 그 사나이에게 물어보았다. 그는 불쾌한 듯이 나에게 대답했다.

"푸른 빛깔의 최신형 시보레였어요. 난 번호를 적어두지 않았는데 적을 이유가 없었죠. 난 그때 그들이 도망 중이라는 걸 몰랐으니까요."

"어린애는 도망자가 아닙니다. 아마 납치당한 걸지도 모릅니다."

"그 애는 납치당한 것 같지 않던데요."

"그럼 어떤 것 같았습니까 ?"

"겁을 먹고 있었던 것 같아요. 그러나 특별히 그들을 겁내고 있는 것 같지는 않았어요. 그 애는 말썽없이 그들을 따라갔어요."

"그들은 그 애를 어디로 데려갔나요 ?"

"스테이션 왜건으로."

"그건 알고 있습니다. 누가 그 차를 운전하고 있었나요 ?"

"챙이 넓은 모자를 쓴 몸집이 큰 여자였죠."

"그들이 여기 있는 걸 그 여자는 어떻게 알았나요 ?"

"내가 그 금발처녀에게 전화를 빌려 주었지요. 난 그들이 도망중이라는 걸 알 길이……."

"어디로 전화했는지 알 수 없나요 ?"

"장거리 전화가 아니면 알 수 없죠. 하긴 알아보긴 하겠소."

그는 손바닥으로 얼굴을 가려 바람에 날려오는 모래를 막으면서 보도 쪽으로 뛰어갔다. 나는 그의 뒤를 따라 입구의 매점까지 가서 그가 매점 안의 전화를 쓰는 동안 기다렸다. 그는 나와서 두 손을 벌리며 고개를 흔들었다.

"기록이 되어 있지 않나 봅니다."

"경찰에 얘기했습니까?"

"경찰은 다녀갔습니다. 경찰서장이 패트롤리엄 시티에서 나왔지만 그들 셋이 시보레로 떠난 뒤였습니다."

나는 바닷가로 내려가서 '아리아드네'호를 오랫동안 바라보았다. 보트는 물에 뜬 기름 때문에 어쩔 줄 모르는 새처럼 파도 속에서 퍼덕거렸다. 내가 돌아섰을 때 파도 타는 두 소년 중에서 나이가 많은 소년이 조용히 뒤에 와 있었다.

"요트에 그런 일이 일어나는 건 보기에 좋지 않아요."

"무슨 일이 일어났는데?"

"모터가 터졌다고 그랬어요. 돛을 달기 전에 바람이 불어닥쳐 좌초했다고요. 좌초했을 때 돛대가 넘어갔어요. 동생과 나는 그걸 봤어요. 우리는 널빤지를 타고 나가서 그들을 끌어왔어요."

"누가 다치지 않았나?"

"그 남자가 다쳤죠. 밧줄이 떨어져 나갈 때 팔을 다쳤나 봐요."

"어린애는 어떻게 됐지?"

"염려 없어요. 그 애가 추워하길래 내 동생이 담요를 주었죠. 어린애는 걷잡을 수 없이 오들오들 떨고만 있었으니까요."

그 소년 자신도 추위에 떨고 있었다. 그러나 표정은 어디까지나 냉정했다. 마치 그는 성년식을 치르는 원시사회의 젊은이와 같았다.

"그들은 어디로 갔나?"

그는 경계하는 눈으로 나를 쳐다보았다.

"당신은 경찰의 밀정이 아닌가요?"

"나는 사립탐정이야. 그 애를 찾는 중이지."

"구레나룻이 난 청년 말인가요?"

"사내아이 말이야."

"납치라고 하셨는데 그게 정말인가요?"

"정말이야."

"그들은 남매간인가요? 그렇게 말하던데요."

"또 뭐라고 말했나?"

"구레나룻을 기른 청년은 과속 때문에 그가 쫓기고 있다고 말하던데요, 그 말이 옳아요?"

"아니 틀려. 나는 그 어린애를 찾고 있는 거야. 그 애의 아버진 어제 피살됐어."

"구레나룻 두목에게 피살되었나요?"

"글쎄, 모르겠네."

그 소년은 동생이 있는 데로 가서 무슨 얘기를 하더니 나에게로 되돌아왔다. 나는 도중에서 그를 만났다.

"무슨 비밀이라도 있나?"

"난 동생과 의논했어요. 그 소녀는 동생에게 패트롤리엄 시티에서 우리 담요를 찾아가라고 말했대요. '윳카 트리 인' 사무소에 두겠다고."

나는 오일펌프장과 유전가스탑으로 가득 찬 목장지대를 지나서 '윳카 트리 인'으로 갔다. 지평선 멀리 반덴버그 공군기지의 신호교가 서 있었다. 이 도시는 한없이 팽창해서 수 마일에 걸쳐 새로운 주택가가 잠깐 동안에 생겨났던 것이다.

'윳카 트리 인'은 15년 전 그림엽서에 사진이 나온 뒤로 줄곧 발전했다. 이것은 도시 남단의 짧은 구역 주위의 삼면에 걸쳐 지어졌는데 다른 한 면에는 집회 센터가 있었다. 전면 간판의 움직이는 글자는 스테이크, 왕새우, 연속오락 등이었다. 내가 사무소 앞에 주차했을 때 사라지는 개척지의 마지막 통곡과도 같은 서부음악이 흘러 나왔다.

데스크 뒤에 서 있는 여자는 '카우걸' 복장을 하고 있었다. 줄무늬 블라우스를 입었고 모조 생가죽 띠가 달린 서부 모자를 쓰고 있었다.

"누가 담요를 맡겨 놓았지요?" 하고 나는 입을 열었다. "물에 젖은 담요 말입니다."

그녀는 미소를 거두고 나를 쳐다보았다.

"당신은 수전에게 담요를 빌려 준 사람이 아닌데요."

"내가 수전에게 담요를 빌려 주었다곤 말하진 않았소. 수전은 여기 있나요?"

"없어요, 그들은 벌써 떠났어요." 그녀는 입술을 벌리고 잠깐 말을 멈췄다. 그녀는 갑자기 의심이 든 것 같았다. "난 얘기하지 않기로 되어 있어요."

"누가 말하지 말라고 했나요?"

"크란돌 씨가요."

"레스터 크란돌이?"

"네, 그래요. 그가 이곳 주인이에요."

"그분은 지금 어디 있나요? 그분과 얘기하고 싶은데."

"무슨 얘기죠?"

"그의 딸 얘길, 난 탐정……사립탐정이요. 난 어젯밤 퍼시픽 팰리세이즈의 그의 집에 갔었죠. 그분과 나는 협조 중입니다."

"그분은 여기 안 계셔요."

"그분이 말하지 말라고 명령했다고 하질 않았나요?"

"전화로 명령하셨어요. 내가 전화를 걸었죠."

"전화를 언제 걸었나요?"

"한두 시간 전이에요. 수전이 듄스 만에서 나에게 전화를 걸자 그는 자기가 여기 올 때까지 수전을 붙들어 두라고 분부했어요. 하지만 애긴 쉽지요. 내가 돌아서는 순간에 그들 셋은 스테이션 왜건에 올라타고 다시 떠나 버렸으니까요."

"어느 방향으로?"

"샌프란시스코요."

그녀는 마치 남의 차에 편승하여 여행하는 사람처럼 그 방향으로 엄지 손가락을 움직였다.

나는 그녀에게 그 자동차의 허가번호를 알아냈다.

"경찰에 말했나요?"

"왜 합니까? 수전 아버지 찬데. 어쨌든 크란돌 씨는 경찰에 알리지 말라고 했으니까요."

"크란돌 씨는 언제 오나요?"

"금세라도 오실 거예요." 그녀는 주인을 만나는 것을 꺼리는 눈치였다. "당신 말이 그분에게 통한다면 부탁을 들어주시겠어요? 난 최선을 다했지만 수전이 나를 뿌리쳤다고요."

"염려 마시오. 인사가 늦었소. 나는 루 아처요."

"조이 로린즈예요."

"한잔 사도 좋습니까?"

"미안해요. 자리를 뜰 수가 없어요. 그러나 뜻은 고마워요." 그녀는 미소를 지었으나 그 미소는 점점 흐려졌다. "어쨌든 수전은 어떻게 될까요? 그 애는 착하고 조용한 애였는데. 너무나 조용했었죠."

"지금은 그게 아니요. 수전은 도주하고 있소."

"그럼 왜 여기에 전화를 걸었을까요?"

"아마 차가 필요했기 때문일 거요. 해안에서 전화를 걸었을 때 뭐라고 말하던가요?"

"배를 타고 바다에 나갔다가 조난당해서 친구들도 흠뻑 물에 젖었다고요. 아버지에게 알리지 말아 달라고 했지만 물론 나는 알려야 했죠…… 주인의 특별 명령이 있었거든요. 난 그들을 이곳에 데려와 옷을 갈아입히고 음식도……."

"옷은 어디서?"

"주인 방에서. 난 주인 방을 열었어요. 난 그들이 이곳에 머무를 줄로 생각했죠…… 실상 말이지 수염을 기른 청년은 의사에게 팔을 보여야 한다는 말까지 했거든요. 그는 팔이 부러졌어요…… 탈구 말예요. 그러나 생각이 달라져서 어머니를 만나기까지는 의사에게 팔을 보이지 않겠다고 말하던데요. 어머닌 어디 계시냐고 물었지만 그는 대답하지 않았어요."

"어린애는 어떻게 했나요?"

"나에게도 사내아이가 있어요. 그래서 그 애에게 옷을 입혀 주었죠."

"그 앤 뭐라고 했나요?"

"그 앤 한 마디도 말하지 않았어요." 그녀는 그 질문을 신중히 생각했다. "그렇죠. 나는 그 애가 말하는 걸 통 듣지 못했어요."

"그 앤 울고 있었나요?"

그녀는 고개를 저었다.

"울지 않았어요."

"무얼 먹였나요?"

"스프와 햄버거를 조금 먹였어요. 그러나 식사 중 내내 그 앤 조그마한 그림처럼 앉아 있었어요." 그녀는 말문을 닫았다가 엉뚱한 얘기를 꺼냈다. "듄스 만에서 펠리컨을 보셨나요? 그 펠리컨은 새끼를

215

갖지 못한다는 걸 알고 계시나요? 펠리컨의 몸뚱이는 DDT에 중독되어서 알이 죄다 깨진다나봐요."

나는 펠리컨 얘긴 알고 있다고 그녀에게 말했다.

"수전은 어떻게 됐어요? 그 앤 무슨 얘길 했나요?"

"얘길 거의 안했어요. 그 앤 어떻게 될는지 모르겠어요. 그 애는 변했어요."

"어떻게 변했나요?"

"가족이 남쪽으로 이사 가기 전엔 수전과는 아주 친했어요. 적어도 난 그렇게 생각했었죠."

"얼마 전에 이사했나요?"

"2, 3년 되어요. 크란돌 씨는 오세아노에서 모텔을 새로 차리고 있었어요. 로스앤젤레스는 그분에겐 보다 큰 중심지였어요. 그게 그분이 내건 이사를 한 이유였지요."

"딴 이유도 있었나요?"

그 여자는 이상한 눈초리로 나를 보았다. 어쩐지 수상쩍다는 눈초리였다.

"당신은 유도 신문을 하고 있죠? 그런데 난 너무 많이 지껄이고 있고요. 난 수전이 탈선한 것이 참을 수 없어요. 그 앤 참 착한 애였는데. 아버질 닮아서 완강하지만 마음속은 착했어요."

그녀는 잠시 생각에 잠겼다. 그녀의 얼굴은 마치 젖먹이를 가슴에 안고 있는 것처럼 나의 존재를 잊어버리고 꿈꾸는 듯이 아래로 숙였다. 나는 그녀를 재촉했다.

"어째서 수전은 변했나요?"

"수전은 무언가 절망에 빠진 것 같아요. 그 까닭을 모르겠어요." 그녀는 얼굴을 찌푸렸다. "사실을 말하면 난 까닭을 알고 있죠. 그들이 이사한 건 수전에게 많은 편의를 주기 위해서였지요…… 사회적

이점 같은 것 말예요. 그것은 어머니의 착안이었어요. 언제나 로스앤
젤리스에 열중했거든요. 그러나 그게 수전에게나 그들에게 효과가 없
었던 것 같아요. 그러면서도 그들은 수전이 행복하지 않은 걸 탓한단
말예요. 수전에겐 의지할 사람도 없는데도 말이예요. 그 애는 대단히
외로운 처녀예요. 이것이 정말 사람을 죽이는 거죠."

나는 그 한 마디에 흠칫했다. 그러나 나는 희망적인 말을 찾아냈
다.

"수전은 당신을 의지했군요?"

"그러나 수전은 다시 떨어져 나갔어요."

"당신은 수전이 걱정되는군요?"

"걱정돼요, 나에게는 딸이 없지만."

24

나는 7, 8시간 동안이나 식사를 하지 않았다. 나는 음악이 나오는
식당겸 술집 안으로 들어가서 놋쇠 모자걸이에 모자를 벗어 걸었다.

주문한 스테이크를 굽는 동안 나는 전화실에 들어가서 윌리 머키를
불렀다.

윌리 본인이 전화를 받았다.

"머키 사무실입니다."

"아처야, 엘린을 찾았나?"

"아직 못 찾았네. 그러나 개는 찾아냈네."

"개라니?"

"그레이트 데인종 개 말이야." 윌리는 조급한 듯이 말했다. "개가
행방불명이었지. 난 개의 임자와 줄이 닿았어. 밀벨리 밖에 살더군.
개 임자는 지난주에 광고를 냈대. 누가 개를 사우살리토에서 찾았대.
반도와는 거리가 멀더군 그래."

"나에게 정보를 제공한 여자는 마약환자였나봐."

"나도 이상하다고 여겼네" 하고 윌리는 말했다. "어쨌든 지금 사우살리토에는 자네도 아는 해롤드가 가 있네."

"그와 연락할 수 있겠나?"

"할 수 있을 테지. 그에겐 라디오 카가 있네."

"그에게 젊은이 둘과 어린아이를 태운 청색 시보레 스테이션 왜건을 지키라고 말해 주게."

나는 그에게 그들의 이름과 인상과 차번호를 일러 주었다.

"그들을 보는 경우에 해롤드는 어떻게 해야 하는가?"

"그들을 놓치지 말고 위험하지 않으면 어린아이를 구출하게."

"마린 카운티에는 내가 가는 게 좋겠어" 하고 윌리는 말했다. "그런데 자넨 이것이 납치라는 말을 하지 않았네."

"이건 보통 납치가 아니야."

"그럼 그들의 목적은 무언가?"

나는 쉽사리 대답하지 못했다. 잠시 뒤에 나는 입을 열었다.

"그 어린아이의 아버지가 어제 피살되었어. 그 아이가 십중팔구는 살인을 목격했을 거야."

"다른 둘이 그 아이의 아버질 죽였나?"

"모르겠어." 나는 수전과 제리에 대해서 애증의 갈등이 커지는 것을 느꼈다. 나는 그들의 무모한 도주에 끝장을 내주고 싶었다. 그 어린아이를 위해서 뿐만 아니라 그들 자신을 위해서도, "하지만 우린 그러한 가정을 계속해 나가야 하네."

나는 식당으로 돌아갔다. 스테이크가 나왔다. 나는 스테이크를 삼키고 생맥주로 씻어 내렸다. 목로 뒤에서는 황소 옆에 가 본 적도 없는 네 명의 카우보이가 동부에서 시작한 것처럼 들리는 서부 노래를 불렀다.

나는 맥주를 두 잔째 주문하고 주위를 둘러보았다. 진짜 서부와 가짜 서부의 혼합이었다. 이 속에는 동부에서 태어난 카우보이와 서부에서 태어난 카우보이, 아내와 딸을 거느린 휴가 중인 군인들, 관광객, 카우보이처럼 굽 높은 장화를 신은 석유 노동자들이 있었다.

레스터 크란돌이 로비에서 들어왔다. 그는 입구에서 잠깐 걸음을 멈추고 실내를 둘러보았다. 나는 한 손을 들었다. 그는 건너와서 내 한 손을 쥐었다.

"아처 씨죠? 어떻게 해서 이렇게 빨리 이곳에 오셨나요?"

나는 그에게 얘기를 했다. 나는 말하면서 그를 지켜보았다. 그의 반응은 둔하고 느렸다. 그는 전날 밤에 잠을 자지 못한 것 같았다. 더구나 그는 퍼시픽 팰리세이즈의 큰 집에 있는 것보다 웃카 트리 인에 있는 것이 훨씬 편한 것 같았다.

여종업원들은 그가 들어왔을 때 벌떡벌떡 일어났다. 여종업원 하나가 테이블로 왔다.

"무얼 가져올까요, 크란돌 씨."

"버번 위스키. 내가 마시는 술 알잖아, 그리고 아처 씨의 계산은 내 앞으로 달아 놓게."

"그러실 필요까지 없는데요" 하고 나는 말했다.

"천만의 말씀입니다." 그는 고개를 숙이면서 부은 눈시울 사이로 나를 쳐다보았다. "당신이 얘기했는데 내가 잊어버렸다면 용서하시오. 당신의 관심이 무엇인지 나에겐 아직도 분명치 않습니다."

"난 스탠리 브로더스트 씨 부인을 위해 일하고 있습니다. 나는 그분의 아들을 다치기 전에 구출하려고 합니다. 그리고 따님이 너무 깊이 빠지기 전에."

"나 자신이 거의 깊이 빠져 버렸소." 그는 갑자기 친절감을 표시하려고 그의 거친 손으로 나의 팔목을 붙잡았다. 그리고 갑자기 그는 손을 놓았다. "그러나 당신은 한 가지 점만은 마음을 놓으십시오. 내 딸 수전은 어린애를 해치는 계집애가 아닙니다."

"아마 고의로는 아니겠지요. 그러나 수전은 그 애를 위태롭게 하고 있습니다. 오늘도 그 애가 익사하지 않은 게 신기합니다."

"로린즈도 그렇게 말하더군요. 로린즈가 그들을 이곳에 붙들어 둘 만한 배짱을 가졌더라면 좋았었는데."

"그건 로린즈의 잘못이 아닙니다. 당신은 그녀에게 경찰을 부르지 말라고 말하지 않았나요?"

크란돌은 나를 차가운 분노에 찬 눈초리로 보았다.

"난 이 지방의 경찰이라는 걸 알고 있어요. 난 이곳에서 나고 이곳 에서 컸어요. 그들은 먼저 총을 쏘고 질문은 나중입니다. 난 내 어린 딸을 잡도록 경찰을 풀어 놓고 싶진 않습니다."

나는 그의 말에 찬성하지 않을 수가 없었다.

"다투지는 맙시다. 어쨌든 그들은 지금쯤은 항만 지방으로 가는 도 중일 거요."

"항만 지역의 어딥니까?"

"아마 사우살리토일 거요."

그는 두 주먹을 불끈 쥐고 마치 두 손에 주사위가 든 것처럼 흔들 었다.

"왜 당신은 그들 뒤를 쫓지 않나요?"

"난 당신에게서 유익한 말을 들을까 했지요."

그의 두 눈은 아직도 분노에 물들어 있었다.

"비꼬시는 겁니까?"

"사실입니다. 왜 진정하지 않습니까? 샌프란시스코의 내 친구가 그들을 지키고 있을 겁니다."

"당신 친구요?"

"윌리 머키라는 사립탐정이오."

"그 사람은 그들을 붙들면 어떻게 다룰까요?"

"잘 판단할 겁니다. 될 수 있으면 어린아이를 그들에게서 떼놓을 겁니다."

"그건 위험한 짓인 것 같은데. 내 딸은 어떻게 됩니까?"

"따님은 위험한 길을 택했습니다."

"내 딸을 보호해야 합니다. 아시겠습니까?"

"그럼 당신이 따님을 보호하십시오."

그는 울적한 눈초리로 나를 쳐다보았다. 여종업원은 주인이 마실 술을 가지고 뛰어왔다. 그녀는 미소를 띠어 주인의 기분을 바꿔 주려고 필사적으로 애썼다. 술이 미소보다는 효과가 있었다. 술이 들어가자 그의 안색은 좋아지고 눈은 눈물로 번쩍거렸다. 그의 구레나룻도 생기를 찾은 것 같았다.

"나의 잘못이 아니요" 하고 그는 말했다. "나는 그 애에게 계집애가 원할 수 있는 건 모두 주었소. 제리의 잘못이오. 그는 순진한 애를 데려다가 타락시켰소."

"그건 제리 아닌 다른 사람이 그랬지요."

"제리가 아니란 말이요?"

"제리 혼자가 아니라는 말입니다. 지난 주 어느 날…… 목요일이었을 겁니다. 수전을 찾아 스타 모텔을 갔어요."

"해안 국도에 있는 모텔 말입니까? 수전은 거기에 가지 않을 텐데요."

"수전은 그곳에 나타났어요. 앨버트 스위트너라는 탈옥수와 얼마동안 함께 있었죠. 이 이름은 당신에겐 아무 상관이 없는 이름입니까?"

"아무 상관도 없지요. 당신의 나머지 얘기도 아무런 상관이 없고요, 난 전혀 믿지 않아요."

그러나 그의 얼굴은 마치 이미 벌을 받았고 앞으로 더 많은 벌을 받아야 하는 늙은 싸움꾼처럼 그 얘기에 순응하고 있었다. "왜 당신은 이 얘길 나에게 합니까?"

"당신에겐 무얼 좀 생각하는 게 필요할 것 같아서요. 사람은 사실이 없으면 생각할 수 없어요. 앨 스위트너는 토요일 밤에 피살되었소."

"수전이 범인이라는 거요?"

"아닙니다. 그 일이 일어났을 때 수전은 바다에 있었죠. 나는 수전의 현재의 곤경을 당신에게 이해시키려 하고 있습니다."

"그 애가 고약한 곤경에 빠진 줄은 나도 알고 있습니다." 그는 포갠 팔을 테이블 위에 내리고 마치 바리케이드 뒤에 있는 사람처럼 팔짱 너머로 나를 바라보았다. "그 애를 곤경에서 건지려면 어떻게 하면 좋겠습니까? 난 그 애가 집을 나간 뒤에 다람쥐 쳇바퀴 돌듯이 빙빙 돌고만 있었다오. 그러나 그 애는 내 손이 미치지 못하는 곳으로 벗어나고 말았어요."

그는 잠깐 말이 없었다. 그의 시선은 나를 지나 점점 멀어졌다. 마치 그는 지평선 너머로 그의 딸이 미끄러져 나가는 것을 지켜보고 있는 듯이.

나에게는 자식이 없다. 그러나 나는 자식 가진 사람을 부러워하지 않기로 했다.

"수전이 무엇에서 도망을 치고 있는지, 혹 무슨 생각이 나시지 않습니까?"

그는 고개를 흔들었다.

"우린 수전에게 모든 걸 해 주었습니다. 수전은 만족하고 있는 줄 난 생각했지요. 그러나 무슨 일이 일어나고 말았습니다. 그게 무슨 일인지 난 모르겠소."

그는 장님놀이에서 자기의 딸을 더듬고 있는 듯이 고개를 좌우로 도리질했다. 이 고갯짓을 보니까 나는 슬픔에 감염된 듯 가슴이 메어졌다.

나는 의자를 뒤로 밀고 일어섰다.

"스테이크를 잘 먹었습니다."

크란돌은 일어섰다. 나와 마주 선 그는 더 키가 작게, 더 뚱뚱하게, 더 늙게, 더 슬프게, 더 부유하게 보였다.

"아처 씨, 어딜 가시나요?"

"사우살리토."

"엄마와 나를 데리고 가주세요."

"엄마라니요?"

"내 아내 말입니다."

그는 아내를 세례명으로 부르지 않는 남자 중의 한 사람이었다.

"난 함께 오신 줄 몰랐습니다."

"방에서 쉬고 있습니다. 우린 언제라도 곧 떠날 준비가 되어 있습니다. 모든 비용은 내가 지불하겠소. 솔직히 말하죠. 난 당신의 수고를 돈으로 사고 싶습니다."

"난 이미 고객이 있습니다. 그러나 크란돌 부인과 얘기하고 싶군요."

"물론이시겠지요. 하셔야죠."

나는 1달러 팁을 테이블 위에 놓았다. 크란돌은 그 지폐를 집어 조심스럽게 말더니 발꿈치를 들고 서서 그것을 나의 윗호주머니 속에 넣었다.

"당신 돈은 내 가게에서는 통하지 않습니다."

"이건 여종업원의 팁이요."

나는 1달러 지폐를 풀어서 테이블 위에 도로 놓았다. 크란돌은 화를 내려고 했다가 참는 듯했다. 그는 내가 엄마와 자기를 데려가 주기를 원했기 때문이다.

25

나는 그와 함께 로비에 들어가서 그가 2층에 있는 그의 방으로 올라간 동안 기다렸다. 조이 로린즈는 데스크 뒤에서 서랍의 물건을 꺼내어 가죽가방 속에 챙겨 넣고 있었다. 그녀는 마치 빈혈인 것처럼 눈이 게슴츠레하고 안색이 나빴다.

"해고당했어요." 그녀는 감정이 없는 목소리로 말했다. "15분 이내에 나가라는 거예요. 난 15년 이상이나 근무했는데요. 내가 이 가게를 차렸어요."

"다시 재고할 거요."

"당신은 레스터라는 분을 몰라요. 그분은 돈을 벌면서부터 무섭게 거만해졌어요. 그분에겐 신이 되고 싶어하는 콤플렉스가 있어요. 이 콤플렉스가 그에게서 점점 커가고 있어요. 그의 아버지의 농장이 페트로 시와 반덴버그 AFB 사이에 있었다는 게 그분의 행운이었어요. 그러나 레스터는 그걸 자기 자신이 다 이룬 것으로 생각해요. 그리고 이제 그는 딴 사람은 이와 같이 쓸어내도 좋다고 생각해요."

그녀는 자기 손으로 싹둑 자르는 시늉을 했다. 그녀는 손을 부들부들 떨고 있었다.

"면직 이유를 뭐라고 하던가요?"

"이유란 없어요. 그러나 나는 알고 있어요. 난 수전의 두 발을 꽁꽁 묶어놓기로 되어 있었거든요. 그는 자기나 자기 아내를 탓할 용기가 없으니까 나를 탓하는 거예요. 그들이 수전의 어머니에 대해서 당신에게 얘기할 수……."

그녀의 얼굴은 자기 자신이 한 말을 듣기라도 한 듯 놀란 표정으로 얼어붙었다. 그녀는 얘기를 중단했다. 나는 그녀에게 다시 얘기를 시키려고 했다.

"그러면 크란돌 씨 부인의 배경은 어때요?"

"별것 아니죠. 그녀의 아버진 건설회사 직원이었는데 그녀가 어린애 때 주(州) 내를 떠돌아 다녔죠. 레스터와 결혼했을 때도 어린애나 다름이 없었어요. 그는 고등학교 다니는 애를 채갔어요. 그때 그는 이미 중년남자였어요."

"나에게도 그들의 연령 차이가 눈에 띄었소. 그리고 난 왜 그녀가 그와 결혼했는지 의아스러웠소."

"그녀는 그와 결혼을 해야 했어요."

"그녀가 임신했다는 말인가요? 그건 흔해 빠진 얘긴데."

"그뿐만이 아니었어요. 그녀는 산타 테레사의 무모한 패거리들과 함께 레스터의 차를 훔쳐 가지고 도망쳤어요. 레스터가 처벌하려고 했으면 그녀는 감옥에 갔을 거예요. 그중의 하나는 감옥에 갔어요."

"앨버트 스위트너 말인가요?"

그녀의 얼굴은 흐려졌다.

"당신은 나를 유도 신문에 걸었군요. 당신은 벌써 이 사실을 다 알고 있군요."

"다는 모르지. 그러나 난 어저께 스위트너와 만났소. 당신은 어떻게 그를 알게 되었나요?"

"난 정말로 그를 몰라요. 그는 지난주에 여기 왔을 뿐예요. 난 남의 얼굴을 잘 기억해요. 난 그의 얼굴을 다른 때에 기억했거든요. 그는 크란돌 씨 부인의 주소를 알고 싶어했어요."

"크란돌 씨 부인의 주소를요?"

"크란돌 씨 내외의 주소를요."

"그래 얘기했나요?"

"안 했죠. 그러나 그들의 주소는 비밀이 아니에요. 로스앤젤레스의 전화번호부에 주소가 있거든요." 그녀는 덧붙여 말했다. "그 얘기조차도 그에게 하지 않았어요."

"당신은 그가 다른 때에 여기 왔다고 했지요?"

그녀의 눈의 초점이 길어졌다.

"오래전 일이었어요. 그가 남의 차를 얻어 타고 돌아다니던 젊은 때였어요. 나도 그땐 별로 나이가 많지는 않았지만."

"얼마 전이었나요?"

"얼마 전이더라. 내가 취직한 지 얼마 안 돼서니까. 수전이 세 살쯤 됐을 때였어요. 적어도 15년 전임에 틀림이 없어요."

그녀는 얼굴을 찌푸렸다.

"난 이번 주일엔 집에 있는 게 좋았어요. 그 작자는 스쳐갈 때마다 말썽을 부렸거든요."

"그럼 15년 전엔 무슨 말썽을 부렸나요?"

"정확히는 모르지만 내 기억으로는 그자가 레스터에게 돈을 꾸어달라고 했을 거예요. 그러나 그자가 간 뒤에 난장판이 벌어졌어요. 레스터와 그의 아내 사이에는 치고받고 끌어내는 대판 싸움이 벌어졌어요."

"무엇 때문에 싸웠나요?"

"모르겠어요…… 난 고함소리만 들었으니까요. 당신이 그들에게 물어 보아야 할 거예요. 다만 내 얘긴 빼 주세요."

크란돌이 계단 꼭대기에서 나를 불렀다. 나는 어떤 흥분에 떠받쳐서 계단을 올라갔다.

나는 내가 알고 있는 그녀의 배경에도 불구하고 마어티 크란돌과 두 번째로 만나는 것에 약간 흥분하고 있었다.

크란돌 부인이 거처하는 방의 가구는 싸구려 호화판이었다. 그녀는 짙은 화장을 하고 속을 두툼하게 넣은 의자에 앉아 있었다. 두 다리를 앞에 포개 놓고 있었다.

나는 그녀 몸매의 아름답고 우아함에 다시 놀랐다. 그녀는 어떠한 곳에 있더라도 마치 불빛이나 벽난로 불처럼 주위를 환하게 비추는 것 같았다. 그러나 그녀의 눈은 긴장되고 차가웠다. 그녀의 두 눈은 마치 그녀가 괴로운 밤을 보낸 책임이 나에게 있는 것처럼 화장의 가면을 통해서 나를 쳐다보았다.

그녀는 나에게 내민 손을 거두지 않은 채 입을 열었다.

"수전을 데려다 주셔야 합니다. 그 앤 집을 나간 지 사흘이 되었어요. 난 견딜 수 없어요."

"난 최선을 다하고 있습니다."

"레스터 애긴 수전이 사우살리토로 가는 도중이라는데, 그게 정말이에요?"

"아주 가능성이 많은 애깁니다. 아무튼 난 그 가정 아래 움직이고 있으니까요. 부인은 나를 도와 줄 수 있을 겁니다."

"어떻게요?" 그녀는 열의 있는 자세로 나를 향해 몸을 기울였으나 그녀의 눈빛에는 변함이 없었다. 그녀의 두 눈은 지쳐 보였다. 마치 그녀는 자기의 인생이 되풀이되는 것을 지켜보고 있는 것처럼. "난 정말로 그 애를 위한 것이라면 무슨 짓이라도 하겠어요."

거칠어진 그녀의 목소리는 주위의 호화로운 물건들과 장단이 맞았다.

"엘린 킬패트릭을 아십니까?"

그녀의 눈초리는 마치 당구공처럼 남편에게 부딪혔다가 나에게 돌아왔다.

"그런 질문을 나에게 하다니 이상하군요. 난 엘린을 찾아가 뵈려고 생각하고 있었어요."

"왜요?"

"그분은 사우살리토에 살고 계셔요."

"어떤 이름으로요?"

"엘린 스트롬이라는 이름입니다. 그분은 예술가예요. 그분의 예명이죠."

"자칭 예술가지 뭐야." 크란돌은 불쑥 말했다. "그러나 엉터리야. 그림도 제대로 그릴 줄 모르니까 말이야."

그는 목소리가 막히고 얼굴이 붉어졌다. 나는 그가 엘린에게 화를 낼만한 이유를 가지고 있는 것인지 또는 그의 모든 화를 그녀에게 터뜨리고 있는 것인지 도대체 알 수 없었다.

"그분의 그림을 보셨나요?" 나는 물었다.

"견본을 보았죠. 그 여자는 여름에 그림을 사달라는 편지를 나에게 했어요. 그래서 돈을 부쳐주었더니 그림을 보내왔어요."

"여기에 그 그림이 있습니까?"

"내던졌어요. 쓰레기에 불과했어요…… 나에게 돈을 청하는 구실에 지나지 않았지요."

"그게 아니었어요." 그의 아내는 대꾸했다. "그분 말씀은 우리에게 첫 번째 기회를 주고 싶다고 했어요."

"아무도 줄을 서고 있진 않았어."

나는 그녀에게 물었다.

"최근에 엘린을 만나보셨나요?"

그녀는 초조한 듯이 남편을 쳐다보았다.

"그분은 나의 담임선생님이었어요. 그렇지 않아요, 레스터?"

그는 대답하지 않았다. 그는 자신의 음울한 생각에 잠겨 있었다.

"그리고 제리 킬패트릭의 어머니입니다" 하고 나는 말했다. "그 사실을 알고 계셨나요?"

"몰랐어요." 그녀는 남편을 다시 한 번 쳐다보고 잠깐 당황해 하다가 덧붙여 말했다. "나중에 그런 줄 알았어요."

크란돌은 마치 검사처럼 그녀를 감시하면서 그의 아내와 나 사이를 눈으로 왔다갔다했다.

"당신은 제리 킬패트릭을 집에 초대했지?"

"초대하면 어때요? 좋은 일이었는데."

"쓸데없는 짓이었어. 결과는 이 꼴이야. 누가 시켰소? 그 여자가 시켰소?"

"당신이 알 바 아니에요. 그렇게 나에게 으르렁대지 말아요."

그들은 '교내 시합'에 열중한 나머지 나의 존재를 망각한 것 같았다.

나는 '교내 시합'을 중단시키기 위하여, 또 한편으로는 질문이 필요했기 때문에 그녀에게 물었다.

"앨버트 스위트너는 고등학교 때 당신과 한 반이었나요?"

그녀는 한동안 말없이 앉아 있었다. 그녀의 남편 역시 말이 없었다. 그러나 그의 눈은 마치 과거 때문에 한 대 얻어맞은 것처럼 멍청하게 보였다.

"한 반이었어요." 그녀는 말했다. "이름이 뭐랬지요?"

"앨버트 스위트너." 그녀는 엇갈려 포개 놓은 다리를 마치 부드럽고 우아한 가위처럼 오므렸다 풀었다 하면서 남편을 쳐다보았다. "나를 그렇게 노려보지 마세요. 당신이 노려보는데 무슨 생각이 나겠어요?"

"난 노려보고 있지 않아."

그는 시선을 그녀에게서 떼려고 했으나 뗄 수가 없었다.

"왜 나가서 한잔 드시지 않나요?" 하고 그녀는 말했다. "당신이 거기에 서서 노려보고 계시니까 말이 나오지 않아요."

그는 한 손을 내밀었다. 그의 손은 그녀에게 닿지 않고 그녀의 머리 주위를 슬쩍 스쳤다.

"진정해요. 우린 단결하여…… 외부 세계와 싸워야 해요."

"물론이에요. 다만 1분 동안이라도 생각할 기회를 주시겠어요? 나가서 한잔 하세요."

그는 천천히 방을 나갔다. 나는 그의 등 뒤에서 손잡이가 딸깍하는 소리와 마지못해 아래층으로 내려가는 발자국 소리가 날 때까지 가만히 기다렸다.

"당신은 무슨 짓을 하려는 거예요" 하고 그 여자는 물었다. "나의 결혼생활을 파괴하려는 건가요?"

"당신의 가정은 벌써 좀 기울어진 듯한데요."

"그건 틀려요. 난 레스터에게는 착한 아내였어요. 그분도 그건 알고 있어요. 난 과거에 그분에게 끼친 해를 보상하기 위해 최선을 다했어요."

"이를테면 그분의 차를 훔친 것 같은?"

"그건 거의 20년 전 일이에요. 당신은 뻔뻔스럽게도 그걸 캐 가지고 앨버트 스위트너를 내 얼굴에다가 내던지는군요."

"어젯밤에 그의 얘길 꺼냈었죠. 기억나세요? 부인은 모른다고 했어요."

"당신은 앨이라고 했는데 그건 세례명이었어요. 그리고 고교 이후로 그를 본 적이 없어요."

"크란돌 씨 부인, 그게 정말입니까? 그는 15년 전에 부인의 '웃카트리 인'에 왔습니다."

"하고 많은 사람이 오는 곳인걸요."

"그리고 금주만 하더라도 그는 따님을 어떤 모텔로 끌고 갔어요."

그녀는 두 손으로 그 생각을 물리쳤다.

"수전은 그 따위 사내와는 함께 가지 않을 거예요."

"갔나 본데요."

그녀는 초조한 나머지 일어섰다.

"그가 무슨 짓을 하려고 했을까요? 밀고에 대한 보복?"

"당신은 그를 밀고했나요?"

"해야 했어요. 하지 않으면 소년감화원에 가야 했어요. 그러나 그건 수전이 태어나기 전의 일이었어요."

"하지만 앨은 잊지 않았겠지요."

"그는 잊지 않았을 거예요. 그는 아까 당신 말대로 15년 전에 여기에 나타나서 나의 결혼생활을 파괴하려고 했어요. 그가 프레스튼 감화원에서 나온 직후의 일이었어요."

"어떻게 해서 당신의 결혼을 파괴하려고 했나요?"

"그는 남편에게 거짓말을 했어요. 나는 그의 거짓말을 운운하고 싶지 않아요. 도대체 내가 당신에게 얘기하는 이유를 모르겠어요."

"앨 스위트너는 어젯밤에 피살되었소."

그녀는 말없이 나를 쳐다보았다. 그녀의 눈은 공포에 떨고 있었다. 그녀의 몸에는 고양이와 같은 자신이 깃들여 있었다.

"그렇군요, 내가 그를 죽였다고 당신은 생각하고 있군요."

나는 이 말을 긍정도 부정하지도 않았다. 그녀의 표정은 한결 냉담해졌다.

"수전? 수전이 죽였다고 생각하세요?"

"수전은 혐의자가 아니오. 확실한 혐의자는 아직 없습니다."

"그럼 왜 그 사실을 그와 같이 나에게 내던지나요?"

"당신이 알아 둘 필요가 있다고 난 생각했지요."

"대단히 감사합니다." 그녀는 신랄하게 대꾸했다. "앨은 내 딸을 어떻게 할 셈이었나요?"

"주로 그는 수전에게서 정보를 얻으려고 했을 겁니다. 앨은 도주 중이었으니까 돈을 구하려고 남으로 왔겠지요. 그는 멕시코로 갈 여비를 마련하려고 했을 거예요."

"어디서부터 남으로 왔단 말예요?"

"새크라멘토에서죠. 그는 도중에 사우살리토에 들렀나 봅니다."

그녀는 마치 묘지의 발자국 소리를 듣는 여자처럼 귀를 기울이고 있었다.

"엘린이 그에게 우리 집을 가르쳐 주었나요?"

"난 모르겠어요. 그러나 그가 남으로 오기 전에 엘린을 만나러 간 건 틀림이 없습니다. 그는 스탠리가 그의 아버지와 엘린에게 내건 현상금을 쫓고 있었으니까요."

"어떠한 상금인데요?"

"1천 달러 현상금이지요. 앨은 더 받으려고 했을 거예요."

나는 광고문을 꺼냈다. 그것은 점점 닳아져 가고 있었다.

"이게 엘린이죠?"

"맞아요. 엘린은 산타 테레사 고등학교 교사 때 늘 그렇게 보였어요."

"당신은 그 뒤 엘린을 만났나요?"

그녀는 이 질문에 대한 대답을 끌었다.

"난 지난 달에 그림을 산 뒤에 엘린을 만나러 갔어요. 제발 이 얘기 레스터에게 하지 마세요…… 그는 모르는 일이에요. 우린 주말에 샌프란시스코에 갔거든요. 난 빠져나와 다리를 건너 사우살리토에 갔어요." 그녀는 잠깐 주저한 끝에 덧붙여 말했다. "수전을 데리고 갔어요."

"왜요?"

"모르겠어요…… 그러나 좋은 착안인 것 같았어요. 엘린은 나와 접촉하고 싶은 것 같았어요. 그분은 내가 어렸을 때 나를 많이 도와주었어요. 그분이 아니었더라면 난 소녀 시절을 살아 넘기지 못했을 거예요. 그리고 수전이 같은 징조를 보이기 시작했어요. 그 애는 행복한 애가 아니었어요. 자포자기하기 시작했어요. 아시죠?"

나는 몰랐다. 그래서 나는 모른다고 말했다. 이것은 수전의 생활에 잘못된 것이 있음을 그녀가 처음으로 인정하는 말이었다.

"그 애는 내가 어렸을 때처럼 항상 남을 무서워했어요. 그리고 남들도 어느 점에서는 그 애를 무서워했어요……. 딴 애들은 그 애가 무슨 일 때문에 머리가 이상해졌는지 상상할 수가 없었어요. 나는 알고 있었어요. 알고 있다고 생각했어요. 그러나 그걸 얘기할 수는 없었어요."

"지금은 얘기할 수 있습니까?"

"할 수 있을지도 몰라요. 모든 게 깨져가고 있어요." 그녀는 숨 막힐 듯 화려한 방 안을 마치 지진 때문에 벽의 틈바구니가 커져가고 있는 것처럼 둘러보았다. "레스터는 수전의 아버지가 아니에요. 레스터는 수전의 아버지가 되려고 최선을 다했어요. 그러나 그게 수전에겐 통하지 않았어요. 그리고 나는 그게 또한 이해되지 않았어요. 말하자면 어리둥절했죠. 집 안에서 서로 어릿광대 놀음을 하며 살아왔어요."

"수전의 아버진 누구입니까?"

"당신이 알 바가 아니에요." 그녀는 별로 화를 내지 않고 나를 똑바로 쳐다보았다. "난 그 질문에 대한 해답을 모를지도 몰라요. 나의 생활은 한때 엉망이었어요. 그게 내가 수전보다 나이가 어렸을 때의 일이에요."

"프리스 스노가 수전의 아버지인가요?"

그 여자의 눈은 더욱 날카로워졌다.

"그 문제에 대해선 대답하지 않겠어요. 그러니까 잊어주세요. 하여튼 당신은 내가 꺼낸 얘길 중단시키고 있어요. 난 수전이 걱정이 되었어요. 그래서 엘린에게 무슨 방법이라도 있을까 하고 생각했었죠."

"명안이 있었나요?"

"없었죠. 엘린은 얘기를 많이 했고 수전은 죄다 귀담아 들었어요. 그러나 나는 그분의 제안을 탐탁하게 생각하지 않았어요. 수전을 어디로 보내서 다른 사람이 수전을 돌보게 해야 한다고 엘린은 생각했어요. 그러지 못하면 수전을 풀어주어 자율적 생활을 시키라고. 그러나 그럴 수는 없잖아요. 젊은이는 이 세상을 사는 데 보호자가 필요하니까요."

"수전은 어떻게 생각했나요?"

"그 애는 엘린과 함께 있고 싶어했어요. 그러나 그건 명안이 아니었어요. 엘린은 젊었을 때와는 달라졌어요. 엘린은 숲 속의 소름끼치는 낡은 집에서 은둔자처럼 살고 있었으니까요."

"남자는 없었나요?"

"남자는 못 보았어요. 리오 브로더스트는 사라진 지 오래예요. 그들은 합치하지 못했어요. 아내의 존재가 열을 올려 주는 동안만 계속된 연애 사건에 불과했어요."

그녀는 자기가 아는 척한 것에 대하여 당황한 얼굴을 지었다.

"그는 어디로 갔나요?"

"국외로 갔다고 엘린은 말하던데요."

"당신은 산타 테레사를 떠나기 전의 리오를 알고 있었죠?"

"난 그분 집에서 일했어요. 그것도 아는 것이라면."

"그는 어떠한 사람이었나요?"

"그는 여자만 보면 손을 안 대고는 못 배기는 남자였어요."

그녀의 말에는 어떤 원한이 있는 것 같았다. 나는 물었다.

"그분은 당신에게 손을 댔나요?"

"한 번 그런 일이 있었죠. 난 그의 비열한 얼굴을 갈겨 주었어요."

그녀는 나를 마치 내가 그녀에게 손을 댄 것이나처럼 반항적으로 대답했다. "그 뒤로는 내게 손을 못 댔어요."

그녀의 과거의 분노가 용솟음쳤다. 그녀의 얼굴은 장밋빛이 되었다. 아마 이 분노에는 무슨 딴 열정이 가미되어 있을 것이다. 그녀는 첫 번 만났을 때보다도 훨씬 복잡한 여자였다.

그러나 나는 갈 길이 바빴다. 나는 아래층으로 내려가서 다시 윌리 머키에게 전화를 걸었다. 내가 수화기를 들고 기다리고 있는 동안에 머키는 마린 카운티의 전화번호부에서 엘린 스트롬을 찾았다. 그녀는 사우살리토의 변두리 헤이븐 로드에 있는 집에 살고 있었다. 윌리는 내가 그곳에 도착할 때까지 엘린의 집을 감시하고 있겠다고 말했다.

나는 크란돌 씨 부부의 어느 쪽에도 작별인사를 하지 않고 내 차가 있는 곳으로 빠져나왔다. 나는 자기들의 모든 과거를 뒤에 끌고 다니는 이들 부부를 굳이 데리고 가고 싶지가 않았다.

26

내가 샌프란시스코에 도착했을 때는 어두웠다. 비가 내리고 있었다. 골든 게이트 너머 바다에는 구름이 파랄론 섬 쪽으로부터 몰려오고 있었다. 다리를 건너 불어오는 앞바다 바람에 내 얼굴은 축축하고 차갑게 느껴졌다.

헤이븐 로드 입구에 있는 네모진 누런 표지판에는 '일방통행'이라고 적혀 있었다. 나는 차를 돌려 주차시키고 망가진 아스팔트길을 걸어갔다. 산재하고 있는 집들은 도로에서는 가려져 있었으나 나무 사이로 전등불이 보였다. 어둠 속에서 나지막한 목소리가 들려왔다.

"루?"

윌리 머키가 도로 옆에 나타났다. 그는 검은 레인코트를 입고 있었다. 코밑수염을 기른 그의 얼굴은 마치 강령술 회의에서 불러낸 영혼처럼 비현실적인 얼굴로 보였다. 나는 물방울이 뚝뚝 떨어지는 나무 밑으로 들어가서 그의 장갑 낀 손을 쥐었다.

"그들은 아직 나타나지 않았네" 하고 그는 말했다. "자네의 정보는 확실한 건가?"

"그저 중간쯤이야." 나를 이곳으로 오게 했던 희망은 나의 가슴 속에서 무너져서 배속으로 무겁게 내려앉고 있었다. "스트롬 부인은 집에 있던가?"

"저기 있네. 그런데 혼자 있던데."

"틀림이 없나?"

"틀림없어. 해롤드에겐 옆 창문으로 그 여자가 보인다네."

"무얼 하고 있다던가?"

"별로 하는 일이 없나 봐. 아까 해롤드에게 물으니까 그 여자는 누구를 기다리고 있는 것 같다고 하더군."

"난 들어가서 얘기를 걸겠어."

윌리는 내 팔을 붙들고 팔꿈치 바로 위의 근육을 꼬집었다.

"괜찮겠나, 루?"

"그 여자는 그들에게서 얘기를 들었을 거야. 그 여잔 그 청년의 어머니야."

"됐어, 어서 가 보게."

윌리는 내 팔을 놓고 옆으로 비켜섰다.

나는 빗물에 씻긴 자갈길을 걸어 올라갔다. 똑같이 생긴 원통 모양의 탑 둘이 밤하늘을 등지고 서 있었기 때문에, 이 집은 마치 중세기 로맨스에 나오는 집처럼 보였다.

그 환상은 가까이 갈수록 퇴색했다. 현관 문 위에는 다채로운 부채꼴의 장식이 있었는데, 유리의 창살이 헐어져 마치 이가 빠진 노인이 웃는 것 같았다. 베란다의 계단은 절반쯤 부서져서 내 무게 때문에 발밑에서 삐걱거리는 신음소리를 냈다. 내가 노크를 하자 문이 삐거덕하며 열렸다.

엘린이 전등불이 켜진 현관 복도에 나타났다. 그녀의 눈이나 입은 오래전에 찍은 사진과 별로 달라진 것이 없었다. 그래서 회색 머리카락은 아무런 관계가 없는 것처럼 보였다. 소매가 긴 윗저고리 밑에 길고 넓은 스커트를 입고 있었다. 옷에는 3원색 물감이 묻어 있었다. 그녀의 몸은 의식하지 않은 자존심과 함께 움직였다.

그녀가 문간에 나왔을 때 그녀의 표정은 초조하고 겁을 먹은 것 같았다.

"누구세요?"

"내 이름은 루 아처입니다. 노크하니까 문이 활짝 열렸소."

"빗장이 고장 났어요." 그녀는 문손잡이를 가볍게 흔들었다. "당신은 탐정이지요?"

"잘 알고 계시는군요."

"마어티 크란돌이 나에게 전화했어요. 마어티 얘기로는 당신은 그녀의 딸을 찾고 있다면서요?"

"수전은 여기 왔나요?"

"아직 안 왔어요. 그러나 머어티 얘기론 수전이 여기 온다는군요." 그 여자는 나를 지나서 어둠 속을 내다보았다. "내 아들 제리도 함께 라고요."

"맞습니다. 그리고 또 리오 브로더스트의 손자도 함께 있습니다."

그녀는 당황한 것 같이 보였다.

"어떻게 해서 리오에게 손자가 있었나요?"

"그에겐 아들이 하나 있었죠. 그 아들이 아들을 낳았죠. 로니는 여섯 살이요. 실은 그 애 때문에 나는 여기 왔습니다."

"그들은 여섯 살 난 애를 어떻게 하자는 건가요?"

"난 모르겠어요. 난 그들에게 물어볼 생각이었소."

"알겠어요. 들어오시지 않겠어요?" 그녀는 몸짓을 했다. 몸짓은 어색했으나 우아했다. 아직 젖가슴도 불룩했다. "우리 함께 기다려요."

"킬패트릭 씨 부인, 감사합니다."

이 이름은 마치 내가 그녀에게 과거를 상기시키기 위해서 끄집어낸 것처럼 그녀를 불쾌하게 했다. 그녀는 내 말을 정정했다.

"스트롬 여사입니다. 난 이 이름을 애초엔 예명으로 썼어요. 그러나 다른 이름은 여러 해 동안 써 오지 않았어요."

"당신은 화가이시군요."

"신통한 화가는 아니에요."

그녀는 나를 천정이 높고 넓은 방으로 안내했다. 벽에는 캔버스가 걸려 있었다. 대부분이 틀에 들어 있지 않았다. 여러 색깔의 점과 소용돌이는 미완성인 것으로 보였으므로 완성할 수 없을 것으로 여겨졌다. 창문은 나팔꽃 모양의 3중창 말고는 두꺼운 커튼이 드리워져 있었다. 산비탈에 산재한 사우살리토의 불빛이 바깥에 선 나무들 사이로 내다보였다.

"경치가 좋습니다" 하고 나는 말했다. "커튼을 쳐도 괜찮을까요?"

"치세요. 그들이 바깥에서 나를 감시하고 있다고 생각하세요?"

나는 그녀의 얼굴을 쳐다보았다. 그녀는 진정이었다.

"누가 말입니까?"

"제리와 수전과 어린아이 말입니다."

"그렇지 않을걸요."

"그렇지 않을 줄은 알지만, 그러나 나는 오늘 밤은 감시를 받고 있다고 느껴졌어요. 커튼을 쳐도 도움은 안 되겠지만요. 외부에 있는 것이 무엇이든 그것은 X광선 같은 눈을 가졌어요. 신이 아니면 악마겠죠. 그건 문제가 되지 않죠."

나는 창문에서 돌아서서 그녀의 얼굴을 다시 바라보았다. 그녀의 얼굴은 화장을 하지 않은 맨 얼굴이었다.

"아처 씨, 서 계시도록 해서 미안합니다. 앉으시지 않겠어요?"

그녀는 묵직한 낡은 의자를 가리켰다.

"난 바깥에서 보이지 않는 다른 방에 앉고 싶습니다."

"정말로 나도 그러고 싶어요."

그녀는 나를 이끌고 현관 복도를 지나서 계단 밑의 헛간 같은 방으로 안내했다. 이 방은 하도 작아서 폐소공포증을 일으킬 것 같았다. 경사진 천정의 가장 높은 부분에 간신히 내 머리를 들여 놓을 수가 있었다.

게이리 스나이더의 포스터 '4변화'(四變化)가 벽에 붙어 있었다. 그 옆에 케이프 혼 근방의 산더미 같은 파도를 뚫고 가는 포경선의 판화가 있었다. 구석에는 '윌리엄 스트롬 제분 및 목재회사'라는 명자가 새겨진 낡은 철제 금고가 있었다.

그녀는 전화 옆 책상 위에 걸터앉고 나는 삐걱거리는 회전의자에 앉았다. 이 비좁은 장소에서 나는 그녀의 체취를 맡을 수가 있었다. 그 체취는 상쾌했으나 어딘지 모르게 나무 재나 마른 잎처럼 생기가 없었다. 그녀가 한때 리오 브로더스트를 산장 위로 이끌고 갔던 그 정열은 고갈되었는가 하고 나는 막연히 생각했다.

그녀는 내 눈의 표정을 포착했으나 오해한 것 같았다. 대단치는 않으나.

"난 당신이 생각하는 정도로 세상에서 멀리 떨어져 있는 사람은 아니에요. 나는 신비스러운 경험을 한두 번 한 적이 있지요. 난 모든 밤이 영원의 첫 밤이라는 것을 알고 있어요."

"낮은 어떻게 생각하시나요?"

그녀는 짤막히 대답했다.

"난 밤에 가장 좋은 작품이 나와요."

"나도 그런 말을 들었어요."

그녀는 이해가 빨랐다.

"마어티가 내 얘길 했군요?"

"좋은 뜻으로였지요. 마어티가 어렸을 때 부인을 생명의 은인이라고 하던데요?"

그녀는 이 말을 듣고 즐거운 것 같았다. 그러나 기분 전환은 되지 않았다.

"당신은 리오 브로더스트와 나와의 일을 알고 있군요. 그렇지 않았으면 그의 이름을 끄집어 내지 않았을 거예요."

"난 그의 손자 신원을 밝히기 위해 그분 이름을 끄집어냈지요."

"난 편집광인가요?"

"아마 약간은, 혼자 살면 그렇게 되지요."

"그렇게 되는 걸 어떻게 알아요, 의사 선생?"

"난 의사가 아니요. 나도 혼자 살고 있으니까요."

"좋아서 그러는 거예요?"

"내가 좋아서가 아니요. 나의 아내는 나와 함께 살 수가 없었소. 그러나 난 이젠 혼자 사는데 익숙해졌지요."

"나도 그래요. 난 나의 고독을 사랑하고 있어요" 하고 그녀는 말했다. "때때로 난 밤새 그림을 그려요. 난 일을 하는데 햇빛이 필요하지 않아요. 나는 햇빛을 반사하지 않는 물건들의 정신적 상태를 그려요."

나는 다른 방의 벽에 걸린 그림들에 대해서 생각했다. 이 그림들은 심한 타박상이나 상처를 드러낸 듯한 느낌이 들었다. 나는 말했다.

"마어티는 제리의 사고 얘기를 했나요? 분명히 제리는 팔이 부러졌소."

그녀의 얼굴은 뉘우침으로 이지러졌다.

"그 애는 어디 있을까요?"

"길 위에서 헤매고 있겠지요. 이곳보다 좋은 곳이 생각나지 않았다면."

"그는 무엇에서 도주하려고 하나요?"

"당신이 더 잘 아실 텐데."

그녀는 고개를 내저었다.

"난 그 애를 안 본 지 15년이나 되었어요."

"왜 안 만났나요?"

그녀는 내가 그녀에 대해서 모든 것을 알고 있다고 말하는 듯한 손짓을 두 손으로 했다. 이 몸짓은 담화와 생활에서보다는 깊은 생각과 환상에 보다 많은 시간을 보낸 여자의 몸짓이었다.

"남편은…… 전 남편은 리오 문제 때문에 나를 용서하지 않습니다."

"리오에게 무슨 일이 일어났는지 나는 궁금히 생각해 왔소."

"나도 궁금히 생각해 왔어요. 나는 이혼하러 리노에 갔어요. 그는 리노에서 나와 만나기로 되어 있었어요. 그런데 그는 나타나지 않았어요. 그는 나를 바람맞혔어요." 그녀의 목소리는 쓸쓸했으나 경쾌했다. 이제는 더 이상 완전히 기억나지 않는 노여움처럼. "나는 산타 테레사를 떠난 뒤 그를 만난 적이 없어요."

"그는 어디로 갔나요?"

"난 알 수 없어요. 난 그분의 소식을 들은 적이 없어요."

"그가 외국으로 갔다고 하던데요."

"어디서 들었나요?"

"마어티 크란돌에게서 들었지요. 마어티 크란돌은 당신에게서 들었다고 하던데요."

그녀는 좀 당황한 것 같았다.

"그와 비슷한 얘길 했을지 몰라요. 리오는 나를 하와이 또는 타히티에 데리고 간다는 얘길 많이 했어요."

"그는 얘기로 그치지는 않았지요? 난 그가 밴쿠버를 경유하는 하와이행 영국 화물선의 표를 2장 예약한 걸로 알고 있습니다. '스완시 캐슬'호는 1955년 7월 6일경 샌프란시스코를 출항했지요."

"그래서 리오는 배를 탔나요?"

"그는 하여간 표를 샀어요. 당신은 그와 함께 있지 않았나요?"

"있지 않았어요. 그 무렵 난 적어도 1주일 동안 리노에 가 있었거든요. 그는 딴 여자와 함께 갔음에 틀림없군요."

"또는 혼자 갔거나." 나는 말했다.

"리오는 혼자 가지는 않았어요. 그 사람은 혼자 있지 못해요. 그는 누구와 함께 있어야만 사는 보람을 느꼈어요. 그것이 내가 버림을 받은 뒤에 이 집으로 돌아온 이유의 하나예요. 나는 혼자 살 수 있다는 것을 증명하고 싶었어요. 나는 그 사람 없이도 살 수 있다는 것을 증명하고 싶었어요."

"난 이 집에서 태어났어요." 그녀는 마치 15년 동안 얘기를 들려줄 사람을 기다리고 있었던 것처럼 얘기했다. "이 집은 조부님 집이었어요. 조모님은 모친이 세상을 떠난 뒤에 나를 길렀어요. 유년 시절을 지냈던 집에 돌아오는 건 재미있어요. 그리고 또한 소름이 끼쳐요. 아주 어려지고 동시에 아주 늙어 버린 것 같아서요. 이 집에는 귀신이 있어요."

낡아빠진 긴 스커트를 입고 있는 이 여자는 그러한——아주 젊고 동시에 아주 늙은, 손녀딸이면서 할머니인 약간 정신분열 증세가 있는——여자로 보인다고 나는 생각했다.

그녀는 초조한 듯한 몸짓을 했다.

"내 얘기가 지루한가요 ?"

"아니요, 난 리오에게 흥미가 있소. 난 별로 그를 모르니까요."

"나도 정말은 몰라요. 한두 해 동안 나는 밤마다 그를 생각하면서 잠을 잤고 아침에 눈을 뜨면 그날 그이를 만날 수 있기를 바랐어요. 그러나 나중에 나는 리오라는 사람을 전혀 모른다는 걸 깨달았어요. 그는 표면에 불과했어요. 제 말 아시겠어요 ?"

"정확히는 모르겠는데요."

"그이에게는 내면생활이라는 것이 없었어요. 그는 외부적인 일은 잘했어요. 그러나 그게 그이의 전부였어요. 그는 행동인이었어요."

"그는 어떠한 일을 했나요 ?"

"그이는 태평양 전투에서 상륙전에 9번 내지 10번은 참가했어요. 전후에 그는 보트 경주를 했고, 정구의 토너먼트에 출전했고, 폴로 경기를 했어요."

"그럼 여자와 함께 보낼 시간은 별로 많지 않았겠군요."

"그분은 시간이 필요하지 않았어요." 그녀는 쓴웃음을 띠며 대답했다. "내면이 없는 사람은 보통 시간이 필요하지 않아요. 이 말은 험구로 들릴 거예요. 그러나 정말은 그게 아녜요. 난 늘 리오를 사랑했어요. 난 아마 여전히 사랑하고 있을 거예요. 만약에 그가 이 순간에 걸어 들어온다면 내 기분이 어떠할지 모르겠어요."

그녀는 방문을 쳐다보았다.

"그가 돌아올 것 같은가요?"

그녀는 고개를 내저었다.

"난 그가 살아 있는지 죽었는지조차도 몰라요."

"당신은 그가 죽었다고 생각할 만한 이유라도 가지고 있나요?"

"아녜요. 그러나 나는 늘 그가 죽었다고 나에게 타일러 왔어요. 그게 견디기 쉬웠어요. 그이는 리노에 전화조차 걸어주려고 하지 않았으니까요."

"몹시 섭섭했겠습니다."

"난 첫겨울에는 무척 울었어요. 그러나 난 이곳에 기어들어 첫겨울을 이겨냈어요. 지금 나에게 일어나는 것은 무엇이나 캔버스 위에서도 일어납니다."

"쓸쓸하지 않습니까?"

그녀는 매서운 눈초리로 나를 쳐다보고 내가 그녀에게 덤벼들려고 하지 않는가를 살폈다. 그녀는 내가 그러한 사람이 아니라고 판단했음에 틀림이 없다. 왜냐하면 그녀는 다음과 같이 말했기 때문이다.

"난 줄곧 외로워요…… 적어도 늘 외로웠어요. 내가 혼자 사는 법을 배울 때까지는…… 당신이 혼자 사신다면 내 말뜻을 아시겠지요. 혼자 산다는 것은 무슨 일이건 자기 자신 말고는 탓할 사람이라고는 아무도 없는 무서운 굴욕과 자기 연민이에요."

"당신 말뜻을 알고말고요." 나는 화제를 그녀의 결혼으로 돌렸다. 그녀의 결혼은 이 사건의 중심에 숨어 있는 것 같았다. "왜 당신은 남편을 버렸나요?"

"우리 사이는 모두가 끝났어요."

"남편이나 어린 아들을 보고 싶지 않았나요?"

"브라이언은 보고 싶지 않아요. 그는 나를 학대했어요…… 학대하는 사람은 용서할 수 없어요. 그는 내가 제리를 데리고 가거나 제리를 만나기라도 한다면 나를 죽인다고 협박했어요. 물론 나는 아들이 보고 싶었어요. 그러나 난 아들 없이 사는 법을 배웠어요. 난 아무도 필요하지 않아요. 문자 그대로."

"의미상으로는요?"

그녀의 미소는 자신의 머릿속에 있는 빛과 그림자를 꿰뚫어본 듯이 깊이가 있고 암시적이었다.

"의미상으로는 딴 문제예요. 물론 나는 이 세상의 낙오자처럼 느꼈어요. 내가 느낀 가장 견디기 어려운 고독은 애들 때문이었어요. 나의 아이뿐만 아니라…… 학교에서 가르친 애들 때문이었어요. 그들의 얼굴이 보이고 그들의 목소리가 끊임없이 들려와요."

"마어티 크란돌과 같은 제자 말이지요."

"그 애도 한때 제자였지요."

"그리고 앨버트 스위트너도, 그리고 프리스 스노도."

그녀는 환상에서 깨어난 듯한 표정으로 나를 쳐다보았다.

"당신은 나에 대해 꽤 조사를 했군요. 정말이지 나는 그렇게 대단한 존재가 아니예요."

"그럴지도 모르죠. 그러나 앨버트와 프리스와 마어티가 뜻밖에 문제를 일으키고 있습니다. 그들은 셋 다 당신이 담임하고 있던 반 아이였습니다."

"불행히도 내가 그들의 담임이었죠."

"왜 불행히도죠?"

"그들 셋은 사고를 냈어요. 그들이 로스앤젤레스로 몰려간 얘기는 아마 들으셨겠지요?"

"난 누가 주동자였는지 확실히 모르겠어요. 앨버트였나요?"

"경찰은 그때 그렇게 생각했죠. 셋 중에서는 그 애만 소년 범죄 전과자였으니까요. 그렇지만 내 생각으론 본래 마어티가 꾸민 짓이에요." 그녀는 신중히 생각하며 덧붙여 말했다. "마어티는 셋 중에서는 결과가 가장 좋았어요. 나이 차이가 크게 나는 남자와 억지로 결혼한 것을 그렇게 말할 수 있다면요."

"누가 애 아버지였나요? 앨버트 스위트너였나요?"

"마어티에게 물어 보셔야지요." 그녀는 화제를 바꾸었다. "앨버트는 정말로 죽었나요? 마어티가 앨버트가 죽은 걸 전화로 알려 주었어요."

"그는 어젯밤 칼을 맞고 죽었지요. 범인은 나에게 묻지 마십시오. 난 모르니까요."

그녀는 죽은 앨버트가 방 안의 자기 발 밑에 있는 것처럼 슬픈 듯이 내려다보았다.

"불쌍한 앨버트. 그는 인생을 별로 잘 살지 못했어요. 성년이 되면서 그는 거의 감옥에서 살았거든요."

"어떻게 그 사실을 아시나요, 스트롬 여사."

"난 그와 연락이 끊기지 않도록 하려고 해 왔어요." 그녀는 조금 주저한 뒤에 덧붙여 말했다. "사실 그는 지난주에도 이 집에 왔었어요."

"그가 탈옥한 사실을 아셨나요?"

"알고 있었다면 어떻다는 거죠?"

"당신은 그를 경찰에 알리지 않았군요."

"난 훌륭한 시민이 아니거든요." 그녀는 약간 비꼬는 듯이 말했다. "그것이 세 번째 선고였어요. 그러니까 그는 평생을 감옥에서 살아야 했어요."

"무슨 죄였나요?"

"무장 강도."

"그가 찾아왔을 때 무섭지 않았나요?"

"무서워한 적이 없어요. 그를 보고 놀라기는 했으나 무섭진 않았어요."

"그는 당신에게 무얼 요구했나요? 돈이요?"

그녀는 고개를 끄덕였다.

"그에게 많이 줄 수는 없었어요. 난 얼마동안 그림을 못 팔았거든요."

"당신은 그 외에 무엇을 주었나요?"

"빵과 치즈를 주었죠."

나는 아직도 녹색 표지의 책을 지니고 있었다. 나는 호주머니에서 그 책을 꺼냈다.

"그 책은 내 책 같은데요?" 엘린은 말했다.

"맞았소."

나는 그녀에게 장서표를 보였다.

"어디서 이 책을 입수했나요? 앨 스위트너에게서가 아닌가요?"

"아드님 제리에게서요. 틀림없습니다."

"그 애가 가지고 있었나요?" 그녀는 그녀가 포기했던 과거의 조그마한 빵 부스러기에도 굶주린 것 같았다.

"확실히 그가 가지고 있었습니다." 나는 그녀에게 책머리의 여백에 연필로 쓰인 제리의 서명을 보였다. "그러나 내가 부인에게 보이고 싶은 건 안에 있습니다." 나는 그 책을 펴서 신문기사 조각을 꺼냈다. "당신은 이것을 앨 스위트너에게 주었나요?"

그녀는 받아서 살펴보았다.

"네, 내가 준 거예요."

"무엇 때문에 주었나요?"

"그것이 그에게 돈이 되지 않을까 하고 나는 생각했어요."

"그건 양쪽이 다치는 자선 행위였지요. 나는 당신의 자선 동기가 전적으로 이타적인 것으로는 믿지 않습니다."

그녀는 화를 냈다. 그러나 아주 약하게, 마치 화낼 만한 것이 이 세상에는 없는 것처럼.

"당신은 나의 자선 동기에 대해서 무얼 아신다는 겁니까?"

"당신이 말하는 것만 알 뿐입니다."

그녀는 1분 내지 2분 동안 말이 없었다.

"난 호기심이 생겼나봐요. 나는 여름내 이 기사 조각을 쥐고 어떻게 했으면 좋을까 하고 생각했어요. 나는 누가 이 일을 생각해 냈는가 궁금했어요. 그리고 물론 나는 리오가 어떻게 되었는가를 몰랐고요. 난 앨버트가 알아다주려니 하고 생각했어요."

"그래서 당신이 앨버트를 산타 테레사에 풀어 놓으셨군요. 당신은 어마어마한 짓을 저질렀어요."

"무엇이 그렇게도 어마어마한 짓이었나요?"

"앨버트가 죽었고, 스탠리 브로더스트도 죽었어요."

나는 그녀에게 그들의 피살 경위를 자상하게 설명했다.

"그럼 이 광고문을 〈크로니클〉지에 실은 건 스탠리였군요." 그녀는 말했다. "그런 줄 알았더라면 그를 만나봤을 거예요. 그러나 난 엘리자베스가 그렇게 한 줄로 생각했어요."

"무엇 때문에 당신은 그렇게 생각했나요?"

"이 사진을 찍었을 때를 난 상기할 수 있어요." 그녀는 기사를 무릎 위에 폈다. 마치 깃털을 발견한 것처럼. "엘리자베스가 리오와 나의 사이를 알기 전에 찍었어요. 이 사진이 나의 온갖 과거를 되새겨줍니다. 내가 가졌던 전부와 잃어버린 모든 것을."

그녀의 두 눈에는 로맨틱한 눈물이 고였다. 내 자신의 눈은 메마른 채였다. 나는 엘리자베스 브로더스트가 잃은 모든 것에 대해서 생각했다.

　차도의 자갈이 묵직한 차의 타이어 밑에서 툭툭 튀었다. 엘린은 고
개를 들었다. 나는 현관문으로 나갔다. 엘린은 내 등 뒤에 바짝 따라
왔다.

　마어티 크란돌은 벌써 베란다에 와 있었다. 그녀의 얼굴은 나를 보
자 달라졌다.

　"애들이 아직 안 왔군요?"

　"당신이 보이면 오지 않을걸요. 이곳은 감시를 받고 있어요."

　엘린은 의심스러운 눈초리로 나를 쳐다보았다. 나는 엘린에게 마어
티를 데리고 안으로 들어가도록 부탁했다. 그리고 나는 계단을 내려
레스터 크란돌의 청동색 새 세단 디빌 차가 서 있는 데로 갔다.

　그는 운전대 뒤에서 움직이지 않았다.

　"난 마어티에게 시간과 정력의 낭비라고 말했소. 그러나 그녀가 가
야 한다고 우겼어요." 그는 그 집 정면을 차가운 눈으로 훑어보았다.
"그래 이곳이 유명한 그 엘린이 사시는 집이군. 집이 허물어져 가는
데."

　나는 그의 말을 중단시켰다.

　"차를 안 보이게 옮기면 어때요? 못하겠으면 자리를 비켜요. 내가
옮겨놓을 테니."

　"그렇게 하구려. 난 좀 지쳤어."

　그는 그의 묵직한 몸집을 운전석에서 뽑아냈고 나는 차를 집 뒤에
주차시켰다. 사건의 주요 인물들이 한군데로 모여들기 시작하자 내
가슴은 몹시 설렜다. 나의 잠재의식은 두 번째 차의 엔진 소리를 금
방 알아차렸다.

나와 레스터 크란돌이 다시 현관으로 돌아왔을 때 차도 아래 사람의 그림자가 하나——경고의 표지판처럼 보이는 삼각 광선 위에 나타난 불분명한 턱수염을 기른 얼굴이——나타났다. 그림자는 가까이 오는 헤드라이트를 흠뻑 받고 있었다. 그 그림자는 바로 한 팔을 붕대로 어깨에 걸은 제리 킬패트릭이었다.

그는 나와 크란돌을 동시에 알아보았음에 틀림이 없었다. 그는 가까이 오는 헤드라이트를 향하여 "수전! 뛰어라!" 하고 소리를 질렀다.

수전이 운전하는 스테이션 왜건은 잠깐 멈추었다가 엔진 소리를 요란하게 내면서 뒷걸음질치며 오던 길을 되돌아갔다. 제리는 두리번거리며 비틀비틀 차도에서 뛰어나가다가 윌리 머키와 그의 조수 해롤드에게 붙들렸다.

내가 그들이 있는 곳에 닿을 무렵에는 스테이션 왜건은 입구에서 헤이븐 로드로 돌고 있었다. 헤드라이트는 기다란 붓대처럼 나무 등걸을 쳤다. 차는 샌프란시스코 방향으로 달렸다.

"내가 경비대에 전화하지." 윌리는 말했다.

나는 길 쪽으로 달려가서 내 차를 타고 그 스테이션 왜건의 뒤를 쫓았다. 내가 다리의 거의 끝에 다다랐을 때 오른쪽 줄의 교통이 막혀 차가 줄서기 시작했다. 수전의 스테이션 왜건이 그 줄 앞을 가로막고 있었다.

수전은 차에서 내려 사내아이의 손을 잡고 케이블 탑 쪽으로 뛰고 있었다. 순찰경관 한 명이 그들 뒤에 얼마큼 떨어져 껑충껑충 뒤쫓아 가고 있었다.

나도 그의 뒤를 쫓아 힘껏 뛰었다. 수전은 한번 뒤를 돌아다보더니 로니의 손을 놓고 난간으로 가서 난간을 넘었다. 나는 순간 수전이 마지막 수단을 택한 줄 알고 눈앞이 캄캄했다. 그때 그녀의 연한 색깔의 머리칼이 바람에 휘날리는 것이 난간 위로 보였다. 순찰경관은 그녀가 있는 곳으로 가기 전에 일단 멈췄다. 소년은 순찰경관 뒤에서 서성거리다가 내가 다가갔을 때 나를 돌아보았다. 아이는 너무 커서 몸에 맞지 않는 바지와 스웨터를 입은 장난꾸러기같이 보였다. 얼굴은 더러웠다.

그는 나에게 당황한 듯한 귀여운 미소를 지어보였다. 마치 학교라도 빼먹다 들킨 아이와 같이.

"잘 있었니, 로니?"

"아, 아저씨, 저 수전 좀 보세요."

그녀는 두 손으로 난간을 붙들고 몸을 회색하늘 쪽으로 내밀고 있었다. 그녀 뒤에 솟아오른 구름 벽에서 번갯불이 마치 빌딩에 방화하려고 하는 것처럼 번쩍거리며 이리저리 어른거렸다.

나는 로니의 차가운 손을 꼭 쥐고 수전에게로 걸음을 옮겼다. 그녀는 내가 누구인지 알아보지 못하는 듯이 무관심한 시선을 나에게 던졌다. 내가 스무 살이 넘은 별개의 인종이기나 한 것처럼.

순경은 나를 돌아보았다.

"저 처녀를 아십니까?"

"알고 있습니다. 이름은 수전 크란돌입니다."

"내 얘길 하는군요." 그녀는 말했다. "가까이 다가오면 물속에 뛰어들겠어요."

순경은 한 두 피트쯤 뒷걸음질쳤다.

"더 멀리 떨어지라고 말해요." 그녀는 나에게 말했다.

내가 순경에게 얘기하자 순경은 내 말에 따랐다. 그녀는 아까보다는 더 많은 관심을 갖고 우리가 자기의 의사에 호응하는 광경을 바라보았다. 그녀의 얼굴 전면은 불안스러운 큰 눈 이외에는 얼어붙은 듯했다. 그녀는 억양 없는 목소리로 물었다.

"로니를 어떻게 할 셈이에요?"

"어머니에게 데려다 주어야지."

"그걸 내가 어떻게 믿죠?"

"로니에게 물어봐. 로니는 나를 알지."

사내아이는 목소리를 높였다.

"이분이 바로 나한테 새 먹이 땅콩을 주게 한 아저씨야."

"그럼 바로 그분이시군요" 하고 그녀는 말했다. "로니는 온종일 그 얘길 하던데요."

그녀는 로니에게 보호자다운 미소를 던졌다. 마치 그녀 자신은 어른이기나 한 것처럼. 그러나 난간을 꼭 잡고 있는 그녀의 하얀 손가락과 난간 너머로 바람에 흩날리는 그녀의 머리칼은 그녀를 어린아이 같게도 보이고, 돛대 위에 앉은 새같이도 보이게 했다.

"만약 그쪽으로 넘어간다면 저에게 무슨 짓을 하려는 거죠?"

"아무 짓도 하지 않지."

그녀는 내가 대답하지 않는 것처럼 또 물었다.

"저를 사살하겠어요? 그렇지 않으면 저를 투옥하겠어요?"

"사살도 투옥도 하지 않겠어."

"그럼 어떻게 하려는 거죠?" 그녀는 되풀이 말했다.

"좀더 안전한 장소로 데려가지."

"이 세상에 안전한 곳이란 없어요."

"그러니까 거기보다는 좀더 안전한 곳이란 말이지."

"그럼 그곳에서 저에게 무슨 짓을 하려는 거죠?"

"아무 짓도 하지 않지."

"당신은 비열하고 추잡한 거짓말쟁이로군요!"

수전은 고개를 한쪽으로 돌리고 어깨 너머로 다리 아래를 내려다보았다. 마치 나의 거짓말의 깊이를, 그리고 자기의 분노의 무서운 깊이를 내려다보는 것 같았다.

다리의 샌프란시스코 쪽 끝에 순찰 경관을 태운 구조차가 나타났다. 나는 양손으로 미는 듯한 신호를 했다. 순경도 같은 신호를 되풀이했다. 트럭은 속도를 늦추고 정거했다.

"돌아와요, 수전."

"그래요." 로니도 외쳤다. "돌아와요, 떨어질까 무서워."

"난 이미 떨어졌어." 수전은 애처롭게 말했다. "내겐 갈 곳이 없어."

"어머니에게 데려다 주겠어."

"어머니를 만나고 싶지 않아요. 그 두 사람과는 다시는 함께 살고 싶지 않아요."

"그럼, 부모님께 가서 다른 사람들 사이에 끼어 살 수 있는 나이가 됐다고 말씀드리면 되잖아. 그걸 증명하기 위해 그곳에 있을 필요가 없단 말이야."

"난 이곳이 좋아요." 그러나 곧 그녀는 "다른 사람들이라니요?" 하고 물었다.

"이 세상은 그 다른 사람들로 가득 차 있지."

"그러나 전 무서워요."

"지금까지 그렇게 모진 곤란을 겪고 나서도 아직도 무서운 게 있단 말인가?"

그녀는 고개를 끄덕였다. 그러고서 그녀는 한 번 더 다리 밑을 내려다보았다. 나는 그녀를 영 잃어버리는가 싶어 겁이 났다.

그러나 그녀는 이 긴 낭떠러지와 작별 인사를 하고 있었다. 그녀는 난간을 넘어와서 이쪽 난간에다가 몸을 기댔다. 그리고 가벼운 숨을 내쉬었다. 로니는 내 손을 이끌고 그쪽으로 가서 그녀의 손을 잡았다.

우리는 다리목 쪽으로 걸어갔다. 그곳에서는 윌리 머키와 그의 조수 해롤드가 지방경관들과 얘기를 하고 있었다. 윌리는 그들과 무슨 교섭을 벌이고 있는 것같이 보였다. 그들은 우리의 이름을 적고 한두 가지 요령 있는 질문을 하고 우리를 놓아 주었다.

28

윌리는 스테이션 왜건으로 로니를 데려갔다. 나는 로니를 보내고 싶지 않았다. 그러나 나는 수전이 양친을 만나기 전에 그녀와 얘기할 기회를 갖고 싶었다.

그녀는 내가 내 차를 빼는 동안 멍청하니 앉아 있었다. 보도 밖으로 그녀를 추격했던 경관은 북쪽 방향의 교통을 정지시켰다. 그는 우리가 지나가는 것을 보고 안도의 한숨을 내쉬었다.

수전은 약간 놀란 듯이 "어디로 저를 데리고 가는 거예요?" 하고 물었다.

"엘린 스트롬 부인의 집으로, 네가 가고 싶었던 곳이 아니야?"

"그래요, 저의 엄마와 아빠도 거기 계시지요?"

"네가 오기 직전에 거기에 도착하셨어."

"제가 투신하려고 한 걸 얘기하지 말아 주세요, 네?"

그녀는 낮은 목소리로 말했다.

"아무도 그 사실을 일부라도 숨길 수야 없지." 나는 잠깐 멈추고 이 말이 그녀에게 납득될 때까지 기다렸다. "왜 네가 그렇게 도망을 쳤는지 난 아직도 이해가 안 가는데."

"그들은 다리 끝에서 나를 정지시켰어요, 그들은 나를 통과시키려고 하지 않았어요, 그들은 나에게 소리를 지르고 질문을 하기 시작했어요, 당신은 저에게 질문을 하지 마세요." 그녀는 숨 가쁘게 덧붙여 말했다. "전 대답할 필요가 없어요."

"정말이야, 넌 대답할 필요가 없지. 그러나 그동안 일어난 일에 대해 수전이 나에게 얘기해 주지 않으면 누가 얘기해주지?"

"언제 얘기죠? 다리 위에서의 얘기인가요?"

"어제, 산 위에서, 네가 스탠리 브로더스트와 로니와 함께 거기에 갔을 때 얘기지. 왜 너는 산 위에 갔었지?"

"브로더스트 씨가 가자고 했어요. 저 스위트너란 자가 그에게 내 얘기를 했어요. 내가 정신이 없을 때 지껄인 얘기를."

"무슨 얘기인데."

"얘기하고 싶지 않아요. 생각하고 싶지도 않아요. 절대로 얘기할 수 없어요."

그녀의 말투는 사나웠다. 나는 차의 속도를 늦추고 곁눈으로 그녀를 지켜보았다.

"좋아, 그럼 왜 넌 금요일에 브로더스트 씨 집에 갔었지? 앨버트 스위트너가 너를 보냈나?"

"아니에요. 그건 제리의 생각이었어요. 제리는 내가 브로더스트 씨를 만나서 얘기를 해야 한다고 했어요. 그래서 그런 거예요. 그리고 토요일 아침에 우리는 산 위로 올라갔어요."

"무엇 때문이었지?"

"우린 산 위에 무엇이 묻혀 있는가 보러 갔어요."

"무엇이라니?"

"조그마한 붉은색 차 말예요. 우리는 조그마한 붉은 차로 산 위에 갔었거든요."

그녀의 목소리는 높이와 넓이가 달라졌다. 그 목소리는 마치 그녀의 마음이 다른 차원의 현실로 후퇴했거나, 아니면 이동한 것처럼 들렸다.

"우리란 누군데?"

"엄마와 저 말이에요. 그러나 그때 일어난 얘기는 하고 싶지 않아요. 오래전 일이었어요. 그땐 내 정신이 돌았어요."

"우린 어제 얘기를 하고 있는 거야" 하고 나는 말했다. "스탠리 브로더스트는 차를 파내려고 했나?"

"맞아요, 조그마한 붉은 스포츠 카예요. 그러나 결국 파 내지 못했어요."

"무슨 일이 일어났지?"

"전 정확히 모르겠어요. 로니가 화장실에 가야 했어요. 전 브로더스트 씨에게서 열쇠를 받아 산장의 화장실로 로니를 데리고 갔어요. 그때 브로더스트 씨가 고함치는 소리를 들었어요. 전 그분이 저의 이름을 부르는 줄로 생각했어요. 그래서 밖으로 나갔더니 브로더스트 씨는 흙바닥에 쓰러져 있었어요. 또 한 사람이 서서 그분을 내려다보고 있었어요. 검은 수염과 긴 머리를 한 사람이었어요. 그는 곡괭이로 브로더스트를 치고 있었어요. 브로더스트 씨의 등에서 피가 났어요. 피는 빨간 무늬 같았어요. 그리고 숲 속에서 불길이 일어났어요. 이번에는 오렌지빛 무늬가 생겼어요. 그는 브로더스트 씨를 구덩이 속에 끌어넣고 삽으로 흙을 덮었어요."

"수전, 넌 어떻게 했지?"

"전 되돌아가 로니를 데리고 도망쳤어요. 우린 오솔길을 빠져 캐니언으로 내려갔어요. 그는 우리를 못 보았어요."

"그의 인상은 어때? 젊은이야 늙은이야?"

"모르겠어요. 거리가 너무 멀었거든요. 그리고 그는 크고 검은 안경을 쓰고 있었어요. 그래서 전 그의 얼굴을 분간할 수가 없었어요. 머리털이 그렇긴 하지만 그는 젊은이였을 거예요."

"앨버트 스위트너가 아니었나?"

"아니예요. 그는 머리털이 길지 않아요."

"그가 가발을 쓰고 있었다면 어떻게 하지 ?"

그녀는 이 질문을 곰곰이 생각했다.

"전 앨버트 스위터너라고는 생각하지 않아요. 어떻든 전 그 사람 얘기는 하고 싶지 않아요. 그는 얘기를 하면 나를 죽인다고 했어요."

"언제 그가 그런 말을 했지 ?"

"저는 말하고 싶지 않다고 말씀드렸어요. 저는 않겠어요."

그녀의 얼굴을 지나가는 차의 헤드라이트가 하얗게 비쳤다. 그녀는 그 헤드라이트가 자기를 수색하고 있는 듯이 외면했다.

우리는 헤이븐 로드의 입구에 가까워지고 있었다. 나는 포장도로에서 벗어나 나무 밑에 차를 세웠다. 처녀는 문에 기대고 서서 몸을 웅크렸다.

"저에게 가까이 오지 말아요." 그녀는 부들부들 떨었다. 그러고는 덧붙여 말했다. "저에게 손을 대지 말아요."

"수전, 무엇 때문에 넌 그렇게 생각하지 ?"

"당신도 스위트너라는 남자와 똑같은 남자예요. 그자는 내 기억을 듣고 싶다고 하고선 실상은 더러운 침대 위에 나를 밀어뜨렸어요."

"산장의 다락방에선가 ?"

"그래요. 그는 나를 욕보이고 피가 나게 했어요."

그녀는 마치 내가 구름인 것처럼 나를 꿰뚫고 내 뒤에 있는 밤을 응시하고 있었다.

"무엇이 쾅하는 소리가 났어요. 나는 그의 머리에 피를 보았어요. 피는 빨간 무늬 같았어요. 엄마가 문 밖으로 뛰어나가 돌아오지 않았어요. 엄마는 밤새 돌아오지 않았어요."

"어느 날 밤의 얘길 하는 거지 ?"

"단풍나무 근처에서 그가 매장되던 날 밤 얘기예요."

"낮에 그 일이 있었나?"

"아니에요. 어두운 밤이었어요. 저는 나무 숲 속에서 움직이는 불빛을 볼 수가 있었어요. 그건 큰 기계와 같았어요. 괴물 같은 소리를 냈어요. 그게 저를 묻으러 오지 않나 하고 두려워했어요. 그러나 그건 내가 거기 있는 줄 몰랐어요." 그녀는 마치 옛날로 돌아가 동화를 읽는 목소리로 말했다.

"넌 어디 있었니?"

"저는 엄마가 돌아올 때까지 다락방에 숨어 있었어요. 엄마는 밤새 돌아오지 않았어요. 엄마는 누구에게도 말하지 말라고 했어요."

"그럼 넌 그 일이 있은 뒤에 엄마를 보았나?"

"물론 보았어요."

"언제?"

"지금까지 줄곧."

"나는 지난 36시간 동안의 얘기를 하고 있단 말이야. 스탠리 브로더스트 씨는 어제 매장되었지."

"당신은 저의 머리를 혼란시키고 있어요. 그 스위트너라는 남자처럼." 그녀는 두 손을 두 다리 사이로 넣고 떨었다. "엄마에게 그 남자가 제게 한 짓을 얘기하지 마세요. 저는 남자를 가까이 오게 하지 않아야 하거든요. 그리고 다시는 가까이하지 않겠어요."

그녀는 자못 믿지 못하는 듯이 나를 쳐다보았다.

나는 노여운 연민에——그녀에 대한 연민과 자신에 대한 노여움에——사로잡혔다. 이러한 상태에서 그녀에게 질문을 하여 그녀를 거의 죽을 걱정에 몰아댔던 공포에 대한 기억을 자극한다는 것은 잔인한 짓 같았다.

나는 말을 하지 않고 그녀 옆에 앉아서 그녀의 대답을 곰곰이 생각했다. 그 대답은 적어도 사실에서 출발했으나 그 사실은 되돌아오지 않는 생각의 비약같이 보였다. 그러나 그 생각과 영상은 내가 헤쳐볼 때에 그녀의 의식 안에서 연결되고 겹치고 있는 몇 가지 사건과 관련되어 있는 것 같았다.

"수전, 너는 몇 번이나 산장에 갔었나?"

그녀는 입술을 움직이며 횟수를 말없이 세었다. "세 번이라고 기억해요. 어제 제가 로니를 화장실에 데리고 갔을 때, 그리고 이틀 전, 스위트너라는 남자가 다락방에서 저에게 손을 댔을 때, 또 한 번은 어머니와 함께 제가 로니보다도 어렸을 때. 그때 총소리가 쾅하고 나서 어머니는 도망치고 전 다락방 속에서 밤새 숨어 있었어요." 처녀는 흐느껴 울기 시작했다. "엄마가 보고 싶어요."

29

그녀의 양친은 엘린 스트롬의 집 앞에서 기다리고 있었다. 수전은 내 차에서 내려 발을 끌며 고개를 숙이고 양친 쪽으로 갔다. 그녀의 어머니는 딸을 두 팔에 안고 "귀여운 내 딸아" 하고 불러댔다. 그들의 다정한 재회는 앞날에 대한 희망의 서광으로 보였다.

레스터 크란돌은 한쪽에 떨어져 서 있었다. 그는 마치 모녀의 세계에서 차단된 것 같았다. 그는 세계가 그의 밑에서 빠져나가고 있으며 내가 그렇게 조종하고 있기나 한 듯 불안한 눈길과 발걸음으로 나에게 다가왔다.

"당신 친구 말로는," 그는 집 쪽을 손짓으로 가리켰는데 나는 그가 윌리 머키를 가리켜 한 말이라고 생각했다. "당신 친구 말로는 다리 위에서 당신이 수전을 설득했다고 하던데요. 대단히 감사합니다."

"나도 때를 놓치지 않은 게 기쁩니다. 크란돌 씨, 왜 수전에게 말을 걸지 않나요?"

그는 그녀를 옆 눈으로 몰래 보았다.

"무슨 얘기를 해야 할지 모르겠는데요."

"자살하지 않아서 기쁘다고 얘기하시오."

그는 고개를 흔들었다.

"난 자살하지 않은 걸 대단하게 다루지 않겠소. 그 애는 자살하는 척해야 했으니까요."

"척하지 않았습니다. 그 애는 지난 나흘 동안에 두 번이나 자살을 기도했어요. 그녀에게 적절한 의학적 치료를 해 주지 않고 집에 데려가는 건 위험할 거요."

그는 돌아서서 모녀를 쳐다보았다. 그들은 베란다를 가로질러 집안으로 들어가고 있었다.

"수전은 다치지 않았지요?"

"수전은 심신 양면으로 다쳤지요. 환각제인지 모르고 마셨고 난행을 당했으며, 적어도 한 번 혹은 두 번 살인 현장을, 아마 두 번의 살인을 목격했습니다. 정신과 의사의 도움을 받지 않고서는 수전의 이러한 상처를 고치지 못할 겁니다."

"도대체 어떤 놈이 수전을 난행했소?"

"앨버트 스위트너요."

크란돌은 조용해졌다. 그의 늙어가는 육체 안에서 힘이 응결하는 것을 나는 느낄 수 있었다.

"난 그놈을 죽여 버리겠소."

"그놈은 벌써 죽었소. 아마 당신은 알고 있을 텐데."

"몰라요."

"지난 며칠 사이에 그놈을 만나지 않았나요?"

"난 그놈을 내 생전에 한 번 만났소. 18년 전이었소. 그놈이 내 차를 훔쳤기 때문에 프레스톤 감화원에 갔었던 때 말이요. 공판 때 난 증인으로 출두했소."

"그가 프레스톤 감화원에서 출감하던 해 여름에 '웃카 트리 인'에 찾아왔다고 하던데요. 기억이 안 납니까?"

"아, 그랬던가. 그럼 그놈을 두 번 만났소."

"그때 무슨 일이 일어났는지 말씀해 주시죠."

"당신은 무슨 일이 일어났는가 아는 모양인데" 하고 그는 말했다. "그놈은 우리의 가정을 파괴하려고 했소. 감화원에서 3년 동안 살면서 그 궁리만 했던 모양이오. 그놈은 자기가 수전의 아버지라고 뇌까리고 법적 권리를 주장하겠다고요. 난 그놈을 갈겨 주었소." 그는 그의 왼손바닥을 오른손 주먹으로 몇 번이나 때렸다. "난 마어티도 때렸소. 그래서 마어티는 수전을 데리고 집을 나갔지요. 나간 것도 무리가 아니었어요. 나간 뒤에 마어티는 오랫동안 돌아오지 않았지요."

"마어티는 스위트너와 함께 나갔나요?"

"모르겠소. 마어티는 얘기한 적이 없으니까. 난 수전이나 마어티를 다시는 못 보리라고 생각했어요. 내 인생이 산산조각이 난 것 같았소. 이번이야말로 완전한 파탄이오. 내 인생은 확실히 조각이 나 버렸소."

"당신은 조각난 인생을 되찾을 수 있습니다. 당신만이 그럴 수 있는 사람입니다."

그의 두 눈은 내가 한 말의 뜻을 알아차렸다. 그러나 그는 말했다. "아처 씨, 난 모르겠어. 난 늙어가고 있소. 다음 생일날이 예순이오. 난 애초에 모녀를 맡는 게 아니었소."

"그럼 누가 맡았을까요?"

그는 내 물음에 강조하는 듯이 대답했다.

"마어티와 결혼할 사람이야 얼마든지 있었을 거요. 굉장한 미인이었으니까요. 지금도 그렇지만."

"그 얘긴 그만둡시다. 밤을 어디서 보낼 생각입니까?"

"'웃카 트리 인'까지 돌아갈까 생각했소. 난 지쳤소. 마어티는 언제나 기운이 남아도는 것 같지만."

"내일은요?"

"팰리세이즈로 돌아가야지요. 그곳은 메디칼 센터에 가까워요. 수전을 그곳으로 데려가 입원시킬 생각이오."

그는 마치 그 자신이 생각해 낸 일처럼 말했다.

"꼭 그렇게 하시오, 레스터 씨. 그리고 수전을 잘 보살펴주시오. 수전은 아까도 말했지만 어저께 살인을 목격했소. 그러니까 살인자는 수전을 없애려고 할지도 몰라요."

나는 그에게 수염을 기른 사나이와 내가 앨 스위트너의 시체에서 발견한 가발에 관한 얘기를 했다.

"스위트너가 브로더스트를 살해했다는 거요?"

"브로더스트를 살해한 자는 우리가 그렇게 생각해 주길 바라고 있소. 그러나 그건 불가능한 얘기요. 난 스탠리가 살해되던 무렵에 노스리지에서 스위트너를 만났소." 나는 망설였다. "그런데 말입니다. 그 무렵 당신은 어디 계셨소?"

"수전을 찾느라고 샌프란시스코에 갔었지요."

나는 그에게 그 사실을 증명할 수 있는가 하고 묻지 않았다. 아마 그는 이것을 깨달았음인지 지갑을 꺼내어 백 달러짜리 지폐 여러 장을 꺼내 나에게 내밀었다. 그러나 나는 사건이 끝날 때까지는 그에게서 아무것도 받고 싶지 않았고 그에게 아무런 빚도 지고 싶지 않았다.

"돈을 집어넣으시오." 나는 말했다.

"돈을 싫어합니까?"

"일이 끝났을 때 계산서를 보내지요."

나는 집 안으로 들어갔다. 윌리 머키는 로니를 무릎 위에 올려놓고 현관 복도에 앉아 있었다. 그는 알카트라스 감옥으로부터 해변까지 헤엄을 치려고 했던 한 늙은 죄수 애기를 로니에게 하고 있었다.

마어티 크란돌 모녀는 문간방에 있었다. 모녀는 아름다운 금발 머리를 바짝 대고 퇴창에 나란히 앉아 있었다. 1시간 전에는 이 낡은 큰 집은 암자처럼 조용했다. 그런데 지금은 마치 가정상담소 같았다. 나는 모든 일이 내 앞에서 폭발하지 않기를 바라고 있었다.

그러다가 막상 부딪쳐 보기로 결심한 나는 마어티 크란돌과 눈이 마주치자 내가 있는 쪽으로 건너오도록 그녀에게 고갯짓을 했다.

"무슨 애기죠?" 그녀는 수전을 돌아보며 초조하게 물었다.

"난 수전 곁을 떠나고 싶지 않아요."

"하지만 떠나야 할지 모르죠."

그녀는 불안한 듯이 나를 쳐다보았다.

"수전을 딴 곳으로 보낸다는 말예요?"

"잠정적으로 당신이 그렇게 결정해야 할지도 몰라요. 수전은 마음에 걱정이 많아요. 자살하고 싶은 상태요."

여자의 어깨는 무겁게 움직였다.

"정면 관람석 앞에서 경기를 하는 것 같았다고 수전은 말했어요."

"자살에 성공한 자들이 그렇죠. 어디서 경기가 끝나고 사태가 심각해지는가를 아무도 모르죠. 자살할 우려가 있는 자에겐 상담이 필요하죠."

"내가 수전에게 상담역이 되려고 해요."

"내가 말하는 건 정신과 의사의 전문적 상담이요. 난 이 문제를 크란돌 씨와 의논했습니다. 크란돌 씨는 내일 수전을 메디칼 센터에 데리고 가겠다고 합니다. 그러나 당신의 역할이 가장 중요합니다. 당신이 속속들이 털어놓고 얘기하면 좋을 텐데요."

그녀는 당황한 것 같았다.

"난 그렇게도 못된 어머니인가요?"

"그런 뜻으로 한 말이 아니오. 그러나 당신은 수전에게 마음을 털어놓고 얘기한 적이 있나요?"

"무슨 얘길요?"

"당신이 곤경에 빠졌던 시절 얘기 말이오."

"못했어요." 그녀는 격하게 말했다.

"왜요?"

"수치스러웠어요."

"하여튼 당신도 인간이라는 걸 수전에게 알려 주시오."

"나도 인간이에요." 그녀는 말했다. "알았어요. 그렇게 하겠어요."

"약속하시는 겁니까?"

"약속하죠. 난 그 애를 사랑해요. 수전은 나의 귀여운 딸이에요. 이젠 어리지 않지만."

그녀가 딸에게로 돌아서려는 것을 막고 나는 그녀를 가장 먼 구석으로 데리고 갔다. 엘린의 캔버스가 마치 불완전하게 기억에 남은 환각처럼 벽에 걸려 있었다.

"당신은 또 무슨 말을 듣고 싶으세요?"

"몇 마디 사실을 듣고 싶소. 15년 전에 앨버트 스위트너가 웃가 트리 인에 찾아왔을 때 무슨 일이 있었는지 알고 싶소."

그녀는 마치 나에게서 한 대 얻어맞은 것처럼 나를 쳐다보았다.

"하필 이럴 때 그런 얘기를 끄집어내다니!"

"지금이 유일한 기회요. 당신은 남편 집을 나갔다는데 그 뒤에 무슨 일이 있었나요?"

여자는 입을 다물고 눈을 가늘게 떴다.

"레스터가 얘기했나요?"

"얼마큼, 그러나 충분하지는 않소. 당신이 그를 버리고 수전을 데리고 간 건 알고 있습니다. 그리고 당신이 결국 돌아온 것도 알고 있고요. 그러나 그 사이에 무슨 일이 있었는지 모르고 있습니다."

"아무 일도 없었어요. 난 곰곰이 생각한 끝에 마음을 고쳐먹었어요. 어떻든 이건 엄격히 나의 개인적인 비밀이에요."

"그것을 엄격히 개인 비밀로 지켰다면 아마 그렇겠지요. 그러나 딴 사람이 그 일에 관련이 있소. 그중의 하나는 수전이요. 그리고 수전은 그 일을 기억할 만한 나이가 되었소."

마어티 크란돌은 죄스러운 호기심으로 딸을 쳐다보았다. 수전이 입을 열었다.

"제 애길 하시는군요. 점잖지 못하세요."

그녀의 어조는 자못 냉랭했다. 그녀는 마치 무대로부터 현실 세계로 나가는 것을 금지당한 여배우처럼 가만히 앉아 있었다. 그녀의 어머니는 그녀에게, 그리고 나에게 고개를 흔들었다.

"난 견디지 못하겠어요. 그리고 견딜 필요도 없고요."

그녀는 말했다.

"그럼 어떻게 하실 생각입니까? 수전을 도와주지 않고 혼자 일을 처리하도록 내버려 둘 겁니까?"

마어티는 장난꾸러기처럼 고개를 들었다.

"난 아무에게도 도움을 받은 적이 없어요."

"크란돌 씨 부인, 아마 당신은 나의 도움을 받을 수 있을 겁니다. 앨 스위트너는 크란돌 씨에게 자기가 수전의 아버지라고 말했습니다. 그러나 앨이 수전의 아버지일 리가 없습니다. 아무리 앨 스위트너와 같은 자라도 자기 딸을 난행하진 않을 겁니다."

"앨이 수전을 난행했다고 누가 말했나요?"

"수전이 나에게 말했소."

"우린 이런 문제를 가지고 얘기해야 하나요?" 그녀의 얼굴은 비난의 표정을 하고 있었다. 마치 그런 문제들을 내가 열거함으로써 사실이 된 것인 양.

"수전이 얘기할 수 있는 문제라면 우리도 얘기할 수 있지요" 하고 나는 대꾸했다.

"당신은 언제 수전에게 얘기를 시켰나요?"

"다리에서 여기 오는 길에."

"당신에겐 그럴 권리가……."

"내 탓이 아니오. 수전은 너무도 무거운 짐을 지고 있었죠. 그러니까 어떻든 그 사실을 털어놓아야 했어요."

"무엇이 그렇게 압력을 주었죠?"

"너무나 많은 죽음과 너무 많은 기억의 압력 말이지요."

그녀의 두 눈은 렌즈처럼 넓어졌다. 두 눈은 마치 과거의 희미한 광선을 주워 모으려 하고 있는 것 같았다. 그러나 눈동자 속에는 미세한 나의 머리가 반영되어 있었다.

"수전이 무슨 말을 했나요?"

"별 얘기는 아니었소. 그녀는 정말로 나에게 아무 얘기도 할 생각이 없었소. 그러나 너무도 많은 기억들이 탈출구를 찾은 것뿐이오. 당신은 1955년 여름날 밤에 수전과 함께 산장에 가지 않았나요?"

"어느 밤 얘기인 줄 모르겠어요."

"리오 브로더스트가 총알에 맞은 밤 얘기오."

속눈썹이 긴 눈이 살며시 감겼다. 그녀는 약간 비틀거렸다. 마치 그 총성의 기억이 그녀에게 상처를 준 것처럼. 나는 그녀의 몸을 똑바로 붙들었다. 나의 두 손은 그녀의 싱싱한 육체의 온기를 느꼈다.

"수전이 기억하고 있다고요? 어떻게 기억이 날 수 있을까요? 수전은 불과 세 살이었는데."

"세 살이면 충분히 기억하지요. 그래 브로더스트 씨는 피살되었나요 ?"

"모르겠어요. 난 산장에 그를 두고 도망쳤으니까요. 난 술이 취해 있었어요. 차에 발동을 걸 수가 없을 정도로. 그러나 차는 아침에 사라졌더군요. 그리고 그분도 사라졌고요."

"무슨 차였나요 ?"

"포르쉐였어요. 조그마한 빨간 포르쉐. 그게 발동이 걸리지 않았어요. 그래서 난 걸어서 도망쳤어요. 수전을 까마득히 잊어버리고서. 난 어디로 갔는지 기억조차 없어요." 그녀는 나의 두 손을 뿌리쳤다. 마치 내 손이 그날 밤의 병균을 보유하고 있는 것처럼. "수전에게 무슨 일이 있었나요 ?"

"그럼 당신은 수전을 찾으러 돌아가지 않았나요 ?"

"아침에 돌아갔어요. 수전은 다락방 속에서 자고 있더군요. 그런데 총소리를 어떻게 들을 수 있었을까요 ?"

"수전은 총소리가 났을 때 깨어났지요. 수전은 방에 있었어요. 수전이 꾸민 얘기가 아닙니다."

"리오는 죽었나요 ?"

"아마 죽었을 거요."

마어티는 자기 딸을 바라보았다. 수전은 우리에게서 눈을 떼지 않고 지켜보고 있었다. 지금은 여배우라기보다 관객 같았다. 우리의 목소리는 너무 낮아서 그녀의 귀에는 들리지 않았으나 그녀는 우리 얘기를 알고 있는 것 같았다.

"그 애는 리오를 쏜 사람을 기억하고 있나요 ?"

마어티가 물었다.

"아니오, 당신은 기억하고 있나요 ?"

"나도 총 쏜 사람은 못 보았어요. 리오와 나는 동침하고 있었으니까요. 그리고 난 취했었고…… ."

"당신은 총소리를 들었나요?"

"들었죠. 그러나 멀진 않았어요. 그 사람 얼굴의 피가 제 입술에 닿을 때까진 그가 다친 줄도 몰랐어요." 그녀는 혀끝으로 입술을 빨았다. "난 그날 밤 나라는 사람은 사라져 없어졌다고 생각했어요. 내 생애에 최악의 밤이었어요. 실은 최고의 밤이 될 걸로 생각했었는데. 우린 셋이 모두 미국 본토를 떠나서 하와이에서 새살림을 시작할 작정이었어요. 리오는 그날 표를 샀어요."

"리오가 수전의 아버지였나요?"

"그럴 거예요. 난 언제나 그렇게 생각했어요. 그렇기 때문에 레스터에게서 쫓겨났을 때 리오에게 간 거예요. 리오가 나에겐 첫 남자였어요."

"앨 스위트너나 프리스 스노는 아니었을까요?"

그녀는 맹렬히 고개를 흔들었다.

"내가 그들과 함께 로스앤젤레스로 뛰었을 때 나는 이미 임신하고 있었어요. 그러기 때문에 나는 간 거예요. 그리고 그들에게 뒤집어씌웠지요."

"리오는 잃어버릴 게 많았어요. 그러나 그들에겐 잃을 만한 것이 있었나요?"

"그들의 전 인생이었죠."

그녀는 마치 두 손의 때나 상처를 찾아 내려는 듯이 두 손을 올렸다. 어둠과 슬픔이 그녀의 두 눈에 솟아났다. 그녀는 고개를 떨어뜨리고 얼굴을 두 손에 파묻었다.

수전은 어떤 마술에서 풀려난 듯이 우리 쪽으로 다가왔다. 그녀의 얼굴은 부자연스러울 정도로 환했다. 마치 짧은 반생을 보낸 문제아처럼.

"당신은 어머니를 울리고 있군요."

"해롭진 않을 거야. 너의 어머니도 우리처럼 보통 인간이란 말이야."

딸은 약간 놀란 듯이 어머니를 쳐다보았다.

30

나는 모녀를 함께 두고 현관으로 나왔다. 로니는 윌리의 무릎 위에서 피곤 때문에 정신을 잃고 축 늘어져 있었다.

"이 애는 넉아웃 됐어" 하고 윌리는 말했다. "그런데 난 신부가 샌프란시스코에서 열심히 기다리고 있단 말일세."

"내게 2, 3분만 더 여유를 주게. 스트롬 여사는 어디 있나?"

"방 안에 아들과 함께 있네." 그는 엄지손가락으로 계단 밑에 있는 조그만 방의 닫혀진 문을 가리켰다.

"그 녀석은 돌대가리야. 그 때문에 난 여기 앉아 있는 거야."

"그가 무슨 짓을 했는데?"

"아, 글쎄 한 손으로 해롤드한테 덤벼들잖아? 해롤드는 럭비 선수였지."

"해롤드는 어디 있나?"

"바깥에서 집을 지키고 있네. 혹시 누가 나타날까 해서." 그는 엄한 표정을 지어 보이며 무릎 위의 로니를 놀렸다. "멍청아, 너도 조심해, 잠꾸러기야."

나는 조그마한 방의 문을 두드렸다. 엘린은 들어오라고 했다.

그녀는 회전의자에 앉아 있었다. 아들은 금고 옆 마룻바닥에 앉아 있었다. 그의 얼굴은 파리하고 초라해서 붉은 머리털과 수염이 풀로 붙인 것처럼 보였다. 그의 입은 신경질적으로 경련을 일으키고 있었다. 마치 그는 무엇을 씹고 있거나 아니면 무엇에 씹히고 있는 것 같았다.

"이분은 아처 씨" 하고 엘린은 나를 소개했다.

친근한 감정을 표시할 생각으로 나는 그에게 팔은 어떠냐고 물었다. 그는 내가 있는 쪽의 마룻바닥 위에 침을 뱉었다.

"팔이 부러졌어요" 하고 엘린은 말했다. "하이트애시베리의 병원에서 치료를 받았대요. 내일 다시 오라고 했대요."

제리는 성한 쪽 팔로 무엇을 베는 듯한 시늉을 하면서 어머니의 이야기를 중단시켰다.

"저 사람에게 아무 말도 하지 마세요. 저 사람 때문에 난 '아리아드네'호를 잃게 되었어요."

"틀림없이 나 때문이었지. 그리고 또 나 때문에 자네 팔이 부러졌고. 하지만 자네는 총 개머리판으로 내 머리를 쳤지 않나?"

"그때 당신을 쏘아 죽였어야 했는데!"

그는 월리의 말대로 돌대가리였다. 이 돌대가리가 어디까지가 그의 천성에 속하는 것이며 어디까지가 심신의 고통에서 생긴 것인지, 나는 알 수가 없었다.

"이 앤 사고를 냈습니다……부인은 아시겠지만."

나는 엘린에게 말했다.

"그 애를 체포하겠다는 말씀인가요?"

"그건 내 소관이 아니오. 그리고 이 앨 어떻게 다루느냐 하는 문제를 결정하는 것도 내 소관이 아니오. 난 이 애의 아버지가 아니니까요."

제리가 물었다. "당신이 나를 슬랩빌로 끌고 갈 생각이라면……."

나는 그에게로 홱 돌아섰다.

"슬랩빌은 자네가 없어도 갈 수가 있어. 만약 자네가 돌아오는 걸 부둣가에서 기다리는 군중이 있다고 생각한다면 그건 큰 오산이란 말이야."

이 말에 그는 입을 다물었다. 그러나 나는 말로 그를 꼼짝 못하게 한 짓을 좀 창피하고 떳떳하지 못하게 느꼈다. 요트 정박소의 뗏목 위에서 바다를 바라보는 라저 아미스테드의 영상이 나의 머리에 떠올랐다.

"이 앤 아버지한테 가지 않을 거예요." 엘린은 말했다. "난 제리가 적어도 당분간만 이 집에 머무를 수 없을까 하고 있었어요. 제리에겐 보호가 필요해요. 난 제리를 돌볼 수가 있어요."

"당신이 제리를 다룰 수 있겠어요?"

"난 어떻든 그에게 피신처를 제공할 수는 있어요. 난 사고를 일으킨 다른 사람들에게도 피신처를 제공했거든요."

"글쎄요, 법률이 어떤 심판을 내릴지가 문제죠."

"어떻게 법에 저촉이 되나요?"

"전과가 있다면 그것에 좌우됩니다."

우리는 함께 제리를 내려다보았다. 제리는 꼼짝달싹하지 않고 마치 갑자기 늙은 사람처럼 방구석에 앉아 입에 경련을 일으키고 있었다.

"자넨 경찰에 체포된 적이 있나?" 나는 물었다.

"아직까지 없었지만 어서 좀 잡으러 와주면 좋겠는데요."

"웃을 일이 아니야. 관계 당국이 자네를 골려주려고 한다면 거칠게 나올 거야. 요트를 타고 간 건 중절도죄가 될 수 있으니까. 또 사내아이를 데리고 간 건 유아 유괴, 혹은 미성년 범죄의 방조일 수 있지."

"모르는 소리 마세요. 난 로니의 생명을 구하려고 했어요."

"그러나 거의 죽일 뻔했지."

제리는 두 발을 모으고 꼴사납게 일어섰다. 그의 얼굴은 고통 때문에 찌푸려졌다.

"그런 말씀할 필요가 없어요. 내가 요트를 파선시킨 건 사실이지만

요트를 훔치지는 않았어요. 아미스테드 씨는 요트의 관리를 나에게
맡겼지요. 그분에게 물어 보세요."

"자네가 직접 얘기하는 게 좋아. 그러나 오늘 밤은 안 되네." 나는
그의 어머니에게 말했다. "제리를 재우시는 게 좋겠군요."

제리는 그 이상 따지지 않았다. 그녀는 아들의 어깨를 안고 나갔
다. 그녀의 얼굴에는 승낙의 표정이 있었다. 마치 그녀는 외부의 걱
정 없이 너무나 오랫동안 살아온 것처럼.

나는 이것이 해결책이 아님을 알고 있었다. 엘린은 너무나 고독 속
에 묻혀 살았고 제리는 사실상 어머니가 필요 없는 나이가 되어 버렸
다. 제리는 어머니가 그러했듯이 그 자신의 어려운 고비를 무사히 넘
겨야 했었다. 그런데 거기에는 아무런 보장도 없었다. 제리 세대의
부모들은 DDT에 목숨을 해친 새끼 펠리컨 새들의 어미처럼 일종의
정신적 DDT에 중독되어 있었다.

그러나 나는 제리 걱정을 하고 있을 시간이 없었다. 나는 회전의자
를 당겨 전화 앞에 놓고 앉아서 산타 테레사의 브로더스트 부인의 농
장에 전화를 걸었다. 진은 기대와 절망 사이에 매달린 억양 없는 목
소리로 당장에 대답했다.

"브로더스트 댁입니다."

"아처입니다. 로니를 찾았소. 애는 무사합니다."

그녀는 곧 대답하지 않았다. 희미하나마 윙윙거리는 소리 사이로
나는 그녀의 숨쉬는 소리를 들을 수 있었다. 마치 그녀는 전자우주에
사는 유일한 생명인 것처럼 느껴졌다.

"아처 씨, 어디 계십니까?"

"사우살리토. 로니는 안전하고 건강합니다."

"네, 들었습니다."

또 침묵. 그녀는 원망스러운 어조로 물었다.

"그 처녀는 어떻게 되었나요 ?"

"그 처녀도 안전합니다. 그녀는 정신이 불안정한 상태에 있습니다."

"전 그렇겐 생각하지 못했군요."

"그러나 그녀는 당신 아들을 납치할 생각은 전혀 없었답니다. 그녀는 당신 남편을 죽인 사나이로부터 도망치고 있었습니다."

"그렇기로 사우살리토까지 가야만 했단 말이에요 ?"

그녀는 곧이듣기 어려운 듯이 물었다.

"그렇소."

"범인은 누군가요 ?"

"어깨까지 내려온 검은 머리털에 수염을 기른 자인데 검은 안경을 썼답니다. 짐작 가는 사람이 있나요 ?"

"노스리지에는 장발족들이 하도 많아서요, 이곳도 마찬가지고요. 저는 그들과 별로 접촉이 없이 몇 년을 지내 와서 누군지 알 수가 없군요."

"그자는 충동적으로 살인하는 미친 사람일지도 몰라요. 당신은 이 전화를 끊는 대로 바로 내 제안에 따라야 해요. 경찰서장에게 전화를 걸어 경호 경관을 한 사람 보내달라고 부탁하시오. 경관이 그곳을 지키도록 부탁하시오. 만약 그렇지 못하면 택시를 타고 시내로 내려가 좋은 호텔에 드시오."

"그렇지만 당신은 저에게 이 집에 있으라고 하셨지 않아요."

"이젠 그럴 필요가 없게 되었소. 아드님을 찾았으니까요. 내일 아드님을 당신에게 데려다 주겠소."

"지금 그 애와 얘기할 수 있을까요 ? 목소리만이라도 듣고 싶어요."

나는 문을 열고 로니를 불렀다. 그는 윌리의 무릎에서 미끄러 내려

뛰어와서 두 손으로 수화기를 붙들었다.

"엄마야? 요트가 가라앉았어. 그러나 파도 타는 널빤지를 타고 빠져 나왔어. 춥지 않아요. 로린즈 씨 부인이 자기 아이 옷과 햄버거를 주었어. 수전은 샌프란시스코에서 햄버거를 주었어요. 수전이 어떠냐고요? 수전은 아무 일도 없을걸요. 수전은 금문교에서 바다로 뛰어내리려고 했어요. 그러나 우리가 못하게 말렸어요."

아이는 묵묵히 듣고 있었다. 아이의 얼굴은 진지해지고 걱정스러워졌다. 아이는 수화기를 마치 뜨거운 물건을 놓듯 나에게 건넸다.

"엄마가 슬퍼해요."

나는 그녀에게 물었다.

"부인께선 괜찮으세요?"

그녀는 감정이 막힌 목소리로 대답했다.

"전 괜찮아요. 그리고 진심으로 감사해요. 언제 당신과 로니를 만나게 되나요?"

"내일 오전이 될 거요. 우리는 이곳을 떠나기 전에 잠시 잠을 자 두어야 하거든요."

잠깐 뒤에 다른 사람들이 떠나고 나서 엘린과 나는 로니를 침대로 데려갔다. 이 침대가 있는 방은 엘린이 어렸을 때 자기가 사용하던 방이라고 말했다. 낡은 장난감 전화기가 소아용 침대 옆 테이블 위에 있었다. 피곤하지 않다는 것을 과시하려는 듯 로니는 장난감 전화를 들어 명랑한 목소리로 말했다.

"우주관리소를 부릅니다. 우주관리소를 부릅니다. 내 말이 들립니까?"

우리는 로니를 그의 환상의 세계에 맡기고 나와서 문을 닫고 2층 홀에서 서로 얼굴을 마주했다. 공중에 달린 누런 전기불이며 벽에 들이친 빛바랜 빗물자국이며 그 형태와 꼭 같은 그림자들은 환상을 낳는 것 같았다. 나머지 세계는 절단되고 멀리 떨어져 있었다. 나는 과거의 희미한 해안에 난파된 것 같은 기분이었다.

"제리는 어때요?"

"아미스테드가 자기를 어떻게 할까 걱정하고 있어요. 그러나 그 애는 진정했어요. 난 그 애의 등을 쓸어 주고 수면제를 먹였어요."

"기회를 봐서 내가 아미스테드 씨에게 얘기하겠소."

"그래 주시기 바랍니다. 제리는 그게 무척 걱정되나 봐요. 몹시 죄스럽게 느끼나봐요."

"나머지 수면제는 어떻게 했나요?"

"여기에 있어요."

그녀는 젖가슴 사이에 손을 댔다. 그녀는 나의 두 눈이 거기에 멈추고 그녀의 육체를 더듬어 내려가는 것을 보았음에 틀림이 없다. 우리 둘은 움직였다. 그러자 그녀의 육체는 나에게 졸리운 듯이 기대고 있었다. 나는 그녀의 한 손이 나의 등 위로 올라가 제리에게 했듯이 쓸어주는 것을 느꼈다.

"당신 잠자리 준비를 안 했는데 좋으시다면 나와 함께 자도 좋아요."

"고맙소. 그러나 그건 신통한 생각이 아닌 것 같소. 당신은 오로지 캔버스에 산다고 했는데 기억이 나나요?"

"나에겐 아직도 사용하지 않고 남겨둔 큰 캔버스가 있어요." 그녀는 애매한 대답을 했다. "아처, 무얼 두려워하세요?"

대답하기 어려웠다. 나는 이 여자가 마음에 들었다. 나는 거의 그녀의 말을 믿을 뻔했다. 그러나 나는 이미 그녀의 생활 속에 깊이 관여하고 있었다. 나는 결과를 알 때까지는 그녀 생활의 일부를 얻고 싶지 않았고, 그녀에게 나 자신을 맡기고 싶지도 않았다.

나는 말로 대답하지 않고 그녀에게 키스하고 그녀의 손을 떼냈다.

그녀는 박탈당했다기보다는 거절당한 듯한 얼굴을 했다.

　"난 많은 남자들과 자지 않아요. 리오는 나의 단 하나의 진정한 애인이었어요." 그녀는 한동안 말이 없었다. 이어서 그녀는 말했다. "나는 당신에게 거짓된 인상을 주었어요. 난 잊고 있었어요. 나 자신에게 거짓말을 하고 있었어요. 리오와 나와의 관계는 진정한 것이었어요…… 나의 인생에 있어서 가장 진정한 것이었어요." 그녀의 두 눈은 리오의 기억 때문에 광채를 띠었다. "나는 그이에게 반했어요. 그리고 그이도 우리의 사이가 계속되는 동안은 나를 사랑했어요. 나는 그가 사랑을 끝내리라고는 믿지 않았어요. 그러한 우리 사이가 갑자기 끝장이 났어요."

　그녀의 두 눈은 감겼다가 다시 뜨였다. 눈의 표정이 바뀌어 있었다. 무엇을 상실한 듯한 표정이었다. 그녀는 빗물자국이 있는 벽에 몸을 기댔다. 밤은 이식된 심장처럼 고동이 멎어가고 있었다.

　"부인에게 하고 싶은 말이 있습니다." 나는 말했다. "말을 해도 괜찮은 건지는 모르지만……."

　"고통스런 얘긴가요?"

　"그렇소. 아마 당장에 고통스럽지는 않겠지요."

　"리오에 관한 얘기인가요?"

　"그는 죽었다고 생각합니다."

　그녀의 두 눈에는 동요의 빛이 없었다. 다만 그림자와 같은 것이 그녀의 얼굴을 스쳐갔다. 마치 그녀의 머리 위에 매달린 전등불이 희미하게 움직인 것처럼.

　"그럼 죽은 지 얼마나 되나요?"

　"15년이요."

　"그 때문에 그이는 나에게 오지 못했던가요?"

　"아마 그렇겠죠." 이 대답은 어쨌든 부분적으로는 사실이었다. 사실의 다른 부분에 관해서는 나는 마어티 크란돌을 끌어들일 것인가, 아닌가 결정하느라고 애쓰고 있었다.

"나의 증인들이 헛된 소리를 하지 않았다면, 누군가가 리오를 쏘고 땅속에 묻어 버렸지요."

"어디서요?"

"산장 근처에, 누가 그를 죽였는지 짐작이 가나요?"

"안 가요." 잠깐 주저한 뒤에 그녀는 말했다. "나는 아니고."

나는 그녀가 계속하기를 기다렸다. 그녀는 드디어 말했다.

"당신은 증인들이라고 했는데 그들은 누구예요?"

"마어티 크란돌과 그녀의 딸이요."

"그는 마어티에게로 돌아갔나요?"

그녀는 입에다가 한 손을 갖다 댔다. 마치 그녀가 그 말을 해서 리오와 마어티의 관계를 시인한다는 일을 저지른 듯이. 잇따라 나는 무뚝뚝하게 말했다.

"리오는 마어티와 동침하다가 총에 맞았소. 리오에게 돌아간 건 마어티였어요. 마어티는 남편에게 쫓겨났거든요." 나는 망설였다. "당신은 그들의 관계를 알고 있었나요?"

"난 처음에 그 관계 때문에 리오를 알게 된 걸요. 마어티는 사고를 내고서 나를 찾아왔어요." 그녀는 한동안 말이 없다가 약간 비꼬는 투로 말했다. "나는 나의 몸뚱이를 그들 사이에 밀어 넣은 셈이었어요."

거의 할 말을 다한 것 같았다. 그러나 아직도 할 얘기가 남은 것 같았다. 무언가 우정이나 정열처럼 강한 감정에 사로잡힌 것 같았다. 과거가 우리 두 사람이 서로 양 끝을 붙들고 있는 밧줄처럼 풀렸다가 다시 감기고 있었다.

"엘리자베스 브로더스트 얘기부터 좀 들어봅시다" 하고 나는 물었다. "어떻게 해서 리오 같은 사나이가 엘리자베스와 같은 여자와 결혼하게 되었나요?"

"전쟁 때문에 그들은 맺어졌대요. 리오는 산타 테레사 근방의 군사 기지에 주둔하고 있었고 엘리자베스는 USO에서 활동하고 있었지요. 그녀는 젊었을 때 미인이었어요. 그리고 명문 출신인 데다가 부자였어요. 그녀에게는 모든 조건이 갖춰져 있었지요." 처음으로 엘린의 얼굴은 악의에 일그러졌다. "그러나 그녀는 아내로서는 실격이었죠."

"어째서요?"

"리오에게서 그들의 결혼 생활 얘기를 죄다 들었어요. 엘리자베스는 냉담하고 이기적인 여자였어요."

"그런 여자도 때로는 폭발합니다."

"알고 있어요."

나는 신중하게 물었다.

"엘리자베스가 리오를 쏘았을 것 같은 생각이 들지 않나요?"

"가능하지요. 쏘겠다고 위협했으니까요. 내가 산타 테레사를 떠날 때 리오를 데리고 가려고 한 것도 그 때문이었어요. 나는 엘리자베스가 무서웠어요."

"그것이 엘리자베스가 살인자라는 증거는 되지 않지요."

"알고 있어요. 그러나 주관적인 판단을 내리려고 하는 게 아녜요. 방금 제리하고 얘길 했을 때 제리는 무슨 말을 하더군요."

그녀의 목소리는 희미해졌다. 그리고 그녀의 주의도 마치 그녀가 내부의 목소리에 귀를 기울이고 있는 것처럼 희미해졌다.

"제리가 무슨 말을 했나요?"

"제리는 아버지에게로 돌아가지 못하는 이유를 나에게 말하고 있었지요. 엘리자베스 브로더스트가 이번 여름 어느 날 밤에 그들 집에 브라이언을 만나러 왔대요. 만나서 얘기한 것만이 아니었어요. 엘리자베스가 울고 외치고 했대요. 제리는 자초지종을 엿듣지 않을 수 없었대요. 브라이언은 엘리자베스에게서 돈을 착취하고 있었다는군요. 그것만이 아니었어요. 그는 엘리자베스를 부동산 사업에 합자하도록 강요했대요. 엘리자베스는 토지를 투자했는데 그는 거의 아무것도 투자하지 않았답니다."

"어떻게 해서 강요할 수 있나요?"

"문제는 바로 그것이죠" 하고 그녀는 말했다.

엘린은 혼자 잠자리에 들었다. 나는 트렁크에서 침낭을 꺼내어 로니의 방 문간에 깔고 잤다.

낡은 집은 위험한 세계를 항해하는 배처럼 삐꺼덕거렸다. 나는 케이프 혼을 돌고 있는 꿈을 꾸었다.

31

팔로 알토에는 비가 내리고 있었다. 여기서 로니와 나는 아침을 먹었다. 길로이와 킹 시티에도 비가 내리고 있었다. 그리고 패트롤리엄 시티에도 비가 내리고 있는 것 같았다.

나는 윳카 트리 인에서 차를 세우고 크란돌 씨 부부를 찾았다. 조이 로린즈가 데스크에 돌아와 있었다. 그녀는 크란돌 씨가 가족과 함께 로스앤젤레스로 떠나기 전날 아침에 자기를 다시 고용했다고 나에게 말했다.

"수전을 만났나요?" 나는 그녀에게 물었다.

"그럼요. 그 애는 많이 진정되었어요. 그들 셋 모두가 전지 요양을 생각하는 걸 보면 제정신을 찾고 있는 것 같았어요."

나는 윳카 트리 인을 나오기 전에 산타 테레사 산림서를 전화로 불러냈다. 켈시는 그곳에 없었다. 나는 가능하면 브로더스트 부인 댁에서 낮에 만나자는 전언을 그에게 남겼다. 그리고서 로니와 나는 우리의 마지막 여정을 무료 고속도로로 옮겼다.

좌석에 붙은 허리띠의 버클을 마이크로폰처럼 들고 로니는 우주 관제국에다가 우리의 진전을 알리고 있었다. 한번은 그 애는 그 애의 상상의 마이크에 대고 이렇게 말했다.

"아빠, 로니예요. 내 목소리가 들려요?"

우리는 산타 테레사 북방 2, 3마일 지점까지 와 있었다. 이곳은 그에게 익숙한 지역임에 틀림이 없었다. 그는 버클을 내려놓고 돌아앉더니 바로 나에게 물었다.

"아빠도 돌아오나요?"

"아니, 돌아오지 않아."

"아빠가 죽었다는 말예요?"

"그렇지."

"에비가 아빠를 죽였나요?"

"그랬을걸." 이 말은 수전의 살인 이야기 속에 나오는 사나이가 허구의 또는 환상의 인물이 아니라는 최초의 진짜 증언이었다. "로니야, 넌 그 사람을 잘 보았니?"

"잘 보았어요."

"그 사람은 어떻게 생겼지?"

"에비예요." 그의 목소리는 가라앉고 진지해졌다. "길고 검은 머리털과 길고 검은 수염이 났어요."

"옷은 어떤 것을 입었지?"

"온통 검정 옷이에요. 검정 작업 바지와 검정 윗도리와 그리고 검은 안경이었어요."

그의 목소리는 단조로웠다. 그의 정확성은 믿기 어려웠다.

"혹시 네가 아는 사람이 아니었니?"

그 애는 이 물음에 오싹한 것 같았다.

"내가 모르는 사람이었어요. 그 사람은 크기가 틀려요."

"크기가 틀리다니 무슨 말이지?"

"내가 아는 사람과 크기가 달라요."

"네가 아는 누구 말이지?"

"아무하고도 크기가 같지 않아요." 그는 애매하게 대답했다.

"더 큰 사람이었니? 작은 사람이었니?"

"작은 사람 같아요. 내가 그 사람을 모르는 건 할 수 없는 일 아녜요."

사내애는 과로의 징조를 나타내고 있었다. 나는 질문을 중단했다. 그러나 그 애가 마지막 질문을 내게 했다.

"엄마는 안녕하세요?"

"안녕하시지. 넌 어젯밤 엄마에게 전화를 걸었지, 기억나니?"

"기억나요. 그러나 혹시 녹음된 것이 아닌가 했어요."

"그건 진짜 목소리야."

"그럼 됐어요."

그는 나에게 몸을 기대고 잠이 들었다.

그 애는 우리가 캐니언을 올라가 그의 할머니 집으로 갔을 때도 여전히 잠이 들어 있었다. 그 애의 어머니는 베란다의 계단에서 기다리고 있었다. 그녀는 차도를 건너뛰어 와서 자동차 문을 열고 아들을 안아 올렸다.

그녀는 아들이 몸부림을 칠 때까지 껴안고 있었다. 그녀는 아들을 내려놓고 나에게 두 손을 내밀었다.

"당신에게 무어라고 감사를 드려야 할지 모르겠어요."

"뭘요. 결국 우린 모두 운이 좋았던 거죠. 스탠리를 제외하고는요."

"정말이에요. 스탠리만 가엾게 되었어요."

그녀의 눈썹 사이에는 마치 칼자국처럼 주름이 잡혔다.

"금발처녀는 어떻게 되었나요?"

"수전은 양친과 함께 있지요. 정신과의 치료를 받게 될 거요."

"그리고 제리 킬패트릭은 어떻게 되었나요? 그의 아버지가 저에게 전화를 걸어왔어요."

"그는 당분간 사우살리토에서 어머니와 함께 있을 거예요."

"그들을 경찰에 넘기지 않으셨군요?"

"넘기지 않았지요."

"전 꼭 그들이 어린이 유괴범인 줄 생각했거든요."

"나도 그렇게 생각했지요. 그러나 나의 생각이 잘못이었소. 그들은 한 쌍의 소외된 젊은이였소. 그들은 로니를 어른의 세계에서 구제하고 있다고 생각한 것 같아요. 어느 정도 그건 사실이었소. 그 처녀는 어제 당신의 남편이 살해되는 걸 보았고, 15년 전 그러니까 로니보다 더 어렸을 때 또 하나의 살인을 목격했어요. 만약 이 충격에 대한 그녀의 반응이 몹시 난폭한 것이었더라도 오늘의 그 처녀를 우린 비난할 수가 없습니다."

진의 그린 눈썹 사이의 이맛살이 더욱 깊어졌다.

"또 다른 살인이 있었나요?"

"그런 것 같아요. 당신 시아버님 리오는……결국 여자와 도망치지 못했지요. 분명히 그는 산장에서 살해되고 근방에 묻혔소. 실은 그 때문에 당신의 남편과 그 처녀가 어제 땅을 팠던 거요."

진은 어리둥절하여 나를 쳐다보았다. 아마 그녀는 내 말을 이해했을 것이다. 그러나 그 말은 그녀의 긴장된 감정에 너무나 큰 짐이었다. 그녀는 주위를 둘러보고 로니가 안 보이는 것을 보자 미친 듯이 아들의 이름을 부르기 시작했다.

아들은 집에서 나왔다.

"넬 할머닌 어디 계세요?"

"안 계셔," 하고 진은 대답했다. "병원에 계신다."

"할머니도 돌아가셨나요?"

"쉿, 물론 그렇지 않아. 제롬 의사님 말씀이 할머니는 내일이나 모래 퇴원하신대."

"시어머님은 어떻습니까?" 나는 그녀에게 물었다.

"괜찮으실 겁니다. 오늘 아침엔 심장도 실제로 정상이라고 하셨어요. 제가 시어머니에게 로니가 돌아오는 중이라고 말씀드리니까 무척 기운이 나셨어요. 시간이 있으시면 문병하세요."

"면회가 허용됩니까?"

"그럼요."

"그럼 가 보지요."

우리 셋은 집 안으로 들어갔다. 로니가 박제 조류 수집품을 들여다보고 있는 동안, 그의 어머니는 지난 24시간 동안의 일을 나에게 자상하게 알려주었다. 그녀는 기다리는 일로 시간을 보냈다. 그녀는 내가 시킨 대로 서장 사무실에 전화를 걸었다. 그러나 경찰은 그녀에게 어떠한 보호도 제공하지 않았다. 브라이언 킬패트릭이 방문하고 싶다고 했지만 그럴 필요가 없다고 말했다고 한다.

"킬패트릭 따위는 잊어버려요."

그녀는 나를 천천히 쳐다보았다.

"당신은 오해하고 있어요. 그분은 약혼자를 데리고 올 생각이었는데요."

"약혼자도 잊어버리세요. 당신에게 필요한 건 호위입니다."

"당신이 있잖아요."

"그러나 난 이곳에 머물지 못합니다. 당신을 꼭 여기서 떠나게 하고 싶은데."

"떠날 수 없어요. 넬 할머니가 저에게 의지하고 있는걸요."

"로니는 어떻고요? 당신은 양자택일을 해야 할지도 모릅니다."

"로니가 아직도 위험하다고 생각하시나요?"

"그렇게밖에는 생각할 수 없지요. 로니는 당신의 남편을 살해한 자를 보았거든요."

"로니는 그의 인상을 말할 수 있을까요?"

"안 되죠. 그자는 수염을 붙이고 가발을 썼어요. 그러나 나는 그자가 아마 로니가 알고 있는 자가 아닌가 하는 인상을 받았어요. 난 로니에게 그걸 강요하고 싶진 않아요. 그러나 자발적으로 애기를 하면 적어 두시겠어요? 한 마디도 놓치지 말고."

"그러겠어요."

그녀는 마치 아들의 머릿속에 자기 인생의 의미가 감춰진 것처럼 아들을 바라보았다. 로니는 무엇을 찾아낸 듯 얼굴에 밝은 빛을 띠며 말했다.

"이 근방에 산불이 났어요. 난 산불을 볼 수 있고 냄새를 맡을 수 있어요. 누가 불을 냈나요?"

"우린 방화범을 찾고 있는 중이다." 나는 로니의 어머니 쪽으로 돌아섰다. "어둡기 전에 이곳을 떠나도록 해 보시오."

"어젯밤엔 아무 일도 없었는데요."

"로니는 어젯밤 여기에 없었소. 로스앤젤레스의 윌러 부부의 아파트에 있으면 이곳보다 안전할 거요. 명령만 내리시오. 내가 차로 데리고……."

그녀는 내 말을 가로막았다. "생각해 보겠어요." 그러고서 그녀는 부드럽게 대답했다. "정말로 그 말씀은 고맙습니다. 그러나 당장에 생각하기가 어려울 뿐예요. 노스리지로 돌아갈 수 없는 것만은 알고 있어요."

나는 자동차 소리가 점점 집에 가까워지는 것을 듣고 바깥으로 나갔다. 산림서의 스테이션 왜건을 몰고 온 것은 켈시였다. 그는 차에서 내려 나와 반쯤 관료적인 악수를 나누었다. 그의 옷은 구겨져 있었고 두 눈은 쏘아보는 듯했다.

"당신 쪽지를 받았소, 아처 씨. 당신 의견을 말해 주시겠소?"

"당신에게 할 얘기가 많소. 그러나 우선 당신이 어제 증인에게 얻은 정보를 듣고 싶소. 차를 몰고 가는 수염을 기른 남자를 보았다는 여대생 말이요."

"그 얘기가 전부인데요. 그 여대생의 말은 대체적인 설명뿐이었어요." 켈시는 좀 실망한 듯한 대답을 했다.

"차는 어땠나요?"

"낡은 차라는 것만 알아요. 캘리포니아 주의 차인 듯하다지만 그것도 확실하지 않은 모양이요. 오늘 그 증인에게 다시 물어볼 작정이오. 경찰의 쉽스타드가 나에게 청해 왔어요."

"아니와 연락했나요?"

"오늘 아침 전화로 불렀죠. 아니는 가발과 수염이 앨버트 스위트너의 것이라는 생각을 거의 포기했어요. 그에게 전혀 맞지 않은 것이니까요. 쉽스타드는 가발 가게와 화장품 회사를 뒤져보려고 하지만 그건 큰일이고 시간이 걸려요. 나의 증인이 보았던 그자의 인상을 더 잘 알 수만 있으면 큰 도움이 될 텐데."

"그자는 체구가 꽤 작았다는데 내 쪽 증인의 말을 곧이들을 수 있다면 말이요. 그자는 검정 작업복에다가 검정 셔츠 아니면 스웨터를 입고 있었고 검은 안경을 썼대요. 그리고 그자가 스탠리 브로더스트를 살해한 건 틀림이 없지요" 하고 나는 말했다. 나는 내가 지난 24시간 동안에 모은 정보를 그에게 자상하게 설명했다. "불도저와 운전 기사를 구할 수 없나요?"

"불도저는 캠퍼스에 한 대 있을걸요. 산불이 되돌아오는 경우에 대비해서, 아직도 그곳에 있다면 내가 운전할 수 있지요."

"불길이 되돌아올까요?"

"바람이 우릴 속이지 않는다면 되돌아오지 못할 거요. 우린 오늘 아침 벽혼의 초지에 맞불을 질러 성공했어요. 우린 24시간 이내에 산불을 꺼야 할 거요……일기예보대로 비만 온다면 더 빠르겠지만." 그는 구름이 움직이는 하늘을 힐끗 쳐다보았다. "래틀스네이크의 산불의 기세를 꺾을 만큼 비가 왔으면 좋겠는데. 산이 온통 우리에게 내려앉게 할 정도는 곤란하지만."

켈시는 스테이션 왜건으로 함께 가자고 했다. 나는 필요할 때 언제든지 자유롭게 행동할 수 있게 내 차로 뒤따르겠다고 말했다.

우리는 불에 그을린 캐니언 입구를 통과하여 산기슭을 올라갔다. 캠퍼스의 운동장은 전날만 해도 사람들과 기계들로 붐볐는데 지금은 거의 파장이었다. 한두 품팔이꾼이 병과 종이 조각을 줍고 잔디를 깎고 있었다.

흙 파는 칼날이 붙은 트랙터가 한 대 노천 관람석 뒤의 주차장에 서 있었다. 켈시가 시동을 거는 동안 나는 스탠드의 꼭대기에 올라가서 주위를 살펴보았다. 흰 파도는 바다의 표면 위에 찍힌 흰 점과 같았다. 동남쪽 해안 너머에 연기가 마치 이른 황혼처럼 하늘에 걸려 있었다. 시야의 다른 끝에서 폭풍우 구름이 서북에서 내려오면서 검은 비를 해안가 산에 뿌리고 있었다.

켈시는 트랙터를 몰고 산중턱의 오솔길을 내려갔다. 나는 그가 일으키는 먼지를 뒤집어쓰며 따라갔다. 나는 품팔이꾼에게서 빌린 삽을 들고 갔다.

2, 30분 동안 나는 단풍나무 줄기에 몸을 기대고 트랙터가 앞뒤로 느릿느릿 움직이면서 흙을 미는 것을 지켜보았다. 트랙터가 사람 키

만큼 땅속을 깊이 팠을 때 트랙터의 칼날이 금속과 부딪히는 소리가 들리고 켈시는 운전대에서 거의 거꾸로 나가떨어질 뻔했다.

그는 그가 판 경사가 완만한 구덩이에서 뒤로 물러나서 나더러 그 구덩이로 내려가게 했다. 2, 3분 뒤에 나는 삽으로 흙을 치워 그 금속 장애물을 알아낼 수 있을 만큼 드러나게 했다. 그것은 연한 붉은 빛깔의 녹으로 얼룩진 시뻘건 포르쉐 차의 지붕이었다.

나는 왼쪽 앞 유리창의 흙을 치우고 삽으로 유리창을 부쉈다. 메마르고 끔찍스러운 썩은 내가 났다. 차체의 움푹한 앞자리에 담요에 싸인 것이 있었다. 썩은 냄새는 거기에서 났다.

나는 흙 속에 고개를 처박고 시체를 들여다보았다. 언제나 살이 맨 먼저 없어지기 마련이고 다음에는 머리털, 그 다음에는 뼈, 마지막에는 이빨이다. 리오 브로더스트의 시체는 온통 뼈와 이빨뿐이었다.

32

파묻힌 차의 주위에 구덩이를 넓고 깊게 파는 일을 켈시에게 맡기고 나는 대학에서 검시관 사무소로 전화를 걸었다. 그러고 나서 나는 언덕을 내려 프리스 스노 집을 다시 찾아갔다.

놀랍게도 프리스 자신이 문간에 나왔다. 그는 낡은 갈색 스웨터와 작업복 바지를 입고 있었다. 발에는 닳은 운동화를 신고 있었다. 그의 두 어깨는 굽었고 두 눈은 침침해 보였다. 마치 주말이 10년이나 계속되어 그도 그만큼 나이를 먹은 것처럼.

그는 부드러운 몸으로 내가 들어가려는 것을 막았다.

"아무도 집 안에 들어서는 안 됩니다."

"자넨 어제 나와 얘기하고 싶어했지."

"그랬나요?" 그는 기억을 더듬고 있는 것 같았다. "그랬다가는 저는 어머니에게 맞아 죽을 거예요."

"설마 그럴 리가 있겠나, 프리스. 비밀은 어차피 탄로되는 거야. 우린 방금 리오 브로더스트의 시체를 파냈어."

그의 음산한 눈초리는 나의 얼굴을 쳐다보았다. 그는 나의 눈에서 자기의 장래를 판단하려고 애쓰는 것 같았다. 나는 그의 눈에서 그의 장래를, 즉 그의 과거와 비슷한 공포와 혼돈과 불안의 장래를 읽을 수 있었다.

"잠깐 들어가도 좋겠나?"

"좋겠죠."

그는 나를 들여놓고 문을 닫았다. 마치 이 행동이 그의 힘의 대부분을 탕진한 것처럼 그의 숨소리는 멀리서도 들릴 정도로 컸다.

"자넨 어제 자네가 브로더스트 씨를 파묻었다고 나에게 말했는데 난 스탠리인 줄로 생각했어. 그러나 그건 스탠리의 아버지 리오였지."

"맞습니다." 그는 그 빈약한 방을 둘러보았다. "저는 끔찍한 짓을 했어요. 그 때문에 전 고통을 받아야 했어요."

"자네가 리오 브로더스트를 죽였나?"

"천만에요. 제가 한 건 그분이 이미 죽었을 때 불도저로 파묻었을 뿐이지요."

"누가 그 일을 시켰나?"

"앨버트 스위트너요."

그는 자기 자신의 진술을 확증하려고 고개를 끄덕이고 나서 내가 그의 진술을 곧이듣는가를 알아보기 위하여 나를 쳐다보았다. 나는 그의 진술을 곧이듣지도 않지도 않았다.

"앨버트 스위트너가 그 일을 시켰어요" 하고 그는 다시 말했다.

"앨버트가 어떻게 해서 자네에게 그런 일을 시킬 수 있었나?"

"전 앨버트가 무서웠어요."

"이유는 그게 아니고 또 있었을 거야."

프리스는 고개를 흔들었다.

"저는 그분을 파묻고 싶지 않았어요. 저는 신경이 하도 날카로워져서 불도저를 운전할 수가 없었거든요. 그래서 앨버트는 불도저를 산림수용소로 도로 가져가려고 했어요. 그러나 그는 불도저를 래틀스네이크 로드 밖의 도랑 속에 처박고 말았어요. 결국 그는 들켜서 감옥에 갔어요."

"그러나 자넨 처벌을 받지 않았지?"

"그땐 저는 면직당하고 요양원에 들어갔지요. 브로더스트 씨를 파묻은 건 드러나지 않았거든요."

"자네와 앨버트가 한 짓을 자네 어머닌 아시는가?"

"아실 거예요. 얘기했으니까요."

"언제 얘기했나?"

그는 질문을 곰곰이 생각했다.

"어제였을 거예요."

"내가 여기 오기 전인가 혹은 온 뒤엔가?"

"기억이 나지 않습니다." 프리스는 정신적 긴장의 징후를 나타내고 있었다. "당신은 자꾸 과거 얘기만 물으시는군요. 그리고 저의 기억은 자꾸만 이리 뛰고 저리 뛰어요. 저는 저의 아버지가 파묻힐 때의 기억이 자꾸만 나요."

"땅속에 묻었을 때 말인가?"

"예, 맞습니다. 묘지에 묻었을 때 말입니다. 관 위에 흙이 털썩털썩 떨어지는 소리를 들을 수가 있었어요."

그의 얼굴은 마치 공기에서 수분을 빨아들여 용해하고 있는 것처럼 눈물이 맺혔다.

"자넨 어머니에게 내가 여기 오기 전에 얘기 했나, 아니면 여기 온 뒤에 얘기했나?"

"당신이 여기 온 뒤일 겁니다. 당신이 여기 온 뒤였어요. 어머닌 제가 딴 사람에게 얘기했다가는 곧장 감옥에 갈 거라고 말씀하셨어요." 그는 머리카락이 엉클어진 채 고개를 숙이고 나를 지켜보았다. "이젠 감옥에 가게 되나요?"

"난 모르겠네, 프리스. 앨버트와 자네가 그를 죽이지 않은 건 틀림이 없나?"

그 생각에 그는 충격을 받은 것 같았다.

"왜 우리가 그러한 짓을 하겠어요?"

나는 몇 가지 이유를 생각할 수가 있었다. 리오 브로더스트는 운이 좋았는데 그들은 운이 나빴다. 리오는 제일 돈이 많은 여자와 결혼했고 제일 어여쁜 계집애에게 애를 배게 했다. 그리고 앨버트와 프리스는 대신 벌을 받았다.

프리스는 나의 침묵에 겁이 났는지 조급하게 덧붙였다.

"전 그분을 죽이지 않았습니다. 전 성경에 맹세합니다." 테이블 위에 실제로 성경책이 있었다. 그는 손바닥을 성경책의 검은 헝겊 표지 위에 올려놓았다. "보다시피 성경책에 맹세합니다. 저는 제 생전에 살인한 적이 없습니다. 저는 들쥐를 덫으로 잡는 것도 좋아하지 않습니다. 달팽이를 밟는 것도 싫어합니다. 그들에겐 모두 감정이 있으니까……."

그는 실상 울고 있었다. 아마 달팽이의 죽음과 들쥐의 고통 때문이리라.

그가 코를 훌쩍거리고 있는 사이에 거리에서 찻소리가 났다. 나는 현관의 창문으로 밖을 내다보았다. 낡은 흰빛 램블러 차가 내 차 뒤에 멈춰섰다. 스노 부인은 묵직한 갈색 장바구니를 두 팔에 안고 나왔다. 그녀는 작업복 바지 위에 비옷을 입고 있었다.

나는 밖으로 나갔다. 프리스의 어머니는 나를 보자 느닷없이 멈춰 섰다.

"무슨 짓을 하고 있나요?"

"아드님과 얘길 했습니다."

"집을 비우니까 내 아들을 괴롭히는 거예요?"

"그게 아닙니다. 프리스는 자기가 리오 브로더스트의 시체를 묻었다고 하는군요. 프리스는 당신에게 얘기한 줄로 알고 있어요. 그러니까 우린 그 때문에 다툴 필요가 없습니다."

"당치 않은 소리예요. 그 앤 당치 않은 소리를 하고 있는 거예요."

"그렇지 않습니다" 하고 나는 말했다. "우린 오늘 오후에 리오의 시체를 파냈소. 시체는 아직 증명되지 않았지만, 그는 죽은 지 15년이나 됩니다."

"프레더릭은 알고서도 나에게 얘기하지 않았나요?"

"프리스는 어제 당신에게 얘기했죠?"

그녀는 입술을 깨물었다.

"그 앤 나에게 무슨 얘길 하긴 했어요. 그가 무슨 얘길 꾸며대고 있는 줄 생각했어요. 그의 머리에는 언제나 얘기가 꽉 차 있으니까요."

"그렇지만 스노 부인, 프리스는 죽은 사람을 꾸며대진 않습니다."

"죽은 사람이 브로더스트 대령인 것은 틀림없나요?"

"당연하죠. 시체는 붉은 포르쉐 차 속에 있었지요."

"어디에 있었나요?"

"스탠리가 묻힌 자리 거의 바로 밑에 있었죠. 스탠리를 죽인 자가 아마 그의 아버지를 죽였을 거요."

"그래서 프레더릭이 죽었단 말이에요?"

"그렇지는 않겠지요. 그러나 그의 말대로 대령을 파묻었다면 그는 종범이 되지요."

"그 앤 감옥에 가게 된다는 거예요?"

"감옥에 가게 될지도 모르지요."

그녀의 얼굴은 새파랗게 질렸다. 그녀의 야윈 얼굴은 머리끝까지 긴장했다. 이것은 그녀의 치명적인 운명을 미리 엿보이게 하는 것 같았다. 나는 그녀가 아들의 운명과 얼마나 깊은 관계를 맺고 있는가를 깨달았다.

그녀는 한동안 말없이 서서 그녀를 동정하는 이웃 사람들에게 도전하듯이 거리를 위아래로 노려보았다. 거리에는 그런 일에는 관심 없을 듯한 햇볕에 탄 너무 어린아이들 두셋이 눈에 뜨일 뿐이었다.

이른 오후였으나 날은 어두컴컴했다. 하늘을 쳐다보니 검은 구름이 하늘을 가로지르고 있었다. 검은 구름 밑에서 마을은 밝고 낯설게 보였다. 작은 빗방울이 보도 위에, 그리고 나의 머리와 그 여자의 머리 위에 떨어지기 시작했다.

무거운 갈색 장바구니가 그녀의 두 팔에서 스르르 빠져나갔다. 나는 그것을 받아들고 그녀의 뒤를 따라 집안으로 들어갔다. 프리스는 뒷방으로 물러갔으나 집안에 실제로 가득 차 있는 프리스의 존재를 느낄 수 있었다.

프리스의 어머니는 찬거리를 들고 부엌으로 들어갔다. 그녀가 문간방으로 돌아왔을 때 테이블 위의 성경책이 약간 위치가 달라진 것이 그녀의 눈에 띄었다. 그녀는 성경을 한 가운데 자리에 정확히 밀어놓고 나에게로 돌아섰다.

"프레더릭은 방에서 가슴이 터지도록 울고 있어요. 당신은 그 애를 투옥할 수 없습니다. 그 애는 여섯 달도 지탱하지 못할 거예요. 의지할 곳 없는 애들이 감옥에서 어떠한 대접을 받는지……그 잔인하고 못된 짓을 당신은 알고 있지요."

나도 알고 있었다. 그러나 나는 그런 일에 마음을 쓰고 싶지 않았다.

"그는 애가 아닙니다."

나는 브로더스트 부인이 48시간 전에 같은 말을 한 것을 상기했다.

"프레더릭은 애나 다름이 없어요." 스노 부인은 말했다. "프레더릭은 언제나 나의 어린 아들이어요. 나는 나의 최선을 다해 그 애를 보호했어요. 그러나 그 애는 언제나 빗나갔어요. 남이 하라는 대로 하다가 그 때문에 고통을 겪었어요. 그 애는 몹시 고통을 겪었어요. 그 애는 산림수용소에 들어갔을 때 거의 다 죽을 뻔했어요."

그녀의 가냘픈 육체는 격정에 부들부들 떨고 있었다. 젖가슴도 엉덩이도 없다시피한 저 빈약한 몸에서 프리스와 같이 몸집만 큰 저능한 애어른이 나왔다는 사실이 믿어지지 않을 지경이었다.

"그럼, 스노 부인, 아드님을 어떻게 하면 좋겠습니까?"

"어머니에게 맡겨 주세요. 이제까지처럼 아들을 내가 돌보게 해주세요."

"그건 당국이 알아서 할 일입니다."

"당국은 그 애가 한 짓을 알고 있나요?"

"아직은 모릅니다."

"당국에 일러바쳐야 하나요?"

"그래야 할 겁니다. 살인 사건과 관련이 있으니까요."

"당신은 아직도 브로더스트 대령의 살해에 대한 얘길 하고 있는 거예요?"

"그렇습니다. 그것만이 아드님이 말려든 살인 사건이기를 바랍니다만."

"당신 말이 옳습니다." 그녀는 나를 뚫어지게 쳐다보았다. "난 아무에게도 얘기한 적이 없는 비밀을 당신에게 얘기하겠어요. 브로더스트 대령이 사살되었다는 거죠?"

"분명히 사살되었소."

"22구경 권총으로?"

"그건 아직 모릅니다. 당신이 얘기하겠다는 비밀은 무엇입니까?"

"난 브로더스트 대령을 권총으로 쏜 자를 알고 있어요. 맹세는 못 하지만 알고 있다고는 생각해요. 만약 그 얘길 하고 그 얘기가 옳다면 프레더릭을 봐 줄 수 있는 거죠?"

"노력은 해 보죠."

"그들은 당신 말을 들을 거예요." 그녀는 고개를 강조하는 듯이 끄덕거렸다. "당신은 내 아들을 위해 힘써 줄 것을 약속하지요?"

"약속하지요. 당신이 가지고 있는 정보는 무엇인가요?"

"스탠리가 토요일 밤에 살해된 이후 모든 일이 나에게 되살아오고 있습니다. 브로더스트 대령이 죽던 날 밤 나는 그 집에서 스탠리를 돌보고 있었지요. 같은 날 밤에 프레더릭은 트랙터를 잘못 써서 실직하게 되었지요. 모든 게 앞뒤가 맞아요."

"정확히 어떤 사건이 일어났는데요?"

"차근차근 말씀드리죠." 갑자기 그녀는 흔들의자에 앉았다. 마치 기억을 더듬기가 피곤한 것처럼. "두 분께서, 브로더스트 대령과 부인께서는 저녁식사 때 몹시 다투셨어요. 나는 식당에 드나들었거든요. 그분들은 내 앞에서는 별로 얘기하지 않았어요. 그러나 나는 그분들이 한 여자 때문에……그분이 산장에 감추어 두었던 한 여자 때문에 말다툼을 한다고 짐작했지요. 처음에는 그 여자가 킬패트릭 부인인 줄 생각했어요. 왜냐하면 킬패트릭이라는 이름이 나왔으니까요. 그러나 알고 보니 니커슨의 딸 마어티였어요. 그녀는 딸애를 데리고 왔어요. 브로더스트 대령은 마어티와 마어티의 딸을 데리고 도망칠

계획이었어요. 그는 하와이행 선표를 사가지고 있었어요. 그런데 브로더스트 씨 부인에게 들켰어요."

"어떻게 해서 들켰나요?"

"브로더스트 부인 얘기로는 킬패트릭 씨가 그녀에게 알려주었대요. 여행사 직원이 킬패트릭 씨의 친구였다나요."

나는 두 눈이 번쩍 뜨이는 것 같았다. 나의 증인들의 말은 일치하기 시작하고 있었다. 스노 부인은 얘기를 계속했다.

"아까 말했듯이 추잡한 싸움이었어요. 브로더스트 씨 부인은 남편이 여태까지 오입해 온 일을 모두 들추었어요. 브로더스트 씨는 그것이 죄다 아내의 책임이라고 말했어요. 그분이 아내에게 쏟아낸 욕설까지 당신께 얘기할 생각은 없어요. 그러나 그분은 브로더스트 부인이 10년 동안 아내 노릇을 안 해왔다고 주장하고선 일어서서 발을 구르며 나갔어요. 어린 스탠리는 부들부들 떨고 있었지요. 그는 부엌에서 나와 함께 저녁을 먹는 중이었지만 부모가 다투는 소리를 듣지 않을 수가 없었지요. 그는 싸움의 내용을 알 만한 나이였어요. 그는 뛰어나가서 아버지를 잡으려고 했어요. 그러나 대령은 스포츠카를 타고 엔진 소리를 요란하게 내며 사라졌어요. 그때 스탠리의 어머니도 집을 떠날 준비를 했어요. 스탠리는 어머니를 따라가려 했으나 데리고 가려하지 않았어요. 나더러 스탠리를 재우라고 해서 나는 스탠리를 침대에 들게 했지요. 그 뒤 난 부엌일에 바빴고 스탠리는 나 몰래 집을 빠져 나갔어요. 설거지가 끝난 뒤에 스탠리의 침실에 가 보았더니 빈 베개만 침대에 있어서 얼마나 놀랐는가 지금도 잊지 못해요. 나는 스탠리를 찾으며 방마다 샅샅이 뒤지다가 또 한 번 놀랐어요. 대령 부인의 권총 상자가 서재의 책상 위에 있더군요." 그녀는 고개를 쳐들고 장님처럼 눈을 감고 기억을 더듬었다. "난 어찌할 바를 몰랐어요. 그래서 하릴없이 대령 부인과 스탠리가 집에 돌아오기를 기다리고 있었지요."

그녀는 체념하는 한편 무엇을 기대하는 듯이 흔들의자에 앉아 있었다. 마치 그 밤이 끝나기를 아직도 기다리고 있는 것처럼.

"모자는 착실히 1시간은 지났을 때 함께 돌아왔어요. 그들의 발은 풀이슬에 젖었고 얼굴은 하얗게 질려 겁을 먹고 있었어요. 브로더스트 씨 부인은 스탠리를 침실로 밀어넣고 나보고 집에 가도 좋다고 했어요. 집에 돌아오니까 내 아들의 잠자리가 텅 비어 있었지요. 어머니들에겐 나쁜 밤이었어요."

"그리고 아들에게도 나쁜 밤이었지요." 나는 대꾸했다. "아버지가 피살되는 걸 스탠리는 보았을까요?"

"모르겠어요. 그가 총소리를 들은 건 알고 있어요. 그는 나중에 그의 어머니가 올빼미를 쏘았다고 나에게 말했어요……. 대령 부인이 스탠리에게 그렇게 변명해 둔 거죠. 그러나 스탠리는 어머니가 아버지를 사살했다고 의심한 것 같아요. 이 의혹은 그의 마음속에서 계속 커졌나본데 그는 차마 이 의혹에 정면으로 부딪칠 수가 없었어요. 그래서 그는 바로 자기 자신이 죽는 순간까지 그의 아버지가 살아 있다는 것을 증명하려고 계속 애썼지요."

"스탠리는 아버지의 죽음에 대해서 당신과 의견을 교환한 적이 있나요?"

"죽음 얘기는 하지 않았어요. 우린 죽음이란 말은 하지 않았어요. 그러나 그는 때때로 자기 아버지에게 어떠한 일이 일어났으리라고 생각하느냐고 나에게 물었어요. 그럴 때마다 이렇게 대답했죠……. 너의 아버지는 오스트레일리아와 같은 다른 나라로 살러 갔으니 아마 언젠가는 돌아 오리라고요." 빛나고 격렬한 그녀의 두 눈이 나를 쳐다보았다. "그 외에 어떻게 할 수 있겠어요? 나는 그에게 내가 의심하고 있는 것을, 그의 어머니가 그의 아버지를 사살했다는 사실을 애기할 수가 없었어요."

"그리고 아드님이 스탠리의 아버지를 파묻었다는 사실도."

"난 그 당시는 그러한 사실을 몰랐어요." 그러나 그녀의 목소리는 요점에서 바삐 벗어나갔다. "설사 내가 알았다고 하더라도 나는 스탠리에게나 또는 다른 어느 누구에게도 얘기하지 않았을 거예요. 여자란 자기 자식을 지켜주어야 하니까요."

33

나는 그녀의 집을 나와 억수같이 퍼붓는 빗속에 차를 몰아 병원으로 갔다. 병원은 도시의 한 구간을 차지하는, 진료실과 사무용 빌딩이 둘러서 있는 4층 콘크리트 빌딩이었다. 로비에 있던 한 핑크레이디 클럽 회원이 브로더스트 부인은 방문객을 만날 수 있다고 말하며 4층에 있는 그녀의 방 번호를 나에게 가르쳐 주었다.

올라가기 전에 나는 병리과를 찾아갔다. 사무실과 실험실은 복도 끝의 1층에 있었다. 문패에는 '외인 출입을 금함'이라고 쓰여 있었다. 하얀 겉옷을 입은 근엄한 얼굴의 남자가 정중하고 무관심하게 나에게 인사를 했다. 그의 책상 위의 명찰에는 의학박사 W. 실칵스라고 적혀 있었다. 그는 나에게 리오 브로더스트의 시체는 아직 운반되지 않았으나 곧 도착될 것이라고 말했다.

네모테 안경을 쓴 의사의 눈은 어떤 직업적 열의를 보이고 있었다.

"그의 시체는 아직 많이 남아 있군요."

"많이 남아 있죠. 특히 머리의 총상을 찾아야 하죠. 내가 얘기를 나눈 두세 증인은 그가 머리에 총을 맞았다고 생각하고 있습니다. 그러나 그들은 전적으로 믿을 수 있는 증인들이 아닙니다. 우리에겐 구체적 증거가 필요합니다."

"그래서 내가 여기와 있습니다. 나는 산 사람에게서보다도 죽은 사람에게서 증거를 더 많이 얻는 성싶습니다."

"아직도 스탠리 브로더스트의 시체가 있습니까?"

"시체실에 있습니다. 보고 싶으세요?"

"보았습니다. 난 사인에 대해서 당신께 듣고 싶습니다."

"긴 칼 같은 것으로 여러 차례 찔린 상처가 치명적이지요."

"앞입니까? 뒤입니까?"

"앞입니다. 복부입니다. 그는 또한 곡괭이로 두개골 밑을 맞았어요."

승강기를 타고 4층에 올라가면서 나는 거짓말도 못하고 남을 해치지도 남에게 해를 입을 수도 없게 된 증인을 가진 실칵스가 부러운 생각조차 들었다. 당직 간호원실에 있는 아가씨에게 면회에 대하여 물어보았다. 브로더스트 부인은 훨씬 좋아졌지만 면회 시간을 10분 정도로 제한해 달라고 말했다.

내가 브로더스트 씨 부인의 병실 문을 노크하자 안에서 들어오라고 했다. 방에는 장미, 카네이션, 이국적 라일락, 제철에 흔한 꽃, 귀한 꽃 등이 어울려 가득 차 있었다. 화장대 위의 노란 수선화 병에 브라이언 킬패트릭이 보낸 카드가 세워져 있었다.

브로더스트 부인은 창 옆 안락의자에 앉아 있었다. 그녀는 울긋불긋한 실내의를 입고 있었는데, 이 옷이 방 안의 꽃들을 반사하고 있는 것 같았다. 그녀의 혈색은 아주 좋았다. 그러나 눈언저리에 절망의 빛이 깔려 있었기 때문에 한동안 나는 입을 뗄 수가 없었다.

그녀가 먼저 말문을 열었다.

"아처 씨지요? 만나서 감사드릴 기회를 갖게 되어 기쁩니다."

나는 깜짝 놀랐다.

"도대체 무엇 때문에?"

"로니가 무사히 돌아왔기 때문입니다. 진한테서 조금 전에 전화가

왔어요. 아들이 가버렸으니 남은 건 로니뿐이에요.”

“로니는 좋은 애더군요. 이젠 아무렇지도 않은 것 같습니다.”

“어디서 그 애를 찾았죠? 진은 똑똑히 말하지 않더군요.”

나는 그녀에게 어긋난 나의 주말 얘기를 하고 결론적으로 다음과
같이 말했다.

“그 처녀를 너무 나무라지 마세요. 그 애는 아드님이 피살되는 걸
보았어요. 그래서 그녀의 생각은 오로지 로니를 구출하자는 것이었
어요.”

나는 이 말을 하면서 수전이 15년 간격이 있는 두번의 살인을 목격
했다는 사실을 상기했다. 그래서 나는 자문했다. 만약에 브로더스트
부인이 자기 남편을 죽였다면 혹시 그녀는 자기 아들을 직접 죽이거
나 또는 누구를 시켜 죽이지나 않았을까? 하고. 나는 그녀에게 물어
볼 수가 없었다. 그녀의 가냘픈 감사의 말과 그녀의 친구들이 그녀에
게 보내준 꽃들로 가득 찬 이 방은 이러한 질문을 허용하지 않는 것
같았다.

증인들이 종종 그렇듯이 브로더스트 부인도 자신이 먼저 질문을 했
다.

“그 처녀에 관해서 이해가 가지 않아요. 그 애의 이름이 무어라고
했지요?”

“수전 크란돌.”

“그 애는 산에서 내 아들과 손자와 무슨 일을 하고 있었나요?”

“그 애는 과거의 일을 확인하려고 했었죠.”

“잘 알아듣지 못하겠어요. 요사이는 내가 바보가 되어서.”

그녀의 목소리와 눈초리에 실린 초조감이 그녀 자신과 나 사이를
들뜨게 했다.

“수전은 전에도 산에 간 일이 있었죠” 나는 말했다. “그녀가 어린

애였을 때 말이죠. 그 애는 어느 날 밤 어머니와 함께 산에 갔지요. 아마 당신은 그 애의 어머니를 기억하실 겁니다. 처녀 이름은 마어티 니커슨이었지요. 그녀는 당신 집에서 일을 했었는데요."

그녀의 목소리와 눈초리에 불쾌감이 짙어졌다.

"당신은 누구와 얘기했다는 거죠?"

"많은 사람들과 얘길 했죠. 당신은 제 명단에서는 맨 끝입니다. 저는 당신이 15년 전의 그날 밤 산장에서 일어난 일을 부활시키는 것을 저도 도울 수 있다고 생각해 왔지요."

그녀는 고개를 흔들고 얼굴을 반쯤 외면해 버렸다. 창문을 등진 그녀의 얼굴의 옆모습은 로스앤젤레스 시의 비에 흐려진 영상 위에 새겨진 옛날의 메달 같았다.

"난 당신을 도와드릴 수 없을 것 같아요. 난 그곳에 가지 않았으니까요."

"부인의 남편 브로더스트 씨는 거기에 갔습니다."

그녀는 목을 움츠렸다.

"당신은 어떻게 해서 그걸 알 수 있었나요?"

"브로더스트 씨는 그곳에서 사살되어 묻혔습니다. 우린 오늘 오후에 그분의 시체를 파냈습니다."

"알겠어요." 그녀는 무엇을 알았는지 나에게 얘기하지 않았다. 그러나 그녀의 두 눈은 더욱 침울해지고 작아지는 것 같았다. 그녀의 얼굴은 뼈대가 더욱 불거져서 마치 죽은 사람의 얼굴을 방불하게 했다. "그럼 끝났군요."

"전부 끝나지 않았습니다."

"나에겐 끝난 일입니다. 당신은 나의 남편과 아들이 다 죽었다고 나에게 얘기하는군요. 나에게 소중했던 모든 것을 내가 잃었다고 얘기하는군요."

그녀는 비극적 역할을 하려고 안간힘을 쓰고 있었다. 그러나 거기에는 그녀 자신의 공감을 잃은 이중성이 보였다. 그녀의 말은 과장되고 공허하게 들렸다. 나는 그녀가 자기 아버지에게 대해서 썼던 애매한 말을 상기했다.

"당신의 남편이 죽어서 묻힌 지 15년이 되는 걸 당신은 알고 계셨을 겁니다."

"말도 안 되는 소리. 만약에 당신이 공공연하게 이런 생트집을 잡는다면 나는 가만히 두지 않을 테요……."

그러나 마치 자기가 읽는 싯귀를 듣고 있는 듯이 그녀의 목소리에는 예의 그 이중성이 버티고 있었다.

"우린 사적으로 얘길 하고 있습니다. 브로더스트 부인. 난 당신이 그날 밤 남편과 다투고 나중에 남편 뒤를 쫓아 산에 올라가신 걸 알고 있습니다."

"그렇지 않은데 어떻게 해서 당신은 그걸 알 수 있다는 거죠?" 그녀는 죄 있는 사람이 하는 유희를 하고 있었다. 그녀는 신문관에게 질문하고 있었다. "하여튼 당신은 어디서 이런 일방적인 정보를 입수했나요? 수전 크란돌에게서요?"

"일부분은."

"수전은 믿을 만한 증인이 못 됩니다. 당신이 나에게 수전이 감정 장애를 일으켰다고 얘기한 걸로 미루어 짐작할 수 있습니다. 그리고 수전은 그때 서너 살 이상이 되지 않았을지도 몰라요. 모두가 수전의 환상임에 틀림이 없습니다."

"세살 어린애도 기억을 가지고 있습니다. 그들은 볼 수도 있고 들을 수도 있습니다. 나는 수전이 산장에 갔었고 권총 사격을 보고 들었다는 확실한 증거를 가지고 있습니다. 그녀의 얘기는 내가 아는 다른 얘기들과 일치합니다. 그건 또한 그녀의 감정 장애의 원인을 설명해 줍니다."

"당신은 수전의 감정이 동요한 것을 인정하나요?"

"그녀에겐 정신적 장애물이 있어요. 정신적 장애물에 대해서 얘기가 났으니 말이지 스탠리도 그 사격을 목격했으리라고 생각하는데요."

"천만에요. 스탠리는 목격할 수가 없었지요."

마치 그 말을 도로 빨아들이려고 하는 듯이 그녀는 숨소리가 들리도록 숨을 깊이 들이쉬었다.

"당신이 거기 안 가셨다면 어떻게 아십니까?"

"나는 스탠리와 집에 있었으니까요."

"나는 그렇게 생각하지 않습니다. 스탠리는 당신 뒤를 밟아 산장까지 갔고, 그는 아버지를 쏘는 총소리를 들었다고 나는 생각합니다. 그래서 평생 그는 그 장면을 잊으려고 했어요. 그렇지 않다면 그게 한낱 악몽에 불과함을 증명하려고 했지요."

그녀는 지금까지 자신이 담당한 소송 의뢰인의 무죄를 의심하고 있는 변호인처럼 얘기하고 있었다. 그러나 이제 그것을 포기했다.

"나에게서 무엇을 원하지요? 돈이요? 난 착취당할 대로 당해서 돈이 없습니다." 그녀는 잠깐 말을 쉬었다가 절망적인 눈초리로 나를 쳐다보았다. "진에게 내가 무일푼이라는 걸 얘기하지 말아 주세요. 그러면 난 다시는 로니를 못 보게 될 거예요."

나는 그녀의 생각이 틀렸다고 생각했다. 그러나 나는 다투지 않았다.

"누가 착취했나요? 브로더스트 부인."

"난 그 문제를 논의할 생각이 전혀 없어요."

나는 브라이언 킬패트릭의 카드를 화장대에서 집어 들어 그녀에게 보였다.

"만약에 누가 여태까지 당신에게서 돈을 착취했다면 당신은 이제 그 짓을 중지시킬 기회를 가졌습니다."

"난 그 문제를 논의하고 싶지 않다고 말했어요. 난 아무도 믿을 수가 없어요. 나의 아버지가 사망한 뒤로는."

"계속 착취를 당하고 싶으신가요?"

그녀는 쓰라린 눈초리를 나에게 던졌다.

"난 무슨 일도 계속되는 것을 원하지 않아요. 나의 인생조차도, 이 대화, 이 신문, 지겨워요."

"나 자신도 좋아서 하고 있는 건 아닙니다."

"그럼 나가 주세요. 난 더 이상 견딜 수가 없어요."

그녀는 손가락 마디가 하얘질 정도로 의자 팔걸이를 거머쥐고 일어섰다. 그 행동은 어떻든 나를 방에서 밀어냈다.

나는 당장에 시체를 대면하고 싶지 않았다. 나는 비상 계단 문을 발견하고 1층으로 내려가기 시작했다. 나는 시체를 대할 시간을 끌었다. 회색 강철 난간이 붙은 콘크리트 계단은 교도소 건물의 일부분처럼 추악하고 불멸의 것으로 보였다. 나는 절반쯤 내려간 계단참에서 잠깐 쉬면서 감옥에 갇힌 브로더스트 부인을 상상하려고 애썼다.

내가 로니를 그의 어머니에게 돌려주었을 때 나는 내가 하려던 일을 정말로 완전히 마친 셈이었다. 끝나지 않은 나머지 일은 고통스럽고 추악한 일이었다. 나에게는 브로더스트 부인을 남편 살해자로서 체포하고 싶은 욕망은 없었다.

복수의 뜨거운 숨결은 나이를 먹어가면서 나의 콧구멍에서 식어갔다. 나는 보존할 만한 가치가 있는 물건을 보존하는 것을 돕게 되는 인생 경영에 더욱 관심을 가졌다.

리오 브로더스트라는 사나이도 다른 모든 사람과 마찬가지로 보존할 만한 가치가 있었던 것은 의심할 여지가 없었다. 그러나 그는 오래 전에 남의 분노를 사서 피살되었다. 나는 현재의 배심관이 그의 미망인에게서 과실치사 이상의 죄목을 발견하리라고는 믿어지지 않는다.

또 다른 살인으로 말하자면 브로더스트 부인에게 아들을 죽일 이유나 앨버트 스위트너를 죽일 기회가 있었던 것 같지 않았다. 나는 그들을 죽인 자가 누구이든 상관할 바가 없다고 나 자신에게 타일렀다. 그러나 나는 상관할 까닭이 있었다. 이 계단 자체가 나를 실칵스 박사가 말없는 증인의 의견을 듣고 있는 시체실 앞 메스꺼운 녹색 복도로 데려다 주고 있듯이 이 사건은 서로 질긴 상호 관계가 있었다.

나는 사무실을 지나서 시체실 문을 열었다. 리오 브로더스트의 잔해는 전등불이 훤하게 비친 스테인레스 테이블 위에 누워 있었다. 실칵스 박사가 외과용 기구를 넣어 여기저기서 뒤지고 있는 그의 두개골의 아름다운 곡선만이 리오가 생전에 미남자였다는 흔적을 남기고 있었다.

켈시와 검시관 대리 퍼비스는 반쯤 그림자 속에서 벽을 등지고 서 있었다. 나는 그들을 지나서 테이블로 갔다.

"총알을 맞았나요?"

실칵스는 일하던 손을 멈추고 나를 쳐다보았다.

"그렇소, 난 이걸 발견했소."

그는 납총알을 한 개 집어 내 손바닥 위에 얹어 보여 주었다. 그 납총알은 형태가 일그러지기는 했으나 구경 22권총의 총알처럼 보였다.

"두개골의 어느 부분을 뚫었나요?"

"글쎄요. 내가 발견한 건 도저히 치명상이 될 수 없었던 가벼운 외상뿐입니다."

그는 바늘 끝으로 총알이 브로더스트의 두개골 앞부분에 지나간 희미한 홈 자국을 가리켰다.

"그럼 그는 무엇에 치명상을 입고 죽었나요?"

"이것이요."

그는 나에게 퇴색한 세모꼴 모양의 것을 가리켰다. 그가 그것을 테이블 위에 떨어뜨리자 쨍그랑 소리가 났다. 한순간 나는 그것이 인디언의 화살촉이 아닌가 하고 생각했다. 그러나 나는 이것을 집어 들고서야 비로소 이것이 부러진 칼끝임을 알았다.

"이것이 늑골 속에 박혀 있었소." 의사는 말했다. "칼을 빼낼 때 칼끝이 부러진 건 명백합니다."

"그가 찔린 것은 등입니까, 앞입니까?"

"앞일 겁니다."

"여자가 할 수 있는 짓일까요?"

"못할 것도 없지요. 퍼비스, 어떻게 생각하시오?"

젊은 검시관은 그늘에서 나와서 나와 실칵스 박사 사이로 들어섰다.

"이건 비밀로 얘기하는 게 좋을 것 같소."

그는 내 쪽으로 돌아섰다.

"아처 씨, 난 남의 일에 훼방하는 건 싫어합니다. 그러나 당신에겐 이곳에 들어올 권리가 없습니다. 당신은 문에 '외인 출입을 금함'이라는 표지를 보셨죠. 당신은 외인입니다."

나는 아마 이것을 젊은 기분에 그저 한번 참견해 보려는 것뿐이라고 생각했다.

"당신이 나를 허가하면 되지요."

"난 당신을 허가할 수 없습니다."

"누가 그렇게 말해요?"

"나는 검시관의 명령을 받습니다."

"검시관은 누구의 명령을 받나요?"

젊은이의 얼굴이 빨개졌다. 그의 얼굴은 전등불빛에 자줏빛으로 보였다.

"나가주시는 게 좋을 겁니다."

나는 그를 스쳐 켈시를 쳐다보았다. 켈시는 당황한 것 같았다. 나는 그들 두 사람에게 말했다.

"이 시체가 있는 곳을 찾은 건 나요."

"그러나 당신은 당국자가 아니요."

퍼비스는 그의 한 손을 권총 개머리판에 갖다대었다. 나는 그라는 사람을 잘 몰랐고 나를 쏘지 않으리라고 그를 믿을 수도 없었다. 분노와 실망에 떨면서 나는 시체실을 나왔다.

켈시는 나의 뒤를 쫓아 복도로 나왔다.

"미안하이, 아처."

"당신은 별로 도움이 못 되었소."

그의 입이 계속 미소를 짓고 있는 한편 회색 눈은 약간 깜박거리다가 굳어졌다.

"당신에 관한 명령이 높은 데서 내려왔어요. 그리고 산림서의 명령도 나더러 법대로 하라고."

"법엔 무어라고 쓰였나요?"

"당신도 잘 알고 있소. 지방법에 따라서 집행해야 할 곳에서는 그들의 권한을 존중하라는 지시를 나는 받고 있습니다."

"그들이 무엇을 하겠다는 거요? 이 사건을 앞으로 15년간 더 묻어 놓겠다는 거요?"

"내가 도우면 그렇게는 안 되겠죠. 그러나 나의 주요 책임은 산불이요."

"살인과 산불은 결부되어 있소. 잘 아시지 않소."

"내가 알고 있는 걸 얘기하지 마시오."

그는 돌아서서 시체와 그 훌륭한 당국자에게로 돌아갔다.

34

내가 바깥으로 나왔을 때 비는 한결 더 세차게 내리고 있었다. 거리에는 여름을 지난 언덕 내리막의 흙과 돌이 바다 쪽으로 빗물에 씻겨 내려가고 있었다.

산으로 가까이 가면 갈수록 그 양은 더욱 많았다. 브로더스트 씨 부인의 캐니언을 올라가는 것은 마치 얕은 물줄기를 상류로 거슬러 올라가는 것과 같았다. 농장에 이르기 훨씬 전부터 나는 집 뒤에 있는 개울물 소리를 들을 수 있었다.

브라이언 킬패트릭의 검은 차가 집 앞에 서 있었다. 염색한 듯이 보이는 금발의 여인이 앞자리에 앉아 있었다. 나는 이 금발 여인을 처음에는 알아보지 못했다. 내가 검은 차에 가까이 갔을 때 나는 그녀가 킬패트릭이 말하는 그의 약혼자임을 알았다.

"오늘 기분이 어떻습니까?"

그녀는 차창을 내리고 빗줄기 사이로 나를 내다보았다.

"누구시죠?"

"토요일 밤에 킬패트릭 댁에서 뵈었죠."

"정말예요? 그땐 제가 몹시 취했었지요."

그녀는 입술을 벌리며 미소를 띠었다. 그 미소는 나의 공범 여부를 묻고 있었다. 또 그 미소는 몹시 불안한 것 같았다.

"당신은 술에 취해 의식을 잃었죠. 그리고 당신은 브루넷이었죠?"

"저는 가발을 쓰고 있었죠. 전 기분에 맞추어 머리색을 바꿔요. 남들은 저를 아주 변덕스럽다고들 해요."

"알겠어요. 지금은 어떤 기분이십니까?"

"솔직하게 말씀드리면 무서워 죽겠어요." 그녀는 말했다. "이 물이 무서워 죽겠어요. 진흙이 브로더스트 집 뒤로 쏟아지고 있어요. 벌써 안마당에 진흙이 몇 톤이나 쌓였어요. 그래서 제가 이 차 속에 있는 거예요. 저는 여기도 별로 좋아하지 않는단 말예요."

"브라이언은 집안에서 무얼 하고 있나요?"

"사무를 본다고 하던데요."

"진 브로더스트하고요?"

"아마, 그 여잘 거예요. 어떤 여자에게서 전화를 받더니 바로 이리 달려왔죠." 내가 집 쪽으로 돌아서니 그녀는 덧붙여 말했다. "빨리 일을 끝내도록 말해 주시겠어요?"

나는 노크하지 않고 들어가 현관문을 조심스럽게 닫았다. 개울물 소리가 온 집안에 울려서 내가 내는 작은 소리를 덮어버렸다.

거실에는 아무도 없었다. 서재의 활짝 열린 문에서 전등불빛이 새어나왔다. 내가 가까이 갔을 때 나는 진의 목소리를 들을 수 있었다.

"전 싫습니다. 브로더스트 부인이 원하셨다면 저에게 부탁을 하셨 겠지요."

킬패트릭은 아무렇지도 않은 듯한 어조로 그녀에게 대답했다.

"브로더스트 부인은 당신에게 걱정을 끼치고 싶지 않은 거죠."

"그런데 지금 걱정이 되는걸요. 시어머니는 사무 서류와 권총을 가 지고 병원에서 무엇을 하시자는 건가요?"

"무슨 일이 일어날 때에 대비해서 깨끗이 정리를 해 두고 싶으시겠 지요."

"자살하시려는 건 아닌가요?"

진의 목소리는 가늘고 숨찼다.

"그러시지 않기를 진심으로 바랍니다."

"그럼 왜 총을 원하실까요?"

"그런 말은 하시지 않았습니다. 그분은 나의 동업자이니만큼 난 그저 그분을 기쁘게 해 주려고 애썼을 뿐이요."

"그래도 전 아직 당신에게……."

"그러나 그분이 방금 나에게 전화를 했어요."

"제가 다시 시어머니에게 전화를 해 보겠어요."

"그렇게는 못합니다."

그의 목소리에는 위협이 있었다. 구둣발이 바닥을 긁는 소리와 여자의 숨찬 소리가 들렸다. 나는 입구로 들어섰다. 진은 검은 가죽을 입힌 소파 위에 하얗게 질린 얼굴로 숨을 가쁘게 쉬면서 엎드려져 있었다. 킬패트릭은 수화기를 두 손에 들고 서서 진을 내려다 보고 있었다.

"상대될 만한 사람과 해 보게나" 하고 나는 말했다.

그는 마치 나에게 덤비려고 하는 듯이 움직였다. 나는 그가 덤벼 주기를 원했다. 아마 그는 나의 속셈을 알아챘을지도 모른다. 그의 얼굴에서 핏기가 가셨다. 그 결과 울퉁불퉁한 혈관들이 찰과상처럼 두드러졌다.

그는 나에게 비굴한 미소를 던졌다. 그러나 붉어진 불안한 눈은 변하지 않았다.

"진과 사소한 오해가 생겼어요. 뭐 대단한 건 아니죠."

그녀는 일어나서 스커트를 매만졌다.

"대단한 일이에요. 그는 나를 밀어뜨렸어요. 시어머니의 물건을 뺏으려고 해요."

그녀는 책상 옆에 있는 검은 서류 가방을 가리켰다. 나는 서류 가방을 집어 들었다.

"이리 내놓아요." 킬패트릭은 말했다. "그건 내 것이오."

"나중에 봐서 돌려 드리겠소."

그는 손을 내밀었다. 나는 그가 못 잡게 가방을 치웠다. 이와 동시에 나는 한쪽 어깨를 그에게 들이대어 뒤로 밀어붙였다. 그는 등을 맞은편 벽에 호되게 부딪치고 나서 못에 걸린 사람처럼 그곳에 몸을 굽히고 서 있었다. 나는 그에게로 건너가서 무기를 갖지 않았는가 호주머니를 더듬었으나 없었다. 나는 물러섰다.

한순간 그의 얼굴 표정은 내가 전날 보고 놀랐던 격심한 실망의 표정이었다. 그는 모든 것을 잃고 있었고 모든 것이 사라지는 것을 지켜보고 있었다.

"트리메인 서장에게 이 일을 부탁하겠소" 하고 그는 말했다.

"제발 그러시죠. 서장은 당신이 브로더스트 부인에게 한 짓에 흥미를 가지게 될 거요."

"당신이 진실을 알고 싶다면 말하지만, 난 부인의 절친한 친구요. 나는 다년간 부인의 이익을 봐 주었소."

"부인은 착취당했다고 하던데요."

그는 깜짝 놀라는 것 같았다.

"그분이 그렇게 말하던가요?"

"그분은 그렇게 말했소. 당신은 그 말이 싫소?"

그는 여전히 벽에 붙어 있었다. 그의 불그죽죽한 갈색 머리털은, 진땀이 솟은 그의 주근깨 있는 높은 이마 위에 내려와 있었다. 그는 손가락으로 조심스럽게 머리털을 밀어 올렸다. 마치 깨끗한 외관이 더 중요한 것처럼.

"난 엘리자베스에게 실망했습니다" 하고 그는 말했다. "난 그분에게 더 많은 분별이 있는 줄로 생각했소. 그리고 더 많은 감사를 기대했고. 그러나 여자란 별수없더군요."

그는 나에게 우리가 반여성 편에 함께 설 수 있는가, 그 여부를 알아보기 위해 시험적인 눈초리를 던졌다.

"감사라니," 하고 나는 대꾸했다. "그분을 공갈 협박하고 그분의 토지를 사기횡령한 데 대한 감사란 말이요? 과연 여자들이란 형편없는 배은망덕자로군!"

그는 내 말의 부당성을 그대로 듣고 넘길 수가 없었다.

"내가 한 일은 어떤 일이든 완전히 합법적이었소. 그분이 당신에게 거짓말을 할 때 자기가 한 짓은 말하지 않았을걸요."

"그분이 무슨 짓을 했나요?"

나는 직접적인 질문을 말았어야 했다. 그는 신중해졌다.

"그 질문에 대답하지 못하겠소."

"그럼 내가 당신에게 얘기하지요. 브로더스트 부인은 자기 남편을 총으로 쏘았소. 당신은 쏘도록 교사했을 거요. 이러니 당신이 그 일에 관여한 건 확실해요."

"거짓말 말아요."

"당신은 리오가 하와이행 화물선의 선표를 예약한 걸 그분에게 얘기하지 않았나요? 그게 그들의 마지막 싸움에 불을 지른 것이 아니었나요?"

그의 눈초리가 나의 눈초리와 부딪히자 그는 외면했다.

"난 리오가 내 아내를 데리고 가려고 하는 줄로 생각했어요."

"당신의 부인은 그 전에 당신을 떠났지요."

"난 아내가 돌아오기를 기다리고 있었소."

"만약 당신이 리오를 없앨 앞잡이를 얻는다면 말이지요?"

"나에겐 그런 의사란 전혀 없었소" 하고 그는 말했다.

"없었다고요? 당신은 브로더스트 부부의 싸움에 불을 질렀소. 그 싸움의 결과를 지켜보기 위해 그날 밤 산장에 갔소. 당신은 사격을 목격했거나 그 소리를 들었지요. 그리고 리오가 총으로 죽지 않자 칼로 끝마감을 했지요."

"난 절대로 하지 않았소."

"누군가가 했지요. 그리고 당신은 그곳에 있었고, 그 사실을 당신은 부인하지 않았소."

"지금 부인하오. 난 그를 총으로 쏘아 죽이지도 않았고, 칼로 찔러 죽이지도 않았소."

"그럼 당신이 한 짓을 얘기해 보구려."

"난 죄 없는 방관자일 뿐이오."

나는 그의 얼굴에다가 조소를 퍼부었다. 그러나 나는 기분이 유쾌하지 않았다.

"좋소, 당신은 죄 없는 방관자요. 그럼 무슨 일이 있었나요?"

"무슨 일이 있었는지 당신은 알고 있을 텐데요. 그러나 난 얘기하지 않겠소. 그리고 당신이 당신 생각처럼 약빠르다면 나와 손발이 맞도록 하시지. 당장에 내 서류가방을 내놓으시오."

"나에게서 빼앗아야 할 거요."

그는 그것을 생각하고 있는 것처럼 나를 바라보았다. 그러나 그에게서는 욕망과 희망이 점점 줄어져 갔고 성공의 분위기도 그를 버려서 그는 더욱 패자처럼 보였다. 그는 돌아서서 현관문까지 가서야 내 말에 대답했다. 현관문을 꽝하고 닫기 전에 그는 돌아보고 외쳤다.

"당신을 시에서 추방할 작정이오."

진은 마치 주위가 어두워져서 이곳이 낯선 곳처럼 한 손을 내밀고 가만히 움직이면서 나에게로 다가왔다.

"이게 모두 참말인가요?"

"어떤 것 말인가요?"

"당신이 엘리자베스 부인에 대해서 하신 얘기 말이에요."

"사실입니다."

그녀는 내 팔을 붙들고 축 늘어졌다.

"더 이상 견딜 수 없어요. 이 일이 언제까지 계속될 건가요?"

"얼마 안 남았을 거요. 로니는 어디 있지요?"

"자고 있어요. 낮잠을 자고 싶어했어요."

"일으켜 옷을 입혀요. 당신네를 로스앤젤레스로 데려가겠소."

"지금요?"

"빠를수록 좋지요."

"그러나, 왜요?"

나에게는 이유가 많았다. 주요한 이유는 말하고 싶지 않았다. 킬패트릭이 다음에 어떠한 짓을 할지 나는 알 수가 없었기 때문이다. 나는 그의 오락실에 있었던 권총 생각이 났고 그가 총을 언제라도 쏠 수 있다는 생각이 났다.

나는 진을 방구석의 큰 창문가로 데리고 가서 개울이 어떻게 되었나를 그녀에게 보여주었다. 개울은 사나운 검은 강이 되어 버렸다. 개울은 쓰러진 나무를 덮을 만큼 넓어졌다. 쓰러진 나무들이 천연 댐을 형성하고 집 뒤의 개울물을 막고 있었다. 나는 바둑돌이 위쪽 캐니언의 개울 바닥을 굴러 내리는 소리를 들을 수 있었다. 바둑돌이 일으키는 소리는 골목길에 볼링공이 구르는 소리 같았다.

"이번에는 집이 떠내려갈지도 몰라요." 하고 나는 말했다.

"이건 우리를 남으로 데리고 가는 이유는 아닌데요."

"그것도 하나의 이유지요. 당신과 로니는 그곳이 더욱 안전할 거요. 그리고 나는 처리해야 할 일이 좀 있어요. 나는 로스앤젤레스 경찰국의 쉽스타드 부장에게 보고하기로 되어 있어요. 지방법에 의지하느니 그와 함께 일하는 게 유리해요."

이러한 이점은 마지막 시간에 보다 더 명백해졌다. 그리고 나는 아니에게 지금 전화를 걸기로 작정했다. 나는 서재에 들어가서 그의 사무소의 전화번호를 돌렸다.

그의 목소리는 침착했다.

"난 좀더 일찍 자네에게서 연락이 올 것을 기다렸네."

"미안하이. 난 사우살리토에 가야 했어."

"주말을 잘 지내셨겠지." 그는 단조로운 스칸디나비아 말투로 말했다.

"별로 재미없었어. 난 또 다른 살인 사건을 캐냈어. 옛날 사건이지만."

나는 그에게 리오 브로더스트의 죽음에 관한 여러 사실을 알렸다.

"뭐라고? 조리 있게 다시 한번 애기해 줘" 하고 그는 말했다. "브로더스트 씨는 아내에게 살해되었다는 얘긴가?"

"그녀는 그를 쏘았지만 그는 그것으로 죽지는 않았어요. 그의 갈빗대 속에 부러진 칼끝이 박혀 있었으니까요. 물론 그녀가 그를 칼로 찌를 수도 있는 일이지만."

"그녀가 앨버트 스위트너를 살해할 수 있었을까?"

"그녀는 토요일 밤에 산타 테레사의 병원에 있었으니까 노스리지 살인을 한 자는 다른 사람이어야 할 걸."

"누구를 범인으로 생각하나?"

나는 생각을 정리하기 위하여 한동안 말을 멈추었다. 아니는 초조한 듯이 물었다.

"루, 거기 있나?"

"여기 있지. 주요 용의자가 셋 있는데, 첫째는 브라이언 킬패트릭이라는 부동산 중개업자야. 그는 엘리자베스 브로더스트가 남편에게 총을 쏜 걸 알고 그녀에게 지금까지 돈을 우려냈어. 이건 스탠리 브로더스트와 앨버트 스위트너를 죽일 이유를 그에게 부여하는 것이 되거든."

"어떠한 이유로?"

"그는 애초의 살인을 덮어두는 데서 막대한 재산상 이득을 취했거든."

"공갈이란 말이지?"

"위장된 공갈이지. 그러나 여전히 그가 리오 브로더스트 살해의 끝마감을 한 가능성이 있어. 만약에 그렇다면 그에게는 다른 둘을 없애야 할 보다 강한 이유를 갖게 되지. 앨버트 스위트너는 리오가 묻힌 곳을 알고 있었고, 스탠리 브로더스트는 아버지의 시체를 파내려고 했으니까."

"그러나 킬패트릭은 왜 리오 브로더스트에게 칼질을 했을까?"

"브로더스트가 그의 결혼생활을 파괴했고 게다가 아까 말한 대로 그에게 돈이 생길 테니까."

"루, 그의 인상을 말해 주게."

"킬패트릭은 약 45세, 키는 6피트가 넘고 체중은 약 200파운드, 푸른 눈, 붉은 머리털, 이마가 좀 벗겨지기 시작했고 얼굴과 코에는 불거진 현관들," 나는 잠시 쉬었다. "그는 토요일에 노스리지에 나타났나?"

"내 질문에 먼저 대답해 달란 말야. 상처 자국은?"

"눈에 보이는 건 없어."

"다른 혐의자는?"

"모텔 소유자 레스터 크랜돌이 둘째야. 그는 뚱뚱하고 키가 작아. 키는 약 5피트 7인치, 체중은 280파운드, 긴 구레나룻에 희끗희끗해 가는 검은 머리털. 말투는 시골뜨기 같고 빈틈이 없고 무척 돈이 많지."

"나이는?"

"다음 생일날에 60세가 된다더군. 그에게도 킬패트릭에 못지않게 강렬한 리오 브로더스트 살해의 동기가 있었지."

"60세라면 살인하기에는 너무 늙었군." 아니는 말했다.

"전과자 카드를 테이블 위에 펼쳐 놓으면 일이 쉬워질 텐데. 자넨 마음에 두고 있는 용의자의 인상을 파악하고 있는 모양인데?"

"한 가지 있지. 문제는 나의 증인은 믿을 수 없을지도 모른다는 거야. 독립적인 확정이 필요한데 말이야. 그 밖의 다른 용의자는 누구야?"

"킬패트릭의 전처 엘린이 리오 브로더스트를 살해했을지도 몰라. 리오는 그녀의 결혼을 파괴했고 그 다음에 그녀를 버렸으니까."

"여자는 아닐 거야" 하고 아니는 말했다. "만약에 범인이 여자라면 내 이론은 산산조각이 나네. 그 밖에 또 동기와 기회를 가졌을 만한 남자는 없나?"

나는 약간 내키지 않으나 천천히 대답했다.

"리오의 시체를 트랙터로 파묻은 정원사 프리스 스노가 있어. 난 프리스가 살인할 능력이 있다고는 말할 수 없지만 리오가 그의 분노를 산 건 사실이야. 앨버트 스위트너 역시 같은 일로 마찬가지고."

"스노는 몇 살이지?"

"약 35 내지 36살야."

"어떻게 생겼나?"

"그는 5피트 10인치, 체중은 160파운드, 갈색 머리털, 둥근 얼굴, 잘 우는 녹색의 눈, 신경쇠약 기미가 있는 것 같아. 참, 선천적 흉터가 있더군."

"뭔데?"

"언청이야."

"왜 진작 그 얘길 하지 않았나?"

아니는 언성을 높였다. 나는 수화기를 내 귀에서 뺐다. 진은 두 손을 문틀에 대고 몸을 기대며 나를 지켜보고 있었다. 그녀의 얼굴은 파리했다. 그녀의 두 눈은 여느 때보다 새까맸다.

"이 프리스 스노라는 자는 지금 어디 있나?" 하고 아니는 물었다.

"내가 앉아 있는 곳에서 약 1마일 반 떨어진 곳에 있지. 내가 잡아다 줄까?"

"내가 하는 게 좋겠어. 절차를 밟아야지."

"나에게 먼저 그와 얘기를 나눌 기회를 주게. 아니, 난 그가 세 사람은 고사하고 단 한 명이라도 살해했다고는 믿을 수가 없어."

"나는 믿을 수 있어." 아니는 대꾸했다. "앨버트 스위트너가 쓰고 있던 가발과 코밑수염과 턱수염은 스위트너 것이 아니었어. 그것들은 그에게 맞지 않았으니까. 사건을 혼동시키기 위해서 스위트너에게 그 것들을 붙여놓은 건 범인이야. 가발은 범인의 것이란 게 내 추측이 야. 우린 가발 가게와 도매상을 모조리 조사한 결과 혐의자는 '갤로어'라는 바인 거리에 있는 싸구려 가게에서 가발과 수염을 산 걸 알아냈어."

나는 이 말을 믿고 싶지 않았다.

"그가 사서 스위트너에게 주었을지도 모르지."

"그럴 수도 있지. 그러나 그게 아니었어. 그는 한 달 전에 가발을 샀는데 그땐 스위트너는 아직 폴삼 형무소에 있었네. 그러니까 그는 자기가 사용하기 위해서 샀단 말이야. 그는 윗입술의 보기 흉한 자국을 덮는 코밑수염을 달라고 점원에게 말했다네."

내가 수화기를 내려놓았을 때 진은 입을 열었다.

"프리스인가요?"

"그런가봐요."

나는 프리스가 산 가발과 수염에 관한 얘기를 진에게 했다.

그녀는 입술을 깨물었다.

"로니 얘기를 귀담아 들었어야 했어요."

"로니는 토요일에 산에서 프리스를 알아보았을까?"

"토요일에 대해선 모르겠어요. 그는 몇 주 전에 긴 검은 머리털과 콧수염을 붙인 프리스를 보았다고 나에게 얘기했어요. 그러나 내가 더 이상 캐물으니까 로니는 거짓말이라고 했어요."

우리는 로니가 자고 있는 침실로 들어갔다. 아이는 어머니가 제 몸에 손을 댔을 때 소스라치며 깨어 일어나 베개를 껴안았다. 두 눈이 둥그레졌고 몸을 부들부들 떨고 있었다. 내가 아이의 상처와 공포를 보는 것은 처음이었다.

그는 애써 입을 열었다.

"에비가 나를 잡아갈까봐 혼났어요."

"내가 못 데려가게 해 주지."

"에비가 아빠를 잡아갔어요."

"너는 못 잡아갈 거야" 하고 나는 말했다.

그의 어머니는 아이를 두 팔로 껴안았다. 아이는 잠시 흐뭇한 표정이었으나 너무나 여성적인 위안 방법에 곧 진력이 났다. 아이는 어머니에게서 벗어나와 침대 위에 일어섰다. 아이의 눈은 나의 눈높이에 가까워졌다. 아이는 내 키보다 높게 펄쩍 뛰어올랐다.

"프리스가 에비지?" 하고 나는 물었다.

그 애는 어리둥절하여 나를 쳐다보았다.

"난 몰라요."

"넌 프리스가 긴 검은 가발을 쓰고 있는 걸 본 적이 있니?"

그는 고개를 끄덕였다.

"그리고 또 구레나룻도?" 그는 약간 숨을 죽이며 대답했다. "그리고 그것도 말예요." 그는 그의 윗입술에 손을 댔다.

"언제였지, 로니?"

"저번 넬 할머니를 찾아왔던 때에요. 헛간에 들어가니까 프리스가 긴 검은 머리털과 구레나룻을 붙이고 있었어요. 프리스는 여자 사진을 보고 있었어요."

"그 여자는 네가 아는 사람이었니?"

"모르는 사람이었어요. 그 여자는 벌거벗었어요. 이 말을 내가 했다고 그에게 말하면 안돼요. 그는 내가 누구에게 말하면 재미없는 일이 일어난다고 했어요."

"재미없는 일이 일어나지 않을 거야." 그에게는 일어나지 않을 것이다. "토요일에 프리스가 가발을 쓰고 있는 걸 보았니?"

"언제 말예요?"

"산 위에 갔을 때."

그는 어리둥절한 듯이 나를 쳐다보았다.

"나는 긴 검은 머리를 한 에비를 보았어요. 그는 멀리 떨어져 있었어요. 그게 프리스인지 아닌지는 알 수가 없었어요."

"그러나 프리스라고 생각했었지?"

"모르겠어요."

그의 목소리는 부담이 과중한 것같이 들렸다. 마치 그의 또렷한 어린아이의 기억력이 능력 이상의 양을 담은 것처럼 그는 어머니 쪽으로 돌아서서 배가 고프다고 말했다.

35

나는 도심지 식당에 그들을 내려놓고 유대인 거주 지역을 지나서 스노 부인의 집으로 들어갔다. 갈색의 흙물이 그 집 앞 도로에 흐르고 있었다. 나는 스노 부인의 낡은 백색 램블러 차 뒤의 아스팔트 차도에 주차하고 차의 문을 잠갔다.

스노 부인은 노크하기 전에 문을 열었다. 그녀는 나를 스쳐 마치 내 뒤에 누가 있는 것처럼 빗속을 내다보았다.

"프리스는 어디 있나요?"

"자기 방에 있어요. 그러나 필요한 얘기는 내가 할 수 있어요. 과거에도 그래왔고……앞으로도 그럴 거예요."

"스노 부인, 프리스 자신이 얘기를 해야 할 겁니다."

나는 그녀 옆을 지나 부엌으로 들어가서 그녀 아들의 방문을 열었다. 그는 얼굴의 일부분을 두 손으로 감추고 철제 침대 위에 웅크리고 앉아 있었다.

그는 무력하고 어리석은 사나이였다. 나는 내가 해야 할 일이 싫었다. 공판을 받게 되면 그는 일반 사람들의 구경거리가 될 것이다. 감옥에 들어가게 되면 그는 그의 어머니가 두려워하는 인간 이하의 삶을 견뎌내야 할 것이다. 바로 내 등 뒤에 그녀의 초조한 존재를 나는 느낄 수 있었다.

나는 그에게 물었다.

"자네는 한 달 전에 가발을 샀었나? 가발과 턱수염과 코밑수염 말이야."

그는 그의 얼굴에서 두 손을 뺐다.

"아마 샀을 거요."

"자네가 샀다는 게 드러났어."

"그럼 왜 저에게 물어보세요?"

"왜 그런 물건을 샀는지 그 이유가 알고 싶어."

"저의 머리털을 길게 보이고 싶어서요. 그리고 이것을 덮기 위해서도요." 그는 그의 오른쪽 집게손가락으로 그의 째진 윗입술을 가리켰다. "계집애들은 나에게 키스를 해 주지 않아요. 난 평생에 꼭 한 번 키스했어요."

"마어티와?"

"그렇지요. 마어티는 키스를 허락했어요. 그러나 이건 오래전 일이었어요. 약 16년이나 18년 전의. 전 영화 잡지에서 가발 선전을 읽었어요. 그래서 할리우드에 가서 한 벌을 샀지요. 저는 선셋 스트립 극장에서 계집애들의 꽁무니를 쫓고 싶었어요. 그리고 멋쟁이가 되고 싶었어요."

"그래 계집애들이 걸렸나?"

그는 고개를 설레설레 흔들었다.

"난 한 번밖에 못 갔어요. 엄마가 여자 친구를 가지는 걸 원하지 않았어요."

그의 눈초리는 나를 지나 그의 어머니에게로 움직였다.

"내가 너의 여자 친구야." 그녀는 쾌활하게 대꾸했다. "그리고 넌 나의 사내 친구이고."

그녀는 미소를 짓고 눈을 깜박였다. 그녀의 두 눈에는 눈물이 괴어 있었다.

나는 물었다.

"프리스, 자네의 가발은 어떻게 되었나?"

"전 몰라요. 침대 요 밑에 숨겨 두었어요. 그런데 누가 훔쳐갔어요."

그의 어머니는 말했다.

"앨버트 스위트너가 틀림없이 훔쳐 갔을 거야. 그는 지난주에 우리 집에 들렀거든."

"그보다 훨씬 전에 가발이 없어졌어요. 그 때문에 전 한 번밖에는 계집애들의 꽁무니를 쫓지 못했어요."

"그게 확실한가?" 하고 나는 물었다.

"예, 확실합니다."

"자넨 토요일 밤에 노스리지에 가서 앨버트의 머리에 가발을 씌우지 않았나?"

"안 했습니다."

"그러면 가발을 쓰고 토요일 아침에 산에 가서 스탠리 브로더스트를 칼로 찌르지 않았나?"

"저는 스탠리를 좋아했어요. 왜 내가 스탠리를 칼로 찌릅니까?"

"왜냐하면 그는 아버지의 시체를 파내고 있었으니까. 자네는 그의 아버지를 죽이지 않았나?"

그는 고개를 마치 걸레쪽처럼 몹시 흔들었다.

그의 어머니는 말했다.

"프리스, 말하지 마. 말하면 넌 부당한 권리 침해를 당한다."

그는 마치 목을 부러뜨린 것처럼 고개를 내려뜨리고 가만히 있었다. 잠시 뒤에 그는 다시 입을 열었다.

"저는 브로더스트 씨를 파묻었어요……이건 말씀드렸습니다. 그러나 그분을 죽이진 않았어요. 저는 한 사람도 죽이지 않았어요."

"아무도," 하고 스노 씨 부인은 아들의 말을 고쳤다. "너는 아무도 죽이지 않았어."

"저는 아무도 죽이지 않았어요." 그는 되풀이했다. "저는 브로더스트 씨도, 스탠리도……죽이지 않았어요." 그는 고개를 치켜들었다. "또 한 사람은 누구라 하셨나요?"

"앨버트 스위트너."

"저는 그를 죽이지 않았어요."

"너는 그도 죽이지 않았어." 그의 어머니는 아들의 말을 또 고쳤다.

나는 그녀 쪽으로 돌아섰다.

"제발, 프리스에게 자기 얘기를 시키시오."

날카로운 나의 목소리가 그녀의 아들의 기운을 돋운 것 같았다.

"그럼요. 내게 얘기를 시켜주세요."

"나는 도와주려고 했을 뿐이다" 하고 스노 씨 부인은 말했다.

"알고 있어요." 그러나 그의 목소리에는 어딘지 의문을 품고 있는 것 같았다. 그는 침대 위에서 꼴사나운 자세를 계속 취하고 있다가 드디어 그의 의문을 말로 터뜨렸다. "저의 가발과 수염은 어떻게 되었나요?"

"누가 훔쳐 갔을 거야." 그녀는 대답했다.

"앨버트 스위트너가요?"

"앨버트였을지도 모르지."

"전 그렇게 생각하지 않아요. 어머니가 훔쳐갔지요" 하고 그는 말했다.

"미친 소리를 하는군."

그의 두 눈은 그녀의 얼굴로 천천히 마치 벽을 기어오르는 달팽이처럼 기어올라갔다.

"어머니가 침대 요 밑에서 가발을 훔쳐갔어요." 그는 이 점을 강조하느라고 한 손으로 침대를 때렸다. "그리고 나는 미치지 않았어요."

"넌 그렇게 얘기하고 있지만 무슨 이유로 내가 너의 가발을 훔쳐야만 하지?" 하고 그녀는 물었다.

"왜냐하면 어머니는 내가 계집애들의 꽁무니를 쫓는 걸 싫어하셨으니까요. 질투를 하셨어요."

그녀는 킬킬거리며 웃었다. 웃음소리는 공허했다. 나는 그녀의 얼굴을 바라보았다. 그녀의 얼굴은 마치 얼어붙은 것처럼 뻣뻣했다.

"내 아들이 정신이 뒤집혔어요. 어리석은 얘길 하는 걸 보면."

나는 프리스에게 물었다.

"무엇 때문에 자넨 어머니가 가발을 훔쳐갔다고 생각하나?"

"다른 사람은 아무도 이곳에 들어오지 않아요. 이 집엔 우리 두 사람밖에는 없어요. 나는 가발이 없어지자 누가 훔쳐갔는지 알았어요."

"자넨 어머니에게 가발을 가져갔느냐고 물어보았나?"

"무서워서 못 물었어요."

"내 아들은 제 어미를 무서워한 적이 없어요" 하고 그녀는 대꾸했다. "그리고 그 애는 내가 그 애의 재수없는 가발을 훔칠 리가 없다는 것도 알고 있어요. 앨버트 스위트너가 훔쳐갔음에 틀림없어요. 지금 기억이 나는데 그가 한 달 전에 여기 왔었거든요."

"그는 한 달 전엔 감옥에 있었습니다. 스노 부인, 당신은 상당히 많은 일들을 앨버트에게 뒤집어 씌웠어요." 잇따른 침묵 속에서 나는 세 사람의 숨소리를 들을 수 있었다. 나는 프리스에게로 돌아섰다. "자넨 저 먼젓번에 앨버트가 리오 브로더스트를 파묻도록 꾀었다고 했는데 아직도 그게 사실이라고 말할 텐가?"

"앨버트가 거기 왔었지요." 그는 더듬거리며 대답했다. "그는 산장 근방의 마구간에서 자고 있다가 총소리에 눈을 떴대요. 그는 총소리로 무슨 일이 일어났는가 하고 근방을 돌아다녔어요. 내가 트랙터를 몰고 내려갔을 때 그는 땅을 파는 걸 도왔어요."

스노 부인은 나를 지나 그의 앞에 서서 그를 내려다보았다.

"앨버트가 시켰지?"

"아니요." 그는 대답했다. "어머니가 시켰어요. 어머니는 마어티가 그렇게 해 주기를 원한다고 나에게 말씀하셨어요."

"그럼 마어티가 브로더스트 씨를 죽였나?" 하고 나는 물었다.

"전 몰라요. 그 일이 일어났을 때 전 거기에 있지 않았으니까요. 어머니가 한밤중에 나를 깨워 그분을 깊이 파묻지 않으면 마어티가 가스실에 가야 할 거라고 하셨어요."

그는 마치 그가 가스실에 가는 것처럼 방의 좁은 벽돌을 둘러보았다.

"어머니는 누가 물으면 모든 걸 앨버트에게 뒤집어씌우라고 하셨어요."

"넌 미친 바보로군." 그의 어머니는 말했다. "만약 네가 이와 같은 거짓말을 계속 지껄인다면 난 너의 곁을 떠나야 하겠다. 그러면 넌 외톨이가 되는 거야. 그러면 너는 감옥이나 정신병원에 들어가게 될 거야."

둘 다 여기서 끝장을 보게 될지도 모르겠다고 나는 생각하고 있었다. 나는 말했다.

"프리스, 어머니 말에 겁먹지 말게. 자넨 투옥되지 않을 거야. 왜냐하면 어머니가 시킨 일이니까."

"난 이 말을 용서 못해요." 그녀는 외쳤다. "당신은 내 아들을 제 어머니에게 반항하도록 하는군요."

"아마 때가 온 것 같습니다. 스노 부인, 당신은 아들을 제물로 이용해 왔소. 자기 자신에게는 아들을 돌보는 양 합리화하면서."

"내가 아니면 누가 그 애를 돌보겠어요?"

그녀의 목소리는 거칠고 비참했다.

"그는 차라리 모르는 사람에게서 더 나은 대접을 받을 수 있을 겁니다." 나는 그에게로 되돌아섰다. "스탠리 브로더스트가 곡괭이와 삽을 빌어갔던 토요일 아침에 무슨 일이 일어났지?"

"스탠리는 곡괭이와 삽을 빌리러 왔어요." 프리스는 되풀이했다. "그리고 좀 있다가 저는 불안한 생각이 들었어요. 저는 그들이 무엇을 파고 있는지 보고 싶어서 오솔길을 올라갔어요. 스탠리는 바로 자기 아버지가 파묻힌 곳을 파고 있었어요."

"그래서 자네는 어떻게 했나?"

"저는 농장으로 뛰어가서 어머니에게 전화를 걸었어요."

그의 축축한 녹색의 두 눈은 그의 어머니에게서 떠나지 않았다. 그녀는 입을 닥치라고 큰소리로 떠들었으나 그 소리는 쉬쉬하는 소리로 줄어들었다. 나는 쉬쉬 소리 너머로 물었다.

"프리스, 토요일 밤에는 어떻게 지냈나? 자넨 노스리지로 차를 몰고 내려갔었나?"

"아닙니다. 저는 밤새 이 침대 속에 있었어요."

"자네 어머니는 어디 계셨나?"

"저는 모르겠어요. 어머니는 앨버트에게서 전화를 받은 직후에 수면제를 제게 주었어요. 엄마는 밤에 저를 혼자 두고 나가실 때 언제나 저에게 수면제를 주어요."

"토요일 밤에 앨버트가 여기에 전화를 걸었나?"

"예, 걸었습니다. 제가 전화를 받았거든요. 그러나 그는 엄마하고 얘기하고 싶어했어요."

"무슨 얘기인데?"

"돈 얘기를 했어요. 엄마는 돈이 없다고 했어요……."

"입 닥쳐……."

스노 부인은 주먹을 휘두르며 아들을 위협했다. 그는 어머니보다 크고 젊고 힘이 세건만 침대 위에서 엉금엉금 기어 어머니에게서 되도록 멀어지려고 했다. 침대 모서리에서 그는 무릎을 껴안고 울고 있었다.

나는 스노 부인의 팔을 붙잡았다. 그녀는 긴장하여 부들부들 떨고 있었다. 나는 그녀를 부엌으로 끌어넣고 울고 있는 아들 방과의 사잇문을 닫았다. 그녀는 부엌 개수대 옆 카운터 위에 몸을 기대고 마치 냉방에 들어온 것처럼 부들부들 떨고 있었다.

"당신이 리오 브로더스트를 죽였지요?"

스노 부인은 내 말에 대답하지 않았다. 그녀는 당황한 나머지 압도

되어 입도 떼지 못하는 것 같았다.

"당신은 엘리자베스 브로더스트와 스탠리가 산에 올라갔을 때 농장에 머물러 있지 않았소. 당신은 그들 뒤를 따라 산에 올라갔다가 의식을 잃고 누워 있는 리오를 보고 그를 칼로 찔러 죽였소. 그리고 당신은 여기에 돌아와서 아들에게 브로더스트와 그의 차를 파묻으라고 했소. 불행하게도 앨버트 스위트너는 시체가 어디 묻혔는가를 알았소. 마침내 그는 그가 알고 있는 것을 돈으로 바꾸어 보려고 이곳에 돌아왔소. 스탠리가 토요일 밤에 돈을 가지고 나타나지 않았을 때 앨버트는 여기에 전화를 걸어 당신에게서 돈을 우려내려고 했소. 당신은 노스리지로 내려가서 그를 죽였소."

"어떻게 해서 내가 앨버트와 같이 힘이 센 사나이를 죽일 수 있나요?"

"당신이 그에게 갔을 때 그는 아마 곤드레만드레되어 있었을 거요. 그리고 그는 당신이 자신에게 해를 가하리라고는 꿈에도 생각지 못했소. 스탠리도 마찬가지고. 내 말이 맞지요?"

그녀는 입은 움직이고 있었지만 대답이 없었다.

"왜 당신이 앨버트와 스탠리를 죽였는가는 알만 하오" 하고 나는 말했다. "당신은 과거에 한 짓을 은폐하려고 한 거지. 그러나 왜 리오 브로더스트를 죽여야 했나요?"

그녀의 두 눈은 나의 눈과 마주치자 차가운 창문처럼 흐려졌다.

"그는 피를 흘리며 거의 죽어가고 있었지요. 나는 그의 고통을 단축시켜 준 것뿐이어요." 그녀의 꽉 쥔 오른손은 경련을 일으킨 듯이 아래로 쳐지면서 칼을 찌르는 시늉을 재연하고 있었다. "나는 죽어가는 동물에게도 같은 일을 해줄 수 있을 거예요."

"당신은 동정에서 살인한 게 아니었소."

"당신은 그걸 살인이라고 부를 수 없어요. 그자는 죽어야 마땅했어요, 그자는 악인이고 사기꾼이고 잡놈이었어요. 그는 마아티 니커슨을 임신시키고 그 책임을 내 아들에게 뒤집어 씌웠어요. 프레더릭은 그때부터 사람이 변했지요.”

그녀와 다투어도 소용이 없는 노릇이었다. 그녀는 모든 것을 남에게 뒤집어 씌움으로써 자기의 양심이 깨끗이 지켜졌다고 생각하는 과대망상증 환자였다. 그녀는 자신의 모든 범죄 동기를 외계에서 받은 것의 반사로 간주했다.

나는 방을 가로질러 전화가 있는 곳으로 가서 경찰을 불렀다. 내가 미처 수화기를 놓기 전에 스노 부인은 서랍을 열어 식칼을 꺼냈다. 그녀는 나의 귀에는 들리지 않는 무슨 땡그랑거리는 음악에 맞추는 듯 번개춤을 추면서 내게 달려들었다.

나는 그녀의 손목을 잡았다. 그녀에게는 광인의 분노가 자아내는 폭발력이 있었다. 그러나 그녀의 힘은 곧 딸렸다. 칼이 마룻바닥 위에 떨어져 소리를 냈다. 나는 그녀의 두 팔을 누르고 경찰이 도착할 때까지 놓지 않았다.

“당신은 이웃 사람들 앞에서 나에게 창피를 줄 작정이군”

그녀는 필사적으로 외쳤다.

경찰차가 뒷자리 칸막이 뒤에 프리스와 그의 어머니를 앉히고 갈색 흙탕물을 헤치며 사라질 때 그들을 지켜 본 것은 나 혼자였다. 나는 그들의 뒤를 따라 시내로 나가며 요즘은 흔히 비열한 인간의 곁다리들이 사건을 도맡고 있다는 생각이 들었다. 그러나 나는 경찰의 탐정이나 속기사에게 이 사건을 보다 더 평범하게 설명했다.

나의 진술은 브라이언 킬패트릭의 약혼자에게서 온 전화로 중단되었다. 킬패트릭은 오락실에서 권총으로 자살했다는 것이었다.

내가 그에게서 빼앗은 엘리자베스 브로더스트의 권총과 기록이 들어 있는 서류 가방은 내 차의 트렁크 속에 있었다. 나는 당분간은 서류 가방을 신고하지 않고 그곳에 내버려 두려 한다. 에드나 스노의 공판 때에 가서는 리오 브로더스트의 죽음에 관한 모든 사실들이 밝혀져야 하겠지만 말이다.

밤이 되기 전에 진과 로니와 나는 시외로 나갔다.

"이제 아무 일도 없을 거야" 하고 나는 말했다.

로니는 기뻐했고 그의 어머니는 한숨을 내쉬었다.

나는 정말 아무 일이 없기를 바랐다. 스탠리의 인생이 그의 아버지의 죽음을 향해서 돌아갔듯이, 로니의 인생도 국한된 주기 안에 그의 아버지의 죽음을 향해서 돌아가지 않기를 나는 바랐다. 나는 로니에게 양성의 기억상실이 있기를 빌었다.

진은 나의 생각을 느끼기나 한 것처럼 로니의 뒤로 손을 뻗쳐 차가운 손가락을 나의 목덜미에 대었다. 우리는 산불의 김이 무럭무럭 나는 잿더미를 지나서 빗속을 헤치며 남쪽으로 차를 몰았다.

비정시대를 투영하는 현대미국문학 걸작

언젠가 〈새터디 리뷰〉지에서 '현대 미스터리소설을 창시한 '더실 해미트', 이를 발전시킨 '레이몬드 챈들러', 이에 세련미를 더한 '로스 맥도널드'라'는 기사를 읽은 적이 있다.

지금 소개하려는 작가가 바로 '현재 미스터리소설에 세련미를 더한' 로스 맥도널드요, 이 맥도널드는 '해미트→챈들러'의 계보를 계승할 뿐만 아니라 현대의 미스터리 소설의 제1인자라 할 수 있을 것이다.

로스 맥도널드 (Ross MacDonald. 본명은 케니스 밀러, 1915~1983)는 캘리포니아 주의 로스 케이터스에서 태어났으나 캐나다의 밴쿠버로 옮겨갔다. 이때 부모가 이혼하고, 맥도널드는 불구의 어머니를 모시고 친척집을 전전했다.

'나는 나의 부모가 헤어졌을 때부터 뿌리를 잃은 것같이 느꼈다'라고 그는 말했는데, 이 말에서 그의 후기 작품에 특히 부모를 찾아 헤매는 아이들이 등장하는 까닭을 이해할 수 있다.

어머니가 세상을 떠난 뒤 세계 이곳저곳을 돌아다니던 그는 동갑내기 고교 동창생 마거릿과 1938년 웨스트 온타리오 대학 재학 중에 결혼한다. 마거릿 밀러는 남편보다 앞서 1941년에 처녀작 《보이지 않는 벌레》를 썼고 《철의 문(1945)》, 《엿듣는 벽들(1959)》 등의 작품으로 미국에서 손꼽히는 여류 미스터리작가가 되었다.

케니스 밀러는 처음에 본명으로 4편의 스릴러를 썼다. 그중 걸작은 《푸른 도시(1947)》이다. 그가 유명해진 것은 '존 로스 맥도널드'라는 이름으로 하드보일드파에 속하는 첫 장편 《움직이는 표적(1949)》을 썼을 때부터였다. 이어서 《익사하는 수영장(1950)》《사람이 죽음에 이르는 길(1951)》《상아빛 미소(1952)》《사체실에서 만나자(1953)》《피해자를 찾아라(1954)》《흉악한 해변(1956)》 등 6편의 장편을 썼다. 《내 이름은 아처》는 단편집이다. 《사체실에서 만나자》 말고는 사립탐정 '루 아처'가 등장한다.

미국의 미스터리소설 평론가 앤서니 바우처는 세 번째 작품 《사람이 죽음에 이르는 길》에 대해, 해미트의 《말타의 매(1930)》, 챈들러의 《굿바이 마이 러브(1940)》 이후 가장 우수한 하드보일드파 소설이라고 평하고, 6번째 장편 《피해자를 찾아라》에 대해서는, '이제까지의 작품의 정점에 서는, 하드보일드파 미스터리소설이 도달할 수 있는 최정상의 작품'이라고 극찬하고 있다. 6번째 작품부터 케니스 밀러는 '로스 맥도널드'라는 필명으로 작품을 발표한다.

이상의 7편으로 맥도널드는 해미트와 챈들러의 계승자가 되었으며 드디어 '해미트→챈들러→맥도널드'의 하드보일드파 계보가 확립된다.

맥도널드는 한동안 정신요법을 연구한 적이 있는데 프로이드의 정신분석학은 그에게 큰 영향을 미치게 된다. '프로이드는 신화로 정신분석학을 만들었지만 나는 정신분석학을 신화로 환원시키려고 했다'라고 그는 말하고 있다.

《퍼거슨 사건(1960)》에 이어서 《저주받은 자들(1958)》《갤튼 사건(1959)》《위철리 여자(1961)》《얼룩말 무늬의 영구차(1962)》가 씌어졌다. 이 시기의 작품으로는 《갤튼 사건》이 대표작이다. 주제는 더욱더 현실적이고 보편적인 미국적 주제가 다루어지고 있지만 이전의 작품에 짙게 나타난 격렬한 폭력세계에 대한 미련은 떨쳐버리지 못하고 있다.

로스 맥도널드가 미스터리소설가이면서 미국의 뛰어난 문학가로 인정받은 것은 《소름(1964)》을 발표하고부터일 것이다. 《소름》은 영국 범죄작가협회의 은단도상(銀短刀賞)을 받았고, 이어서 《달러의 저쪽(1965)》은 같은 협회에서 '가장 우수한 미스터리장편'이라는 지명을 받았다. 이어서 《블랙 머니(1966)》《순간의 적(1968)》《이별의 표정(1969)》이 나왔다. 《이별의 표정》은 베스트셀러 리스트에 올랐고 《지하인간(1971)》에 이르러 맥도널드는 최고의 걸작을 쓰게 된다. 이 작품은 〈타임〉지의 커버스토리로 선정되었다. 《지하인간》부터 그는 영미 미스터리소설계의 최정상 자리에 올라선다. 이상의 장편 19편 중 2편을 제외한 17편에 사립탐정 '루 아처'가 등장한다.

《지하인간》에서 사립탐정 루 아처는 우연히 6살짜리 사내아이 로니를 알게 되는데 로니의 부모는 이혼 직전에 있다. 로니의 아버지 스탠리 브로더스트는 아들을 데리고 어머니 브로더스트 부인의 산장으로 간다. 이때 여대생 수전 크란돌이 따라간다.

때마침 브로더스트 부인의 산장 근처에서 큰 산불이 난다. 이것을 알게 된 로니의 어머니 진은 루 아처에게 로니를 데려다 줄 것을 의뢰하고 함께 산장으로 동행한다. 산불이 커지자 산타 테레사 근방에서는 대혼란이 벌어진다. 루 아처는 산불이 일어난 곳에서 피살된 스탠리의 시체를 발견했으나 수전 크란돌과 로니의 행방은 묘연하다.

스탠리는 지금부터 15년 전 그가 15살 때에 처자를 버리고 집을 나가 행방불명이 된 아버지의 행방을 찾느라고 온갖 애를 쓰는 중에 참변을 당한 것이다. 루 아처는 수전의 집을 찾아가 수전의 아버지가 의붓아버지이며 수전이 친아버지의 행방을 찾아서 집을 나간 사실을, 그리고 또 수전의 남자 친구인 제리 킬패트릭 역시 집을 나간 어머니를 찾아 나선 사실을 알게 된다.

제리 킬패트릭은 수전과 로니를 요트 '아리아드네'호에 감추어 두고 있다가 루 아처가 추적해 오자 바다로 도주한다.

이상은 《지하인간》의 사건 시작 부분이다. 로스 맥도널드는 미국의 현대적 비극인 가정 파탄이라든가 자아의 상실과 같은 문제를 즐겨 다루고 있는데 이 작품에서도 등장인물인 스탠리나 제리나 수전은 자기들의 친부모를 찾아서 헤매고 있다. 부모에게서 버림을 받았다는 것은 자기의 생존의 바탕을 잃은 것이 된다. 그들은 마치 뿌리를 잃은 부평초처럼 자기들의 뿌리를 찾아서 떠돌고 있는 것이다.

로스 맥도널드는 미국의 심각한 사회, 가정, 개인의 문제를 미스터리의 수법으로 다루어 문학소설로 성공시켰다. 그렇기 때문에 《지하인간》은 '어려운 요구 조건과 그것에 상응하는 매력을 가진 미스터리 소설의 형태가 이러한 순문학적 소설을 가능하게 했다'고 극찬한 미국 작가 유도러 웰티의 말처럼 비정의 시대를 투영하는 현대미국문학 명작이 된 것이다.